À PEINE ENCHANTÉE

À PEINE ENCHANTÉE

UN ROMAN DE LA SÉRIE
SORCIÈRE DU SUD

Kimberly Frost

Traduit de l'anglais par
Émilie Hendrick-Hallet (CPRL)

ADA éditions

Éditeur : François Doucet
Traduction : Émilie Hendrick-Hallet (CPRL)
Révision linguistique : Féminin pluriel
Correction d'épreuves : Nancy Coulombe, Féminin pluriel
Conception de la couverture : Mathieu C. Dandurand
Illustration de la couverture : © Rita Frangie
Mise en pages : Sébastien Michaud
ISBN papier 978-2-89767-729-9
ISBN PDF numérique 978-2-89767-730-5
ISBN ePub 978-2-89767-731-2
Première impression : 2017
Dépôt légal : 2017
Bibliothèque et Archives nationales du Québec
Bibliothèque et Archives Canada

Éditions AdA Inc.
1385, boul. Lionel-Boulet
Varennes (Québec) J3X 1P7, Canada
Téléphone : 450 929-0296
Télécopieur : 450 929-0220
www.ada-inc.com
info@ada-inc.com

Diffusion

Canada :	Éditions AdA Inc.
France :	D.G. Diffusion
	Z.I. des Bogues
	31750 Escalquens — France
	Téléphone : 05.61.00.09.99
Suisse :	Transat — 23.42.77.40
Belgique :	D.G. Diffusion — 05.61.00.09.99

Imprimé au Canada

Participation de la SODEC.
Nous reconnaissons l'aide financière du gouvernement du Canada par l'entremise du Fonds du livre du Canada (FLC) pour nos activités d'édition.
Gouvernement du Québec — Programme de crédit d'impôt pour l'édition de livres — Gestion SODEC.

Catalogage avant publication de Bibliothèque et Archives nationales du Québec et Bibliothèque et Archives Canada

Frost, Kimberly

[Barely bewitched. Français]
À peine enchantée
(Sorcière du Sud ; tome 2)
Traduction de : Barely bewitched.
ISBN 978-2-89767-729-9
I. Beaume, Sophie, 1968- . II. Titre. III. Titre : Barely bewitched. Français.

PS3606.R67B3714 2017 813'.6 C2016-942465-0

REMERCIEMENTS

Je désire remercier les personnes suivantes :

Mon incroyable famille et mes amis, qui sont venus en grand nombre à mes séances de dédicace. Je crois qu'il est assez rare pour une romancière qui en est à ses débuts de se sentir comme une vedette lors de ses premières dédicaces (un merci tout spécial à Elizabeth et mes parents pour avoir tenu les soirées de lancement de *Sorcière en herbe*).

L'équipe à succès de rêve de Murder By The Book (en particulier Anne, qui a lu *Sorcière en herbe* avant qu'il ne sorte, et David et McKenna pour tout ce que vous avez fait). Mes amis chez Katy Budget Books, qui étaient excités pour le livre alors que personne d'autre ne le connaissait. Roxanne, la fabuleuse chef du service de la commercialisation de Borders, ainsi que les membres de Lyceum qui ont fait de ma séance de dédicace « locale » un tel plaisir. Laura et Miles de différentes succursales de Barnes & Noble, qui ont adoré le livre et en ont personnellement vendu un grand nombre. Vous êtes fantastiques !

Ma famille de WRW pour votre soutien et votre enthousiasme (sans oublier vos conseils ponctuels concernant des éléments juridiques de l'intrigue !). Les communautés de critiques et de blogueurs qui m'ont laissée leur rendre visite et qui m'ont aidée à faire connaître mes livres. Les filiales de Houston de la RWA et mes merveilleux amis de MySpace.

Le Berkley Publishing Group, en particulier mon éditrice, Leis, ainsi que la talentueuse conceptrice de la couverture. Merci à tous ceux qui ont travaillé pour produire, promouvoir et vendre la série *Sorcière du Sud*.

Mon agente, Elizabeth, pour ta confiance et tout ce que tu fais pour moi. Mes partenaires de critique, David et Bonnie, qui voient ce qui m'échappe.

Enfin, je remercie mes lecteurs. Je voulais vous rencontrer depuis longtemps, et vous dépassez toutes mes attentes.

1

Dans le passé, mon seul lien avec des criminels s'était résumé à soutenir Butch Cassidy et le Sundance Kid lors du mois dédié aux films classiques à Duvall. Maintenant, je pensais à voler et, contrairement à la semaine dernière, je n'allais pas être la victime. Je suis généralement honnête et je respecte la loi, mais personne ne pourrait imaginer tout ce qui peut changer en quelques jours.

– Je sais que ça ressemble à du vol, mais la vérité, c'est que je n'ai pas le droit de vendre ces bijoux… Alors, les récupérer revient seulement à remettre les choses à leur place, expliquai-je à Mercutio en posant le bol de crème au citron vert dans le réfrigérateur.

Une brise automnale entra par la fenêtre ouverte, et il flotta une odeur de gazon fraîchement tondu. J'ouvris un peu plus la fenêtre avant de contourner le comptoir pour m'approcher du canapé. Je m'assis pour que nous puissions nous parler face à face.

– Je vais m'assurer que Jenna récupère son argent. Je trouverai même un moyen d'annuler la malédiction du hoquet.

Je me penchai au-dessus de Mercutio, qui était couché sur le canapé. Il ronronna et sa fourrure ondula, faisant danser ses taches d'ocelot. Mon intention de voler ne l'enchantait probablement pas, même s'il s'agissait d'une ennemie jurée. Une semaine plus tôt, Jenna Reitgarten n'avait été qu'une nuisance blonde et snob, mais elle avait reçu une promotion. Et Merc, que je ne connaissais pas à cette époque, était devenu mon fidèle ami et parfois mon compagnon d'aventure. Oui, impossible d'imaginer à quel point les choses peuvent changer en une semaine.

Merc donna un coup de patte sur une mèche libre de mes cheveux roux, l'accrochant entre ses griffes et tirant ma tête vers lui.

– Hé! me plaignis-je en libérant mes cheveux. Fais attention à tes pattes. Souviens-toi que tu n'es pas un chat de compagnie. La force d'un chat sauvage est accompagnée des responsabilités d'un chat sauvage. Bon, à ton avis, quel est le moment idéal pour commettre un cambriolage?

Merc se lécha pensivement une patte et je tendis la main pour prendre un chiffon sur le comptoir et essuyer une tache de glaçage au fromage à la crème sur mon t-shirt des Longhorns. Je ne voulais pas plonger dans la vie criminelle. Loin de là. Mais l'approche honnête n'avait servi à rien pour récupérer les bijoux.

– Si j'attends qu'ils quittent la ville, je devrais entrer par effraction et risquer de déclencher l'alarme. Sinon, je pourrais entrer en douce quand ils sont à leur soirée et prendre mes bijoux avant de partir.

– D'une façon ou d'une autre, ça promet d'être excitant, affirma une voix douce.

Je sursautai, surprise, et tournai la tête pour découvrir Edie, le fantôme familial.

Je souris en voyant son pantalon blanc, son gilet à encolure bateau marine et sa double rangée de perles aussi grosses que des boules à sucer. Edie avait l'habitude de sillonner la ville dans ses robes à franges des années 20, mais elle portait parfois des pantalons qui, sur elle, semblaient tout aussi élégants. Si elle avait été du chocolat, elle aurait été une boîte de truffes Godiva des Fêtes. En ce qui me concerne, je préfère les M&M. Oui, j'envie beaucoup de choses à Edie, sauf le fait qu'elle soit morte.

— Je pensais que tu étais à l'étranger, dis-je.

— Je voyageais, mais j'ai commencé à m'ennuyer. Il n'y avait personne d'intéressant, à Notre-Dame, et les fantômes écossais étaient tous partis hanter le même endroit. Vraiment ennuyeux. Je vais t'accompagner pour le cambriolage, d'accord ? Pour faire le guet ? demanda Edie en jouant avec son carré noir soyeux.

— Ce serait super, dis-je en souriant.

Ces jours-ci, Edie était généralement trop occupée par sa propre vie — d'accord, sa vie après sa mort — pour s'immiscer dans la mienne.

— Tu serais la complice parfaite, puisque tu ne risques pas d'être arrêtée et de nous faire jeter en prison, n'est-ce pas ?

La minuterie du four sonna, m'avisant que la première fournée de petits gâteaux était prête. Je me levai d'un bond pour aller sortir les moules à muffins.

— En parlant d'hommes séduisants qui possèdent des menottes, comment se porte ton agent de la paix préféré ? demanda Edie.

« Zach », pensai-je avec un pincement au cœur.

– En pleine forme, affirmai-je en espérant que c'était vrai.

En vérité, mon ex-mari, généralement omniprésent, avait disparu de ma vie. Il ne me rappelait pas, même quand je lui laissais des messages ultra-gentils. Sa fuite avait peut-être un lien avec le fait qu'un homme magnifique – et un sorcier interdit – essayait de s'immiscer dans ma vie. Ou c'était peut-être parce qu'il avait dû combattre une meute de loups-garous jeudi dernier à cause de moi. En règle générale, quand Zach a congé de son travail de policier, il aime boire quelques bières et regarder un match de football américain. Et se battre contre des créatures surnaturelles dont il ignorait l'existence n'était pas exactement dans ses cordes. Je voulais me faire pardonner, mais je devais d'abord le retrouver.

– Pourquoi prépares-tu autant de petits gâteaux ? Je doute que tu aies besoin de le faire pour notre chat. Un bol de crème aurait suffi, ou un petit rongeur.

Je fronçai le nez en imaginant Mercutio manger des petites souris duveteuses.

– Je vais les apporter chez mademoiselle Cookie pour voir s'ils la convainquent de me réengager. Le Festival automnal de Duvall va commencer, alors elle va avoir besoin d'aide. Si j'utilise les bons pots-de-vin pâtissiers, je crois qu'elle va se rendre compte que le moment est venu d'oublier mon acte de défi. Après tout, la personne qui a affirmé que « le client a toujours raison » était probablement un client qui voulait utiliser un bon de réduction expiré. Je veux dire, si un homme achète un paquet de gommes avant de dire « Je crois que vous devriez faire des claquettes », a-t-il raison ?

As-tu déjà vu un caissier porter des chaussures de claquettes ?

Je fis une pause.

— C'est ce que je pensais.

— J'ignore de quoi tu parles, et pourquoi diable voudrais-tu cet emploi ? Tu devrais te concentrer sur l'étude de ton art. Tu es une sorcière, maintenant.

— Oh, non. Les circonstances étaient uniques… Particulièrement graves. Je suis redevenue pâtissière, dis-je en agitant les bras afin d'indiquer tous les plats posés sur le comptoir couvert de farine. C'est mon unique talent. Tu l'ignores parce que tu n'as jamais goûté une de mes confections. Je peux t'assurer que, si Hershey avait une université, j'aurais un doctorat en cacao.

Edie leva les yeux au ciel.

— Fantastique. Ce n'est plus la puissance des fleurs, mais celle de la farine. Tu vas sans nul doute changer le monde, un gâteau aux fruits à la fois.

Elle se transforma en globe vert avant de disparaître. Je fis deux pas derrière le comptoir de la cuisine avant d'entendre quelqu'un cogner à la porte.

Mercutio miaula et bondit en bas du canapé avant de filer dans le couloir.

Les coups redoublèrent.

— J'arrive ! criai-je en marchant rapidement vers la porte, espérant trouver Zach.

Quand j'ouvris, je trouvai un homme appuyé contre le cadre en briques, mais je ne l'avais jamais rencontré et je ne l'avais certainement jamais épousé. J'étudiai son col roulé bon chic bon genre, son pantalon foncé, et son sourire éclatant. Il n'était pas très grand, environ 1 mètre 75, mais il était soigné et assez beau pour faire partie d'un groupe de garçons. J'étais prête à parier que certaines femmes tomberaient facilement amoureuses de lui.

— Bonjour. Est-ce que je peux vous être utile? demandai-je.

— C'est plutôt l'inverse, répondit-il avec un délicieux accent britannique.

« Ne pense même pas à développer un nouveau béguin! »

— Je suis ici pour vous aider. Jordan Perth, dit-il en m'offrant un autre sourire éclatant.

Il sortit une enveloppe pliée de sa poche et me la tendit.

Elle arborait un impressionnant sceau en cire noire qui était partiellement brisé. Il semblait représenter une sorte d'armoiries.

Je regardai son visage avant de reporter mon attention sur l'enveloppe.

— Une livraison à domicile, hein? grommelai-je. J'espère que mon facteur, George, n'en entendra pas parler. Il est déjà furieux parce que les courriels lui enlèvent son travail.

Je déchirai l'enveloppe et en sortit une lettre.

« *Chère mademoiselle Trask,*

Étant donné que vous avez été déclarée coupable lors de votre procès, vous devez immédiatement vous plier aux directives du Conclave. Les détails de la somme que vous devez acquitter suivront dans une autre lettre. La question de votre formation et de votre positionnement dans la hiérarchie magique doit être réglée dans les plus brefs délais. Monsieur Jordan Perth, le porteur de cette lettre, vous aidera à vous préparer au Défi initial, qui se déroulera le 1er novembre. Le défaut d'exécution du Défi initial sera considéré comme une violation de l'amendement 247, article 6, de la constitution de l'Association, et vous serez sujette à l'incarcération ou l'extermination.

À la suite de l'implication de monsieur Bryn Lyons dans votre utilisation illégale de la magie, vous avez l'interdiction de le contacter. Même si monsieur Lyons a interjeté appel de la décision, vous devez, dans l'attente de la conclusion de l'affaire, respecter le verdict original.

Sincèrement,

Basil Glenn
Secrétaire en chef
Département de la justice
Association mondiale de magie
Conseiller principal du Conclave »

— Qu'est-ce que c'est que ce bazar ? Je n'ai jamais entendu parler d'une audience.

— Ah non ? Bryn Lyons a affirmé que vous aviez abandonné le droit d'y assister.

— Ah.

Je penchai la tête sur le côté et fronçai les sourcils.

— Eh bien, je lui ai dit qu'il pouvait parler en mon nom au peu-importe-comment-vous-l'appelez, le Conclave, mais je ne savais pas qu'il était question d'un procès. J'y aurais été et j'aurais expliqué mes actions.

— Malheureusement, il est un peu tard, maintenant.

— Mais Bryn a-t-il expliqué les circonstances exceptionnelles ? Le fait que j'ai dû retourner un zombie dans sa tombe après que quelqu'un, contre ma volonté si je peux préciser, m'a volé du sang et des cheveux pour pratiquer de la magie ? Et a-t-il dit que j'ai dû retrouver un bijou familial afin d'empêcher la destruction de l'âme d'une très élégante ancienne sorcière ?

— Je n'ai pas assisté à l'audience, alors j'ignore quelles explications ont été présentées, répondit Jordan.

Comme Bryn était avocat et qu'il m'avait sortie du pétrin une semaine plus tôt devant une cour humaine, je m'étais dit qu'il en serait de même devant une cour magique. Mais à ce moment, je compris qu'il ne leur avait peut-être pas donné tous les détails sur le vol de mon médaillon. En y réfléchissant, il semblait plutôt stupide de ma part de l'avoir envoyé raconter ma version de l'histoire.

— Eh bien, écoutez, je ne peux pas payer d'amende. Je suis fauchée. En fait, je n'ai pas d'emploi.

Je me mordis la lèvre inférieure en réfléchissant.

— En plus, ce truc de Défi initial semble prendre du temps et, si je ne peux pas récupérer mon ancien travail, je vais devoir en chercher un.

— Votre occupation non magique est moins importante que vos devoirs de sorcière. Lors du Défi initial, vous affronterez une tâche ardue qui…

— Attendez un peu. Je ne suis pas une sorcière. Je suis une simple pâtissière. J'ai déjà dû utiliser la magie pour une urgence, mais je ne veux pas rejoindre une association mondiale de magie ou un truc du genre, même si je suis flattée qu'on me le demande. Alors, vous pouvez retourner leur dire que je compte rester une citoyenne ordinaire. Et assurez-leur que je n'utiliserai plus de magie. Je le promets.

Jordan sourit.

– Les choses ne fonctionnent pas exactement comme ça. Si vous ne participez pas au Défi dans le délai imparti, vous devrez faire face aux conséquences : l'emprisonnement ou la mort.

– Je suis une pâtissière ! criai-je. Aucun des sortilèges que j'ai lancés la semaine dernière n'a bien fini. J'ai essayé la projection astrale et je me suis retrouvée à moitié possédée et ivre de magie. J'ai tenté de remettre un zombie dans sa tombe et j'ai donné une maladie du sommeil mortelle à un groupe d'employés d'usine. La magie est dangereuse, entre mes mains. Je suis un danger magique !

Il sourit et m'offrit un regard compatissant qui semblait destiné à me donner satisfaction.

– Vous êtes simplement non initiée. Avec une bonne formation, vous serez très efficace, j'en suis persuadé.

Une colère aussi vive que mes cheveux explosa en moi.

– Je ne pense pas. Comme je l'ai dit, quelque chose cloche, avec ma magie. Je suis sûre qu'elle est brisée.

– C'est peu probable. Bon. Je dors à l'auberge Rose jaune, de la rue Poplar. La connaissez-vous ?

J'inspirai profondément avant de souffler. Avait-il besoin que je traduise mes propos de l'américain pour lui ?

– Oui, je connais la Rose jaune, mais…

– Excellent. Disons 19 h 30. À ce moment, votre autre instructeur devrait être arrivé et nous discuterons de tout en détail en prenant un verre.

– Mon autre instructeur ? répétai-je.

Jordan tapota le dessous de mon menton.

– Oui. Nous allons vous apprendre le nécessaire pour survivre au Défi.

Je frappai son doigt, mais il ne réagit ni à cela ni au regard furieux que je lui adressai.

— À plus tard, mon chou, dit-il en s'éloignant vers sa voiture, une décapotable BMW bleue.

— Je m'appelle Tammy Jo ! lançai-je.

Il leva une main pour montrer qu'il m'avait entendue, mais il ne prit pas la peine de se retourner et de s'excuser d'être aussi familier et très condescendant.

Je me retournai et aperçus Mercutio assis au sommet d'une commode dans le hall.

— As-tu entendu ? lui demandai-je.

Il me regarda et, comme il avait des oreilles, je me dis qu'il avait effectivement entendu.

— Eh bien, je ne sais pas pour qui ils se prennent, dis-je en claquant la porte. Ils peuvent envoyer 10 autres sorciers beaux gosses aux longs cils et aux dents aussi blanches qu'une publicité de dentifrice. Je ne suis pas obligée d'être une sorcière si je ne le veux pas ! Maintenant, allons mettre du glaçage sur nos satanés petits gâteaux, et planifier notre cambriolage.

2

La sonnette retentit alors que j'étais occupée à fouetter la crème au chocolat pour les choux miniatures. Mademoiselle Cookie avait un grand faible pour ces douceurs, et je m'étais dit qu'en apporter une grosse boîte, en plus des petits gâteaux au citron, m'aiderait à conclure l'affaire.

La sonnette retentit de nouveau et je déposai le bol en acier inoxydable.

— J'ai envie de l'ignorer, dis-je à Mercutio.

Il contourna le bol, son expression indiquant qu'il pensait que la crème fouettée semblait tout aussi intéressante que de la crème ordinaire.

— Plus de ça pour toi. Tu n'as pas mangé ta nourriture, lui dis-je en mettant le bol au réfrigérateur au moment où la personne se mettait à frapper à la porte.

Je parcourus le couloir et ouvris la porte, dévoilant Bryn Lyons.

Il a des yeux bleus éclatants, des cheveux noirs, et un compte en banque qui le rend trop bien pour moi. Si nous habitions le jardin d'Eden, il serait la pomme. Je vous laisse deviner qui je serais.

— Je n'ai pas le droit de te voir, annonçai-je.

Ce n'était pas seulement vrai parce que le Conclave l'avait dit. Ma famille l'avait aussi inscrit sur une liste de personnes que nous ne pouvions pas fréquenter.

— Tu l'as déjà dit. Prête à m'expliquer ? demanda-t-il en entrant.

— Euh. Non.

Il secoua la tête pour montrer sa déception avant de changer de sujet.

— Je sens du chocolat.

— Bon odorat.

« Bon tout le reste », pensai-je en l'étudiant dans son costume sombre de marque.

— Besoin d'un goûteur ? demanda-t-il.

J'étais censée ne pas fraterniser avec lui, raison pour laquelle je ne l'avais pas rappelé ou accepté ses invitations à dîner au cours des derniers jours. Mais le fait est que je cuisine pour que les gens mangent ce que je fais.

— Viens, dis-je en levant les yeux au ciel.

— Bonjour, Mercutio, dit Bryn.

Il est le seul, à part moi, qui parle à Mercutio comme s'il comprenait notre langue. Voilà une chose de plus que j'aurais préféré ne pas partager avec lui. Il est déjà assez difficile de résister à Bryn. Mercutio miaula pour le saluer avant de s'éloigner.

Une fois dans la cuisine, je coupai un chou en deux et le remplis de crème fouettées au beurre avant de le placer sur une serviette et de le tendre à Bryn. Il le mangea, fermant les yeux pour le savourer.

— Tu es vraiment talentueuse, affirma-t-il.

Je ne pus m'empêcher de sourire.

— En fait, tes talents de pâtissière sont une des raisons pour lesquelles je suis venu. Jenson a suggéré que nous sollicitions tes services. Cela t'intéresserait-il de fournir les desserts pour une soirée ?

— Je, eh bien, tu sais que je ne peux pas venir à… Et la lettre.

J'essayai de démêler mes pensées et ma langue.

— Est-ce que 1 000 dollars suffiraient ? Tu pourras discuter des détails avec Jenson.

Mille dollars ! Je me reprends : si nous étions dans le jardin d'Eden, Bryn serait le serpent, parce qu'il sait exactement quoi dire pour me tenter. Je saisis l'enveloppe du Conclave sur le comptoir et la lui donnai brusquement. Il en sortit la lettre et la parcourut des yeux avant de froncer les sourcils et de la jeter sur le comptoir comme si c'était du courrier indésirable.

— Je croyais que tu allais me tirer d'affaire avec le monde magique, dis-je en attendant une explication.

— Tout ne se passe pas toujours comme on le voudrait.

« Il a bien raison ! »

Ma cuisine est ouverte sur le salon, et Bryn se tourna avant de se diriger vers le canapé. Je remis brusquement le bol dans le réfrigérateur avant de le rejoindre.

— Donc, dis-je en prenant place sur la causeuse. Qu'est-il arrivé ?

— Je ne m'attendais pas à ce qu'ils envoient quelqu'un aussi rapidement, répondit Bryn avant de me regarder. Ils s'inquiètent pour toi, Tamara.

— Moi ? Je vais bien, déclarai-je en faisant semblant de ne pas comprendre ses propos.

Il sourit.

— Pas inquiets dans ce sens.

Je soupirai.

— J'ai essayé d'expliquer au mec qui est venu que je ne comptais plus utiliser la magie. En plus, ce que j'essaie fonctionne rarement comme il faut. Honnêtement, pourquoi diable devraient-ils s'inquiéter ?

— En fait, je crois que c'est à cause de la puissance du sortilège que j'ai lancé en utilisant notre magie mêlée. Celui dont je me suis servi pour blesser et chasser la majorité des loups-garous qui se trouvaient à Duvall.

— Celui du soir où nous…

Je m'arrêtai, rougissant. J'avais été ivre de magie et je l'avais quelque peu laissé me séduire. Ou peut-être que je l'avais séduit. Les événements étaient flous, et je préférais qu'ils le restent. Les bonnes filles ne séduisent pas les sorciers sombres qui sont peut-être dangereux pour leur famille.

— Oui, le soir où nous… dit Bryn en haussant les sourcils.

Il me taquinait. Je croisai les mains sur mes genoux, déterminée à ne pas le laisser me troubler.

— Eh bien, ne devraient-ils pas s'inquiéter davantage à ton sujet qu'au mien ?

— Ah ! ils s'inquiètent pour moi, mais il est difficile de me manipuler. Je fais partie de l'ordre établi. Maintenant, qu'est-ce que Perth t'a dit, au sujet du Défi initial ?

— Rien, pour le moment. Il veut que je le rencontre ce soir, mais je n'irai pas.

— Tu dois y aller.

Je me pinçai les lèvres.

– Nous sommes aux États-Unis. En dehors de la fonction de juré et de la prison, je ne *dois* aller nulle part.

Bryn sourit et se pencha vers moi, baissant la voix.

– Si j'étais le seul auquel tu avais affaire, tu pourrais t'en sortir. À mes yeux, tu es si… attirante, que je me dis parfois que tu pourrais te tirer d'affaire en toute circonstance.

J'ouvris la bouche, surprise. Cet homme aurait pu convaincre une femme qui se noyait de plonger sous l'eau.

– Le problème, c'est que cela ne dépend pas de moi, Tamara, et John Barrett, le président de l'Association mondiale de la magie, ne t'a jamais rencontrée. Il sait seulement que tu es une sorcière solitaire. Si tu braves le décret du Conclave, sa détermination grandira, tout comme le danger qu'il représente pour toi. Je veux que tu me promettes que tu iras à la réunion de ce soir et que tu seras attentive.

– Eh bien…

Incroyablement, quelqu'un cogna à la porte. En temps normal, il peut s'écouler une semaine sans qu'un visiteur inattendu vienne. Aujourd'hui, mon entrée semblait être devenue la rue principale.

Bryn se leva.

– Puisque je ne suis pas censé être là et que je ne compte pas les provoquer d'une manière qu'ils pourraient utiliser contre toi, pourquoi est-ce que je ne sors pas ?

Sur ce, il se dirigea vers la toute nouvelle porte coulissante menant au jardin.

Mercutio passa à côté de moi en sautillant avant de monter sur la commode.

– On ne saute pas sur les invités ! sifflai-je en approchant de la porte avant.

Je m'arrêtai. Récemment, de nombreuses personnes avaient essayé de me tuer ou à peu près.

— Sauf si les visiteurs me menacent ou semblent dangereux.

Mercutio pencha la tête sur le côté.

Je soupirai.

— D'accord, utilise ton propre jugement.

J'ouvris la porte et vis Zach, un mélange de l'homme de Marlboro et d'une publicité d'Abercrombie.

— Salut, chérie.

— Salut toi-même, dis-je en souriant.

Même si nous nous disputons plus souvent que les gens de la télé-réalité, je suis toujours folle de lui. En plus, j'avais failli le perdre à cause d'une morsure de loup-garou et j'étais simplement heureuse de le voir en vie.

— Où étais-tu ?

Il repoussa son chapeau de cow-boy vers l'arrière et se pencha pour m'embrasser.

— Ah ! dans le coin. Je suis passé voir si tu avais besoin d'argent, et je voulais t'emmener dîner chez T.J. et Nadine. Ils font un barbecue, ce soir. Je suis allé chercher des bières et des steaks…

Bryn ne fit pas le moindre bruit, mais je m'aperçus immédiatement qu'il se trouvait derrière moi : Zach devint aussi immobile que Mercutio lorsqu'il aperçoit un lézard qu'il compte tuer rapidement. L'adrénaline monta en moi et mon cœur commença à battre la chamade.

— Alors, tu as de la compagnie, dit Zach en reculant d'un pas.

« De la compagnie que je n'avais pas invitée et qui devait se trouver dans le jardin, hors de vue ! »

Je saisis le bras de Zach. J'étais incroyablement attirée par Bryn, mais Zach était la prunelle sucrée de mes yeux depuis que j'étais trop petite pour savoir pourquoi je désirais le suivre pour l'éternité.

— Il partait, justement, dis-je.

— Ah oui ? demanda Zach en continuant de regarder Bryn, les yeux plissés.

— Nous devions discuter de certaines choses, affirma ce dernier par-dessus mon épaule. En fait, nous n'avions pas terminé.

Bryn ne rend jamais les choses faciles entre Zach et moi. Je sais que c'est parce qu'il veut me garder pour lui. Le problème est que j'ignore ses raisons. C'est peut-être parce qu'il pense que je suis belle, ou parce qu'il peut me siphonner de la magie comme certaines personnes volent des sachets de sucre au restaurant.

Je me tournai pour le regarder.

— Je vais suivre tes conseils en ce qui concerne la réunion, mais il vaut mieux que nous ne nous voyions plus, tout bien considéré.

— Mon offre tient toujours, pour le service de traiteur. Tu pourrais parler directement à Jenson.

— Merci. Je vais y réfléchir, promis-je en continuant de tenir le bras de Zach.

Je savais qu'il aurait pu se libérer à sa guise, et je considérai comme un bon signe le fait qu'il reste là.

Zach entra dans la maison pour laisser Bryn partir.

— Tu ne travailles pas pour lui. Pas aujourd'hui. Pas le mois prochain. Pas l'année prochaine, déclara Zach quand la porte fut fermée et que nous nous retrouvâmes seuls.

— Attends une minute.

Il reprit son bras.

– Tu ne vas pas travailler pour le mec avec lequel tu m'as trompé ! Je peux te pardonner une fois. Je sais que tu étais complètement ivre, ce soir-là, mais je m'attends à ne plus te voir avec lui… Jamais.

Je ne l'avais pas exactement trompé. Zach et moi étions divorcés. En plus, je n'avais pas été moi-même. Ou, du moins, pas *complètement*. Une partie de moi avait été une garçonne aux mœurs légères à cause d'un sortilège qui avait mal tourné.

– Tu as entendu ce que je lui ai dit.

– Oui. J'ai aussi entendu sa réponse. Ce que tu lui as dit n'a rien changé pour lui. Alors, voilà ce que je pense : à partir de maintenant, quand il vient, tu ne le laisses pas entrer. S'il t'appelle, tu raccroches. Il finira par comprendre, si tu l'y obliges.

J'avais eu envie de me réconcilier avec Zach, mais quand il utilisait sa voix de policier et me disait quoi faire, cela me rappelait les raisons pour lesquelles notre relation était toujours tumultueuse. J'inspirai profondément avant d'expirer lentement, essayant de ne pas m'énerver.

– Je ne compte pas entretenir une relation avec lui.

Mais Bryn m'avait aidée, et je n'allais pas non plus lui claquer la porte au nez. C'était mal élevé.

– À quelle rencontre dois-tu assister ? Va-t-il y être ?

– Non.

– Quelle rencontre ?

– Écoute, je ne peux pas en parler.

Zach plissa les yeux, et ses muscles se crispèrent.

– Avec moi, tu veux dire ? Parce que tu étais en train d'en parler avec lui.

— Eh bien, c'est compliqué.

— Avant, tu n'avais aucun secret pour moi.

Les choses devenaient de plus en plus compliquées. Si je voulais être avec Zach, pouvais-je vraiment éviter de lui parler de tous les événements surnaturels qui arrivaient ? Je me tordis les mains jusqu'à ce que je m'en rende compte et les déplie sur les côtés.

— Si tu veux tout savoir, je vais te le dire, mais tu n'aimeras pas ça.

Il croisa les bras sur sa poitrine.

— Edie n'est pas le seul truc étrange dans ma famille. En fait, quand je t'ai dit que ma mère et tante Mel étaient légèrement excentriques et fantasques, je voulais dire qu'elles sont…

— Crache le morceau.

— Des sorcières. Et on dirait bien que c'est aussi mon cas.

— Pour l'amour de Dieu ! Ton imagination s'emballe de plus en plus. Et je suppose que Lyons t'encourage, maintenant ? Ce foutu parasite. À l'époque de mon arrière-grand-père, ce mec aurait été un charlatan.

— Tu as vu les loups-garous. Tu sais que ce monde n'est pas simplement…

— Arrête tout de suite. Je ne sais pas ce que j'ai vu, si c'était des hommes maquillés comme dans un film d'horreur ou un truc du genre, mais je sais que les loups-garous n'existent pas. Bon sang, j'étais à moitié assommé et je me souviens avoir bu un genre de café amer chez Lyons. Qui sait ce qu'il contenait ? Peut-être du LSD. Et en plus, ce genre de discours, toi qui affirmes que tu es une…

Il secoua la tête.

— Je t'amène à l'église dimanche. Nous allons parler au révérend.

— Non.

— Qu'est-ce que tu veux dire, « non » ?

— Qu'est-ce qui est dur à comprendre dans « non » ?

Je posai les poings sur les hanches.

— Je ne parle pas de ça à tout le monde. Ça me causerait des ennuis.

— Tu as bien raison sur ce point.

— Tu sais, tu peux partir. Dis à Nadine et à T.J. que je suis désolée de ne pas pouvoir venir, dis-je.

— Ne fais pas ça, Tammy Jo.

— Écoute, j'ai des trucs à comprendre. Je crois qu'il vaut mieux que je le fasse seule, ajoutai-je doucement.

Zach détourna les yeux en fronçant les sourcils.

— Ce n'est pas normal, dit-il avant de me regarder. Peu importe ce qui arrive dans ta tête, ça va passer, et je ne veux pas que tu sois seule pour y faire face. Tu viens avec moi. Allons te nourrir avec du bon bœuf texan, et te montrer des gens qui t'aiment et qui n'essaient pas de te manipuler.

— J'aimerais mieux rester ici.

Zach secoua la tête.

— Je ne veux pas te laisser seule ici. Tu peux m'accompagner, ou je peux te conduire chez Chulley, ce soir, et lui dire que ton état se détériore.

Tout mon sang descendit vers mes orteils, me rendant blême et paniquée.

Chulley était le psychiatre que Zach m'avait convaincue de consulter quand je lui avais parlé d'Edie. Après une rencontre au cours de laquelle Chulley et moi nous étions mutuellement énervés, j'avais juré de ne jamais retourner le voir. J'avais ensuite découvert que Chulley avait affirmé à Zach qu'il ne pouvait exclure la possibilité que je doive un jour être internée. Des camisoles de force et des chambres capitonnées. Des portes verrouillées, des aiguilles, et pire encore. C'était arrivé à d'autres sorcières de ma famille. Et maintenant, Zach menaçait de laisser Chulley s'attaquer une nouvelle fois à moi.

« Hors de question ! »

Pas sans une lutte qui ferait sortir les voisins de leurs maisons pour assister au spectacle.

– Tu lui dirais que je suis devenue folle ? murmurai-je. Tu lui dirais que je dois être enfermée ?

Le dire à voix haute rendait tout plus réel. La peur me noua l'estomac et les larmes me remplirent les yeux.

Zach grimaça.

– Ne fais pas ça, chérie. Ne pleure pas, dit-il en me tirant vers lui pour me serrer dans ses bras. Peu importe ce qui se passe, tu sais que je vais prendre soin de toi.

« Mais pas de la façon dont j'ai besoin », pensai-je tristement. Lui faire des confidences avait été une erreur.

Après quelques minutes de protestations larmoyantes, j'avais mal à la tête et à la gorge, mais j'avais réussi à convaincre Zach que je n'étais pas en état d'aller à un barbecue chez son frère. Il alla chercher la nourriture et la bière dans sa voiture, et appela Nadine pour lui dire que nous ne pouvions pas venir. Je m'allongeai sur le canapé pendant qu'il faisait griller les steaks dans le four. Mercutio, qui avait assisté à tout l'échange depuis le haut de la commode, vint s'installer à côté de moi.

– Je n'aurais jamais dû lui dire, murmurai-je.

Merc me lécha le visage.

– Que devrais-je faire ? Prétendre que…

– Jo, ne murmure pas à ce chat, dit Zach depuis la cuisine. Ça donne la chair de poule. En fait, pourquoi ne le mets-tu pas dans le jardin, pendant un moment ?

Le gouffre nous séparant me sembla soudain plus large que le Rio Grande.

Je serrai Mercutio avant de le poser par terre.

– Va jouer, Merc.

Il regarda Zach, cracha et fila vers l'escalier, qu'il monta en courant.

– Une tonne de gens parlent à leurs chats. Je l'ai lu sur un site Internet.

Zach ignora ma remarque.

– Veux-tu des oignons sur ton steak ?

– D'accord, répondis-je calmement, même si j'avais de plus en plus l'impression d'être une prisonnière dans ma propre maison.

« Endure le dîner. Quand il te verra manger, parler et agir normalement, il se dira que tu n'es pas folle, en fin de compte. Il rentrera ensuite chez lui et tu pourras être aussi démente que tu le désires. »

Je me levai et mis la table pendant que Zach finissait de cuisiner. Je n'ai jamais été de nature maussade, mais je restai étonnamment silencieuse pendant le dîner. Après, Zach alluma la télévision et je compris qu'il ne comptait pas partir. Il voulait me surveiller toute la soirée, me donnant l'impression que les murs se refermaient sur moi. J'essuyai mes mains moites sur un torchon et pris des respirations superficielles.

Je n'allais pas abandonner le contrôle de ma vie sans me battre. En plus, je comptais rencontrer les sorciers parce que j'espérais réussir à convaincre le deuxième professeur de me laisser échapper au truc du Défi. Je ne pouvais pas laisser Zach m'empêcher de sortir.

J'avais besoin d'un plan de fuite. Heureusement, Zach n'était pas un étranger ou un garde dans un hôpital psychiatrique. J'avais été sa femme, et je connaissais ses faiblesses.

— Tu sais, je me suis abonnée à la chaîne sportive, dis-je en rinçant un torchon et mes mains sous l'eau froide.

— Ah oui ? Tu n'étais pas obligée, chérie, répondit-il tout en changeant immédiatement de chaîne.

Je posai le torchon sur le robinet et attendis que mon ex-mari soit absorbé par un quelconque programme analysant les équipes de football américain, ce qui prit environ 45 secondes après qu'il eut commencé à regarder ESPN.

— Je vais me laver le visage, annonçai-je en attrapant discrètement mon sac à main.

Il opina, les yeux rivés sur les commentateurs.

Je montai tranquillement l'escalier, mais, dès que je fus en haut, je filai vers ma chambre et fermai la porte derrière moi. Mercutio, assis sur mon lit, m'observa préparer un sac de voyage.

— Nous partons d'ici, murmurai-je en mettant des vêtements pour deux jours dans un sac en toile.

J'arrachai une feuille dans un cahier de notes et attrapai un stylo pour écrire un mot à Zach en grosses lettres noires : « Cher Zach, tu peux considérer que nous avons officiellement rompu. Je t'aime, Tammy Jo. »

Je collai le mot sur le miroir. Il le ferait réfléchir.

Je pris toutes les autres affaires dont j'aurais besoin, puis j'ouvris la fenêtre et accrochai l'échelle de secours au rebord. L'autre extrémité atterrit sur un buisson.

— D'accord, partons, dis-je. Veux-tu que je te porte ?

Je tendis les bras, mais Merc ignora mon offre et alla inspecter l'échelle.

— Je vais passer en premier, dis-je pour l'encourager.

Je passai la sangle du sac en toile sur une épaule et sortis par la fenêtre. À mi-chemin, je m'arrêtai.

— Viens, dis-je en tendant un bras vers Mercutio.

Il bâilla.

— Je dois partir. Avec ou sans toi ! murmurai-je intensément avant de continuer à descendre.

J'étais en train de sortir du buisson quand je vis passer une boule de fourrure. Merc descendit l'échelle en deux bonds, son corps presque à la verticale, la tête vers le sol. Alors qu'il se trouvait à la moitié de l'échelle, il bondit sur le gazon. Si j'avais fait la même chose, je me serais retrouvée avec de l'herbe plein la bouche. Je restai bouche bée pendant un moment.

— C'est décidé. Ils auraient dû t'appeler Spiderchat.

Toujours aussi détendu, Mercutio s'approcha de ma petite Ford Focus. Dans l'esprit des grandes fuites, je me précipitai sur le siège du conducteur. Je démarrai la voiture, grimaçant à cause du bruit du moteur, priant pour que le volume de la chaîne sportive soit assez fort pour le masquer.

Je commençai à me détendre deux pâtés de maisons plus loin. Zach finirait bien par me retrouver, mais j'espérais qu'à ce moment, il aurait oublié son idée de m'emmener chez le psychiatre. Si ce n'était pas le cas, je devrais prendre des mesures.

Je l'aimais, mais cela ne voulait pas dire que je n'irais pas demander une ordonnance restrictive temporaire devant une cour. Oui, si je ne pouvais pas échapper au Défi magique, je devrais devenir une véritable sorcière, dans tous les sens du terme.

3

Je pris l'autoroute de Duvall, qui me mènerait à la vieille ville. Duvall avait été fondée en 1874, et sa partie historique était à l'abri des grands quartiers nouveaux. En parcourant les routes poussiéreuses, je passai devant Gruber, la vieille usine textile, et des petites maisons que la Société historique de Duvall utilisait lors de visites guidées. Elles n'étaient pas climatisées, alors je ne voyais pas comment les touristes pouvaient aimer y entrer et écouter quelqu'un leur parler, mais le thé glacé et le punch au whisky offerts à la fin de la visite étaient toujours populaires.

J'allais être en avance, mais je voulais finir de parler à Jordan aussi rapidement que possible pour planifier mes prochaines actions. Les beaux-parents de ma meilleure amie, Georgia, étaient en ville, alors je ne pouvais pas dormir chez elle, et je ne pouvais pas vraiment me payer un hôtel. La maison de Bryn était immense, mais cela amènerait trop de problèmes. Je n'avais nulle part où aller. Il est difficile d'être sans-abri lorsqu'on a une maison, mais j'avais visiblement réussi.

Quand j'arrivai rue Poplar, je trouvai la maison victorienne jaune et rose saumon qui était devenue l'auberge de la Rose jaune. J'éteignis le moteur et observai la grosse moto

Harley Davidson garée trop près de la borne d'incendie. Son propriétaire risquait une amende.

J'étais presque arrivée au porche quand la porte s'ouvrit et que le propriétaire de la Harley sortit. Je le reconnus grâce à sa veste en cuir noir buriné et à ses épais cheveux noirs qui lui arrivaient sous les épaules. Il marchait comme s'il était un camion Mack conscient du fait qu'il était le plus gros sur la route.

L'homme me regarda, puis il remarqua Mercutio.

— *¿Jose, qué tal ?*[1]

Je fus surprise. Je ne savais pas que Mercutio connaissait l'espagnol. J'avais suivi deux semestres de cours, au collège, mais j'étais loin d'être bilingue. J'avais quand même mémorisé rapidement la recette du professeur pour les biscuits mexicains.

— *Ven aquí*, dit-il, mais Merc ne broncha pas, se dirigeant plutôt vers l'arbre le plus proche.

L'homme caressa son bouc en m'étudiant. Je savais ce qu'il voyait. Un mètre soixante-huit et cent six livres, avec des chaussures à sept dollars, ornées de fleurs fuchsia. Il pensait probablement qu'il pouvait souffler et me projeter à l'autre bout de la rue. Je me redressai dans mes tongs.

— Tu es la sorcière ? demanda-t-il.

— Eh bien, en fait, je ne sais pas encore ce que je vais faire de ma vie.

Il renâcla.

— Je ne m'inquièterais pas pour ça. Il te reste seulement quelques jours, affirma-t-il avant d'indiquer l'arbre. C'est mon chat. Quand tu pars, il reste.

— Comme toujours, c'est son choix, répondis-je.

---

1. N.d.T.: « Jose, comment vas-tu ? », en espagnol.

– Tu penses ça ? demanda-t-il avant de murmurer quelques mots.

Une branche de l'arbre s'enflamma, et Mercutio grimpa pour éviter le brasier. La branche en question brilla quelques moments avant de se transformer en poussière et de tomber de l'arbre.

– Quand elle part, tu restes, dit l'homme à Merc.

Ce dernier donna un coup de patte dans l'air. Le motard se dirigea vers sa moto, qu'il enfourcha. Le moteur rugit et il s'éloigna du trottoir. Je le regardai partir vers le Whiskey Barrel, un bar et une salle de billard.

– Ça va ? demandai-je.

Mercutio descendit le long du tronc et donna des coups dans les cendres avant de m'approcher.

– Eh bien, je ne l'aime pas.

Il monta tranquillement les marches du perron et s'assit sur une chaise en rotin.

Je redressai les épaules. Mercutio semblait dur et nonchalant, mais il avait sept mois : c'était encore un bébé.

– Tu ne dois pas rester si tu ne le veux pas.

Il se lécha les pattes pendant que je me dirigeais vers la porte.

– Je reviens dans quelques minutes.

J'entrai dans le petit salon accueillant. Il était rempli de meubles couverts de chintz et de vieilles lampes. Jordan Perth était assis dans un fauteuil, un verre à la main.

– Bonjour, mademoiselle Trask. Vous venez de rater Incendio.

Incendio. Bien sûr.

– Non, nous avons fait connaissance.

— Ah ? Est-il toujours dehors ?

— Il est allé au bar, plus loin dans la rue.

Il fronça les sourcils.

— Vous êtes-vous présentée ?

Je m'assis sur une chaise à côté de lui.

— Non, mais il savait que c'était moi. Il m'a demandé si j'étais une sorcière.

— Et qu'avez-vous répondu ?

— Que je n'étais pas folle de cette idée.

Jordan grimaça avant de se pencher vers moi.

— Êtes-vous résolue à mourir ?

— Mmh. Laissez-moi y penser. C'est une décision difficile.

Je regardai mes ongles.

— Je ne dirais pas résolue. Non.

Jordan rit.

— Très amusant.

Il prit une gorgée.

— Voulez-vous du brandy ?

— Non.

— Comme vous voulez, dit-il en haussant les épaules.

Si c'était mon but, je ne serais pas venue lui parler de leçons de magie.

— Je suppose que vous savez que vous descendez d'une longue lignée de sorcières dotées de magie liée à la terre. Vous vous rappelez les quatre éléments, bien sûr ?

— La terre, l'eau, le vent, le feu, énumérai-je.

— Exactement. Le Conclave m'a envoyé parce que je suis doué avec la terre, et que je possède des talents acceptables avec l'air et l'eau. Incendio Maldaron est l'un des plus puissants sorciers de feu de l'univers. Nous devons tous deux vous préparer pour un défi qui fera appel à des sortilèges comprenant tous les éléments. Si le Conclave a envoyé Incendio, c'est parce qu'il vous faudra un sortilège de feu complexe pour survivre. Comprenez-vous ? Vous avez besoin de lui comme professeur, mais c'est un enchanteur de niveau huit. Si vous semblez ne pas être motivée, il ne risque pas de s'investir, n'est-ce pas ?

— Je n'ai pas encore décidé de participer à ce truc de défi. Je crois que je dois parler à la personne responsable, pour lui expliquer que la sorcellerie ne sera jamais ma profession. Ni même un passe-temps.

— Essayez-vous d'être stupide ? Ils se fichent de savoir ce que vous comptez faire. Vous avez lancé des sortilèges, mon chou. Vous êtes déjà une sorcière et vous êtes donc assujettie aux lois de la magie. Vous ne pouvez pas dire que vous ne comptez pas jouer. S'il en reçoit l'ordre, Incendio peut mettre le feu à votre maison quand vous vous y trouvez. Est-ce assez clair pour vous ?

Oui, assez clair pour me ficher la trouille. Je pris mon sac à main et fouillai jusqu'à ce que je trouve un chocolat noir miniature sous mes lunettes fumées. Je proposai à Jordan de le partager, mais il refusa d'un geste de la main impatient.

— Alors, si je survis au Défi et qu'*après* je promets de ne pas utiliser la magie, me laisseront-ils tranquille ?

Je déballai le chocolat et le mis dans ma bouche.

— D'une certaine manière. Un sorcier peut devenir inactif après avoir obtenu son permis.

— Quand devez-vous commencer à m'entraîner ?

— Demain matin. Vous pouvez boire un verre avec nous ce soir et essayer de faire meilleure impression sur Incendio.

Je regardai ma montre.

— Puis-je vous rejoindre plus tard ? Lui donner le temps de s'installer ?

« Et de boire quelques verres, ce qui le rendra peut-être plus sympathique. »

— J'ai quelques trucs à faire avant.

« Comme cacher mon ocelot du sorcier à qui je suis censée lécher les bottes. »

— Des choses que vous considérez comme plus importantes que votre survie ?

Je froissai l'emballage.

— Quand nous sommes-nous rencontrés ? demandai-je en feignant la curiosité. Ah oui, je crois que c'était aujourd'hui. Alors, vous allez me donner un peu de liberté, n'est-ce pas ? J'étais au beau milieu de ma vie normale ET d'une crise, quand vous êtes arrivé sans crier gare en affirmant que je devais tout abandonner. Je dois m'occuper de quelques trucs avant de commencer mon entraînement de sorcière.

— Absolument, répondit sèchement Jordan.

Il avait été beaucoup plus joyeux lors de notre rencontre. Je suppose qu'il ne s'attendait pas à ce que je lui pose autant de problèmes, mais les ennuis semblaient me coller à la peau, depuis un certain temps. Quand je sortis de l'auberge, Mercutio descendit de la chaise et m'accompagna vers la voiture.

— Oui, viens, dis-je avant de regarder aux alentours pour m'assurer que personne ne nous observait.

Mercutio se plaça devant la portière du côté passager et je le laissai entrer avant de filer de l'autre côté.

— Tu vas devoir te faire oublier. Je ne sais pas ce qu'un sorcier de niveau huit peut faire, mais ça semble assez impressionnant.

Je traversai la ville vers le nouveau centre commercial qui venait d'être construit. Les locataires n'avaient pas encore emménagé, alors l'aire de stationnement était déserte. Le centre se trouvait à seulement quelques pâtés de maisons du parc Riverbank de Shoreside Oaks, la partie la plus prospère de la ville. Je garai la voiture derrière les bennes à ordures du chantier pour que personne ne la voie et ne le dise à Zach ou à des gens de l'extérieur. Oui, j'essayais de cacher des choses à mes amis et voisins, parce que les rumeurs circulent vite, à Duvall.

— Viens, Mercutio, dis-je.

Il sauta par terre.

— J'aimerais vraiment savoir comment tu as rencontré cet Incendio. Étiez-vous amis, au début ?

Mercutio fit rapidement bouger ses moustaches.

— Non, hein ?

Je restai à l'intérieur de la limite des arbres et essayai d'être aussi silencieuse que Mercutio, qui n'émettait pas un bruit en avançant dans le bois. Quand nous arrivâmes au parc, il faisait sombre. Le cabanon métallique en forme de tunnel qui entourait une partie du quai était verrouillé. Cependant, comme beaucoup d'autres choses en ville, il avait été bâti par l'entreprise de construction des frères de Zach, et ils avaient gardé une clé, puisqu'ils trouvaient amusant de sortir les pédalos après la tombée du jour. Je tendis une main sous le cabanon et, derrière le drain, je trouvai le petit porte-clés magnétique que je les avais vus sortir un soir où je les avais accompagnés pour une sortie nocturne en pédalo.

Une fois dans le cabanon, je trouvai la clé des chaînes retenant les embarcations.

— Tu sais que c'est toi qui m'as donné cette idée, dis-je à Mercutio.

Je me dirigeai vers la porte du fond, qui menait à l'extrémité du quai, puis j'éteignis la lumière avant de refermer le cabanon derrière nous.

— Bryn m'a dit que tu avais descendu la rivière sur un radeau, et que c'était comme ça que tu étais arrivé chez lui. Par contre, je me demande comment tu es arrivé à Duvall.

Je déverrouillai la grosse chaîne pour libérer un bateau, puis je la refermai autour des autres. Merc et moi nous assîmes, et je déroulai la corde attachée à un anneau argenté à l'arrière de l'embarcation. Je voulais qu'elle soit prête à nouer au quai de Bryn une fois sur place.

Je commençai à pédaler et nous reculâmes dans un doux bruissement. Je tournai ensuite le bateau et pédalai vers l'avant, le courant nous aidant à voguer aussi vite que des poissons. Il avait beaucoup plu, au cours du dernier mois, et le courant était puissant.

Nous passâmes devant de grandes maisons et j'admirai leurs magnifiques jardins entretenus, remplis de chênes géants et d'une foule d'arbres fleuris, de rosiers et d'élégantes rangées de fleurs automnales en pots. Quelques jardins contenaient même des statues et des fontaines, et d'autres étaient munis de terrains de tennis et de piscines.

— En été, il y a un filet qui empêche les bateaux de descendre aussi loin en aval, mais la boutique de location de pédalos est fermée, en ce moment, alors nous pouvons passer, expliquai-je à Mercutio.

Les terrains et les maisons devinrent de plus en plus gros, et la rivière s'élargit. Je commençai à entendre les chutes Cider, au loin. Nous passâmes devant un boisé sur notre droite, et je me dis que nous étions arrivés sur la propriété de Bryn. Alors que nous filions à toute allure, la forêt s'arrêta, faisant place à un magnifique terrain. Je plissai les yeux à la recherche du quai. Il n'était pas illuminé, mais je pouvais voir la lumière des projecteurs sur les réflecteurs de son hors-bord.

Je pédalai en direction du quai, que je pouvais enfin distinguer, mais le courant nous entraînait sur le côté. Rapidement.

— Houlà, soufflai-je.

4

Je redoublai d'ardeur.

– Le courant nous entraîne, Merc! murmurai-je intensément.

Nous tournâmes et je perdis le contrôle. J'essayai de pédaler à l'envers, mes jambes brûlant. Je savais que j'aurais dû passer plus de temps sur le satané vélo stationnaire de Georgia.

– Saute et sauve-toi! m'exclamai-je.

Mercutio sauta à l'arrière du bateau, puis sur le quai de Bryn. Je me mordis la lèvre, terrifiée. Quelque chose secoua l'embarcation, qui bougea brusquement sur le côté. Quand elle fonça dans le bateau de Bryn, le mouvement fit entrer de l'eau, me mouillant les pieds et le bas du pantalon. J'ignorai le choc de l'eau froide et tournai les yeux vers le quai.

Mercutio se trouvait au bout de celui-ci, à côté de l'anneau métallique servant à arrimer les bateaux. Il avait réussi à y entortiller la corde accrochée à l'arrière du pédalo. Il la tenait entre ses dents, utilisant ses pattes pour plaquer la ligne sur le quai et l'y maintenir.

– Comment diable? bredouillai-je en tirant sur la corde pour m'approcher, jusqu'à ce que je puisse sauter sur le quai.

Je pris alors la corde et l'attachai solidement, puis je m'accroupis à côté de Mercutio et embrassai sa tête.

– Tu es le chaton le plus intelligent du monde. Si tu décides que tu veux être célèbre, dis-le-moi. Je te jure que tu pourrais être en vedette à Las Vegas.

Soudain, une foule de lumières s'allumèrent. Je tournai la tête vers l'endroit où le pédalo cognait contre l'élégant hors-bord de Bryn.

– Penses-tu qu'il a entendu l'impact, ou le quai est-il muni de capteurs de sécurité ?

Merc sortit la langue de manière rythmée, comme s'il goûtait l'air. Il donna ensuite un coup de patte dans l'air devant lui avant de cracher doucement.

– Ou je suppose qu'il a peut-être lancé un enchantement pour protéger sa propriété.

J'entendis alors les aboiements d'un chien.

– Houlà. Angus ! Vite, Merc ! dis-je en le prenant dans mes bras.

Angus, le rottweiler adulte de Bryn, avait déjà attaqué Mercutio, qui portait toujours les points de suture témoignant de cet événement. Je détestais les brutes.

– Angus est attaché, affirma Bryn en arrivant dans la lumière entre deux chênes.

– Ah ! tant mieux.

J'inspirai profondément pour me calmer avant de déposer Merc au sol.

– Bonjour.

– Bonjour toi-même. Tu es entrée illégalement.

J'écarquillai les yeux.

– Veux-tu que je parte ?

Bryn ne répondit pas, mais il s'approcha jusqu'à ce qu'il soit trop proche de moi.

– Tu sais, je suis un peu fatigué de t'entendre dire que tu ne comptes jamais me revoir avant de rappliquer dès que tu as besoin de quelque chose, dit-il.

Je fronçai le nez et priai pour ne pas rougir de gêne. Il avait raison.

– Qui dit que j'ai besoin d'aide ? demandai-je en essayant de sembler innocente.

Il jeta un coup d'œil au pédalo volé avant de me regarder et de hausser un sourcil.

– Eh bien, en fait… commençai-je.

Bryn se pencha vers moi. Je sentis alors des effluves de santal et d'épices, et son pouvoir fit fourmiller mes lèvres.

– Chez toi, quand Sutton a débarqué…

Il secoua la tête.

– Je n'aime pas être chassé.

Nos lèvres se touchaient presque.

– Tu dois décider si nous sommes amis ou non.

– Ce n'est pas mon choix, répondis-je, exaspérée.

Je penchai la tête, sentant toujours l'énergie fourmiller entre nous. Les respirations inégales de Bryn sentaient la menthe. Je devais reculer, mais la chimie entre nous devenait plus dure à ignorer qu'un éclair au chocolat.

– Tamara, murmura-t-il en plongeant les doigts dans mes cheveux.

Il me tint en place et posa ses lèvres contre les miennes.

J'entendis le torrent de la chute et goûtai du miel et de la magie. Je glissai alors mes bras autour de lui, appuyant mes doigts contre les muscles de son dos.

J'avais les yeux fermés, alors je remarquai à peine l'éclair de lumière indiquant l'arrivée d'Edie.

– Tu deviens délurée, affirma-t-elle d'un ton réprobateur.

Je m'éloignai brusquement de Bryn et nous reprîmes tous deux notre souffle. Il tendit les bras vers moi, mais je repoussai sa main dans un geste digne de Mercutio.

– Nous ne sommes pas seuls, déclarai-je.

Bryn tourna les yeux vers Edie avant de lui adresser la parole.

– Ah ! le fantôme familial, je présume. Alors, c'est à cela que vous ressemblez. Aussi belle que toutes les autres femmes Trask.

– Tu peux me voir, dandy ?

Edie s'approcha et se mit à ma place.

– À peine, répondit Bryn en continuant de reprendre son souffle. Qu'est-ce qu'un dandy ?

– Un homme populaire, comme toi. Pourvu d'un charme inutile, mais puissant.

– Êtes-vous celle qui essaie de nous séparer, Tamara et moi ? Je peux sentir que nous sommes destinés l'un à l'autre, vous savez.

– Ah oui ? Êtes-vous des amants maudits, séparés par vos familles égocentriques ? Tu es un peu trop vieux pour jouer Roméo, non ? demanda-t-elle avant de s'arrêter pour le regarder des pieds à la tête.

Son ton changea soudain, devenant aussi dur que les perles de ses robes élégantes.

– Avant la fin de l'année, elle t'appellera un enchanteur, siffla Edie, me faisant frissonner.

– C'est…

Bryn s'arrêta.

— Où est-elle partie ? demanda-t-il, même si Edie se trouvait encore devant lui.

Elle se pencha en avant et posa ses lèvres fantomatiques contre les siennes. Il toussa et recula en clignant des yeux.

— Elle est toujours là.

— Oui.

Il me regarda.

— Je ne peux plus la voir.

Je jetai un coup d'œil à Edie, qui jouait avec la double rangée de perles énormes pendant autour de son cou.

— Il m'a vue grâce à ton pouvoir… Découlant du baiser. Quand il s'est estompé, j'ai fait la même chose. Il n'est pas censé me voir.

— Je ne comprends pas ce que tu as dit, affirmai-je. Pourquoi l'appellerais-je un enchanteur ? Parce qu'il va utiliser de la magie noire ?

Bryn croisa les bras sur sa poitrine et serra les dents, visiblement contrarié d'être exclu de la conversation.

— Non, répondit Edie en claquant la langue. N'importe quel sorcier peut utiliser de la magie noire ou blanche. La véritable définition d'enchanteur est ancienne. Elle vient de notre histoire. Un enchanteur est un traître, une personne qui trahit ses semblables.

— Eh bien ? demanda Bryn. De quoi m'accuse-t-elle ?

— Rien de précis. Elle ne te fait pas confiance, c'est tout.

— C'est réciproque. Les esprits vagabonds qui s'immiscent dans l'existence des vivants sont au mieux ennuyeux et peuvent même devenir dangereux, ce qui semble être le cas présent.

Edie le regarda intensément.

— Il veut manier le pouvoir des McKenna en se servant de toi, mais il ne peut pas le faire. N'est-ce pas, Tammy ?

Je jetai un coup d'œil à Bryn, me demandant comment il méritait le titre d'*enchanteur.* Je compris également que c'était la deuxième fois que ce terme était utilisé pour désigner quelqu'un aujourd'hui. Je regardai de nouveau Edie.

— Il y a un homme, en ville. Incendio Maldaron. Jordan, l'autre sorcier qui l'accompagne, l'a appelé un enchanteur. Jordan n'a pas utilisé ce mot comme s'il avait une connotation négative. Il l'a prononcé comme si Incendio était un porteur de ballon célèbre qui venait de compter le touché victorieux.

— Maldaron est ici ? demanda brusquement Bryn.

Edie pencha la tête sur le côté.

— Je connais ce nom. Comment ?

J'opinai en direction de Bryn.

— Il est mon deuxième professeur.

— Le Conclave n'aurait jamais envoyé Incendio Maldaron apprendre des sortilèges à une novice. Ça reviendrait à envoyer un condamné à mort dans une garderie pour apprendre aux enfants à remplir des pistolets à eau.

— Que veux-tu dire ?

— Depuis que John Barrett est président, le Conclave utilise Maldaron comme homme de main… Pour punir ou exterminer les sorciers qui deviennent dangereux. Si je me fie à ce qu'il a fait au fil des années, Maldaron pourrait lui-même se trouver en tête d'une liste de cibles.

— Pourquoi ? Qu'a-t-il fait ?

— Agression. Il a probablement commis des meurtres, mais il n'a jamais été condamné. Les témoins ont tendance à disparaître.

— Alors, pourquoi le Conclave l'engagerait-il ?

Bryn sourit d'un air grave.

— Il est excellent dans son domaine.

Je fronçai les sourcils. Je ne suis pas une politicienne, mais inclure un meurtrier dans les effectifs ne semble pas normal. Je me dis que la CIA procédait peut-être de cette manière, mais que ce n'était pas nécessaire pour le gouvernement des sorciers. Ils avaient la magie de leur côté.

Mercutio miaula et bondit du quai. Il atterrit dans le pédalo et regarda en amont pendant un moment avant de se retourner pour voir si nous l'observions.

— Ton chat sent quelque chose, dit Bryn.

— Merc connaît Incendio Maldaron. Ce dernier affirme que Mercutio lui appartient. C'est pour ça que je suis venue ce soir. Merc ne l'aime pas. Je voulais que tu le gardes ici, histoire de le cacher jusqu'à ce qu'Incendio quitte la ville.

Edie claqua des doigts.

— Je me rappelle, maintenant. « Il n'y a pas de fumée sans Ince. » C'est ce que ses amis avaient l'habitude de dire.

Elle fit tourner ses perles en me regardant.

— En 1989, quand Melanie a eu une aventure avec lui.

— Quoi ? soufflai-je.

Ma tante Mel et un effrayant enchanteur qui était aussi un motard ?

— Quoi ? demanda Bryn en se penchant en avant.

Je levai un doigt pour écouter Edie, qui continua comme si de rien n'était.

— Oui, elle nous a écrit de Mexico, où elle l'a rencontré, dit-elle en souriant. Il est entré dans une colère noire quand elle a rompu, recourant même aux menaces, et je crois qu'il a donné suite à certaines de celles-ci, même si Melanie n'a jamais rien dit. Elle a toujours été très douée pour garder des secrets. Tu sais quoi, par contre ? S'il t'inquiète, tu devrais porter les boucles d'oreilles, les émeraudes colombiennes. Deux pierres identiques trouvées ensemble, serties d'or blanc et refroidies dans de l'eau blanche. Melanie avait demandé à quelqu'un de célèbre de l'aider à y insérer un sortilège de protection.

Edie fit une pause.

– Elle les a portées tous les jours pendant plus d'un an. Elles étaient trop voyantes pour la journée, et les gens du coin lui ont fait des remarques, mais il vaut mieux être trop bien habillée que brûlée vive.

Edie laissa retomber les perles sur sa robe chatoyante.

– Maldaron a fini par déménager. En Espagne, je pense. Un océan les séparait, alors Melanie s'est sentie assez confiante pour ranger les émeraudes. Elle serait d'accord pour que tu les portes.

Je mis une main sur ma bouche et Edie me lança un regard sévère.

– Bon Dieu, elles ne faisaient pas partie des bijoux que tu as mis au clou, n'est-ce pas ? Ceux qui se trouvaient dans le tiroir à double fond ?

Je me sentais malade. Je suppose que c'était visible, parce qu'Edie soupira.

– Ne panique pas.

Facile à dire pour elle. Elle était déjà morte.

– Tu n'en auras peut-être pas besoin. Ça fait 20 ans. Maldaron s'est peut-être adouci en vieillissant.

Je repensai à son allure coriace et posai une main sur ma tête. Je doutais qu'il se soit beaucoup adouci, mais il devait m'enseigner. Il avait été envoyé en mission officielle. J'étais peut-être en sécurité.

— Laisse-moi aller faire quelques vérifications, dit Edie.

Elle se transforma en brume vert pâle avant de devenir une petite boule de lumière et de disparaître.

Je me tournai vers Bryn.

— Elle est partie. Je suis désolée de t'avoir ignoré, mais elle avait des trucs très importants à m'apprendre.

Mes mains tremblaient, alors je les entrelaçai.

— Comme ?

— Pouvons-nous en parler dans la maison ? Mes pieds sont mouillés et il fait froid, ici.

Je devais gagner du temps, mais je ne savais pas ce que je devais lui avouer sur ma famille. Il faisait partie de la liste interdite. En plus, Edie avait maintenant eu une prémonition alarmante selon laquelle Bryn allait me trahir, juste au moment où j'avais besoin de son aide. Georgia était occupée avec ses beaux-parents et Zach pensait que j'avais perdu la tête, alors il ne me restait pas beaucoup de gens sur lesquels je pouvais compter. Je soupirai, essayant de rester optimiste. Nous étions seulement en octobre. Il restait deux mois avant la fin de l'année. Bryn ne me trahirait peut-être pas avant le mois de décembre.

5

Bryn ouvrit la porte arrière, qui menait à une énorme véranda. Il n'y avait pas de soleil, mais la pièce était sympathique. Il alluma un plafonnier et je m'assis sur une chaise rembourrée aux rayures beiges et blanches. J'attrapai ensuite une courtepointe bleu foncé sur le dossier de la chaise voisine. Alors que je l'étendais sur mes jambes, je me rendis compte que les carrés contenaient des clichés des constellations.

« Parfait pour le soir. »

Je jetai ensuite un coup d'œil à un énorme coffre en bois et en cuir placé devant un petit canapé. Sur celui-ci étaient posés de nombreux livres élégants, ainsi que quelques cahiers de notes. Je remarquai une assiette sale et une fourchette sur une table basse, ainsi qu'une cafetière lustrée, une tasse au rebord argenté et une soucoupe.

— Étais-tu en train de travailler ici ?

Bryn opina.

— Tu fais des heures supplémentaires, remarquai-je en observant un épais classeur sur la tranche duquel était écrit *Faculté de droit de Yale*.

— Parfois.

— Je sais un peu ce que c'est. Certaines recettes doivent être réalisées en quelques jours. Les grands pâtissiers restent tard en cuisine. Quand j'ai fait un stage chez Lampis, je devais parfois y rester jusqu'à deux ou trois heures du matin.

— Lampis a d'excellentes pâtisseries. J'y dîne souvent quand je suis en ville. C'est un atout impressionnant sur ton curriculum vitæ. Pourquoi travaillais-tu à la boulangerie de Cookie, si tu as été formée chez Lampis ?

Je haussai les épaules, me sentant rougir. Le pâtissier en chef de Lampis m'avait posé la même question. Il avait été fou de rage quand je lui avais annoncé mon départ pour Duvall.

— Je m'ennuyais de la maison.

J'inspectai alors la pièce pour éviter son regard.

— Et tu peux bien parler. Que fais-tu à Duvall, Monsieur Faculté de droit de Yale ?

Bryn sourit.

— Cette ville a beaucoup à offrir.

— Comme des canalisations magiques ?

— Entre autres, dit-il en m'adressant un regard capable d'enflammer une forêt.

Je me raclai la gorge.

— Je ne suis pas uniquement venue déposer Mercutio. Je dois savoir s'il existe un sortilège pour effacer une conversation précise de la mémoire de quelqu'un, dis-je en me disant que j'aimerais bien faire oublier à Zach l'admission de mon statut de sorcière.

— Ça dépend. Cela te dérangerait-il d'effacer d'autres trucs ? Des souvenirs aléatoires ?

« Mmh. Je ne serais pas contre le fait d'effacer toutes les stupides statistiques de football américain qui l'obsèdent. »

Qui devait se rappeler le nom de tous les quarts-arrière partants lors des Super Bowl des 40 dernières années ? La plupart de ces parties avaient eu lieu avant notre naissance. Mais si j'effaçais accidentellement notre première sortie, les mariages de ses frères ou un autre événement important ? Je ne pouvais pas courir ce risque.

— Oui, ça me dérangerait. J'aurais besoin d'être très précise. Je veux effacer une conversation d'environ 15 minutes. Je peux trouver l'heure précise s'il le faut.

— Non, répondit Bryn en riant légèrement. L'esprit ne fonctionne pas comme une cassette VHS. Rien ne garantit que tu effacerais uniquement les souvenirs de cette période de temps.

« Merde. »

— D'accord.

— Comptes-tu me dire ce qui s'est passé ce soir ? Je pensais que tu allais au barbecue familial des Sutton.

— Ouais, il y a eu un changement de plan. Maintenant, je dois rencontrer les sorciers pour prendre un verre. Plus tôt, Jordan ne m'a donné aucun détail concernant le Défi. Il m'a seulement affirmé que je devrais utiliser de la magie réunissant les quatre éléments pour m'en sortir. Est-ce que ça précise les choses ?

— Pas vraiment.

Je soupirai.

— Mais ne t'inquiète pas, ajouta Bryn. Tu pourras me donner les détails de ce qu'ils t'enseignent. Ça me donnera des idées, et j'essaierai d'obtenir des précisions par d'autres voies.

Je le regardai intensément.

— Quelles autres voies ?

Il sourit.

— Barrett n'est pas à son poste depuis assez longtemps pour avoir remplacé tous les employés des niveaux supérieurs de l'AMM, c'est-à-dire l'Association mondiale de la magie. J'ai encore des amis, là-bas.

« Des espions ! Youpi ! »

— C'est super. Penses-tu qu'ils pourront t'informer avant le jour du Défi ?

— C'est le plan, mais nous verrons. Barrett est plutôt paranoïaque. En général, un simple défi pour une sorcière débutante ne nécessiterait pas l'implication du président. Mais tu me connais, alors les choses sont différentes.

— Pourquoi ?

— Je ne suis pas la personne préférée de Barrett, dit-il doucement.

— Pourquoi pas ?

— Quand il essaie de s'approprier trop de pouvoir, je fais partie des gens qui lui font obstacle. Jusqu'à maintenant, je compte 11 instances où j'ai fait des recherches et préparé des rapports pour m'opposer aux nouvelles politiques qu'il voulait voir adoptées. Quatre fois, alors que le vote promettait d'être serré, j'ai été en personne faire mon plaidoyer.

— Et tu gagnes toujours.

— La plupart du temps, dit-il en opinant.

— Il doit être en colère contre toi.

Bryn sourit.

— Il ne m'a jamais envoyé une carte pour me souhaiter un joyeux équinoxe, alors c'est aussi ma conclusion.

Je soupirai.

— Et tu as dû enfreindre les lois magiques pour m'aider contre les loups-garous. Je parie que ça te met en mauvaise posture. Je suis vraiment désolée.

Il haussa les épaules.

— Et maintenant, je te mêle de nouveau à tout ça, continuai-je en fronçant les sourcils. C'est seulement que j'ignore quoi faire d'autre avec Mercutio. Je n'imagine pas la majorité des habitants de la ville s'occuper de lui. Je veux dire, il est super, mais il peut être un peu violent avec les meubles.

Bien entendu, je ne connaissais personne possédant des meubles plus luxueux que ceux de Bryn. Je regardai autour de moi. Merc pourrait se promener sur le terrain et rester dans la véranda.

— Mercutio peut rester ici, ou il peut rester avec toi. Maldaron n'a aucun droit sur un chat comme lui. Les animaux puissants ont le droit de choisir leurs compagnons. Il est illégal d'en garder un contre son gré.

— Eh bien, c'est peut-être le cas, mais je ne peux pas vraiment m'opposer à Incendio, le grand enchanteur de feu, n'est-ce pas ? Surtout si je dois apprendre ce qu'il est censé m'enseigner. Hé…

Je penchai la tête sur le côté.

— Tu as dit qu'ils n'auraient pas envoyé Incendio ici simplement pour m'apprendre des sortilèges. Penses-tu qu'ils l'ont envoyé en guise d'avertissement pour toi ? Pour que tu ne te mêles pas de ce qui arrive ?

— En fait, c'est exactement ce que je crois.

Je frissonnai. La situation était dangereuse pour Bryn, mais il allait quand même m'aider. Je refusais de penser à la dette que j'avais déjà envers lui, et je priai pour qu'il ne garde pas des comptes.

— Tu as donc descendu la rivière pour que personne ne te voie conduire jusqu'à la grille ? C'était bien pensé.

— Oui, mais je ne pourrai pas lutter contre le courant pour remonter ce soir. Je me disais que, après avoir terminé ici, tu pourrais me ramener dans ta voiture aux vitres teintées et me déposer à la mienne.

Il opina.

— Merci de ton aide, Bryn.

Je croisai les mains et inspirai profondément.

— J'ai encore besoin d'une chose.

— Tu as toute mon attention, comme c'est souvent le cas, dit-il en me regardant de ses yeux bleus.

— J'aimerais vraiment que tu ne me regardes pas comme ça. J'essaie de bien me comporter, et tu me fais toujours oublier cette idée.

— Heureux de l'entendre.

Je soupirai et il sourit.

— Tu sais, la situation est difficile uniquement parce que tu luttes contre ton attirance, affirma-t-il.

— Oui, tout serait plus facile si j'avais une aventure avec toi. Nos vies deviendraient aussi simples que de la meringue.

— Certains ennuis en valent la peine.

« Probablement. »

— Alors, j'ai besoin que tu me fournisses un sortilège de protection. Le livre des sorts que j'ai en contient un, mais il nécessite des ingrédients que je ne possède pas.

Comme une armure médiévale et le sang d'un chevalier.

— Je ne suis pas censé te donner des sortilèges. Nous en avons déjà parlé.

— Mais quand Incendio va se rendre compte que je suis partie avec Mercutio, il risque de vouloir se venger. Comment vais-je survivre, si l'un des hommes qui doivent m'enseigner essaie de me tuer ?

Bryn leva les yeux vers le plafond, en pleine réflexion.

— Je parie que tu possèdes une tonne de livres de sortilèges, continuai-je. Pas besoin de me donner un sort venant d'un des meilleurs recueils. Je suis prête à prendre tout ce qui a des chances de fonctionner.

Il me regarda de nouveau pendant un moment avant de se lever et de se diriger vers la pile de livres sur le coffre. Il murmura quelque chose et agita une main au-dessus des recueils. L'air scintilla et les couvertures changèrent. Il y avait encore quelques couvertures de livres de droit, mais certains livres avaient maintenant des titres comme *Jugements du Conclave de 1910 à nos jours* et *Association mondiale de la magie : amendements*.

J'avançai lentement vers le coffre, espérant voir un livre de sortilèges dans la pile, mais il n'y en avait aucun.

— Sais-tu sur quoi je travaille, ici ?

— Quoi ?

— Mon appel concernant la décision du Conclave de nous interdire de nous fréquenter. La seule manière dont un sortilège de protection aurait une infime chance de bloquer la magie d'un enchanteur de niveau huit serait que je le renforce en utilisant mon pouvoir. Si je le fais, le Conclave pourra prouver que j'ai enfreint leur décision, ce qui donnerait d'excellentes armes à Barrett contre moi.

Je me mâchouillai la lèvre et dansai d'un pied sur l'autre.

— Si j'étais convaincu que Maldaron avait été envoyé ici pour te faire du mal, je courrais ce risque, mais il est aussi lié par les décisions du Conclave, et ils affirment l'avoir envoyé pour t'enseigner. J'aimerais mieux n'enfreindre aucune loi si ce n'est pas une question de vie ou de mort, parce que sinon, ça deviendrait une question de vie ou de mort pour moi. Barrett a proposé une motion pour que je devienne un sorcier de niveau six à cause du sortilège que j'ai lancé sur les loups-garous la semaine dernière. S'il réussit, et que le Conclave décide ensuite que je suis devenu délinquant en enfreignant le jugement de la dernière audience, il pourrait envoyer des hommes de main pour m'éliminer. Et, comme par hasard, Incendio est déjà en ville.

— Je me rappelle qu'à la réunion des sorciers, Astrid a dit qu'elle pensait que tu étais plus puissant que ton niveau. As-tu intentionnellement prétendu être plus faible que tu ne l'es réellement ?

— Un sorcier de niveau quatre peut enfreindre les lois sans être condamné à mort. Plus une personne est puissante, plus c'est dangereux, parce que si elle utilise son pouvoir sans respecter la loi, les punitions sont sévères.

— De quel niveau es-tu vraiment ?

— Si je te le disais, le Conclave pourrait exiger que tu témoignes de ce fait.

— Je ne te dénoncerais pas, dis-je d'un ton indigné.

— Pas volontairement.

— Ah.

Qu'utiliseraient-ils ? Des sortilèges de vérité ? De la torture ? Je fronçai le nez.

— Je déteste la politique.

— C'est comme ça que les mondes fonctionnent, j'en ai bien peur. La clé est de savoir comment exploiter le système.

— Et je suis sûre que tu sais le faire. Les avocats connaissent les meilleurs vides juridiques, n'est-ce pas ?

Bryn rit.

— D'accord, alors, je vais essayer de ne pas te demander ton aide jusqu'à ce que tu gagnes ton appel. Pourrais-tu me faire une fleur et gagner rapidement ?

— Bien sûr. Tu sais que je vis pour te faire des faveurs.

Il sourit pour adoucir sa moquerie.

— Oui, et c'est vraiment gentil de ta part, répondis-je en utilisant mon propre style de sarcasme mielleux.

— Je veux quelque chose en échange, ajouta-t-il en se penchant vers moi.

Nos regards se croisèrent et l'attirance crépita entre nous.

— Une tarte à la framboise ?

— Quelque chose de meilleur, murmura-t-il en effleurant mes lèvres des siennes.

Un baiser semblait un faible prix à payer, si je pensais à tous les meubles qui allaient devoir être restaurés, quand Mercutio déménagerait. Et embrasser Bryn était aussi désagréable que gagner le gros lot, alors je fermai les yeux.

Sa bouche était veloutée quand il y attira ma langue. Mes orteils se retroussèrent et la chaleur m'envahit. Mon corps commença rapidement à fourmiller, et je décidai qu'il serait vraiment confortable de faire l'amour sur l'une des méridiennes bien rembourrées. À ce moment, je compris que j'étais dans de beaux draps… Encore.

Je reculai en chancelant, me libérant de Bryn avant d'atterrir sur une chaise se trouvant derrière moi. Je serrai un coussin et me concentrai pour reprendre mon souffle. Les yeux bleus de Bryn brillèrent et il sourit, lui aussi un peu essoufflé.

— Dis-moi la vérité. As-tu déjà ressenti une chose semblable avec quelqu'un d'autre ? me demanda-t-il.

— Les dames du Sud ne dévoilent pas leurs secrets.

Sauf à leurs meilleures amies, leur coiffeur, et parfois leur mère. Certainement pas à des sorciers interdits, qui risquaient d'utiliser cette information contre elles.

– Bon, il faut vraiment que j'y aille. Je dois rejoindre mes professeurs.

– Pourquoi ne reviens-tu pas ici ce soir ? Mercutio sera plus calme si tu le fais, et nous aurons un moment pour parler.

Un moment pour parler et la possibilité de nous embrasser jusqu'à entrer dans une aventure interdite.

– Je vais voir. Encore une chose.

– Oui ?

– Je vais accepter l'offre de préparer les pâtisseries pour la soirée, et j'aimerais vraiment que tu m'avances l'argent. Je suis presque fauchée, et on dirait que je n'aurai pas le temps de récupérer mon ancien emploi cette semaine. Je ne veux pas que le chèque pour le remboursement de mon prêt soit refusé.

Bryn sortit son portefeuille et compta 1 000 dollars. Bon sang. Mon compte en banque n'avait jamais contenu autant d'argent que ce qu'il gardait sur lui.

Nos doigts se touchèrent quand il me donna les billets et l'étincelle était toujours présente, comme un éclair au loin. Bryn essaya de me prendre la main, mais je la retirai et mis les bras derrière mon dos.

– C'est une mauvaise idée. Nous sommes comme les vêtements qui sont restés trop longtemps dans le sèche-linge. Je ne veux pas d'électricité statique, tu comprends ?

– C'est sur ce point que nous différons. J'aime notre électrostatique et les décharges qui l'accompagnent.

Oui, il était vraiment charmant. Je souris et serrai les dents avant de mordre dans ses jambes sucrées.

– Bon, allons-y.

J'opinai vers la porte, anxieuse de partir. D'une certaine façon, j'étais plus en sécurité en compagnie de monsieur Lance-flammes et de son compagnon britannique me-menaçant-de-mort-si-je-ne-joue-pas-le-jeu. Je savais bien que je ne pouvais pas leur faire confiance, mais au moins, quand j'étais avec eux, je pouvais me faire confiance.

6

Quand Bryn me déposa à ma voiture, il me demanda d'être prudente. Il semblait aussi sincère qu'une alliance en diamants. Malgré la prophétie d'Edie, il était difficile de l'imaginer me trahir. Maintenant que j'y pensais, elle m'avait souvent attiré des ennuis en ne percevant pas les choses comme le reste du monde, comme la fois où elle m'avait encouragée à atteindre le plafond autorisé sur une carte de crédit que je ne pouvais pas rembourser. Bon sang, Zach et la banque Chase Manhattan avaient été furieux contre moi.

Comme j'avais besoin d'essence, je me rendis à la station Shell. J'avais presque terminé le plein quand j'aperçus la Lexus argentée de Jenna Reitgarten entrer dans l'aire de stationnement du restaurant italien De Marco, de l'autre côté de la rue.

Boyd, le mari de Jenna, me fait penser au frère intelligent de Vil Coyote. Son menton pointu est couvert d'une barbe tout aussi pointue, sa fine moustache est toujours parfaitement taillée, et ses cheveux poivre et sel, qui ont déjà été joliment ébouriffés, sont, depuis des années, aplatis par une sorte de laque huileuse qu'il a commencé à utiliser quand il est devenu président de la banque.

Boyd ouvrit la porte pour Jenna, qui portait une robe de soirée coupée de biais, munie d'une manche bouffante serrée au poignet. On aurait dit un projet de bricolage qui avait mal tourné, mais, dans son cas, c'était plutôt une vendeuse dans une boutique chic qui l'avait convaincue de l'acheter en lui montrant des photos dans un magazine de mode quelconque. Dans les villes où les nouveaux vêtements de l'empereur se seraient vendus plus cher qu'une voiture neuve, la robe de Jenna lui aurait peut-être valu des compliments, même si la teinte de rose lui donnait un teint pâle et cireux, comme de la pâte farinée. À Duvall, les gens reconnaissaient la stupidité quand ils la voyaient et, d'ici samedi après-midi, ils secoueraient la tête et riraient à gorge déployée dans le salon de Johnny.

Je vis Jenna tressaillir à quelques reprises et sus qu'elle avait toujours le hoquet que je lui avais accidentellement donné le jour où elle avait été assez mesquine pour acheter les bijoux que j'avais mis en gage dans un moment de désespoir.

Je me demandai si sa longue crise de hoquet l'avait fatiguée. Elle serait peut-être plus réceptive si je lui demandais de me rendre mes bijoux. Si c'était le cas, cela m'éviterait de cambrioler sa maison, ce que je ne voulais vraiment pas faire.

Je traversai la rue principale, mais, quand j'arrivai chez De Marco, ils étaient déjà entrés. Je les suivis et me retrouvai soudain entourée d'un air chaud sentant la sauce tomate et la focaccia fraîche.

« Je suis plus affamée que Zach après un entraînement de football américain à l'université. »

Je fronçai les sourcils, consciente que je n'avais pas le temps de manger. Je regardai quand même un serveur passer avec un plateau de linguine aux palourdes en regrettant de ne pouvoir le suivre.

L'hôtesse, Shelly, me fit un signe de la main. Elle me connaissait en partie parce que j'aimais venir manger ici, et en partie parce que De Marco avait servi de traiteur pour quelques réceptions de mariage pour lesquelles j'avais confectionné des gâteaux.

— Viens-tu rejoindre quelqu'un ? me demanda-t-elle.

— Non. J'aimerais vraiment pouvoir manger, mais je suis pressée. Je dois simplement parler à Jenna Reitgarten une minute.

— Je viens de les conduire à leur table, répondit Shelly en pointant sur sa droite.

Je me faufilai entre les tables arrangées de manière intime, admirant la lueur dorée des chandelles et me léchant involontairement les lèvres en voyant des crevettes et des cheveux d'ange.

Je trouvai Boyd et Jenna à une petite table dans un coin.

— Bonjour, dis-je, aussi gaie qu'un tournesol.

Jenna m'examina des pieds à la tête avant de froncer le nez. Je me dis qu'elle était plutôt arrogante, pour quelqu'un dont les manches n'étaient pas assorties. Le dédain arrogant qu'elle me destinait fut légèrement miné par les spasmes de hoquet qui la secouaient de plus en plus fort.

Je me mordis l'intérieur de la bouche pour ne pas esquisser un sourire suffisant.

— J'ai entendu dire que tu avais le hoquet. Tu sais, j'ai un remède maison.

— Il va partir tout seul, répondit-elle d'un ton glacial.

— Ah, oui, dis-je en opinant. Alors, cette robe est vraiment unique. Elle doit venir d'un grand dessinateur.

Jenna rebondit sur sa chaise, peut-être par fierté, peut-être à cause de son hoquet, mais son sourire était sans équivoque.

— Bialcino, affirma-t-elle avant de hoqueter. Tu ne pourrais pas te payer ses vêtements.

— Je suis sûre que tu as raison sur ce point. Mais en parlant de se payer des trucs, j'aimerais racheter mes bijoux. Je paierai le double de ce que tu as donné à Earl et, comme tu ne portes pas vraiment de rouge et de vert, ils ne te manqueront pas.

Son sourire s'agrandit.

— Tu veux vraiment les ravoir ? demanda-t-elle.

J'opinai.

— Et tu paierais le double… Même si tu ne travailles pas ?

— Oui, dis-je en opinant de nouveau.

— Eh bien, tu as raison sur le fait qu'ils ne me manqueraient pas.

Elle regarda aux alentours, comme si elle réfléchissait, mais je voyais bien que ce n'était pas le cas. Mon cœur accéléra quand même, espérant. Elle ne pouvait pas être entièrement maléfique. Après tout, Jenna était une humaine, pas un démon. Du moins, d'après ce que je savais. Et elle allait peut-être, avec beaucoup de chance, faire preuve d'un minimum de compassion pour une autre femme de sa petite ville.

— Mais je ne crois pas. J'ai dit que j'allais te donner une leçon, et je le ferai.

Mon sang bouillonna et je dus me retenir de ne pas la maudire en lui donnant une sale éruption cutanée. Je serrai les dents avant de répondre.

— Quelle leçon ?

— Que tu n'es pas à ta place dans cette ville. Je ne veux pas de toi ici. Si tu ne déménages pas, la situation va se détériorer, répondit-elle avant de se pencher en avant. Je la ferai empirer, siffla-t-elle.

Ses yeux ne devinrent pas rouges, mais j'étais prête à jurer qu'un peu de fumée était sortie de ses narines.

Je clignai des yeux et reculai d'un pas. Je jetai ensuite un coup d'œil à Boyd, qui n'avait même pas levé les yeux de son menu. Sale lâche.

— Eh bien, profite bien de ton hoquet… Je veux dire, ton souper.

Je sortis rapidement du restaurant et, une fois de l'autre côté de la rue, je regrettai que Merc ne soit pas là pour entendre ce qu'elle avait dit. J'étais sûre qu'il aurait été d'accord pour dire que notre seule option était d'enfreindre la loi. Ce n'était pas seulement une option, mais un impératif. Si Jenna réussissait à m'écraser et à me chasser de chez moi, qui pouvait dire ce qu'elle imaginerait ensuite ? Après tout, les tyrans commencent tous quelque part. Je serrai les poings en me rappelant le cours d'histoire de madame Neilson, au collège. Et si mes bijoux représentaient la Pologne et que j'avais l'occasion de contrecarrer une mini Hitler ? Je frappai dans ma paume et opinai. Aucun doute. Le hoquet ne suffisait pas. Je devais arrêter Jenna. Quand Edie serait revenue, nous irions cambrioler sa maison.

Je me rendis en voiture dans la vieille ville et me garai dans l'allée à côté de Whiskey Barrel. Il faisait sombre, et même si Duvall ne connaît pas un important taux de criminalité, sa réputation avait changé, ces derniers temps. Je filai vers le trottoir pavé.

La porte du Whiskey Barrel est en bois massif et difficile à ouvrir. Elle bloque parce que le bâtiment a bougé depuis sa construction. Je n'y étais venue que quelques fois en compagnie de Zach et de ses frères parce qu'ils n'aimaient pas vraiment la vieille ville. Ils préféraient le Jammers, car c'est un bar sportif où toutes les télévisions montrent un événement sportif quelconque.

J'agrippai la barre en cuivre de la porte et tirai jusqu'à ce qu'elle s'ouvre en grinçant. Une chanson de Willie Nelson jouait au juke-box situé dans le coin. J'entrai dans la pièce brumeuse, clignant des yeux à cause de la fumée de cigarette. Il y avait une dizaine d'hommes, à l'intérieur.

Incendio était penché sur la table de billard, la queue glissant entre ses doigts. Les balles se frappèrent dans un choc qui envoya la numéro huit dans la poche de coin. Incendio se redressa lentement et tendit la main vers une liasse de billets qui se trouvait sur la table, sous un cube de craie.

Il mit l'argent dans sa poche, prit une bouffée de cigarette et me regarda. Son t-shirt noir délavé muni du logo de Harley Davidson ne rétrécissait pas entre ses épaules et son ventre, alors il n'était pas parfaitement musclé comme Zach et Bryn, mais il n'était pas flasque non plus. Son torse ressemblait beaucoup à un baril, gros et solide.

Il écrasa le mégot de sa cigarette dans un cendrier ébréché. Sur son gros avant-bras gauche se trouvait un tatouage d'un crâne dont les orbites et la bouche laissaient s'échapper des flammes. Je frissonnai.

Incendio prit le cendrier et se dirigea vers une petite table dans le coin, à laquelle était assis Jordan, les bras croisés, comme si ses vêtements résistaient à la tentation de se froisser.

— Eh bien, eh bien. On sort encore seule le soir, dit quelqu'un.

Quand je me retournai, je découvris mon ancien ami Earl Stanton. Earl et moi avions récemment eu un différend. Quand j'étais allée le voir pour mettre mes bijoux en gage, il avait décidé que je devais rester chez lui, alors que je voulais partir. Il avait essayé de me convaincre de rester en m'écrasant sur son canapé. Quelques minutes plus tard, j'avais décidé que la meilleure manière de le faire changer d'avis était de le frapper sur la tête à l'aide d'une grosse lampe en laiton.

— Hé ! Earl, dis-je.

J'aurais aimé avoir glissé un bâton de baseball dans mon sac à main.

— Viens boire avec moi. Je veux te parler de certaines choses, dit-il.

Je sentis son haleine imbibée de whisky. Earl me saisit le bras et me tira vers le bar. Je ne résistai pas parce que ce dernier contenait de nombreuses bouteilles de bière qui semblaient aptes à m'aider si nous avions un nouveau différend.

Jordan s'approcha.

— Mademoiselle Trask, je vous remercie d'être venue. Qui est votre ami ?

J'aurais voulu m'indigner contre l'utilisation du mot *ami*, mais cela aurait été impoli et, même si je devais frapper Earl sur la tête avec une bouteille de bière un peu plus tard, je comptais commencer en restant polie.

– Earl Stanton. Le prêteur sur gages de la ville. Earl, voici Jordan Perth. Il est en visite.

Earl lâcha mon bras et ils se serrèrent la main.

– Monsieur Stanton, c'est un plaisir. Mademoiselle Trask ? demanda Jordan en faisant un signe de tête vers sa table.

– Oui, répondis-je.

Earl ne protesta pas quand je m'éloignai en compagnie de Jordan, ce qui m'étonna.

Sur la table, il y avait une bouteille de tequila presque pleine et trois verres. Deux d'entre eux contenaient encore un peu de liquide doré. Le dernier était vide.

Incendio souffla un parfait cercle de fumée quand je m'assis.

– Rouquine, dit-il en faisant un signe de tête.

– C'est Tammy Jo, monsieur Maldaron.

– Où est mon chat ?

– Vous vous connaissez, alors vous savez que Mercutio est son propre maître. Il ne ressent pas le besoin de me parler de ses allées et venues.

Incendio rassembla les trois verres à liqueur et pencha la bouteille au-dessus d'eux. La tequila les remplit avant de déborder sur la table. Incendio posa ensuite la bouteille et plongea une main dans la poche intérieure de sa veste, d'où il sortit un petit contenant de sauce Tabasco.

– Je ne bois pas, dis-je.

« En compagnie de sorciers. Surtout s'ils ont des tatouages de squelettes crachant du feu. »

Incendio secoua la bouteille de Tabasco en me regardant à travers la fumée.

— Vous pouvez sûrement prendre un verre. Nous allons peut-être porter un toast, dit Jordan pour maintenir le calme.

Incendio mit deux gouttes de sauce forte dans chaque verre, et elle coula dans le liquide doré. Il poussa ensuite un verre devant moi.

— *A la verdad*. Porte un toast, l'Anglais.

Jordan se pencha en arrière en se pinçant les lèvres.

— Je crois qu'un toast simple est toujours indiqué. Comme tu l'as dit : « À la vérité. »

Incendio secoua la tête.

— Tu peux faire mieux, amigo. Offre-nous un peu de cette poésie angliche.

Il détacha ensuite une allumette d'une pochette posée sur la table et murmura quelques mots. J'entendis un sifflement et des flammes apparurent au-dessus des verres de tequila. Incendio laissa ensuite tomber l'allumette dans le cendrier, et je fus étonnée de constater qu'elle n'avait pas été allumée : le soufre rouge était toujours intact.

Je me dis qu'il l'avait prise pour que les gens à proximité pensent que c'était avec elle, et non avec un sortilège, qu'il avait enflammé les verres. Ma mère et tante Mel aussi avaient été douées pour se cacher. Selon elles, les esprits des gens assimilaient ce qu'ils s'attendaient à voir, et tout ce dont une sorcière avait besoin pour camoufler ses sortilèges publics était un petit tour de passe-passe.

Les flammes au-dessus des verres disparurent. Jordan se lécha le bout d'un doigt et toucha les gouttes de tequila qui avaient coulé sur la table. Il dessina ensuite un petit symbole devant nous trois. Celui-ci ressemblait à un *Y* comportant une dent additionnelle entre les deux branches du haut. La queue du mien était particulièrement longue et bouclée.

Jordan et Incendio levèrent leur verre et attendirent. Je remuai, consciente qu'ils planifiaient quelque chose, tout comme je savais que j'avais 23 ans.

– Pourquoi avoir des cheveux roux, si tu es aussi molle qu'un bâtonnet de beurre à l'intérieur ? se moqua Incendio.

– Pardon ?

– Tu es du Texas et tu es trop peureuse pour boire un petit verre de tequila ? me défia-t-il. Nous devrions peut-être te commander une boisson enfantine avec un petit parapluie rose.

J'avançai le menton. Je savais qu'il me provoquait, et ma fierté me poussa à soulever mon verre, même si je savais que c'était une mauvaise idée. Je me forçai à sourire.

– J'aimerais deux parapluies roses dans ma boisson pour enfant, merci.

Incendio prit le verre et le posa brusquement devant moi.

– Soit tu bois avec nous, soit tu te débrouilleras seule lors du Défi dans quelques jours.

Je regardai Jordan.

– Ça ne fera de mal à personne, mon chou. Buvez avec nous.

Je serrai les dents, mais pris le verre.

Jordan sourit.

– Voilà une bonne fille.

Sa voix était basse et mélodieuse quand il commença à parler :

Par le feu et les flammes
La vérité parle en premier
De tes lèvres et de ta honte
Tous les mensonges sont retirés

Oui, c'était un sortilège. Oui, j'utilisais un infime pouvoir depuis seulement huit jours, alors que ces hommes étaient entraînés et dangereux. Oui, j'étais dans un bar rempli d'hommes, le soir, et je buvais en compagnie d'étrangers. Si je m'attirais des ennuis, beaucoup de gens diraient que je l'avais cherché puisque j'aurais dû faire preuve d'un meilleur jugement. Mais le sortilège de vérité allait tous nous affecter, et je voulais des réponses.

Je bus mon verre de tequila aussi rapidement qu'Incendio. Ma gorge semblait brûler, mais j'étais sûre que ce n'était pas le cas puisque je ne vis aucune fumée sortir de ma bouche quand je toussai.

— Une seconde, dis-je en filant vers le bar. Avez-vous du citron ? demandai-je au barman.

Il me donna un petit plat rempli de citron. Je mis immédiatement un quartier entre mes dents et mordis, avalant le jus acidulé en retournant vers la table. Mon verre était de nouveau plein, tout comme celui d'Incendio. Il était prêt à servir Jordan, mais celui-ci posa une main sur son verre.

— J'ai une limite de trois, mon pote. Je n'aime même pas la tequila.

— Gringos, s'exclama Incendio en levant les yeux au ciel.

Je jetai le quartier de lime.

— Je vais aller jouer une partie de billard, annonça Jordan en se levant.

— Hé ! je pensais que nous allions parler du truc du Défi, soufflai-je.

— Dans un moment, répondit-il en s'éloignant.

— Il était temps qu'il parte. Je vais boire deux verres et toi, un à la fois. Tu penses pouvoir supporter ça, Rouquine ? demanda Incendio.

« Pas longtemps. »

Mais maintenant que le sortilège nous affectait, quelle différence feraient quelques verres de plus ? Je savais d'expérience que je pouvais boire deux ou trois verres de tequila sans être complètement ivre.

— Je crois que oui, mais, si je me penche brusquement, vous devriez faire attention à vos bottes.

Incendio rit, et nous levâmes nos verres. Il cogna le sien contre le mien et nous bûmes. Je toussai un peu et mordis dans un autre morceau de citron pendant qu'il prenait un nouveau verre.

« Il en boit deux quand j'en bois un, et il a commencé avant que j'arrive », pensai-je. Je n'avais que faire de savoir à quel point il était « coriace » : j'aurais toujours donné l'avantage à une bouteille de tequila contre un homme. Quand il serait vraiment ivre, je pourrais lui soutirer une foule de renseignements.

— Que sais-tu de mon chat ? Sais-tu d'où il vient ? demanda Incendio.

Ses mots étaient déjà légèrement inarticulés.

— Non, d'où vient-il ?

— Nous nous sommes rencontrés à Tijuana. Il s'est battu contre mon faucon pour un lézard. Jose n'avait encore jamais perdu.

— Oui, Merc est un très bon combattant.

— Ce n'est pas un chat pour une petite fille. Dans quelques mois, il va tout détruire sur son passage.

— Je suppose que c'est lui qui choisit avec qui il vit, dis-je en essayant de ne pas sortir le menton en signe de défi.

— Pas difficile de décider de changer d'endroit si ta vieille maison devient un tas de cendres.

— Si vous brûlez ma maison, vous le regretterez, affirmai-je.

Je posai ensuite une main sur ma bouche, me demandant ce qui venait de me prendre.

— Pourquoi est-ce que je le regretterais ?

Je secouai la tête et léchai mes lèvres qui picotaient. Incendio remplit nos verres.

— Pourquoi est-ce que je le regretterais ? Tu penses que tes bottes sont assez grandes pour m'éclabousser ? Tu caches ta magie aux autorités, et maintenant, tu comptes la libérer ?

Ses paroles me surprirent. L'AMM ne croyait-il pas que je n'avais jamais utilisé mes pouvoirs auparavant parce que je n'en possédais pas ? Pensaient-ils que je m'étais entraînée en cachette ? Si c'était le cas, Bryn avait raison. Les responsables étaient paranoïaques.

— Bien sûr que non. Mais si vous êtes ici pour me créer des ennuis, ne pensez pas que je vais tout supporter sans rien faire, dis-je.

La sueur apparut sur mon front quand Incendio glissa un verre devant moi.

— C'est le dernier pour moi, annonçai-je avant de boire.

Il m'imita.

— Vous savez, Incendio Maldaron, je ne pense pas que vous êtes seulement ici pour m'apprendre des sortilèges. Pourquoi êtes-vous dans ma ville ?

Il haussa les sourcils avant de sourire.

– N'y pense pas trop, Rouquine.

– Êtes-vous ici pour…

Il tendit un bras au-dessus de la table et me recouvrit la bouche.

– Tu rejoindras ta prochaine question dans la tombe.

La peur me tordit l'estomac et, pendant un moment, j'aperçus des flammes danser dans ses yeux.

Je me penchai en arrière et m'essuyai le front. Il faisait trop chaud sur ma chaise. J'enlevai mes chaussures et posai les orteils dans la sciure recouvrant le sol.

– Où est Melanie ? Elle vit encore ici ? demanda Incendio.

– Oui, mais elle n'est pas en ville pour le moment.

– Tu lui ressembles.

– C'est ma tante.

– Tu bois comme elle.

– Imprudemment, avec des étrangers ?

Il mit une cigarette entre ses lèvres, et l'extrémité s'alluma sans aide. Il pencha ensuite la tête.

– Comme elle, le feu ne t'effraie pas.

Il m'offrit une cigarette.

– Je ne fume pas.

– Pas encore, peut-être.

Earl s'approcha lourdement de la table.

– Tu bois de la tequila avec des Mexicains, maintenant ? cracha-t-il.

– Je suis Colombien, répliqua Incendio.

« Comme les émeraudes. »

– Mais vous avez vécu à Mexico, n'est-ce pas ? demandai-je.

– Là-bas, et dans de nombreux autres endroits. Là où je suis bien payé et où le pouvoir est facile à obtenir.

– Ça suffit. Si ton histoire avec Zach est vraiment terminée, il était temps. C'est mon tour, maintenant, affirma Earl en me saisissant le bras avant de me tirer hors de ma chaise.

7

Dans un geste aussi fluide que la tequila flottant dans mon ventre, je levai durement un genou. Earl perdit son souffle et il recula en titubant, se tenant l'aine. Le rire d'Incendio remplit le bar.

— Tu as mon ocelot depuis seulement une semaine et ses habitudes de chat sauvage ont déjà déteint sur toi. Tu ferais mieux de me le rendre avant qu'il te fasse croire que tu peux affronter tout le mal du monde alors que ce n'est pas le cas.

Je me penchai en avant, posant les mains sur la table.

— Merc m'a choisie, et je l'ai choisi. À moins qu'il ne change d'idée, vous ne pouvez pas le récupérer.

— Où est-il ?

— Ce ne sont pas vos affaires.

Je couinai de surprise quand une main me souleva de terre. Mon pied nu renversa la chaise et le fracas retentit dans la pièce. Tous les gens présents se tournèrent pour nous regarder. Je jetai un coup d'œil par-dessus mon épaule et aperçus le visage furieux d'Earl.

— Earl, tu ferais mieux d'y repenser ! m'exclamai-je.

Ignorant mon avertissement, il commença à me tirer vers la porte pendant que je me débattais. Je réussis à me libérer avant de tomber par terre. Quelques hommes s'avancèrent, probablement pour m'aider, mais une grande section du plancher s'enflamma soudain, leur bloquant le chemin.

Je regardai Incendio, bouche bée.

– Que faites-vous ? criai-je en haletant.

Il continua de fumer tranquillement sa cigarette. À ce moment, je sentis des doigts me griffer le bras et je me tournai vers Earl, qui était rouge et jurait. J'enfonçai mes talons dans le sol pour l'empêcher de me traîner par terre, mais mes pieds nus glissèrent dans la poussière et la sciure.

Le barman vida un pichet d'eau sur les flammes. De la fumée s'éleva du brasier au moment où Earl me traînait jusqu'à la porte. J'aperçus Jordan avancer vers nous, mais Incendio l'appela.

– Non, l'Anglais. Laisse-les, dit-il.

Jordan fronça les sourcils, mais s'arrêta.

Mon cœur s'emballa, l'adrénaline coulant dans mes veines. Si Earl réussissait à m'entraîner dehors, je serais à sa merci. Je m'imaginais sur le sol pendant qu'il me maintenait en place et arrachait mes vêtements.

– Lâche-moi !

Il m'ignora et ouvrit brusquement la porte.

– Non ! hurlai-je quand il me jeta dehors.

Je roulai sur le trottoir et atterris lourdement sur les racines d'un gros arbre.

Je m'étais écorché le dos, mais je me sentais mieux sur la petite parcelle de terre.

Earl tendit une main vers moi.

– Arrête, Earl !

Nous luttâmes et une épaisse branche se détacha de l'arbre avant d'atterrir sur sa tête de salaud. Il tomba en arrière, inconscient, saignant sur les pavés. Mon corps entier se mit à trembler à cause de mes émotions tourbillonnantes.

Je me levai péniblement, le dos appuyé contre l'écorce, mes pieds nus dans la terre. La porte du bar s'ouvrit et les clients en sortirent. Earl commença alors à bouger et s'assit, puis il posa une main sur son cuir chevelu ensanglanté.

— Salope.

— Si tu me touches encore une fois, je te tue ! criai-je pour m'entendre malgré le tambourinement de mon cœur.

Earl se leva en chancelant et se mit à avancer vers moi, mais l'un des hommes l'arrêta.

— Il est temps de cuver, Stanton.

L'homme éloigna ensuite Earl de force. Quand la foule se dispersa, Incendio s'approcha pour examiner la branche. Jordan arriva, mes souliers à la main.

— Merci pour l'aide, crachai-je en les lui prenant.

— Nous voulions voir comment vous réagiriez sous pression, répondit-il. Quel sort avez-vous lancé pour faire tomber la branche ?

— Je n'ai lancé aucun sortilège, répliquai-je.

Ils me regardèrent durement.

— Je pense qu'elle le croit vraiment, dit rapidement Jordan à Incendio.

— C'est quand même un mensonge, et maudit par le toast, répondit celui-ci.

Une bourrasque fit pleuvoir des feuilles sur nous. Je lançai un regard noir à Jordan et Incendio.

— Laissez-moi tranquille ! m'exclamai-je en les poussant pour passer.

Je me dirigeai ensuite vers la ruelle.

Maudite parce que j'avais menti, alors que c'était un accident ? Injuste ! Était-ce encore étonnant que je veuille rester loin de leur association magique corrompue ?

Je ne pensais pas avoir lancé un sortilège à l'arbre, mais je suis incapable de sentir la magie, alors Jordan et Incendio avaient peut-être senti quelque chose qui m'avait échappé. Maintenant que j'y pensais, il y avait eu quelques incidents au cours de la dernière semaine où j'avais peut-être fait de la magie sans incantation ou sans mélanger d'herbes. Une de ces situations avait été l'attaque des loups-garous lors de la réunion des sorcières. À ce moment, Bryn avait affirmé que je lui avais renvoyé son pouvoir, mais je m'étais dit qu'il était simplement retourné là où il devait aller, sans aide de ma part. L'autre fois, j'avais espéré que Jenna Reitgarten ait le hoquet, et c'était arrivé. Bien sûr, c'était peut-être une coïncidence, mais j'étais sûre que ce n'était pas le cas.

Je restai à côté de ma voiture, me sentant plutôt… bien. Après tout, je serais peut-être capable d'apprendre à utiliser ma magie. En plus, la tequila faisait effet. Mes lèvres fourmillaient et ma tête bourdonnait. Je regardai la voiture, consciente que je ne pouvais pas conduire. C'est seulement une petite Ford Focus, mais elle me permet de me déplacer. Je ne comptais pas la détruire.

À qui pourrais-je demander de me reconduire ? Je n'allais sûrement pas demander à Jordan et Incendio, ces rats. Je pouvais appeler Bryn, mais ils risquaient de le voir me conduire et de réagir de manière excessive en le tuant.

Je ne pouvais toutefois pas rentrer à pied. J'habitais trop loin. J'aurais pu faire de l'auto-stop, mais si je me fiais au comportement d'Earl, la vague de crimes de Duvall n'était pas terminée.

— Que vas-tu faire, Tammy Jo ? me murmurai-je.

Alors que j'essayais de décider, j'entendis un craquement assez fort pour me percer les tympans, suivi d'un énorme fracas et du bruit de verre brisé. Je tournai le coin de la rue en courant et m'arrêtai, regardant l'arbre dont la branche avait assommé Earl.

L'arbre s'était cassé en deux avant de tomber et de faire sortir ses racines. Il avait défoncé le toit du Whiskey Barrel et écrasé les fenêtres donnant sur la rue. Autour de l'arbre, la terre était noircie, et la parcelle qui avait été si douce sous mes pieds était elle aussi presque noire.

J'étais encore debout dans la rue déserte quand quelque chose me mordit la cheville.

— Aïe.

Je me frappai la jambe et sautillai jusqu'au trottoir pour aller inspecter l'arbre. J'entendis alors un cri et fus mordue de nouveau. Je me tapai la jambe et touchai un objet duveteux.

Je hurlai et fonçai vers un lampadaire, regardant au-dessus de mon épaule à la recherche d'un écureuil rabique ou d'un tamia fou. C'est à ce moment que je le vis. Il portait une peau d'animal duveteux, mais, à moins qu'ils aient commencé à porter des armes, ce n'était pas un écureuil.

Sa lance était tachée de mon sang. Haut d'environ cinq centimètres, il s'apprêtait à projeter la lance vers moi comme si c'était un javelot sorti de l'époque de mon livre de sortilèges, lors de l'invention de la joute. Je regardai sa silhouette tordue et son visage plissé pendant qu'il m'observait de ses yeux noirs.

— Qu'est-ce que vous êtes ? demandai-je.

Il me fallut un moment pour comprendre sa voix aiguë.

– Sale sorcière usurpatrice ! Vous avez détruit notre maison ! Préparez-vous à mourir !

– Bon sang, que se passe-t-il ? grommelai-je.

À ce moment, j'entendis un chœur de cris, et le reste de sa minuscule tribu arriva sur le sentier. Ils secouaient leurs poignards et leurs lances, montrant leurs petites dents pointues en fonçant vers moi.

– Arrêtez ! criai-je, mais ils ne m'écoutèrent pas.

Je suppose que j'aurais pu essayer de me défendre, mais je ne pouvais pas imaginer me battre contre des créatures aussi petites que des jouets, même si elles étaient couvertes de terre et assoiffées de sang, alors je fis la première chose qui me vint à l'esprit. Je courus.

Les créatures avaient des jambes minuscules, mais elles étaient étonnamment rapides. Quelques-unes grimpèrent à des arbres et sautèrent pour atterrir sur mes épaules. Je réussis à en faire tomber une avant qu'elle ne me pique dans le cou, mais son partenaire s'emmêla dans mes cheveux et s'y balança tout en me piquant le haut du dos.

Je criai pour percer les tympans d'un chien, secouant la tête et frappant mes cheveux. Cette réaction me fit perdre la vue, ce qui expliqua peut-être pourquoi je courus en criant et fonçai dans le côté du camion de Zach.

8

— Bon sang, ma fille, s'exclama-t-il en bondissant du véhicule avant de se pencher au-dessus de moi.

— Enlève-le ! criai-je en roulant de tous les côtés.

Je me rendis compte un peu tard que je ne sentais plus rien me piquer.

Zach m'observait, complètement horrifié.

Je regardai autour de moi en haletant. L'armée de minuscules assaillants semblait avoir disparu. Finalement, quand je fus certaine qu'ils n'allaient pas m'assaillir depuis le plateau de la camionnette, je m'assis.

— Es-tu blessée ? demanda Zach avant de s'arrêter. As-tu cassé quelque chose ?

Il aurait pu ajouter « à part mon cœur », tellement il semblait frappé par mon air paniqué.

— Euh…

J'examinai mes bras et mes jambes en les touchant.

— Non, je vais bien.

Je passai les mains sur mes cheveux et en sortis des feuilles et des brindilles.

— Un écureuil m'a attaquée.

Zach haussa les sourcils.

— Un écureuil ?

— Oui, répondis-je, me rappelant trop tard le sortilège de Jordan, qui était censé nous maudire si nous mentions.

— Je n'ai vu aucun écureuil.

— Eh bien, qu'est-ce que tu penses qu'il est arrivé à ma jambe ? demandai-je en levant ma cheville vers ses yeux.

Il inspecta la petite plaie.

— J'ai reçu un appel disant que tu avais eu un problème avec Earl Stanton.

— Oui, mais je me suis occupée de lui.

Zach haussa un sourcil en me relevant.

— Ah oui ? D'après ce que j'ai entendu, il a glissé et il s'est assommé, puis quelques-uns de ses amis l'ont emmené en le traînant.

— Eh bien, je suppose que c'est une version.

Et elle semblait plus plausible à voix haute que la mienne, dans laquelle j'avais convaincu un arbre de se suicider pour m'aider à vaincre Earl.

Je baissai les yeux et grimaçai en voyant mes vêtements sales et froissés.

Zach passa une main dans ses boucles blond foncé et regarda la rue pendant un moment.

— Veux-tu bien me dire ce que tu fais seule dans la vieille ville, à moitié ivre ?

Je ne pouvais pas répondre à cette question sans recevoir une foule d'autres malédictions.

— J'aimerais mieux faire n'importe quoi plutôt que te le dire.

Il se frotta la mâchoire en secouant la tête.

— Si j'agissais comme toi, que ferais-tu ?

Comme si une armée d'hommes miniatures pouvait avoir le dessus sur Zach. Il les aurait écrasés sur les pavés.

— Je crois que ce genre de chose ne risque jamais de t'arriver, Zach, dis-je, honnêtement.

Entre ses boucles et son magnifique visage à l'air renfrogné, il ressemblait à une ancienne toile représentant les archanges, sauf qu'il lui manquait un plastron, des collants et une lance.

Zach s'appuya contre sa camionnette, puis il renversa la tête en arrière et regarda le ciel avant de soupirer.

— Tu m'épuises.

— Tu devrais peut-être rentrer dormir.

Il me regarda du coin de l'œil.

— Quand nous étions mariés, je savais toujours où te trouver. Je ne devais jamais m'inquiéter de savoir si tu faisais des conneries, sauf peut-être avec une carte de crédit. Maintenant, tu bois et tu te bats. Qu'est-il arrivé à ton bon sens ?

— Je suppose que je l'ai perdu en même temps que mon emploi.

— Eh bien, j'en ai assez, affirma-t-il.

— Alors, c'est une bonne chose que j'aie demandé le divorce. Ça t'évite ce problème, maintenant que nos voies se séparent.

— C'est tout ? Tu me renvoies la balle ? C'est pour ça que tu passes tes soirées dans des bars ? Eh bien, j'ai des nouvelles pour toi, chérie. Il y a une énorme différence entre ce que je peux endurer et ce que tu peux endurer.

Zach avait environ 60 livres de muscles et un pistolet de son côté, alors son affirmation selon laquelle il était mieux équipé que moi pour affronter les problèmes n'était pas étonnante. Pour moi, le fait d'avoir repoussé Earl était plus impressionnant. En plus, j'avais tué ma part de loups-garous la semaine précédente. Je méritais quelques honneurs, au moins pour mon courage. Mon estomac rempli de tequila me dit que je devais le réclamer.

– C'est un peu gênant, hein ? dis-je. Le fait que je sorte où je veux sans que tu puisses me contrôler.

– Attends un peu…

– Non, toi, attends. Ma vie est un chantier, mais c'est mon problème. Tu n'as pas lu le mot que je t'ai laissé ? Nous avons rompu.

– Je l'ai vu. Tu penses vraiment que cette rupture va durer alors que ça n'a pas été le cas des autres ?

– Je pense que tu n'avais pas besoin de venir à ma recherche ce soir. Je ne voulais pas que tu le fasses.

Il grimaça, mais je tins bon.

– Tu peux dire à tout le monde que j'ai encore rompu et que tu en as marre. Tu te laves les mains de moi. Répète-le quelques fois, et les gens le croiront. Trouve-toi quelqu'un d'autre.

Cette dernière phrase faillit me tuer, mais c'était nécessaire. Zach ne pourrait probablement pas supporter ma vie actuelle, et je ne semblais pas avoir le choix quant à la direction qu'elle prenait.

– Tu veux que je me retire ? demanda-t-il avant de déglutir. Tu penses que la vie serait mieux en tant que potiche de Bryn Lyons, c'est ça ?

– Il n'a rien à voir là-dedans. Tu es celui que j'ai aimé en premier et celui que j'ai aimé le plus, mais tu voudrais que je fasse tout ce que tu dis, comme quand nous étions enfants. Et ce soir, tu m'as menacée de me ramener chez Chulley ! Penses-tu vraiment que j'accepterais ça ?

Des larmes de rage me remplirent les yeux.

– En vérité, je dois être plus dure que jamais auparavant, et je crois que tu n'aimeras pas ça. Il est peut-être temps que tu me laisses partir avant que l'un d'entre nous soit encore plus blessé qu'en ce moment.

J'essuyai les larmes me coulant sur les joues.

– C'est un très bon conseil, chérie. Dommage que je ne sois pas prêt à l'écouter.

Zach serra les dents et contourna la camionnette vers la portière du passager. Il l'ouvrit et attendit.

Je grimpai à l'intérieur, partiellement soulagée, même si je craignais les disputes qui auraient certainement lieu au cours de la prochaine semaine. Zach ferma la portière et se dirigea vers le côté du conducteur.

J'avais dit ce que je pensais, alors je me tus pendant qu'il nous ramenait dans la partie principale de la ville. Il ignora l'embranchement menant chez lui et ne prit pas non plus le chemin le plus rapide pour se rendre chez moi.

– Où allons-nous ? demandai-je.

– J'ai un arrêt à faire, dit-il avant de tourner dans la rue d'Earl.

– J'ai dit que je m'étais occupée de lui.

– Je t'ai entendue.

– Alors, que faisons-nous ici ?

– D'après ce que j'ai entendu, tu criais, quand il t'a traînée hors du Whiskey Barrel et qu'il t'a jetée par terre.

– Ah.

Si quelqu'un avait relaté les faits à Zach de cette manière, rien au monde ne l'empêcherait d'affronter Earl. Il ne servait à rien de perdre mon temps pour cet homme, surtout quand ma gorge était déjà irritée d'avoir crié toute la soirée, principalement par sa faute.

Zach se gara le long du trottoir.

— Ne le tue pas.

Il lança son pistolet sur le siège du conducteur avant de fermer la portière. Je le regardai s'éloigner vers la porte de chez Earl et l'ouvrir d'un coup de pied. Je fermai ensuite les yeux, essayant de ne pas les imaginer en train de se battre. J'essayai de ne pas penser du tout.

La tequila avait aidé à m'engourdir l'esprit, mais je pouvais toujours sentir une pointe d'anxiété. Depuis le matin, j'avais utilisé de la magie que j'étais incapable de contrôler. Je ne voulais pas que Zach se retrouve sous les tirs croisés parce que, même s'il était robuste, il ne pouvait pas se protéger contre le surnaturel. J'en avais été témoin lorsqu'il avait été mordu par un loup-garou.

Je soupirai.

« Cette satanée AMM. J'aimerais tous les assommer. »

Quelques minutes plus tard, Zach grimpa dans la cabine de la camionnette. Ses cheveux étaient ébouriffés et ses jointures étaient éraflées, mais il semblait en bon état. D'ailleurs, la tache de sang sur sa chemise ne lui appartenait pas.

Une fois à la maison, quand j'eus pris une douche, il nettoya mes plaies au peroxyde et posa des pansements sur les plus profondes. Je ne lui dis pas que certaines d'entre elles avaient été causées par de minuscules lances, et il ne demanda aucun détail.

Je mis ensuite du peroxyde sur ses jointures, puis j'ajoutai de la gaze pour la nuit.

— Es-tu fatigué ? demandai-je. Je suis morte de fatigue.

Je grimpai ensuite dans le lit.

Zach se déshabilla et me rejoignit, mais j'étais trop épuisée pour protester.

Il me tira vers lui pour que je sois allongée contre son corps, ses muscles solides et chauds me réconfortant, après ma folle et longue soirée.

— Te rappelles-tu le jour où nous étions seuls chez mes parents, quand T.J. est rentré en avance ? Il a lâché sa clé dans le noir et il ne pouvait pas la trouver, alors il avait dû entrer par effraction ?

— Je me souviens que tu pensais que c'était un cambrioleur et que tu l'as presque tué en utilisant le fusil de ton père.

— J'avais 14 ans et une seule pensée en tête : s'il me bat, il va atteindre Tammy. Je peux mourir, s'il meurt avec moi. Tant que ma chérie est en sécurité.

Mon corps se crispa. Zach se montrerait toujours protecteur à mon égard, et une partie de moi en était heureuse. C'était la même partie qui avait pris l'habitude de l'embrasser quand il disait quelque chose qui me plaisait, alors j'eus soudain envie de me coller contre lui et de laisser la nature suivre son cours. Mais je savais que je ne devais pas encourager ce genre d'intimité, alors je l'embrassai rapidement sur la joue.

— Heureusement que j'ai vu ton dos après avoir été chez Earl, dit Zach.

J'entendis ses jointures craquer quand il serra les poings. Je l'entendis respirer, des souffles furieux et haletants.

— Je ne l'ai pas tué, mais je n'ai pas exclu la possibilité de le faire bientôt.

— Je suis heureuse de l'entendre parce que, s'il a besoin d'être tué cette semaine, je serai trop occupée pour m'en charger.

Zach rit, et je l'imitai. Au fond de moi, par contre, l'état dans lequel se trouvait ma vie ne me donnait aucunement envie de rire.

9

Quand je me réveillai, le lendemain matin, soit mardi, Zach était parti travailler. La pièce semblait douillette et chaude, et je collai l'oreiller sur mon visage pour sentir son odeur. Il était beau, séduisant, et complètement loyal. J'aurais aimé qu'il reste. Je me serais efforcée de lui souhaiter le bonjour de sa manière préférée. Sauf que… Sauf que quoi ?

Je mis un terme à ces pensées. Mon corps semblait incroyablement léger, comme si je risquais de flotter au-dessus du matelas si je me retournais trop brusquement.

J'entendis des rires d'enfants et réalisai que ma fenêtre devait être restée ouverte. Je sortis du lit, espérant que mes voisins ne me voient pas rentrer l'échelle de sécurité. Cependant, quand j'arrivai devant la vitre, l'échelle était roulée sous le rebord, et la fenêtre était fermée et verrouillée. À travers la vitre, je vis des enfants dans l'entrée d'une maison située un peu plus loin dans la rue. À moins d'avoir développé des oreilles bioniques en dormant, je n'avais pas pu les entendre. Je m'éloignai.

Dans la commode, je ne trouvai pas de vêtements que j'avais envie de porter, alors je fouillai dans le coffre situé au pied du lit. J'ignore pourquoi, le 28 octobre, je me sentais poussée à porter la robe jade en mousseline que j'avais achetée pour la réception en plein air de Georgia Sue. J'avais des sandales compensées assorties, mais je ne pus me convaincre de les enfiler.

– Les pieds nus sont mieux, dis-je.

Je sus instantanément que j'avais raison, aussi facilement que je pouvais distinguer ma main droite de la gauche, ou que je savais que si on n'utilise pas de bain-marie, il faut surveiller de près la température du chocolat fondu, au risque de le brûler.

« Quelque chose a changé. »

À ce moment, je me rappelai Incendio et Jordan, et leur jeu à boire magique. J'avais menti plus d'une fois après que Jordan eut lancé son sortilège de vérité.

Mon pouls accéléra légèrement, mais je ne me sentis ni malade ni effrayée. J'avais l'impression d'être une bouteille de Sprite que quelqu'un venait de secouer. Je devais être ouverte pour me répandre dans le monde entier. Si c'était ce qu'on ressentait quand on était maudit, j'aurais dû essayer beaucoup plus tôt.

Je descendis et m'arrêtai devant la porte arrière.

« À l'aide. »

Je le sentis, ou peut-être que je l'entendis. J'ouvris la porte et le soleil entra tel un train d'Amtrak. Je clignai des yeux. Les feuilles de la voûte d'arbres semblaient faites de satin vert.

Quand je sortis, la terre me brûla les pieds. Le sol n'était pas normal. La douleur monta dans mes jambes, comme si une foule d'aiguilles passaient sur ma peau.

Le vent souffla dans les feuilles et l'arbre me parla dans ma tête, me disant que j'avais tué les plantes et profondément brûlé la terre. Je savais déjà que j'avais abîmé le jardin. J'avais dû puiser du pouvoir dans la terre, la semaine précédente, pour sauver des gens d'une maladie du sommeil. Le sortilège avait décimé le jardin d'herbes de tante Melanie.

Par contre, je n'avais pas compris que le sol souffrait encore. Je m'agenouillai et le touchai, sentant la suie et touchant le sol sec et aride.

– Ne t'inquiète pas. Je vais t'aider.

Quand je rentrai, j'entendis le son désagréable du téléphone.

« Trop fort ».

Je me couvris les oreilles en courant vers le combiné. Le répondeur décrocha juste avant que j'y arrive.

– Ici Jordan, amour. Rejoignez-nous, Incendio et moi, sur le pont de Corsic Creek dans une heure.

Je débranchai le téléphone et le répondeur, puis j'attrapai un plateau de petits gâteaux et sortis par la porte avant.

Quand l'après-midi arriva, la maison et le jardin étaient pleins. Je léchai du miel sur mes doigts, puis donnai un baiser sur la joue de ma voisine de quatre ans pour enlever une tache de confiture avant de la déposer devant les dessins animés qui passaient à la télévision.

Je souris en faisant un signe de la main à trois enfants d'âge scolaire qui passaient. Ils tiraient un chariot rouge rempli de chrysanthèmes et un seau en plastique rempli d'eau, traversant le salon pour se rendre dans le jardin.

Bryn Lyons les suivait. Il s'arrêta devant le comptoir de la cuisine.

– Que se passe-t-il ?

– Nous sauvons la terre. Veux-tu de la crème glacée maison ? J'en ai aux cerises et brisures de chocolat, ou fondant à la menthe. Mais cette saveur n'a peut-être pas encore assez durci, dis-je.

– Sais-tu que des enfants déterrent des plantes à l'entrée du voisinage avant de les tirer jusqu'ici dans des brouettes ? On dirait des fourmis marchant à la file indienne.

– Les fourmis ont le droit de marcher en file si elles aiment ça.

Je contournai le comptoir en sautillant avant de sortir dans le jardin, bondissant au-dessus des jeux et jouets des enfants qui se trouvaient sur mon chemin.

– Assure-toi de couvrir les cordes, Matthew, pour qu'elles ne coupent pas l'arbre, dis-je aux garçons avant de me tourner vers Bryn. J'ai été maudite, et maintenant, la nature me parle.

Il me regarda. Il est rare de voir un avocat à court de mots, mais c'est assez agréable.

Les enfants me demandèrent de venir voir leurs projets. Je fis le tour du jardin pour les inspecter. Des cercles de fleurs organisés par couleurs. Un château peint en rouge, bleu et jaune sur l'ancienne clôture blanche. Des plantes et de l'art paysager remplissaient tous les coins. Les garçons un peu plus vieux avaient presque terminé une énorme maison dans les arbres. La plateforme qui servirait de plancher était déjà installée.

Matt sauta en bas de l'arbre et atterrit devant moi. Il était grand et potelé, mais c'était un excellent grimpeur.

– Qu'en penses-tu, Tammy ?

– C'est fantastique, répondis-je avant de lui donner un baiser sur la joue.

Il sourit.

– OK, les mecs, elle l'aime bien. Installons le mur du fond, dit-il avant d'escalader le tronc.

— Le syndicat de la construction sait-il qu'un contremaître de 12 ans travaille ici ? demanda Bryn d'un ton aussi sec qu'un martini d'Edie.

— Ça ne les regarde pas.

Abby, qui devait avoir huit ans, arriva en courant dans le jardin, ses cheveux châtain foncé flottant derrière elle.

— Mademoiselle Tammy, madame Packney arrive dans l'entrée et elle est vraiment furieuse pour son rosier.

Je me penchai vers elle.

— Abby, j'ai de la compagnie. Aimerais-tu t'en occuper pour moi ?

— Oui, madame !

Elle fila à l'intérieur.

— Seulement une pincée ! criai-je derrière elle.

— Une pincée de quoi ? demanda Bryn en me tirant doucement vers l'intérieur de la maison.

Il contourna un peu d'eau sale qui avait éclaboussé le plancher. Je montai sur une planche à roulettes et Bryn me tira, me faisant rouler jusqu'au hall d'entrée.

— Je n'y crois pas, grommela-t-il quand je sautai en bas de la planche et le tirai pour que nous nous faufilions dans un coin derrière la grande commode.

Quand madame Packney serait devant la porte, elle ne pourrait pas nous voir.

Abby se trouvait à proximité et regardait dehors. La petite boîte, encore couverte de terre et de mauvaises herbes, était posée à côté de la porte. Abby l'ouvrit doucement et prit une pincée de la poudre dorée. Elle ferma ensuite le couvercle, toujours aussi doucement, et se leva pour attendre.

— Tammy Jo Trask ! cria madame Packney à travers ma porte moustiquaire.

— Je peux expliquer, madame Packney, bredouilla Abby.

— J'en doute !

— Je vous expliquerai si vous écoutez, dit doucement Abby.

Elle entrouvrit la porte pour que madame Packney puisse se pencher pour l'entendre. Quand elle s'exécuta, ses cheveux gris tombèrent autour de son visage rond, et Abby souffla sur la poussière.

— C'est un jour magnifique à Duvall. On replante les fleurs ensemble pour qu'elles ne soient pas seules, dit-elle.

Madame Packney défaillit avant de saisir le cadre de porte.

— Je prends soin de mes roses, grommela-t-elle d'un air hébété.

— Et on fera la même chose. Elles seront très heureuses ici, répondit Abby en esquissant un sourire qui laissait voir une fossette dans sa joue droite.

— Eh bien, assure-t'en. Ces rosiers viennent de Houston.

— Voulez-vous un petit gâteau ou des biscuits avant de retourner chez vous ? On a du miel frais de notre ruche. Comme le dit mademoiselle Tammy Jo, aucune abeille ne vaut une abeille de Duvall.

— Bon Dieu, souffla intensément Bryn.

— Ce serait très agréable, ma chère, dit madame Packney.

Quand Abby partit en sautillant vers la cuisine, elle me fit un signe pour montrer que tout allait bien. Je lui fis un clin d'œil et serrai le bras de Bryn.

— Viens. Madame P peut nous voir, maintenant.

J'attrapai la boîte de poussière et empruntai la planche à roulettes pour me rendre dans la cuisine. Bryn me suivit.

Ses sourcils rejoignirent presque ses cheveux, quand il inspecta l'état de la maison.

— Bienvenue chez Les enfants des petits gâteaux, où vos amis et voisins peuvent mener des vies parfaites grâce à une pincée de terre, dit-il.

Je m'assis sur la table, serrant mes genoux et jouant avec l'ourlet en mousseline de ma robe, qui était bien couvert de terre.

Bryn souleva la boîte en bois et regarda à l'intérieur.

— Ferme le couvercle. Si tu en mets partout, je ne serai pas responsable de ce qui arrivera.

— Tu n'es pas responsable ?

Il referma la boîte.

— Tamara, c'est... Je ne pourrai pas te sortir de cette situation.

— De quelle situation ?

— Tu ne peux pas utiliser la magie de cette manière. Lancer un sortilège aussi puissant, contrôler les esprits pour une chose aussi insignifiante que le vol de plantes... Le Conclave va t'enfermer. Ou pire.

— Restaurer la nature n'est pas insignifiant, et il n'y a aucun lien avec ton Conclave. Cette boîte n'est pas remplie d'or et d'herbes sur lesquels j'ai lancé un sortilège. Je ne suis plus une sorcière.

— Qu'es-tu en train de dire ?

— Transforme une citrouille en carrosse, et je partirai vers Rivendell.

Je lui souris, attendant une réponse, mais il me regarda d'un air ahuri.

— La malédiction de la tequila m'a transformée en elfe. Ou c'était peut-être les farfadets. Leurs lances étaient peut-être empoisonnées. Je ne peux pas en être sûre, mais...

Je m'arrêtai pour réfléchir.

— Honnêtement, je ne sais pas comment je suis devenue un elfe. Je sais seulement que c'est aussi fantastique que du fondant, m'exclamai-je en ouvrant les bras.

— Farfadets ? demanda Bryn sans même reconnaître mon excitation.

C'est le problème, avec certaines personnes, soit tous les gens qui ont eu le malheur de vieillir.

— Oui, des farfadets. Ils m'ont attaquée parce que j'ai démoli leur maison. Je ne peux pas leur en vouloir. Abîmer un arbre... Eh bien, je n'étais pas assez avisée hier, mais si je faisais la même chose aujourd'hui, je devrais me priver de glaçage pendant un mois pour me punir.

Je lui pris doucement la boîte des mains et la posai sur la table à côté de moi en tapotant le couvercle.

Bryn continua de me regarder, toujours déconcerté. Dommage qu'il ne puisse pas entendre les arbres. Ils sont doués pour tout expliquer.

— Cette poudre est de l'or moulu mélangé à de la terre venant de sous les collines. Un prix appartenant à une fée malicieuse, donné à un chevalier, et enterré ici en tant que cadeau pour ma mère. Mais elle ne pouvait pas l'utiliser. Seuls les enfants des fées peuvent voir ce que c'est réellement. C'est ce que dit l'arbre, expliquai-je en indiquant le grand frêne dans mon jardin.

Bryn jeta un coup d'œil dehors avant de reporter son attention sur moi.

— Cette boîte ne peut pas être ce que tu penses si tu l'as trouvée dehors. Les fées peuvent être capricieuses, mais elles ne laisseraient pas une boîte remplie de leur poudre dans le jardin d'une sorcière. Les fées et les sorcières sont, la plupart du temps, des adversaires. Le peuple féerique croit que nous ne devrions pas utiliser la magie.

— *Nous* croyons que vous n'avez pas le droit d'utiliser le pouvoir de la terre parce que vous ne la respectez pas. Regarde ce que j'ai fait au jardin, quand j'étais une sorcière.

— Tu es toujours une sorcière. Tu ne peux pas simplement arrêter d'être une sorcière.

— Ah non ?

Je soulevai mes cheveux pour lui montrer mes oreilles.

— Regarde-les.

— Regarder quoi ?

Abby, qui venait de donner un plat de biscuits à madame Packney, s'arrêta devant la table.

— Ses oreilles sont pointues, indiqua-t-elle.

— Et ma peau ? dis-je en étirant les bras.

— Rose doré, dit-elle en tournant dramatiquement, faisant gonfler sa jupe.

Bryn se tourna vers Abby.

— Sa peau te semble dorée ?

— Oui. Elle brille comme l'ombre à paupières de ma mère.

— D'accord, va jouer, dit-il en la chassant.

Il se tourna vers moi.

— C'est une sorte d'enchantement qui fonctionne sur eux parce qu'ils sont simplement humains. Il n'est pas assez fort pour m'affecter parce que je suis un sorcier trop puissant.

— Ce n'est pas un sortilège. C'est la vérité et ils la voient parce que ce sont des enfants.

— Mmh mmh. Et que vas-tu faire de tous ces enfants ?

— Que veux-tu dire ?

— Je veux dire, vont-ils rentrer chez eux à la fin de leur journée où ils auront « sifflé en travaillant » ?

— Ils peuvent aller où ils veulent, répondis-je avant de faire une pause. Mais s'ils veulent vivre avec moi, ils sont les bienvenus.

Les enfants à proximité applaudirent.

— D'accord, petit lutin, ça suffit. Je te sors d'ici. Ce qui a enchanté ton jardin n'atteindra pas mon côté de la ville.

— Je ne pars pas, affirmai-je en attrapant la boîte.

Bryn me saisit le bras et me fit glisser de la table, ce qui m'enragea. Il était peut-être beau, mais il n'était pas mon supérieur, et s'il essayait de me plier à sa volonté, il s'en repentirait.

— Matt, tu es le patron. Ne laisse rien arriver aux autres enfants, cria Bryn en direction du jardin.

— Si je leur demande, ils t'arrêteront, dis-je quand il m'entraîna vers la porte.

En effet, les enfants se précipitèrent pour bloquer l'entrée. Bryn s'arrêta et me lâcha le bras avant d'observer mes petits guerriers.

— Et Mercutio ? me demanda-t-il.

Mercutio ! Mon chat ! Les enfants seraient fous de lui.

— Oui, viens me le porter. Je le protégerai des sorciers à partir de maintenant.

— Non, tu dois venir le chercher. C'est à cause de lui que je suis ici. Il est devenu fou, à la maison, et Jenson a dû m'interrompre alors que j'étais en réunion avec un client. Il énerve mon chien, et Angus risque de briser sa chaîne.

Je souris. Le stratagème de Bryn était aussi transparent qu'un Cellophane. Par contre, je voulais récupérer mon chat, et je n'avais pas peur d'aller chez Bryn. Sa médiocre magie de mortel ne pouvait rivaliser avec le pouvoir des fées. Du moins, c'était ce que les arbres affirmaient.

— D'accord, mes chéris, dis-je aux enfants. Je vais aller chercher une surprise. Je reviens bientôt.

Ils offrirent un sourire suffisant à Bryn, montrant qu'ils avaient complètement confiance en ce que j'affirmais. J'aimais bien être prise au sérieux. Je ne pouvais pas me rappeler pourquoi j'avais déjà fréquenté des personnes de plus de 13 ans.

Je pris une pincée de poussière et la soufflai au-dessus de leurs têtes. Ils sautèrent, flottant au-dessus du plancher pendant un moment avant de redescendre.

Bryn ouvrit la bouche, interloqué.

Les enfants scandèrent le mot « surprise », tapant leurs fourchettes sur tout ce qui se trouvait à portée de main. Ils se mirent à sauter dans tous les sens, les couleurs vives de leurs vêtements ressemblant à un arc-en-ciel.

— C'est extrêmement perturbant, dit Bryn.

— Jaloux ? demandai-je en lui adressant un sourire satisfait.

— Pas le moins du monde. Je n'ai aucune envie de devenir le Seigneur des lucioles.

10

En route vers sa maison, Bryn me posa des questions sur tout ce qui s'était passé au bar. Je lui répétai la strophe que Jordan avait utilisée pour lancer le sortilège qui maudissait les mensonges.

— Il n'a jamais mentionné la nature de la malédiction ? Il n'a jamais parlé des fées ? demanda-t-il pour une deuxième fois.

— Non.

— Alors, c'est un pur hasard si la malédiction a pris cette forme. Tu aurais aussi bien pu entrer en transe ou perdre la mémoire. Il existe un million de possibilités. C'était un sortilège dangereux. Perth n'avait aucune raison de laisser la malédiction au hasard.

Je haussai les épaules.

Quand nous passâmes la grille de sa maison, je le regrettai instantanément. Ma fenêtre était ouverte, mais tous les sons, les oiseaux et les arbres, le gazon et les criquets, tout devint silencieux quand nous entrâmes sur son terrain.

— Arrête ! criai-je. Laisse-moi sortir.

Bryn m'ignora, mais dès que la voiture fut arrêtée, je bondis dehors et courus vers la grille, qui s'était déjà refermée derrière nous. Je sonnai pour appeler la sécurité.

— Ouvrez la grille tout de suite !

— N'ouvrez pas la grille, Steve, dit Bryn en arrivant derrière moi.

Je baissai les yeux vers mes bras. Ils brillaient encore de leur lueur rose dorée. Je n'avais pas changé. C'était seulement ce lieu qui devait être une sorte de cimetière pour la nature.

— Qu'as-tu fait ? Pourquoi ne me parlent-ils pas ?

— Qui ?

— Laisse-moi sortir.

Il secoua la tête.

« Je vais te guérir ! Tu verras, tu me croiras et tu accepteras ! »

J'arrachai le couvercle de la boîte et jetai la poussière sur Bryn.

Il leva une main et cria en latin. Une bourrasque éloigna la poudre de lui, la faisant sortir par la grille avant de s'éparpiller dans l'air.

— Ah ! mon Dieu, grommela-t-il.

— Ne Le blâme pas. C'est toi, le responsable, dis-je en regardant Bryn.

Ses mains étaient blanches tellement il serrait fort les barreaux en fer forgé de la grille.

« Du fer. Beurk. »

Bryn secoua la tête, les dents serrées, puis il se tourna et me regarda en plissant les yeux.

— Comment peux-tu jeter sur moi une boîte complète de ce que tu crois être de la poussière de fée ? Si j'avais été humain, cela aurait pu me rendre fou, pour l'éternité.

Il observa l'autre côté de la grille en secouant de nouveau la tête, puis il me lança un regard noir.

— J'ai le réflexe de me protéger. Maintenant que nous avons éparpillé cette substance aux quatre vents, peux-tu me dire ce qui t'est passé par la tête ?

Je haussai les épaules.

— Tu m'as contrariée.

Il me regarda, les muscles assez contractés pour exploser.

— Je suis une fée. Nous sommes capricieuses, ajoutai-je.

— Tu n'es pas une fée !

Je clignai des yeux. Je n'avais encore jamais entendu Bryn crier. Il était généralement monsieur Mesuré. Monsieur Calme. Monsieur Contrôle, même devant une meute de loups-garous déchaînés. Moi, une petite fille rose doré, je l'avais poussé à crier. Et il prétendait que je ne possédais aucune magie féerique.

Bryn serra les poings et respira lentement avant de se pencher vers moi, les dents serrées.

— Je suis un sorcier et je peux goûter ta magie. Je la sens. Même si, pour le moment, elle est tordue et malavisée, je la reconnais toujours. Je suis un sorcier. Tu es une sorcière. C'est aussi simple que ça.

— Tu as tort. L'arbre m'a dit que je…

— Quelqu'un a lancé un sortilège à cet arbre ! Ne le vois-tu pas ? demanda-t-il, son accent irlandais plus fort que je ne l'avais jamais entendu. De l'âge de 7 à 19 ans, je me suis entraîné chez les Sorciers Polaris de Dublin, pendant 6 semaines chaque année.

— Qui ?

— Et même si je ne suis pas tout-puissant, je sais plus de choses qu'un arbre au sujet de la magie d'une femme avec laquelle j'ai fait l'amour.

Sur ce, il se tourna et marcha lourdement vers la maison.

« Un peu susceptible, au sujet de mon changement d'équipe. »

– Quand tu seras à l'intérieur, dis à Steve d'ouvrir la grille ! criai-je.

Bryn se retourna et me regarda en marchant à reculons.

– Tu ne vas nulle part tant que je n'ai pas trouvé un moyen d'enrayer ce sortilège.

– Tu ne peux rien annuler. Je te dis que je suis un elfe.

Il tendit les bras en opinant.

– Alors, bienvenue dans ta nouvelle demeure.

Il tourna alors les talons et continua de marcher sans ralentir.

– Ah oui ? Eh bien, j'ai un seul mot à te dire.

Il ne se retourna pas.

– Tu connais le mot que les sorciers utilisent pour désigner un traître, n'est-ce pas, Bryn ?

Il ouvrit brusquement la porte d'entrée quand je terminai.

– Enchanteur !

11

« Pas étonnant que les fées *détestent* les sorciers », pensai-je en marchant vers la maison de Bryn.

– Mercutio ! appelai-je.

Bryn n'allait pas me garder emprisonnée. Je franchirais les chutes Cider, s'il le fallait.

Mercutio descendit l'escalier à toute allure avant de s'arrêter net.

– Ça va. C'est moi. Viens, nous partons d'ici. Un peu d'eau blanche ne pose aucun danger. Nous sommes indestructibles.

Mercutio miaula.

– Oui, j'en suis sûre. À environ 99 %… Eh bien, 95 %.

Merc fila dans le couloir en regardant par-dessus son épaule.

– Quoi ? Tu veux me montrer quelque chose ? Une porte de sortie ?

Il donna un coup de patte dans l'air. Je courus après lui. Il tourna dans un autre couloir et je le suivis. La maison de Bryn ressemblait vraiment à un labyrinthe.

Merc s'arrêta et posa une patte sur une porte. Je la déverrouillai et l'ouvris.

– Tamara, ne sors pas par là, dit Bryn derrière moi.

J'aperçus une cour intérieure contenant des piliers et une fontaine, une piscine, des plantes à fleurs et des palmiers. À l'autre extrémité, j'entendis la chute et la rivière, où le pédalo volé attendait que je m'enfuie.

Je tirai la langue à Bryn avant de sortir avec Mercutio. Je parcourus environ un mètre et demi avant d'entendre un bruit sec. L'air scintilla, et quand j'arrivai à l'autre bout de la cour, je fonçai dans un mur invisible.

Je tombai en arrière et atterris sur une méridienne. Mercutio s'arrêta juste avant la barrière invisible et bondit sur le rebord de la fontaine. Quand je baissai les yeux, je vis un symbole gravé dans la pierre et arborant une tache de sang. Je me levai et fis le tour, repérant d'autres cercles gravés.

Je m'arrêtai pour regarder la porte par laquelle nous étions entrés. Bryn était tranquillement appuyé contre le cadre.

— L'orgueil démesuré, observa-t-il. C'est un grand problème, chez les fées. Si j'étais moins avisé, ta suffisance serait l'élément donnant le plus de poids à ton histoire selon laquelle tu appartiens à leur race.

Il leva un morceau de craie dans sa main droite et lécha du sang sur son pouce gauche.

La rage se mit à couler dans mes veines. J'avais envie de fracasser le monde entier.

— Tu m'as dupée ! Tu m'as piégée !

— En effet.

Je me tournai vers Mercutio.

— Et tu l'as aidé ? Tu ne portes pas le nom du bon personnage de Shakespeare ! Mercutio a été fidèle à son ami jusqu'à sa mort. À partir de maintenant, je vais t'appeler Brutus.

Je fonçai dans la barrière, dirigeant ma colère contre celle-ci. Elle ne céda pas, et je restai seule, les muscles tremblants et ma furie brûlant dans mon ventre.

Je marchai vers la frontière du cercle pour faire face à Bryn, et je levai la main. S'il n'y avait pas eu de barrière magique, j'aurais pu toucher sa poitrine.

— Laisse-moi sortir et je pourrai te pardonner, murmurai-je.

— Non.

J'approchai ma bouche du bord, me pinçai les lèvres et fermai les yeux. S'il m'embrassait, cela briserait le cercle et je serais libre. Les secondes s'écoulèrent. Je pouvais le sentir m'observer comme si j'étais une truffe à la framboise.

Quand il parla, sa voix était basse et égale.

— *Ainsi, le dieu s'est enflammé, totalement embrasé. Il espère et entretient dans son cœur, un amour stérile*[2].

J'ouvris les yeux.

— Pardon ?

Il regarda mes lèvres et lécha les siennes.

— Ovide. Ça veut dire que j'ai très envie de t'embrasser, mais que je ne peux pas le faire, expliqua-t-il avant de reculer d'un pas.

— Lâche.

— Apparemment, dit-il en esquissant un sourire. Ne t'attire pas d'ennuis.

2. Ovide, Métamorphoses, Livre I, trad. de A.-M. Boxus et J. Poucet, Bruxelles 2005

12

Les heures s'écoulèrent. Je continuai de marteler les murs du cercle jusqu'à ce que tout mon corps soit meurtri. J'étais vraiment prisonnière. Je sentais régulièrement le sol trembler, ce qui m'indiqua que Bryn amassait du pouvoir pour une raison quelconque.

Je me laissai flotter sur l'eau salée de sa piscine en prenant mon mal en patience. La plupart des gens pensaient probablement que les fées étaient inoffensives, comme celles présentées dans les films de Disney, fades et sucrées comme du chocolat blanc. C'était faux. En réalité, les histoires de fées étaient sanglantes et sombres, et si je sortais d'ici, je ferais vivre un véritable enfer féerique à monsieur «je-suis-un-sorcier-qui-crée-des-prisons-surnaturelles».

Mercutio passa le temps en tournant autour de la piscine, miaulant parfois dans ma direction.

— Je ne te parle pas, dis-je.

Je l'ignorai longtemps, et le ciel finit par devenir aussi sombre et velouté qu'une cape d'Elvis.

— Faisons un échange, dit Bryn en apparaissant dans l'embrasure de la porte.

Je nageai vers le bord de la piscine et posai le menton sur mes bras.

— Tu n'as rien dont j'ai envie, répondis-je, semblant beaucoup plus calme que je ne l'étais.

— Non, pas grand-chose. Seulement ta liberté.

— Je ne pense pas que tu me laisseras éternellement ici. Tu finiras par ouvrir ce cercle. Et si tu voulais nager ?

— Es-tu prête à attendre aussi longtemps ?

Nous nous observâmes pendant un moment.

— Si tu es vraiment une fée, rien de ce que je pourrai faire ne changera la situation, affirma-t-il.

— C'est juste.

— Alors, il n'y a pas de mal à me laisser essayer d'annuler le sortilège qui t'a probablement été jeté.

La magie ne pouvait changer ce que j'étais, et l'arbre m'avait juré que je serais toujours une fée.

Je sortis de la piscine, et l'air frais de la nuit refroidit ma peau. J'aurais aimé avoir un feu de camp ou, encore mieux, me trouver sous les collines, dans la terre où vivaient les autres fées.

Je m'approchai de la porte. Bryn se redressa et m'inspecta des pieds à la tête. Je baissai les yeux : la robe mouillée était aussi transparente que les ailes d'un papillon de nuit. Je croisai les bras sur ma poitrine.

En le regardant, j'eus un pincement de regret. C'était peut-être un sorcier humain, mais il était quand même magnifique. Il y avait même un soupçon de sa magie, un éclat de pouvoir aussi soyeux que ses cheveux, que j'avais envie de toucher, mais je ne tendis pas la main vers lui. Il m'avait capturée, ce qui faisait de nous des ennemis. Si seulement la situation avait été inversée. Si je l'avais attiré sous terre et que je l'avais emprisonné… J'aurais pu l'embrasser autant que je le voulais.

— Essaie tous les sortilèges que tu veux.

Je m'approchai d'une chaise longue rembourrée et m'allongeai.

— Tu as cinq minutes. Après, je veux manger. Si je n'étais pas immortelle, je serais déjà à moitié morte de faim.

Bryn sourit.

— Je pensais que nous allions nous embrasser pour briser le cercle.

C'était tentant, mais je gardai un ton aussi froid que l'hiver prochain.

— Cette offre a pris fin quand mon estomac s'est mis à gargouiller.

J'agitai un doigt pour lui dire de s'approcher.

Il franchit le seuil et j'entendis un bruit sec, sentant le léger fourmillement de pouvoir. Il me donna une tasse de chocolat chaud.

— Qu'est-ce qu'il y a à l'intérieur, à part du cacao ?

— Un morceau d'étoile.

— C'est ça, dis-je en levant les yeux au ciel.

Je bus ensuite le délicieux chocolat chaud aromatisé à la cannelle.

Bryn prit ensuite la tasse et glissa une pierre lisse dans ma main.

— Tiens ça pour moi.

Il couvrit mes mains des siennes et murmura quelque chose en gaélique. Le vent souffla autour de nous et, pendant un instant, les cieux semblèrent s'emplir d'une lumière vive.

Bryn m'embrassa alors et le pouvoir me traversa, me faisant tomber sur les coussins. Ma peau se mit à brûler et je me tordis de douleur. Deux serpents semblèrent s'enrouler dans mon corps, enfonçant leurs crocs dans le cou l'un de l'autre.

Je criai pendant qu'ils se battaient, leurs corps complètement emmêlés, jusqu'à ce qu'ils se relâchent.

Après, je haletai pendant un moment qui sembla s'éterniser, puis je m'assis, étourdie. Je libérai mes mains de celles de Bryn et lançai la pierre au loin.

– Comment te sens-tu ? demanda-t-il.

Une partie du pouvoir féerique recouvrait encore mon corps, mais il ne brûlait plus en moi comme avant. Chaque seconde, j'avais la sensation qu'il disparaissait.

– Que se passe-t-il ?

Je me levai et poussai Bryn pour passer, puis je marchai en chancelant dans la maison. Dans le couloir, je m'installai sous une lampe pour examiner ma peau couverte de sueur. La teinte rose doré avait fait place à mon habituel teint crémeux. Je m'appuyai contre le mur en attendant que le vertige se dissipe.

Bryn arriva dans l'embrasure de la porte.

– Tu te demandes probablement ce que tu fais ici, dit-il.

Je penchai la tête sur le côté, à la fois désorientée et furieuse. Il m'avait pris quelque chose d'important et j'avais envie de lui faire mal.

– Tu as eu un accident et je t'ai amenée ici pour essayer de te guérir.

Je souris amèrement.

– Si tu as essayé d'effacer ma mémoire avec ce sortilège, tu ferais mieux de retourner à ton camp de vacances pour sorciers à Dublin.

Il fronça les sourcils.

— De quoi te souviens-tu ?

— Je me souviens à 100 % que tu es maintenant le propriétaire d'un ocelot. J'espère que vous serez heureux ensemble.

Je parcourus le couloir d'un pas de plus en plus lourd, la pesanteur semblant m'affecter d'une manière énervante.

— Tamara.

Des mèches de cheveux mouillés tombaient sans cesse devant mes yeux. Je les repoussai.

— Et les enfants de tes voisins ? demanda Bryn. Pense à ce que tu étais en train de faire.

Je ne voulais pas lui parler. Je voulais sortir. Si je quittais sa maison, je respirerais peut-être mieux. L'air était trop lourd, à l'intérieur.

— Tu es furieuse parce que j'ai annulé le sort qui t'a été jeté ? Penses-tu qu'il aurait mieux valu te laisser garder 12 enfants qui ne t'appartiennent pas ?

Je me tournai vers lui, de nouveau hors de moi.

— Ce genre de sortilège n'aurait pas été permanent. Selon mon livre, les sorts instables ne durent pas longtemps, et tu m'as dit, la semaine dernière, que la magie se dissipe.

— Le sortilège sous lequel tu as été placée était plus poussé que n'importe quel autre de ma connaissance. Il t'avait complètement transformée.

— Toi aussi ! Je n'aurais jamais cru que tu m'enfermerais, crachai-je avant de filer vers la porte d'entrée et de l'ouvrir.

Une vague de magie compressive tomba sur moi et entra dans la maison depuis l'entrée.

« Salaud ! »

Il avait créé un nouveau cercle.

– T'emprisonner était seulement temporaire, affirma Bryn.

– Alors, pourquoi as-tu jeté un deuxième sortilège de détention autour de la maison ?

Il écarquilla momentanément les yeux.

– Un plan de secours, au cas où le premier essai pour annuler le sortilège ne fonctionnait pas. Je ne pouvais pas simplement te laisser partir sous l'influence de la magie noire. Comment sais-tu que j'ai créé un autre cercle ?

– Je peux le sentir.

Je repoussai des mèches de cheveux de mon visage.

– Ta magie est la seule que je peux sentir.

– Ça ne te semble pas intéressant…

– Non, interrompis-je en sortant sur les dalles.

– Tamara, attends. Tu dois me laisser l'ouvrir, dit-il juste avant que je ne traverse le cercle.

Je savais où il l'avait fermé. C'était comme si j'étais sa créatrice. Je savais qu'il ne pouvait plus me retenir, même si j'ignorais pourquoi.

Je marchai vers la sonnette de la sécurité et appuyai.

– Steve, c'est votre amie, Tammy Jo. Vous feriez mieux d'ouvrir immédiatement la grille, sinon je vais faire un rapport à la police et ils viendront vous arrêter pour enlèvement.

La grille s'ouvrit.

Je ne me retournai pas et Bryn ne m'appela pas. D'un claquement de doigts, notre brève amitié était terminée.

13

Ma satisfaction d'avoir fui la propriété de Bryn fut fugace. J'avais froid, j'étais mouillée, et au fur et à mesure que les vestiges de la magie féerique s'envolaient, je compris que Bryn avait eu raison de m'enfermer. À quoi avais-je pensé, quand j'avais réuni les enfants de mes voisins pour les transformer en minisbires ?

Cela avait semblé la chose à faire sur le moment. Je frissonnai en marchant d'un pas lourd vers chez moi. Cet arbre farceur avait semblé me connaître, et j'avais voulu croire que j'étais une fée qui était accidentellement entrée dans le monde des humains. Pour une fois, j'avais eu l'impression de savoir exactement quoi faire, en dehors d'une cuisine.

Quand je passai devant la colline, j'entendis de la musique au loin. Hank Williams Jr chantait *Country Boy Can Survive*. En tournant le coin, je m'arrêtai et plissai les yeux en observant la scène se déroulant dans le parc Magnolia. Des gens dansaient autour d'un énorme feu de camp. Ils étaient à moitié nus, des bouteilles dans leurs mains, et des petits hommes, des brownies, étaient pendus aux vêtements qu'il leur restait.

— Oh. Mon. Dieu.

Ces gens étaient visiblement sous l'influence d'une substance plus forte que l'alcool. Je n'aurais jamais dû écouter cet arbre et déterrer cette boîte.

— Où étais-tu, Rouquine ?

Quand je me tournai, je vis Incendio s'approcher de moi, un bras autour d'une fille qui devait avoir au maximum 16 ans.

— Chez moi, principalement. J'ai été très occupée.

— Je vois ça, répondit-il en faisant un signe de tête vers le parc.

— Non, ce n'est pas ma magie, bafouillai-je.

« Espèce de menteuse, tu vas te… Pitié, je ne veux pas brûler ! »

— Non ? Eh bien, quelqu'un a invité les fées à s'amuser, et ce n'était pas moi, ni l'Angliche. Ce n'est certainement pas Lyons. Qui reste-t-il ? Peut-être la petite fille dont la mère sait comment aller au cœur du néant ?

J'attendis qu'il ajoute quelque chose sur ma mère, mais il se contenta de me regarder.

— Si vous voulez connaître la vérité, votre sortilège de malédiction m'a poussée à déterrer de la poussière de fée, et c'est elle qui est responsable de tout ça. Pourquoi me jetteriez-vous un sortilège aléatoire ?

— Qui a dit qu'il était aléatoire ?

— Ce n'était pas le cas ?

Il secoua la tête.

— Nous avons goûté à ton pouvoir.

— Mais j'ai entendu la strophe. Il n'était pas question…

— C'est à ça que servaient les symboles sur la table. Par contre, j'aimerais savoir comment une soi-disant novice dans l'art a pu contrecarrer ce sortilège en moins de 24 heures ? Je t'ai sentie récupérer ton pouvoir. Qui t'a appris de la magie aussi complexe ?

Je n'allais certainement pas lui dire la vérité et avouer que Bryn m'avait libérée. Je grimaçai quand la fille au regard vide se colla contre la poitrine d'Incendio.

– Elle est beaucoup trop jeune pour vous, dis-je en saisissant le bras de sa compagne pour l'éloigner de lui.

– Hé ! se plaignit-elle. Lâche-moi !

– Reviens ici, dit Incendio en lui tendant la main.

J'enfonçai les talons au sol et la retint de toutes mes forces. Elle pesait au moins 10 livres de plus que moi, mais j'étais déterminée.

– Vous ne pouvez pas l'avoir. Elle est mineure, dis-je en essayant de reculer tout en la tenant.

– Ça dépend à quelles lois on obéit. Dans mon cas, elles ne sont pas nombreuses, *comprendes* ? demanda Incendio en s'approchant de nous.

Il repoussa mes bras, qui étaient autour de la taille de la fille, puis il la tira vers lui. Elle jeta les bras autour de son cou et il l'éloigna de moi.

– Va m'attendre sur la moto, lui dit-il.

Je lui barrai le chemin et tendis les bras, lui frappant la poitrine.

– Vous ne partirez pas avec elle.

Il me prit les mains et les tint contre lui.

– Veux-tu prendre sa place ? gronda-t-il.

– Non.

– Alors, déguerpis, dit-il en me poussant.

Je reculai en chancelant, et Incendio se retourna avant de s'éloigner. Quand je commençai à le suivre, des flammes jaillirent devant moi. Je courus et bondis au moment où elles montaient plus haut. J'atterris sur son dos, le bas de ma robe fumant.

– C'est quoi ce bordel ! cria-t-il.

Je passai un bras autour de sa gorge, me rendant compte que mes pieds avaient agi seuls, m'entraînant dans une situation que le reste de mon corps non héroïque trouvait stupide. J'allais me faire très mal, quand il allait me jeter par terre. Je serrai les bras, essayant de repousser le plus longtemps possible la chute.

– Si vous l'emmenez, je vous dénoncerai à la police. Ils vous arrêteront pour détournement de mineure.

– Elle a 18 ans, gronda-t-il alors que je pendais dans son dos.

– Si elle a 18 ans, j'en ai 45 !

Il s'approcha d'un arbre et se retourna, me frappant contre le tronc. Une douleur vive résonna dans mon dos, mais je tins bon, criant dans son oreille tout en égratignant sa gorge. Il se mit à jurer et me frappa de nouveau, me coupant le souffle.

– Incendio ! s'exclama Jordan.

– Quoi ? demanda Incendio avant de me soulever par-dessus son épaule et de me laisser tomber devant lui.

Malgré la douleur omniprésente, je n'avais pas abandonné l'idée de l'arrêter. Quand il m'enjamba, je saisis une de ses jambes et m'accrochai à deux mains. Il me traîna par terre, mais je le ralentis d'au moins quelques secondes.

Jordan se mit à marcher à côté de nous en me regardant.

– Que faites-vous, mon chou ?

Je crachai les feuilles et le gazon qui s'étaient un peu trop approchés de ma bouche de non-elfe.

– Je l'arrête.

— Vraiment ? demanda-t-il, visiblement sceptique.

— Il ne va pas partir sur sa moto avec une fille mineure.

À ce moment, à mon grand étonnement, Incendio s'arrêta. Je m'agenouillai, prête à le frapper. Nous allions voir s'il était doué pour marcher avec un seul genou en bon état.

— Merde ! grommela-t-il.

Derrière lui, je vis la fille s'éloigner avec un garçon portant une veste de sport du collège de Duvall.

Incendio leva un bras, mais Jordan tendit la main.

— Non. Les fées sont ici. En plus, il y a trop de témoins humains.

— Comme si j'en avais quelque chose à foutre.

Il jeta un regard noir vers les flammes sortant d'un barbecue, et elles grandirent. La plupart des gens se tournèrent vers le gril, et, à ce moment, Incendio profita de la diversion pour lancer une boule de feu vers la fille.

— Attention ! criai-je.

Le couple tourna la tête et, en voyant le feu, bondit en arrière. La boule atterrit à seulement 30 centimètres d'eux.

— Courez ! hurlai-je.

Ils filèrent vers les bois.

Incendio me lança un regard noir avant de se pencher et de m'agripper les bras. Il me lança loin de lui et leva la main, comme s'il s'apprêtait à me faire rôtir.

— Incendio, par pitié, réfléchis ! s'exclama Jordan.

Le feu qui dansait dans les yeux d'Incendio diminua tranquillement. Il me pointa ensuite du doigt.

— Pas ce soir, Rouquine. Mais bientôt.

Il s'éloigna lourdement et je me levai, essayant de retrouver ma dignité tout en époussetant ma robe. Après le jardin boueux, la nage dans l'eau salée, le bond sur le dos d'Incendio et une glissade sur l'herbe, même de l'Oxiclean ne saurait la laver.

Je regardai autour de moi, tremblant à cause de l'adrénaline. Je vis alors ce que Jordan avait voulu dire, au sujet des fées. Il n'y avait pas uniquement les brownies qui jouaient avec les gens. Il y avait des farfadets dans les arbres, et des nymphes sur les fleurs automnales. De petits yeux brillaient, nous observant dans la pénombre.

— Incendio est fou. Les patrons de l'AMM le savent-ils ? demandai-je à Jordan.

— Ça n'a jamais été aussi grave. Son travail pour le Conclave lui a enflé la tête. Il pense être au-dessus des lois, il se dit qu'ils couvrent tout ce qu'il fait. Il a tort, grommela-t-il.

— Mais ils ne sont pas ici. Avez-vous le pouvoir de l'arrêter immédiatement ?

Sa grimace se durcit.

— Ce ne sont pas vos affaires.

Je n'étais pas vraiment d'accord puisqu'il avait amené monsieur Chalumeau et son goût pour les jeunes filles dans ma ville, mais je décidai de ne pas le contredire puisqu'il semblait déterminé à parler d'Incendio à ses patrons. J'avais un autre problème. Un que j'avais causé…

— Jordan, de la magie féerique semble avoir été libérée aujourd'hui pendant que j'étais sous l'influence de votre malédiction d'hier soir. Quel sortilège pouvons-nous utiliser pour annuler ce problème ? demandai-je en indiquant tous les gens à l'air paniqué.

— Ce n'est pas de la sorcellerie. Nous ne sommes pas obligés d'agir.

— Mais…

— Concentrez-vous sur votre propre survie ! Vous venez de perdre l'aide d'Incendio une fois pour toutes, et vous avez gâché une journée complète. Nous avons une tâche presque impossible devant nous. Vous devez vous préparer.

— À quoi cela sert-il, si la partie du Défi concernant le feu est si difficile que seul un type de niveau huit peut m'y préparer ?

— Le défi peut être ajusté, mais vous devez faire preuve d'un minimum d'effort. Plus question de rater nos séances d'entraînement.

— C'est votre sortilège pour « goûter ma magie » qui a tout gâché. Je comptais m'entraîner avec vous.

— Nous voulions évaluer votre pouvoir, connaître sa nature. Le sortilège n'aurait pas dû affecter votre jugement.

— Eh bien, il l'a fait. Avec moi, la magie ne fonctionne jamais normalement.

Jordan haussa légèrement les sourcils, visiblement peu convaincu.

À ce moment, je fus distraite par l'apparition du psychiatre retraité, Doc Barnaby. Il a 72 ans, et ce soir, comme Incendio, il essayait de séduire une femme plus jeune. Cependant, il s'agissait de la veuve Potts, âgée de 61 ans, alors ils étaient mieux assortis. Une semaine plus tôt, le doc avait tenté de ressusciter sa femme parce qu'il se sentait seul, alors j'étais heureuse de le voir tenir la main de la veuve, même si j'aurais pu me passer de les voir s'embrasser. Sacrebleu !

— Écoutez, je m'entraînerai avec vous demain, mais ce soir, je dois annuler tout ça. Vous voyez la femme là-bas ? C'est Arlene. Vous voyez avec qui elle danse ? L'homme dont le ventre de bière pend au-dessus de sa boucle de ceinture Aggie ? Ce n'est pas son mari. Son mari soutient les Longhorn. Ce genre de truc n'a qu'un dénouement possible, dis-je en marquant une pause avant de conclure : des coups de feu.

— Bon sang.

— Exactement. Pouvez-vous m'aider à régler cette débâcle ? demandai-je en indiquant le parc.

— Désolé, mon chou. Même si je connaissais quelque chose à la magie féerique, je ne m'en mêlerais pas. Tout le monde sait que les sorciers qui affrontent directement les fées finissent avec une flèche ou une épée dans le cœur.

Je frissonnai en y pensant.

— Et si une sorcière libérait de la magie féerique par inadvertance ? Les fées ne voudraient-elles pas qu'elle répare son erreur ?

— Je ne crois pas. Moins on s'implique, mieux c'est.

— Je ne suis pas sûre que ce soit vrai.

À ce moment, je posai une main sur ma bouche. Doc Barnaby venait d'enlever sa chemise et il dansait le two-step avec madame Potts autour du feu de camp, trébuchant presque sur les couples mal assortis qui étaient couchés dans l'herbe et qui s'embrassaient comme s'ils se préparaient pour le soir du bal.

« Purée. »

Des éclats de voix me firent plisser les yeux. À l'autre bout du parc, deux hommes se disputaient pour savoir s'il fallait blâmer l'entraîneur Cal pour la série de défaites de l'équipe de football américain du collège. Ils commencèrent à se donner des coups, et je me dirigeai vers eux, mais la lutte se termina avant que j'arrive. Je soupirai, consciente que c'était seulement le début. Les gens n'avaient plus d'inhibitions, alors il y aurait des problèmes. C'était une question de temps avant que quelqu'un se blesse.

— D'accord, je vous verrai demain, dis-je en me tournant vers la rue.

— Où allez-vous ? demanda Jordan.

— Faire amende honorable, grommelai-je avant de commencer à courir.

Quand j'arrivai chez Bryn, j'étais pliée en deux et je frottais un point de côté. J'appuyai sur la sonnette en haletant.

— Oui ?

— Steve ?

— Tammy Jo ?

— Ouais, je suis de retour, dis-je entre deux halètements.

— Êtes-vous blessée ?

— Seulement ma fierté. Pouvez-vous ouvrir la grille ?

— Non.

— Non quoi ?

— Non, je ne peux pas ouvrir la grille.

— Mais je suis sur la liste. La liste de Bryn pour les gens que vous devez automatiquement laisser entrer.

— Plus maintenant.

Je m'appuyai sur les barreaux en fer et secouai la tête. Eh bien, c'était un super accueil. Une petite querelle et Bryn avait dit à son agent de sécurité que je ne pouvais plus mettre les pieds sur sa propriété ? En parlant de pieds, j'avais couru depuis le parc sans souliers et la plante de mes pieds brûlait, tout comme ma fierté.

— Dites-lui que je suis venue m'excuser.

— Je ne peux pas le faire. Je ne suis pas autorisé à lui dire quand vous venez, si vous le faites.

J'ouvris la bouche, interloquée.

— Et si j'étais en train de me vider de mon sang ou un truc du genre ?

— J'appellerais les secours.

J'appuyai le front contre le barreau le plus proche et fermai les yeux. Je ne pouvais pas y croire. Les gens se fâchaient parfois contre moi, mais on ne m'avait encore jamais enfermée dehors.

— Écoutez, Steve, c'est une urgence. La ville a perdu la tête et j'ai besoin que monsieur Lyons m'aide à rétablir la situation.

— Désolé.

L'heure était grave. J'avais un livre de sortilèges que j'avais acquis la semaine précédente, et je l'avais feuilleté à plus d'une reprise. Les fées étaient mentionnées brièvement, tout comme d'autres créatures magiques, mais aucun sortilège ne semblait les viser directement, elles ou leur magie. J'avais absolument besoin d'accéder à la bibliothèque et au cerveau de Bryn.

— Steve !

— Je travaille pour lui depuis presque deux ans, Tammy Jo, et je ne l'ai jamais vu aussi furieux, dit-il à travers l'interphone. Je vous ai entendue lui parler. Personne ne lui parle ainsi. *Jamais.*

« Zach lui parle comme ça. Bien sûr, sans mandat, il ne pourrait probablement pas entrer non plus. »

Mon cœur se serra. Je pouvais facilement voir la situation à travers les yeux de Bryn. Il m'avait souvent aidée, au cours des dernières semaines. Je lui devais bien une dizaine de faveurs. J'avais aussi été ingrate, quand j'avais crié sur lui, mais bon sang, j'avais été sous l'influence d'une malédiction magique.

N'importe quelle personne aurait été furieuse d'être piégée et enfermée. Je savais que s'il ne l'avait pas fait, je ne l'aurais jamais laissé me lancer un sortilège, mais il aurait pu me piéger, au lieu de m'enfermer. À quoi lui servait-il d'être aussi intelligent, s'il n'utilisait pas cette intelligence avec brio pour manipuler ses amis pour leur propre bien ?

En plus, si on oubliait nos différends, Duvall était aussi sa maison.

— D'accord, ne lui dites pas que je suis venue, mais informez-le que la ville a des ennuis. Il ira peut-être le constater par lui-même. Et pourriez-vous voir si Mercutio veut bien venir ? Je voudrais lui parler.

— Votre chat est parti juste après vous.

— Où est-il allé ?

— Vous vous rappelez que c'est un chat ? Il ne l'a pas précisé.

— Oui, ils aiment leur intimité.

Steve rit.

— Oui, c'est ça. Eh bien, votre chat secret a créé tout un vacarme devant la grille, et monsieur Lyons m'a dit de le laisser sortir, alors c'est ce que j'ai fait.

Merc était parti et il ne m'avait pas suivie jusqu'au parc ? Je baissai la tête. Tous mes amis étaient furieux contre moi. À ce moment, je revis le Doc Barnaby, torse nu. Ils allaient probablement devenir encore plus fous d'ici la fin de la nuit.

Quand je retournai au parc, je vis une foule de voitures de police, gyrophares allumés. Je regardai aux alentours et constatai que les fées s'étaient toutes cachées, mais que les gens ne s'étaient pas encore remis. Zach et les autres agents étaient en train d'arrêter tous ceux qui refusaient de se rhabiller.

Je me dis que la poussière n'avait pas dû atteindre le poste de police parce que les agents semblaient dans leur état normal. Au moins une bonne chose.

Je n'allai pas voir Zach parce qu'il semblait occupé, mais j'allai quand même frapper à la fenêtre de la Oldsmobile de Doc Barnaby. Il l'ouvrit et je vis qu'il avait remis sa chemise. Madame Potts était collée contre lui.

– Bonjour, Tammy Jo.

– Bonjour. Pourriez-vous me ramener chez moi ?

– Oh ! bien sûr. Avec deux belles femmes dans ma voiture, je ferai pâlir d'envie toute la ville.

« Purée. »

Je me glissai sur la banquette arrière.

– Tammy, je voulais te parler de tes pouvoirs magiques, dit Doc Barnaby en s'éloignant du trottoir.

« Pour l'amour de Hershey ! »

– Euh, Doc Barnaby ? Vous rappelez-vous que notre discussion était confidentielle ? Comme le secret médical ?

– Ah ! j'étais déjà retraité au moment de notre rencontre. Bien sûr, j'ai laissé expirer mon permis il y a des années. En plus, nous n'avons rien à cacher à Lela. Nous n'avons aucun secret l'un pour l'autre.

« Enfer et damnation. »

Douze générations de sorcières devaient se retourner dans leur tombe. Dans un moment de stupidité, j'avais révélé une lignée qui était restée secrète pendant trois siècles.

«Je mérite peut-être d'être maudite. Elles le penseraient sûrement.»

— Vous savez, je suis épuisée. On pourrait en parler une autre fois?

— Je n'y vois pas d'inconvénient.

— Aimerais-tu un whisky pur malt, ma chère? Nous en ferons au chocolat, comme à l'époque, dit Lela Potts.

— Je suppose que oui, répondis-je, aussi excitée qu'une fille à qui on offre une pièce de cinq centimes pour passer une journée avec le diable.

Pour une fois, j'aurais besoin de quelque chose de plus fort que du chocolat pour me remonter le moral.

14

En route vers chez moi, je me rappelai que ma voiture se trouvait toujours dans la vieille ville, et je demandai au Doc Barnaby de me déposer là-bas pour la récupérer. Quand j'arrivai dans ma rue, j'essayai d'ignorer mes voisins tapageurs qui, sous l'influence de la poussière de fée, fêtaient comme s'ils se trouvaient à Times Square la veille du Nouvel An. Je secouai la tête quand ils m'offrirent du punch au rhum directement dans le bol de 11 litres. Une chanson de Reba passa à la radio, et ils recommencèrent tous à danser sur le gazon. J'aperçus même des enfants endormis sur des chaises longues.

« Pas de couvre-feu ce soir. »

J'étais si concentrée sur le fait de rentrer chez moi que je sursautai quand Mercutio bondit en bas de l'arbre devant la maison. Je posai une main sur ma poitrine jusqu'à ce que mon cœur recommence à battre.

— Hé ! dis-je.

Il pencha la tête sur le côté.

— Je suis désolée d'avoir été une telle pimbêche plus tôt. Mon statut d'elfe m'est monté à la tête. Je ne sais pas pourquoi on dit « il a les pieds sur terre », en parlant d'un individu humble. « Avoir les pieds sur terre » devrait vouloir dire

« personne qui pense avoir créé les fleurs et leur avoir donné leur parfum ».

J'inspirai profondément, attendant que Merc donne un coup de patte dans l'air ou crache, mais il n'en fit rien.

— Si jamais je dis encore que je n'ai pas besoin de ton aide, tu ferais peut-être mieux de me mordre, question de me rappeler ce qui est vrai.

Mercutio fila sur le perron et attendit. Oui, c'était un véritable ami : complètement courtois devant des excuses. Il n'était pas resté dans l'arbre... Il n'avait verrouillé aucune grille, prétendant ne pas connaître de Tammy Jo Trask.

Je me penchai pour lui serrer le cou.

— Merci.

Il ronronna dans mon oreille avant de poser une patte sur la porte.

— Tu as raison. Pas de temps pour les câlins, dis-je en ouvrant.

Je regardai ma maison sale, essayant de ne pas trop l'étudier. Une fois dans la cuisine, j'ouvris un nouveau sac de chocolats miniatures et en mangeai une poignée tout en racontant à Mercutio ce qui était arrivé avec la poussière de fée.

Je sortis ensuite dans le jardin et grimaçai en voyant toutes les plantes et fleurs volées. Les rendre allait être un enfer.

« Plus tard. Quand j'aurai pris soin de me sauver la vie et de rendre sa raison à la ville. »

Je posai une main sur l'arbre, espérant qu'il me reste un soupçon de magie féerique pour que je puisse l'entendre.

— Hé ! dis-je avant de faire une pause. J'ai encore besoin de conseils et de renseignements, monsieur l'arbre.

Rien. Je n'avais pas pu convaincre un arbre de se taire pendant toute la journée. J'avais maintenant besoin qu'il parle, et que faisait-il ?

Je retournai dans la maison, laissant la porte coulissante ouverte au cas où il déciderait de parler.

— Je ne sais pas quoi faire, dis-je à Mercutio en remplissant un seau d'eau et de savon pour nettoyer le plancher. J'essaie de me rappeler tout ce que maman m'a dit sur les fées, mais elle ne m'a jamais appris quoi que ce soit qui pourrait nous aider en ce moment. Elle m'a surtout raconté des histoires, tu sais ?

Je soupirai en frottant.

Merc s'assit sur le canapé et entreprit de se lécher les pattes. Je vidai le seau et le remplis, y ajoutant un peu de jus de citron.

— Selon Jordan, les sorcières ne devraient pas se mêler de la magie des fées. Et l'arbre m'a dit que maman avait refusé d'utiliser la poudre en tant que sorcière, alors maintenant que j'en suis redevenue une — en quelque sorte —, je n'ai probablement aucune chance de pouvoir la contrôler de nouveau. Sais-tu ce qu'il nous faut ? Une fée malicieuse. Elle saurait comment annuler les effets de la poussière. Mais comment en contacter une ? J'imagine mal les farfadets servir de messagers.

Je finis de laver le linoléum et m'attaquai ensuite aux comptoirs, aux appareils électroménagers et à la porte en verre.

— J'ai vu des dryades, au parc, avant que la police mette fin à la fête.

Je fronçai le nez en sentant l'ammoniaque. Les produits chimiques me brûlèrent la gorge plus fort que d'habitude, et j'ouvris la fenêtre de la cuisine pour laisser les vapeurs sortir.

J'observai ensuite la moquette du salon. Elle était incrustée de boue, de gazon, de confiture, de miel et d'une quantité de jus de fruits plus importante que celle contenue dans une usine de Welch. Les taches seraient probablement permanentes.

— Je pense que je vais devoir m'offrir une nouvelle moquette.

Je m'appuyai sur le comptoir, me sentant complètement lessivée, mais je pouvais me détendre autant que je pouvais me payer un plancher en marbre, c'est-à-dire peu.

— Je vais prendre une douche, puis nous partirons à la recherche de fées espiègles.

Merc et moi cherchâmes, mais la mission fut un échec. En fait, j'eus beau froisser les plantes et les fleurs, envoyer Merc grimper aux arbres pour les inspecter pendant que je demandais aux fées de venir me parler, aucune ne vint. Je leur offris même des biscuits. Nada. Les biscuits au miel que j'avais apportés étaient insultés.

De retour chez moi, je reçus un message de Zach. Il m'appelait pour voir comment j'allais. Apparemment, ils avaient procédé à un nombre record d'arrestations, même s'ils avaient laissé des gens s'en sortir avec un avertissement alors qu'ils auraient dû être arrêtés. Tous les agents effectueraient des heures supplémentaires jusqu'à nouvel ordre.

Je soupirai profondément et laissai un message à Zach, lui disant que j'allais bien. Heureusement, il n'existait plus aucune malédiction sur mes mensonges, ou j'aurais encore eu des oreilles pointues le lendemain matin. Je sortis ensuite mon livre de sortilèges et commençai à le relire. Malheureusement, il n'était pas organisé comme un conte de fées. Il ressemblait davantage à un recueil de recettes, ce qui expliqua pourquoi le fait de le lire au beau milieu de la nuit m'endormit rapidement.

Quand je me réveillai, le mercredi 29, Merc était debout sur ma commode, agitant un bout de papier devant mon visage.

– Quoi ? grommelai-je en me frottant les yeux avant de prendre le papier sur la griffe qu'il avait utilisée pour l'accrocher.

Je retournai le dessin au crayon de couleur à l'endroit et plissai les yeux. C'était une carte de Duvall qui avait été dessinée la veille par un des minisbires.

– Tu veux que je le mette sur le réfrigérateur ? demandai-je en refermant les yeux.

Merc me donna un coup de patte sur le nez. Ma réponse confuse contenait quelques mots de cinq lettres dont j'espérais qu'il ne connaissait pas encore la signification.

Je m'assis et clignai des yeux jusqu'à ce que je voie clair, puis j'étudiai plus attentivement le dessin. Oui, c'était assurément Duvall. Dans le coin nord-ouest, il y avait la vieille ville, et le long du ruisseau Corsic qui coulait vers le sud se trouvait l'usine ressemblant à un château de Glenfiddle Whisky sur la rive est, et au sud-ouest, les Bières Armadillo.

Je souris en découvrant les détails. De l'autre côté de Duvall, à l'est, se trouvaient la colline et la rivière Amanos. La carte n'était pas vraiment à l'échelle, par contre. Certains quartiers n'étaient pas dessinés, mais il y avait quelques arbres et des jardins de fleurs, ainsi que des écureuils, des lapins et des oiseaux.

« Un instant. »

Je me collai presque la carte sous le nez avant de souffler. Il y avait des brownies, des fées malicieuses, des nymphes aquatiques, des lutins et un troll sous le pont. Dans le coin, l'artiste avait signé son œuvre à la mine : Abby.

Je regardai Mercutio.

— Comme je l'ai souvent pensé, tu es un génie, Merc.

Je me traînai les pieds vers le réfrigérateur et en sortit un petit contenant de crème. Je remplis ensuite un bol à ras bord et le déposai par terre. Merc s'empressa de s'en délecter.

— Tu sais, je pense qu'on ne peut pas écarter la possibilité que tu puisses être le responsable. Je pourrais mettre les charges à ton nom et porter une casquette de chauffeur quand je te conduis un peu partout.

Merc, toujours aussi détendu devant la vie, ne montra aucun enthousiasme à l'idée d'être mon seigneur. Je passai quelques minutes à flatter sa fourrure soyeuse avant de me faire des œufs brouillés pour le petit-déjeuner, histoire de garder mes forces.

— Abby est à l'école, ce matin, dis-je en mangeant un morceau de bacon, dont je donnai la moitié à Mercutio. Je pense que je ferais mieux d'aller apprendre des trucs avec Jordan Perth pendant que j'ai le temps. Avec un peu de chance, la ville va dormir et rester loin des ennuis le temps que je trouve quoi faire au sujet de la poussière de fée. Penses-tu que ça risque d'arriver ?

Merc donna un coup de patte dans l'air.

— Non, moi non plus. Eh bien, nous pourrions retourner au lit et nous cacher sous la couette, mais ce n'est pas vraiment comme ça qu'on agit, au Texas, n'est-ce pas ? Viens-tu du Texas, Merc ?

Il cligna des yeux.

– Tu agis comme si c'était le cas. Sinon, tu es arrivé aussi vite que possible. Davy Crockett n'était pas né ici non plus, tu sais, et regarde quel héros il est devenu, à Alamo.

Je mâchouillai un moment avant de continuer.

– Ouais, je suppose que, si nous perdons, nous le ferons en nous battant.

Je ne fis même pas deux pas dehors avant de m'arrêter, stupéfaite. La première fois que j'avais fait une ganache au chocolat, j'avais brûlé le chocolat, et c'était précisément ce que sentait le gazon devant chez moi. Mes voisins des deux côtés avaient eu des arbres parfaitement centrés sur les parcelles d'herbe en face de leur entrée. Maintenant, comme un sourire auquel il manque une dent, il y avait un vide étonnant. Je m'approchai de l'endroit où s'était trouvé l'érable de Jolene. Il ne restait même plus de souche, seulement de la suie et des cendres qui sentaient la fumée et créaient un cercle parfait à l'ancien emplacement de l'arbre. Le gazon n'avait pas été brûlé. Ce n'était donc pas un incendie normal. C'était de la magie.

Je jetai un coup d'œil aux maisons se trouvant entre six et neuf mètres de cet endroit. Elles auraient pu être les suivantes, et j'étais sûre que c'était ce qu'Incendio voulait me faire comprendre par son acte de terrorisme horticole. Je serrai les poings, enragée. S'il pensait pouvoir m'intimider en carbonisant la végétation du coin, eh bien, il avait un peu raison, mais j'étais quand même furieuse. Je ne pouvais pas parler aux arbres pour le moment, mais cela ne voulait pas dire que j'allais le laisser les raser avec son index enflammé.

J'ouvris la portière de la voiture et eus un haut-le-cœur en sentant une odeur métallique nauséabonde. Mon siège était couvert de sang gélatineux, et un mot de six lettres, commençant par un *S* et se terminant par *alope*, que je n'aimais pas utiliser était peint sur la banquette arrière. Je reculai en chancelant, remarquant un peu de fourrure blanche et sale sur le cadre de la portière.

Tous mes muscles semblèrent se crisper de peur. Je retournai en titubant sur le gazon, nauséeuse, et tombai sur le côté. Je roulai ensuite sur le dos et restai par terre, regardant le ciel bleu pâle en prenant de grandes inspirations. Si le corps de ce qui était probablement un lapin se trouvait quelque part dans ma voiture, il était hors de question que je supporte sa découverte. Je devrais peut-être jeter mon véhicule et utiliser une bicyclette. Je passai les mains sur l'herbe pour tenter de me calmer. Ce geste fonctionna. En quelque sorte.

«S'il a tué un lapin pour vandaliser ma voiture, il va me le payer. Peu importe le temps et l'entraînement magique qu'il me faudra, je le ferai payer.»

Et même si je détestais généralement moucharder, si je croisais un jour le patron d'Incendio, je lui dirais que ce dernier avait sérieusement besoin d'aide, dans le genre longue peine carcérale.

J'essuyai la sueur sur mon front et me levai, heureuse d'avoir laissé Mercutio dormir à la maison pendant que j'allais suivre mon cours de magie. Le graffiti ensanglanté était la dernière chose que quiconque avait besoin de voir. J'utilisai le bout de mes doigts pour fermer la portière de la voiture, puis je frissonnai avant de m'éloigner de la maison.

Je m'arrêtai devant la demeure de Doc Barnaby parce que je pouvais entendre la musique de Willie Nelson jouer derrière la clôture. Je l'ouvris donc et jetai un coup d'œil dans le jardin, bouche bée. Environ 30 personnes vêtues de pyjamas et de peignoirs étaient étendues sur des couvertures et des coussins. Entre deux séances de two-step, elles mangeaient du gâteau au café et des fruits. On aurait dit une publicité pour un grand magasin desservant les fous.

Des enfants pieds nus se pourchassaient innocemment, et je pensai aux arbres brûlés et au télégramme-de-la-peur sur le siège de ma voiture, deux choses qui se trouvaient trop près d'eux. Et s'ils avaient aperçu Incendio pendant qu'il préparait son mauvais coup ? Ils auraient pu être traumatisés, comme je l'étais probablement. Mais il leur aurait peut-être fait quelque chose pour ne laisser aucun témoin. Je serrai les dents et m'éloignai. Oui, j'allais devoir faire quelque chose contre cet enchanteur.

Quand j'arrivai à l'entrée de mon quartier, j'ouvris mon téléphone et dis mécaniquement à Jordan que j'avais un problème avec ma voiture et qu'il devait venir me chercher pour notre séance d'entraînement, puis je m'assis sur le trottoir froid pour l'attendre.

Je remarquai alors un Chevy TrailBlazer de l'autre côté de la rue. Alors que je le regardais, mon téléphone sonna et je l'ouvris.

— Bonjour.

— Tu ne conduis pas ta voiture, aujourd'hui ? demanda une voix d'homme étouffée.

Si mes cheveux n'avaient pas déjà été retenus au-dessus de ma tête par une barrette en écaille de tortue, ils se seraient dressés sur ma nuque.

— Qui parle ? demandai-je en me levant.

— Je vais te faire regretter, dit l'homme à voix basse avant de raccrocher.

La camionnette s'éloigna alors du trottoir dans un crissement de pneus avant de partir. Malheureusement, je ne vis pas la plaque d'immatriculation. Je fermai le téléphone d'une main tremblante avant de me rasseoir lourdement.

Je ne croyais pas que la voix était celle d'Incendio. Elle ressemblait un peu à celle d'Earl, mais il ne conduisait pas un TrailBlazer. En plus, les arbres avaient été brûlés avec une précision incroyable, ce qui était assurément, sans aucun doute possible, l'œuvre d'Incendio.

Mais je savais quand même, sans le moindre doute, que le conducteur du TrailBlazer avait vandalisé ma voiture, ce qui voulait dire que deux dangereux visiteurs nocturnes essayaient d'instiller une terreur énorme en moi. Si je pouvais me le permettre, c'était une chose complètement inutile et redondante à faire.

15

J'appelai Zach pour lui dire ce qui était arrivé à mon véhicule, mais je tombai directement sur la boîte vocale. Je grimaçai. Il avait probablement travaillé toute la nuit pour contrôler les gens devenus fous à cause de la poussière.

« Ma faute. »

Je décidai donc de ne pas lui dire que j'avais besoin de lui, me contentant de lui demander de me rappeler quand il aurait un moment. Je fermai ensuite le téléphone et essayai de trouver comment m'occuper moi-même du salaud conduisant le TrailBlazer.

Quand mon téléphone sonna, ma sonnerie de Martina McBride me fit sursauter au point où mes fesses se soulevèrent d'au moins cinq centimètres du trottoir. J'atterris brutalement et grimaçai. Quand je regardai l'afficheur, je ne reconnus pas le numéro.

J'ouvris le téléphone, hésitant un moment avant de répondre. J'avais envie de crier : « je me fiche de savoir à quel point vous êtes psychotique : à Duvall, au Texas, un meurtrier ne s'en sortirait jamais en plaidant la folie ! »

– Bonjour, dis-je doucement.

– Mademoiselle Tamara ?

– Euh, qui est-ce ?

— Monsieur Jenson.

J'eus l'impression de fondre de soulagement. Monsieur Jenson, le majordome de Bryn, aussi doux qu'un typique gentilhomme britannique.

— Bonjour, monsieur Jenson. Comment puis-je vous être utile ?

— Monsieur Lyons voulait vous engager afin de confectionner les desserts pour une soirée qu'il donne demain soir.

— Ah ! c'est vrai. C'est demain, hein ?

— En effet. Vous en a-t-il parlé ?

— Il l'a fait, mais quand *vous* en a-t-il parlé pour la dernière fois ?

— Hier matin.

— Ouais. Il s'est passé pas mal de choses depuis.

« Comme le fait que j'ai été bannie de Casa Lyons. »

— Vous devriez probablement lui parler pour savoir s'il veut encore de mon aide pour cette soirée.

— Avez-vous été payée ? demanda-t-il.

— Oui, mais je rendrai l'argent. Sans rancune.

Monsieur Jenson se racla la gorge.

— Ma chère, je ne dérangerais jamais monsieur Lyons avec des détails domestiques. Après tout, c'est pour cette raison qu'il m'a engagé. Nous procéderons comme il a été convenu. Il y aura environ 40 convives et notre cuisine, que je crois vous avoir vue admirer par le passé, sera à votre complète disposition, sauf une heure directement avant la soirée, quand les traiteurs de Dallas en auront besoin pour leurs préparatifs.

— Ça semble super, sauf que je ne peux pas entrer par la grille. Vous voyez, nous avons eu un léger…

— Pardonnez-moi, mademoiselle Tamara.

– Euh, oui ?

– Je me chargerai de tout. Vous pourrez facilement entrer par la cuisine.

« Par une porte arrière. »

Je ne pouvais pas croire que monsieur Jenson allait me faire entrer en douce. Aimait-il mes pâtisseries à ce point ? Peut-être. C'était mon unique talent. Mais désobéir aux ordres directs de Bryn ? Ne pouvait-il pas être mis à la porte de l'union des majordomes, pour un tel geste ?

– Monsieur Jenson, si vous dites que vous voulez de moi, je serai là. J'ai une journée chargée, aujourd'hui, mais je peux commencer à travailler ce soir. Serez-vous là ?

– Certainement. Appelez ce numéro juste avant votre arrivée.

– D'accord. On se voit plus tard.

– Passez une agréable journée, mademoiselle Tamara.

« Impossible », pensai-je en refermant le téléphone.

J'étais un peu nerveuse à l'idée d'aller chez Bryn alors que je savais qu'il ne voulait pas de moi là-bas, mais je ne pouvais pas décevoir monsieur Jenson. En plus, Bryn et moi nous rencontrerions peut-être. Et si je m'excusais, nous pourrions retrouver la relation que nous avions plus tôt cette semaine. Mais… Était-ce une bonne idée ?

Après tout, j'étais censée rester loin de lui, et maintenant, pour la première fois depuis la soirée d'Halloween de Georgia Sue, il me laissait tranquille. Je me mâchouillai la lèvre. Je n'arrêtais pas d'affirmer que je voulais qu'il reste loin de moi, alors pourquoi n'étais-je pas heureuse qu'il le fasse ?

J'attendis encore 10 minutes avant de voir Jordan Perth arriver à bord de sa BMW de location. Avec la capote baissée, il semblait tout droit sorti du plateau de tournage d'un clip vidéo pop. En plus, une chanson de Justin Timberlake jouait à la radio.

Je m'assis sur le siège du passager.

— Qu'ont-ils dit ?

— Qui, et à quel sujet ? demanda Jordan.

— Le Conclave, sur Incendio.

— Ah ! Je n'ai pas encore eu de nouvelles.

— Leur avez-vous dit que c'était urgent ? Parce que je crois qu'il est passé brûler quelques arbres dans mon quartier pour me faire peur. Ça a fonctionné, en passant.

Jordan fronça les sourcils.

— Je suppose que s'il essaie de me tuer, vous ne pourriez pas l'arrêter.

Quand il rougit, je compris la réponse.

— Je vais lui parler. Le Conclave ne lui a pas donné l'ordre de tuer qui que ce soit, alors, s'il le fait, il aura enfreint la loi et il devra faire face aux conséquences.

— Sans vouloir vous offenser, je serai morte, alors ça ne m'aidera pas vraiment.

— Écoutez, essayez simplement de rester loin de lui. Si vous le voyez, ne le provoquez pas. Incendio s'emporte, dans le feu de l'action. Sans vouloir jouer avec les mots.

Je serrai les dents. C'était tout ? C'était toute l'aide que m'apporterait Jordan ? Des conseils inutiles ?

Il recommença à parler.

— Incendio a mauvais caractère, et vous semblez savoir comment l'énerver. Vous lui rappelez quelqu'un…

— Ce n'est pas ma faute !

— En effet. Mais j'allais dire que, une fois calmé, il est relativement raisonnable. Je parie qu'il soigne actuellement une gueule de bois et qu'il a d'autres idées que de vous créer des problèmes. Restez loin de lui, et tout ira bien.

Nous roulâmes en silence pendant quelques minutes avant que Jordan ne reprenne la parole.

— Maintenant, en ce qui concerne votre éducation magique, êtes-vous prête à commencer ?

— Je suppose que oui.

— Voilà ce que j'aime. Un enthousiasme débordant.

Je me retins de lever les yeux au ciel.

— J'ai remarqué que vous n'aviez pas apporté de cahier de notes. Vous possédez donc une mémoire photographique ?

— Pas exactement, répondis-je.

S'il avait voulu que je prenne un cahier, pourquoi ne l'avait-il pas précisé ?

Jordan tendit un bras derrière son siège et me tendit un petit classeur. Quand je l'ouvris, je trouvai un stylo et un bloc-notes de papier blanc.

— Merci.

— Un bon sortilège comporte trois ingrédients, mais un seul est absolument essentiel.

— Ah. D'accord, dis-je en débouchant le stylo.

Le bouchon glissa de ma main et vola hors de la voiture. En regardant dans le rétroviseur, je le vis rebondir sur l'asphalte.

— Oups.

— Le contrôle. Un sorcier doit exercer un contrôle absolu sur son pouvoir.

Il jeta un coup d'œil à la main dans laquelle je tenais le stylo qui avait perdu son bouchon.

— Notez ceci, ma chère. En fait, vous devriez le souligner. Plusieurs fois.

Je fronçai les sourcils.

— Est-il important de pouvoir sentir la quantité de pouvoir qu'on insère dans un sortilège afin de le contrôler ? demandai-je en écrivant.

— C'est indispensable.

J'avais eu peur que ce soit la réponse. C'était mon principal problème, depuis que mes pouvoirs étaient apparus, la semaine précédente. Je ne savais jamais si mes pouvoirs étaient faibles, ou assez forts pour éclater. La plupart du temps, j'étais insensible à la magie, sauf quand j'étais en contact direct avec un certain sorcier aux yeux bleus dont j'allais réquisitionner la cuisine.

— Pourquoi posez-vous une question sur la capacité à sentir la magie ? Trouvez-vous cela difficile ?

— En quelque sorte. Y a-t-il un truc ?

— Non. La plupart des sorciers peuvent facilement sentir leur pouvoir, ou leur manque de pouvoir. C'est une source de frustration constante pour ceux qui essaient en vain de l'amplifier.

— Vous avez dit « la plupart des sorciers ». Et les gens qui ne sentent pas la magie ?

Il me jeta un coup d'œil.

— Vous voulez dire que vous ne la sentez pas du tout ?

Je haussai les épaules.

— Ce serait un désastre. Il vaut mieux ne lancer aucun sortilège plutôt que de le faire sans pouvoir sentir sa propre magie.

— Eh bien, dans ce cas, pouvez-vous faire en sorte que je sois recalée à la formation de base, ou un truc du genre ?

— Pardon ?

– Je veux dire, si c'était l'armée, j'aurais les pieds plats et on ne me laisserait pas m'engager. Je ne sens pas la magie.

«Sauf celle de Bryn.»

– C'est assez invraisemblable.

Jordan m'étudia en plissant les yeux.

– Cela ressemble à quelque chose que vous pourriez dire pour éviter le Défi initial.

Je soupirai.

– D'accord. Si vous voulez jouer au moniteur de conduite qui a un élève aveugle, c'est votre choix. Par contre, ne venez pas me dire que je ne vous avais pas prévenu.

16

Aucun des petits sortilèges que j'essayai ne fonctionna. J'avais l'impression d'avoir de nouveau 14 ans, mais, au lieu d'avoir envie de fondre en larmes et d'aller chez Zach à bicyclette pour éviter mon cours de magie, j'avais envie de frapper Jordan Perth en plein sur le nez, et dévorer quelques amandes couvertes de chocolat.

J'étais assise au bord du lieu de baignade de Lover's Lake parce que Jordan avait décidé que c'était l'endroit idéal pour concentrer l'énergie et contacter les éléments. C'était logique. Les éoliennes se trouvent de l'autre côté du ruisseau Corsic, alors nous avions accès à trois éléments, soit le vent, l'eau et la terre.

J'étais censée me concentrer pour essayer de sentir ma magie, mais la seule chose que je sentais était la nécessité d'élaborer une liste de ce que je devais faire. Je devais voler les bijoux de ma famille, convaincre Abby de me guider vers des fées malicieuses, et confectionner des pâtisseries pour la soirée de Bryn. Je devais également découvrir quel habitant de la ville possédait un TrailBlazer et avait regardé trop de films d'horreur. J'avais étudié mon historique d'appels entrants, mais le numéro du TrailBlazer n'y figurait pas. Il était simplement indiqué « bloqué », ce qui était ironique, puisque j'aurais *aimé* que quelqu'un bloque les appels de ce sale type, mais ce n'était visiblement pas encore le cas.

À part Incendio et Bryn, la seule personne avec laquelle je m'étais récemment querellée était Earl, mais sa voiture était un truc noir étranger. Il lui arrivait également de conduire une fourgonnette sur le flanc de laquelle était inscrit « Antiquités Stanton » lorsqu'il apportait de gros objets à sa boutique de prêteur sur gages ou au magasin d'antiquités de sa mère. Mais il avait peut-être emprunté la camionnette ? Il était également possible qu'une personne que je ne soupçonnerais jamais ait respiré une grande quantité de poussière de fée et ait perdu la tête. Si c'était le cas, tous les gens étaient suspects. Je frissonnai en y pensant, et revins à ma liste de choses à faire pour ajouter un élément : trouver une fée malicieuse pour annuler les effets de la poussière.

— Bonjour ! dit sèchement Jordan.

Je levai les yeux.

— Oui ?

— Du progrès à sentir votre pouvoir ?

Si je répondais non, il me demanderait probablement de passer la matinée assise sur la mousse.

— Vous savez, je pense que j'ai senti quelque chose.

— Excellent. Essayons un autre sortilège de terre. Vous devez simplement me dire dans quelle direction flotte l'énergie pendant que je lance le sort.

Il sortit une baguette et la secoua à plusieurs reprises de gauche à droite, louangeant la terre d'être la terre. Oui, c'était son sortilège.

— Quelle direction ? demanda-t-il.

J'avais une chance sur quatre, et je l'avais vu bouger la baguette, ce qui semblait un assez bon indice.

– Est.

– Très bien. Maintenant, à votre tour. Utilisez ma baguette pour concentrer votre énergie. Vous pouvez employer ma strophe, si vous voulez, ou inventer la vôtre. Au fil du temps, vous choisirez précisément vos mots. Il est important qu'ils revêtent une importance et une texture pour vous.

– Une texture ? demandai-je en prenant la baguette.

– Oui. Certains mots sont glissants, d'autres, chaleureux. Certains font apparaître une couleur ou une sensation dans l'esprit. Vous aurez besoin de vous faire des listes.

– Quels mots sont glissants ? À part *glissant*, je veux dire. Fluide ? Visqueux ?

Jordan soupira.

– Non, il s'agit de leur signification. C'est un sentiment qu'ils évoquent.

Nous avions déjà déterminé que je sentais mal la magie, alors je n'étais pas très heureuse d'apprendre que les mots ne voulaient pas dire ce qu'ils voulaient dire. Je me pinçai les lèvres et serrai la main sur la baguette.

– Gentille terre, merci d'être solide et ronde. Maintenant, ce serait super si tu pouvais faire bouger le sol, dis-je.

Je ne sentis rien arriver, mais je n'en fus pas sûre avant que Jordan ne parle d'une voix dégoûtée.

– Nom d'un chien.

– Qu'est-ce qui cloche ?

– Écoutez, vous devez essayer plus fort que ça. Nous avons une tonne de choses à étudier. Vous pouvez certainement faire mieux. J'ai goûté à votre pouvoir et je peux le sentir en ce moment même. Vous en avez suffisamment pour réussir ces sortilèges de base.

Je donnai un coup de poing frustré dans ma paume. Il pouvait sentir mon pouvoir, mais j'en étais incapable ? C'était tellement injuste ! Qu'est-ce qui n'allait pas chez moi ?

— C'est ce qui arrive toujours. Vous pensez être le premier qui essaie de m'enseigner la magie ? J'ai vécu 18 ans avec deux excellentes sorcières.

« Et le fantôme d'une troisième. »

— Elles étaient déterminées. Nous avons essayé une tonne de trucs. Rien n'a fonctionné.

— Mais vous avez jeté des sortilèges, la semaine dernière.

Je haussai les épaules. Il y avait eu de la magie, mais la plupart du temps, pas celle que j'avais essayé d'utiliser. En plus, Bryn et son père, Lennox, avaient lancé une tonne de sorts, et j'avais utilisé certains souvenirs de ma mère et les plantes de tante Mel. Je n'étais pas sûre de ne pas avoir accidentellement puisé dans les pouvoirs de quelqu'un d'autre et de les avoir légèrement utilisés.

— C'était peut-être un hasard. Une phase de la lune ou un truc qui a fait que j'ai pu utiliser la magie pendant un certain temps.

— Vous n'êtes pas une sorcière lunaire.

— Comment le savez-vous ?

— Avez-vous invoqué la lune, dans vos sortilèges ?

— Non, mais j'étais souvent dehors pendant la nuit. La lune a peut-être décidé de m'aider.

— Et la colline ? Y avez-vous lancé des sortilèges ?

« Ouais, certains sorts qui avaient eu des répercussions effrayantes. »

J'opinai.

— Partons. J'avais pensé commencer doucement, mais vous semblez dénuée de tout talent pour entrer en contact avec votre pouvoir, alors nous avons besoin du maximum d'aide possible.

Je regardai ma montre.

— D'accord, mais s'il ne se passe rien là-bas, j'aimerais rentrer chez moi. J'ai une tonne de trucs à faire, et si je dois mourir à la fin de la semaine, je suis un peu pressée, vous savez.

Jordan sourit, même si je ne trouvais pas mes propos particulièrement amusants.

— Blague à part, ils me laisseront échapper au Défi, si vous leur dites que je suis incapable de lancer le moindre sortilège de base, n'est-ce pas ?

— Je ne sais pas s'ils le croiront. Moi-même, je n'en suis pas sûr.

Je croisai les bras sur ma poitrine et lui lançai un regard noir. Ne voyait-il pas que je faisais de mon mieux… Enfin, que je l'avais fait jusqu'à ce que je commence à rêvasser ?

Nous étions à mi-chemin de la voiture quand j'aperçus un groupe de femmes en train de pique-niquer avec leurs enfants. Je jetai un coup d'œil à l'endroit où Jordan et moi avions été, me demandant si elles nous avaient vus. J'étais presque sûre que cela aurait été le cas si elles avaient regardé. En étudiant le groupe, mon estomac se noua. Une femme était debout et m'observait. Celle qui avait juré qu'elle me chasserait de la ville. Jenna Reitgarten.

Je décidai de dire à tout le monde que Jordan était un chef d'orchestre à temps partiel. C'était la seule chose que j'imaginais pouvoir raconter, à part la vérité, si Jenna décidait de parler de ce qu'elle nous avait vus faire au lac. Tous ceux qui m'avaient déjà entendue chanter savaient que je n'avais pas l'oreille musicale, mais c'était le cas d'une foule de chanteurs dont les enregistrements passaient pourtant à la radio.

Je tapai du pied sur le sol de la voiture. Pourquoi Jenna avait-elle choisi cet endroit pour son pique-nique ? Ces derniers temps, j'avais joué de malchance, et elle semblait toujours être présente pour en profiter. À titre d'exemple, quand j'avais mis en gage les bijoux de la famille. C'était une solution temporaire, mais Earl avait été furieux parce que je ne l'avais pas laissé me violer sur son canapé, alors il avait vendu les bijoux à Jenna, la personne que j'aimais le moins en ville. Naturellement, elle avait refusé de me les revendre. Et naturellement, elle possédait les indispensables boucles d'oreilles d'émeraudes que je voulais vraiment récupérer.

— À quoi pensez-vous ? demanda Jordan en conduisant vers Macon Hill.

— C'est injuste : Incendio possède une tonne de pouvoirs, alors que certaines personnes qui ne penseraient jamais à brûler la maison de quelqu'un d'autre n'en ont pas assez.

— Je sais, grommela-t-il. Mais je veux que vous vous concentriez sur votre magie, mon chou. Je crois vraiment en votre potentiel.

— Merci. Je vais essayer, répondis-je en souriant pour lui montrer que j'appréciais son soutien.

À mi-chemin du sommet, Jordan se gara, et nous continuâmes à pied, marchant dans l'herbe qui bordait le sentier. Il avança avec les bras légèrement levés, les paumes tournées vers le sol, les doigts écartés, comme s'il essayait d'absorber le pouvoir de la colline.

– Eh bien, c'est un centre énergétique plus impressionnant que je ne le pensais. Et vous l'avez pour vous seuls, dans cette petite ville. Pas étonnant que Lyons soit ici.

Je haussai les épaules.

– Je ne sens pas sa magie.

– Eh bien, elle est présente, et je peux sentir la connexion qui vous y lie. Laissez-moi essayer de vous aider à la sentir. Donnez-moi votre emprise sur la colline.

– Je n'ai aucune emprise sur elle.

– Faites-moi plaisir. Dites : «Jordan Robert Perth, je vous transmets ma part de la colline de Duvall.»

– Mmh. Ça semble un peu formel. Devrais-je consulter un avocat ? Ah, c'est vrai, je n'ai pas le droit de parler au seul que je connais.

Jordan attendit.

– Vous n'étiez pas pressée ?

– Je ne possède aucune partie de la colline. Mes biens personnels sont plutôt limités, si vous voulez connaître la vérité, mais je n'aime pas les déclarations selon lesquelles j'abandonne un morceau de Duvall. Je suis sûre qu'il y a de très jolies collines, en Angleterre.

– Il y a Glastonbury, mais elle n'est aucunement comparable à cet endroit, dit-il, aussi sarcastique qu'Edie quand elle s'ennuie, quand elle est fatiguée ou lorsqu'elle se trouve dans les parages.

Au fait, où était-elle ? J'avais besoin de son aide pour cambrioler Jenna. Et j'aurais apprécié sa présence après le déversement de poussière féerique. J'aurais eu besoin de ses conseils. Elle avait promis de vérifier ce qui se passait avec Incendio et de revenir. Parmi tous les moments qu'elle aurait pu choisir pour m'abandonner, celui-ci était le plus mal choisi.

– Si vous voulez bien, dit Jordan.

– Non, je ne vais pas dire une telle chose. Donnez-moi un sortilège à essayer.

Il leva les mains impatiemment.

– Le 1er novembre arrive dans trois jours. Essayez n'importe quoi.

Je m'assis dans l'herbe pour enlever mes bottes et mes chaussettes.

– Je suis meilleure quand je suis pieds nus, expliquai-je.

Je me levai ensuite et étirai les bras.

– Je vais réessayer le sortilège de la terre, mais s'il ne se passe rien, j'abandonne pour aujourd'hui.

Je redressai les épaules et me concentrai de toutes mes forces, puis je répétai ma demande que la terre bouge. Le gazon n'ondula même pas. Je jetai un coup d'œil à Jordan, qui secoua la tête. Je tapai impatiemment du pied et essayai une fois de plus. Toujours rien.

« Satanée magie cassée. »

Je ramassai mes bottes et mes chaussettes, et nous retournâmes silencieusement vers la voiture. Je ne voulais pas dire que j'étais dans de beaux draps, mais cela ne signifiait pas que ce n'était pas le cas.

17

Après être rentrée chez moi, j'allai chez Abby dans l'espoir de lui parler, mais elle était partie dîner et jouer à la poupée chez une amie. Je décidai donc de laver ma voiture. Heureusement, je ne trouvai aucun lapin assassiné.

J'utilisai une couverture comme housse de siège improvisée, puis je me rendis à l'épicerie pour acheter des ingrédients, et j'appelai monsieur Jenson pour l'informer de mon arrivée. Le Conclave m'avait interdit d'aller chez Bryn, alors j'aurais dû me montrer plus prudente, mais je ne comptais pas traîner tous mes sacs à travers le parc Riverside pour atteindre les pédalos. En plus, le Conclave pouvait aller au diable.

J'appuyai sur la sonnette de la sécurité et parlai au collègue hostile de Steve, qui ne m'a jamais donné son nom. Il m'informa cependant que je devais rester dans la cuisine, sinon il se chargerait personnellement de me jeter hors de la propriété.

Si monsieur Jenson ne m'avait pas attendue, je me serais retournée et je serais rentrée chez moi. J'empruntai le sentier menant à l'arrière de la maison et attendis sous l'auvent beige qu'il m'ouvre la porte et m'accueille.

Les rides de monsieur Jenson ont des rides, mais elles sont extrêmement élégantes. Je me lavai les mains et sortis mes ingrédients. Il insista pour m'aider, même si ce n'était pas nécessaire. Pour être gentille, je le laissai laver les fruits et écaler les pistaches.

– Vous travaillez pour monsieur Lyons depuis longtemps ?

– Depuis son enfance.

– Vous a-t-il dit que nous nous étions disputés ?

– Je ne me rappelle pas qu'il en ait fait mention.

Je souris.

– Non, pas quand vous me parlez.

J'ouvris les placards pour me familiariser avec la cuisine et sortir le matériel dont j'aurais besoin. Tout était haut de gamme et semblait neuf.

– Quand même, je parie que, si vous vous forciez, vous vous en souviendriez. Il a probablement utilisé quelques mots bien sentis.

Monsieur Jenson déplaça la planche à pâtisserie en marbre noir pour que je puisse brancher le mélangeur.

– Avant, le tempérament irlandais de monsieur Lyons se faisait souvent sentir, mais cela fait plusieurs années. Le pire, ç'a été quand il est parti dans un internat, en Angleterre. Il a commencé à participer à ce que les jeunes hommes appelaient « des bagarres ». Mais une année, il est revenu de vacances à Dublin et il avait remarquablement changé. Pendant les vacances de Noël, j'ai d'ailleurs remarqué que nous n'avions reçu aucun avertissement de mesures disciplinaires pour bagarres ou autres actes de rébellion. J'ai présumé que tout devait bien se passer à ce moment de l'année scolaire. Monsieur Lyons m'a alors répondu ceci : « Il n'y a aucun avantage à perdre le contrôle, Jenson. En fait, c'est plutôt un inconvénient. »

— Quel âge avait-il ?

— Onze ans.

— Comment était-il, avant ce moment ?

— Un farceur possédant une grande habileté pour charmer les employés de la maison et les convaincre de fermer les yeux sur ses frasques. Si son éducation avait été laissée entièrement à ma femme, il aurait agi en toute liberté et serait devenu un acteur ou un alcoolique. Elle était elle-même irlandaise et elle l'aimait profondément. Elle n'a jamais pardonné à maître Lennox de l'avoir envoyé dans un internat à l'extérieur du pays.

— Eh bien, n'a-t-elle pas changé d'avis, quand elle a vu sa transformation ? Ses études à la faculté de droit de Yale et tout le reste ?

Je mélangeai du cacao et de la farine avant d'ajouter une cuillère à thé de bicarbonate de soude.

— Il étudiait toujours le droit quand nous l'avons perdue, mais il l'a rendue très heureuse, au bout du compte.

Je fouettai des blancs d'œufs et commençai à faire fondre le chocolat. L'odeur était délicieuse et j'étais plus heureuse qu'un enfant venant de recevoir un bon cadeau pour un nouveau jeu vidéo. Je n'étais peut-être pas chez moi, mais la cuisine était mon domaine, l'endroit où je ne devais pas penser à la terre, au vent, à l'eau et au feu pour lancer des sortilèges. Je pouvais penser à des termes tels que doux, épicé, savoureux, aigre. Voilà mes éléments.

— Comment Bryn l'a-t-il rendue heureuse ? Je parie qu'il avait de bonnes notes.

— Il a toujours été un excellent élève, mais ses notes n'étaient pas importantes pour elle. Pendant les six derniers mois de sa vie, il prenait l'avion pour revenir chaque fin de semaine. Quand elle était très faible, il prenait le thé dans sa chambre et lui lisait des histoires et poèmes irlandais, retrouvant l'accent de son enfance. Il lui apportait ainsi un soupçon d'Irlande ici, au milieu de…

Monsieur Jenson agita une main.

— Eh bien, pas chez elle.

Je mélangeai le chocolat avant d'y plonger le doigt pour le goûter. Noir et sucré, comme je l'aime.

— Il n'aimerait pas entendre de félicitations pour son attitude, mais c'est remarquable de la part d'un jeune homme intelligent d'abandonner ses compagnons d'école et des heures de divertissement pour s'enfermer avec une vieille femme dans une chambre de malade.

J'y réfléchis pendant un moment. Ses paroles me frappèrent quelque part à proximité de mon cœur, comme monsieur Jenson l'avait voulu.

— Je parie que Lennox a été surpris. Il n'a probablement pas élevé Bryn pour qu'il pense à prendre soin d'autres personnes.

— Vous êtes très perspicace, mademoiselle Tamara.

Monsieur Jenson me versa un verre d'eau venant d'une cruche en cristal et le posa à côté de ma main.

— Mais le jeune monsieur Lyons a toujours été maître de lui-même.

Je pris une gorgée d'eau avant de verser le chocolat dans les blancs d'œufs aériens.

— Eh bien, je vais essayer de lui faire honneur avec ceci, dis-je en agitant la main au-dessus du comptoir.

— Oui, j'en suis convaincu.

Je travaillai pendant encore plusieurs heures. Quand Bryn rentra du bureau, monsieur Jenson lui apporta son dîner dans la salle à manger. Je ne pus m'empêcher de me demander s'il savait que j'étais là. Je continuai de travailler et essayai de ne pas penser à lui et au fait que je mourais d'envie de le voir.

— J'ai dit que je m'en occupais, annonça la voix de Bryn juste avant que la porte de la cuisine ne s'ouvre.

Il tenait une assiette qu'il semblait déterminer à ranger lui-même. Il s'arrêta sur le pas de la porte, étudia la scène, puis il se tourna et regarda intensément monsieur Jenson.

— Vous voulez m'expliquer ?

Je me crispai. Il était encore furieux contre moi. Il posa violemment l'assiette en porcelaine dans l'évier, et le bruit me fit grimacer. Je fus surprise qu'elle ne casse pas.

— Je suis responsable du menu, dit calmement monsieur Jenson. Sous vos ordres, j'ai toujours dû engager les plus grands talents culinaires, sans regarder à la dépense. Mes efforts devraient-ils maintenant être minés ?

— Pensiez-vous vraiment pouvoir la faire venir sous mon toit sans que je l'apprenne ?

— Vous n'aviez aucune raison d'entrer dans la cuisine. Madame Freet aurait nettoyé la table, comme à l'accoutumée.

— Winley a dû vous aider pour qu'elle passe la grille.

— En effet. Si vous avez l'intention de le congédier, je vous remettrai également ma démission. C'était mon idée.

Bryn hésita une fraction de seconde avant de répondre.

— D'accord. Malgré cette « idée », je serai heureux de vous écrire une lettre de recommandation pour votre prochain emploi.

J'inspirai brusquement.

— Je n'en aurai pas besoin. Bien entendu, je prendrai ma retraite. J'ai l'intention de voyager. J'aimerais beaucoup voir le Grand Canyon, et peut-être Las Vegas.

Monsieur Jenson inclina légèrement la tête avant de sortir de la cuisine.

Je fronçai les sourcils vers Bryn.

— Monsieur Jenson est trop vieux pour Las Vegas. Je n'y ai jamais été, mais même leurs publicités pourraient donner une crise cardiaque à une personne âgée.

— Que fais-tu ici ?

Je plissai les yeux.

— Des claquettes.

J'étais furieuse contre lui à cause de la manière dont il avait traité monsieur Jenson. Sa colère contre moi était une chose. Je l'avais méritée. Mais s'en prendre à un vieil homme ? Après toutes ces années ensemble ? Je me fichais de savoir que monsieur Jenson avait désobéi à un ordre pour me faire entrer en douce : Bryn aurait dû le respecter davantage. Où était l'enfant loyal des histoires ?

Je mis les deux tartes aux noix de pacane et au bourbon dans le réfrigérateur, à côté des deux couches de gâteau à la pistache. Quand je me retournai, Bryn se trouvait devant moi.

— Tu ne devrais pas le congédier parce que tu es fâché contre moi, dis-je en le contournant pour prendre les plateaux de tartelettes aux cerises.

— Je ne l'ai pas congédié. Il a démissionné.

— Tu l'y as poussé !

— Ce n'est pas moi qui pousse. Jenson a un excellent budget. Il aurait pu demander à un commerce du coin de te laisser utiliser leur cuisine. En fait, il aurait pu engager quelqu'un qui t'aurait conduite à Dallas, louer un local pour que tu prépares tout, et demander au chauffeur de te ramener avec la nourriture.

— Il n'y a peut-être pas pensé. Tout le monde ne planifie pas autant que toi, dis-je sèchement en sentant mon cœur accélérer.

Je pris une profonde inspiration avant de baisser la voix.

— Parfois, les gens n'ont pas les idées claires et ils commettent des erreurs.

Bryn croisa les bras sur sa poitrine, mais au moins, il ne serrait plus les dents. Sa voix était neutre, mais pas froide.

— Je suppose que c'est possible, mais je peux te promettre que Jenson a pensé à toutes les possibilités. Il a choisi de désobéir à mes instructions parce qu'il voulait que tu viennes ici.

— Peut-être.

Je me mâchouillai la lèvre pendant un moment tout en rangeant les plateaux.

— Mais tu ne peux quand même pas le renvoyer. Il t'aime beaucoup. Tu ne voudrais pas le perdre. Ce serait faire preuve de mauvais jugement.

Il haussa un sourcil.

Je le regardai dans les yeux pour être plus convaincante.

— En plus, il m'a seulement laissée venir parce que je lui ai dit que je voulais m'excuser pour hier et me faire pardonner en aidant à préparer les desserts pour ta soirée.

Rien, dans la cuisine, n'était aussi doux que mon ton.

Bryn renversa la tête et éclata de rire. Je suppose qu'il est doué pour déceler les mensonges, puisqu'en tant qu'avocat, il est un expert en la matière.

— Je suis vraiment désolée pour mon impolitesse d'hier, dis-je sincèrement.

Je vis ses traits s'adoucir et sus qu'il ne voulait pas rester furieux contre moi.

— En plus, quand tu goûteras à la tarte aux noix de pacane et au bourbon, tu ne regretteras pas qu'ils m'aient laissée entrer.

Je le contournai et accrochai le tablier blanc quand j'arrivai à la porte.

— Bonne nuit.

— Tamara.

Je m'arrêtai, la main sur la poignée.

— Comment s'est passée ta journée avec Perth ?

Je ne lui demandai pas comment il savait où j'avais été.

— Mes cheveux se sont vraiment emmêlés, à force de rouler dans sa décapotable de location. La prochaine fois, je prendrai un peigne.

— Comment ont fonctionné les sortilèges ?

Je soupirai.

— Ils n'ont pas fonctionné. Peu importe le Défi, je vais échouer.

— As-tu mangé ?

— Oui.

Je penchai la tête sur le côté en me tournant vers lui.

— La dernière fois, c'était au déjeuner.

— Tu pourrais dîner ici. J'étais au beau milieu de recherches. Je dois encore trouver quelques éléments, puis je pourrai te montrer. Je pense savoir pourquoi ton pouvoir ne répond pas à un entraînement conventionnel.

Pour moi, la réponse à cette question se trouvait au même niveau que : « Pourquoi Dieu laisse-t-il de mauvaises choses arriver à de bonnes personnes ? », et « Quel est le sens de la vie ? »

Mon cœur se débattit contre ma cage thoracique, mais j'essayai de ne pas m'emballer. Découvrir la raison derrière ma magie défectueuse semblait un miracle trop grand pour être réalisé par quelqu'un comme Bryn.

– Si tu as trouvé la réponse, je ne crois pas pouvoir manger avant de l'entendre.

– Même pas de l'espadon grillé ?

Mon estomac gargouilla.

– Bon, il ne sert à rien de mourir de faim.

Bryn sourit.

– En chemin vers la bibliothèque, tu parleras à monsieur Jenson, n'est-ce pas ? Tu lui diras qu'il ne peut pas démissionner ?

Il opina en se dirigeant vers la porte.

– Nous aurions trouvé une solution, tu sais.

– Tant mieux, dis-je.

– Je veux dire que tu ne dois pas te battre pour tout le monde. Tu vas t'épuiser, si tu essaies de réparer le monde entier.

– Je sais. C'est pour ça que je me limite à Duvall.

18

Après avoir mangé, je lavai mon assiette et attendis dans la cuisine pendant 30 secondes avant de parcourir le couloir à la recherche de problèmes. C'est-à-dire Bryn.

J'avais seulement ouvert deux portes quand Steve, le gardien de sécurité, apparut dans le corridor. Il portait un veston bleu marine qui me fit penser aux années d'internat de Bryn.

— Hé ! vous venez relever le mec de jour, hein ?

Steve regarda autour de lui et passa une main sur ses cheveux en brosse.

— Que faites-vous ici ? demanda-t-il en me prenant le bras.

Il essaya ensuite de me diriger vers la cuisine.

— Je ne suis pas entrée par effraction. Il sait que je suis dans la maison.

Steve m'examina des pieds à la tête et je posai une main sur mon cœur.

— Je le cherchais.

— Venez avec moi, dit-il en ouvrant la marche dans le couloir.

— Vous m'avez vue sur l'écran ? demandai-je.

— Oui.

Il me lâcha le bras et nous marchâmes côte à côte. Il frappa ensuite à une grande porte sculptée.

Quand Bryn ouvrit, Steve haussa les sourcils.

— Désolé de vous déranger. J'ai vu mademoiselle Trask se promener et j'ai cru que je devais l'aider à vous trouver.

Bryn opina et sortit dans le couloir, me faisant signe d'entrer. Steve repartit dans le couloir, mais il s'arrêta et se tourna immédiatement quand Bryn commença à parler.

— Steve, le poste de jour est libre. Si vous voulez travailler la journée, vous pouvez le faire. Et je ferai passer un entretien à votre cousin demain après-midi. À 14 heures, s'il est libre.

— Je peux travailler une journée double, si vous voulez que je fasse le quart de jour, mais je continuerai de travailler la nuit, si ça ne vous dérange pas. Et il sera ici à 14 heures.

Bryn opina, et Steve disparut dans le couloir.

— Tu as renvoyé l'agent de sécurité de jour ?

— Assieds-toi et ne touche à rien.

Je fronçai les sourcils. Je n'aime pas que les gens soient congédiés par ma faute, même s'ils sont régulièrement impolis avec moi.

Le bureau possédait des étagères s'étendant du sol au plafond. Certaines d'entre elles étaient munies de portes avec d'élégants entrelacs métalliques, ainsi que des vitraux représentant les planètes et les étoiles. Les portes étaient ouvertes, et je vis une clé pendre à l'un des verrous.

Je m'assis sur un canapé en cuir marron.

— Monsieur Jenson reste, n'est-ce pas ?

— Oui, dit Bryn en regardant les étagères.

— Alors, pourquoi congédies-tu l'agent de sécurité ?

— Jenson t'a amenée ici dans une tentative malheureuse de jouer les entremetteurs. De son côté, Winley a aidé Jenson parce qu'il a été payé. Si Winley a accepté de l'argent pour me trahir, il pourrait le refaire.

— Et si monsieur Jenson démissionne parce que tu l'as renvoyé ?

Bryn passa une main sur la tranche de certains livres en les regardant.

— Je dévoilerai à Jenson les squelettes se cachant dans les placards de Winley. Après, il me demandera simplement pourquoi j'ai engagé cet homme.

— Pourquoi l'as-tu fait ?

— Qu'est-ce que c'est ? Comptes-tu engager du personnel domestique ?

— Absolument. J'ai depuis longtemps besoin de quelqu'un pour empiler les casseroles sur les plus hautes étagères. Sortir un tabouret à chaque fois est vraiment énervant.

— Oui, parce que tu ne pourrais jamais trouver quelqu'un d'assez grand pour t'aider. Il n'y a jamais une file d'hommes attendant de t'aider, peu importe ce dont tu as besoin, dit Bryn en prenant un livre sur une étagère pour le feuilleter avant de le remettre.

Je levai les yeux au ciel.

— Tu as raison. Je reçois quotidiennement des propositions de la part d'hommes qui veulent organiser mes conserves. Sans condition.

— Ce sont les conditions qui rendent la vie intéressante, affirma Bryn en me lançant un regard affamé qui me donna à la fois envie de foncer vers lui et de m'enfuir.

Pour me changer les idées, je me penchai en avant pour inspecter une lettre d'information posée sur la table basse. Au sommet était inscrit « S.C. » en gras, dans une écriture élégante. Le document avait été imprimé à partir d'un ordinateur, et la première page contenait un article sur un homme d'Austin porté disparu, un certain Tom Brick. À côté d'une colonne de symboles, il était écrit qu'il avait été vu pour la dernière fois le 14 octobre, et porté disparu le 20, lorsqu'il n'était pas retourné travailler après ses vacances.

– Qu'est-ce que « S.C. » ?

Bryn fit une pause.

– Est-ce que je peux te faire confiance ? C'est un secret dangereux.

Je me mordis la lèvre en opinant.

– Tu peux me faire confiance pour garder un secret.

– « S.C. » signifie « Sorcellerie clandestine », et c'est une publication interdite. Elle contient des histoires et des faits qui ne sont disponibles nulle part ailleurs parce qu'ils ont été supprimés. L'administration actuelle de l'AMM veut exercer un contrôle absolu de l'information.

– Ce n'est pas correct. Ont-ils entendu parler de la liberté d'opinion ?

Bryn sourit gravement.

– Oui.

– Connais-tu l'homme qui a disparu ?

– Nous nous sommes rencontrés.

Il fit rouler une échelle vers lui et grimpa quelques barreaux pour atteindre un livre sur une étagère élevée et le feuilleter.

– Où penses-tu qu'il se trouve ?

– Je ne sais pas.

— Il est écrit qu'il était en vacances. Il a peut-être décidé de rester une semaine de plus à Acapulco, ou un truc du genre ?

Bryn descendit de l'échelle, un livre à la main.

— Je suis sûr qu'ils ont fait des recherches avant de le croire disparu.

Il prit la lettre d'information et la jeta dans l'âtre, puis il prononça quelques mots dans une langue étrangère et le papier s'enflamma, se transformant en cendres.

« Wouah. »

— Tu peux aussi faire de la magie de feu ?

— Un peu, répondit-il en opinant. Nous devons regarder ceci dehors.

Il me tendit le livre, et nous sortîmes de la pièce. Bryn s'arrêta devant un placard pour prendre une lampe de poche, puis nous traversâmes la véranda et nous rendîmes au quai. Nous embarquâmes ensuite dans le pédalo volé pour nous asseoir.

— Pourquoi sommes-nous venus ici ?

— Je te le dirai dans un instant.

Il ouvrit le livre et éclaira la page à l'aide de la lampe de poche.

— Que vois-tu ?

— C'est un sortilège, dis-je avant de lire la strophe. Il semble peut-être destiné à trouver des trucs qui sont enfermés.

— Vois-tu quoi que ce soit d'autre ? Concentre-toi.

— Tu veux dire la dorure ?

— Que veux-tu dire par « dorure » ?

— Les boucles forées dans la marge et…

Je penchai la tête sur le côté.

– Il y a quelque chose de doré, une forme, qui sort de la page. Comme ce qu'on verrait avec des lunettes 3D.

– Quel genre de forme ? Le vois-tu ?

– Non, ça ressemble à une tache.

Je me concentrai avant de secouer la tête.

– Je ne sais pas.

– Je parie que je peux t'aider à mieux voir.

– Comment ?

– Embrasse-moi.

Je posai les mains sur mes genoux et les regardai. Nous venions seulement de redevenir amis. Les complications étaient une mauvaise idée, même si embrasser Bryn ressemblait au 4 juillet.

– C'est simplement une expérience magique. Je ne profiterai pas du moment.

Mon cœur se mit à palpiter. Ses paroles avaient peut-être comme unique but de me tranquilliser, mais elles me dérangèrent. Je ne suis pas un rat de laboratoire.

– Je n'embrasse pour aucune autre raison qu'embrasser.

– Ah ? Devrais-je te séduire ? murmura-t-il. Si je le fais, nous n'arrêterons peut-être pas.

Je rougis.

– Je pensais que tu étais en colère contre moi.

– C'était le cas.

– Plus maintenant ?

Ses yeux bleu foncé étincelèrent.

– Non.

– Quand même, heureusement que je n'ai pas accepté de devenir ton apprentie quand tu me l'as demandé, la semaine dernière. Sinon tu aurais été coincé avec moi.

– Oui, ça aurait été horrible, dit-il d'une manière laissant croire qu'il ne le pensait pas.

Il pencha sa bouche au-dessus de la mienne, et nous nous embrassâmes. Le pouvoir se réveilla immédiatement, et je sentis Bryn en absorber une partie.

– Que vois-tu ? demanda-t-il quand il s'éloigna.

Mes lèvres fourmillaient et brûlaient, comme si je buvais du lait de poule devant un feu de foyer. Je détachai les yeux de son magnifique visage et regardai le livre. Un lion doré brillait, rugissant avant de bondir hors de la page. Il me contourna et sauta dans le livre en rugissant de nouveau.

– Je le vois ! C'est un lion, dis-je en tendant un doigt.

Celui-ci passa à travers l'animal, la substance dorée tournant autour de ma main. Je la retirai, et le lion reprit forme. Après quelques instants, il redevint une tache scintillante.

– Je ne peux plus voir ce lion depuis que j'ai 12 ans, affirma Bryn.

– As-tu pu le voir après m'avoir embrassée ?

– Je pouvais apercevoir une forme.

– Pourquoi ne pouvons-nous pas le voir en permanence ?

– Dans mon cas, c'est parce que je bloque la magie qui l'a placé dans le livre. Quand je t'embrasse, une partie de ton pouvoir perturbe ma capacité à le faire.

– Pourquoi bloques-tu cette magie ?

– Parce que je suis un sorcier, et que c'est de la magie féerique.

– Ah.

Je regardai le livre.

– Je crois que tu avais raison, Tamara. Tu es en partie fée. Je pense que les deux genres de magie se mélangent mal. Quand tu étais sous l'emprise de la malédiction, tes pouvoirs de sorcières étaient étouffés, alors la fée a pris le dessus. Quand j'ai mis fin au sortilège et que la nature métissée de ta magie est réapparue, tu as connu un changement fondamental. C'est pour cette raison que mon deuxième sortilège de confinement n'a pas pu t'arrêter. Tu n'étais plus la même créature, alors le cercle ne te reconnaissait plus.

– Ma magie de sorcière n'était pas étouffée. Elle a été partiellement volée.

Je lui parlai alors des symboles sur la table et du fait que le sortilège n'avait pas été aléatoire.

– Mais tu as dit que tu pouvais toujours sentir ma magie quand j'étais sous le sortilège pour aspirer mon pouvoir de sorcière, alors ce n'était pas de la magie féerique.

– Je sais ce que j'ai dit.

– Mais comment pouvais-tu la sentir ? Si tu bloques la magie des fées ?

– Je ne sais pas, dit Bryn en jetant un coup d'œil vers la maison. Je ne trouve rien dans les livres qui puisse l'expliquer.

Il reporta son attention sur moi.

– Ma théorie est qu'il y a un lien avec la manière dont nous semblons être connectés. L'attirance, le contact physique, ces éléments semblent abattre les barrières entre nous.

– Si tu as raison à mon sujet, qu'est-ce que ça veut dire ? Les pouvoirs ne fonctionnent pas parce qu'ils s'annulent ?

Un craquement bruyant et un gigantesque *flac* à quelques mètres de nous nous firent sursauter et presque renverser l'embarcation.

— Que diable se passe-t-il ?

Bryn dirigea la lampe de poche sur l'eau, en direction de l'impact. Je vis alors la surface onduler.

— Est-ce que c'était les fées ?

— Je ne crois pas… commença-t-il.

À ce moment, j'entendis un autre craquement, et je vis quelque chose voler vers nous. J'agrippai Bryn, et nous tombâmes à l'eau. Même sous la surface, je sentis l'explosion. Elle nous propulsa contre le bateau de Bryn, et nous remontâmes ensuite en crachotant.

19

– Pour l'amour de Saint-Patrick, cracha Bryn en regardant en amont. Viens, sortons vite de l'eau.

Nous commençâmes à nager, le courant essayant de nous ramener sous l'eau. Je n'arrivais pas à atteindre le quai, mais Bryn me saisit le bras et m'y tira. J'attrapai alors un support métallique et m'accrochai. Le courant était violent.

– Nous avons perdu le livre !

– Ne pense pas à ça maintenant, dit-il en grimpant sur le quai avant de me sortir de l'eau.

Quand j'entendis de nouveau un sifflement, je grimaçai et me baissai.

– Qu'est-ce que c'est ?

– Des boulets de canon. George Miller possède une collection de canons anciens. Il a visiblement décidé de les utiliser.

– Quoi ? Pourquoi ?

Bryn me tira vers le gazon.

– Samhain marque le début de la saison sombre. C'est l'époque où les murs entre les mondes sont les plus minces. Les fées Unseelie ouvrent leurs portes, le soir d'Halloween. En temps normal, je lance des sortilèges pour renforcer les portes de Duvall, mais cette année, quelques jours avant la fête, toi et moi avons éparpillé de la poudre de fée, recouvrant la ville et la colline.

– Purée.

– Oui. Et les gens sont sous son influence. Hier soir, en plus du vandalisme, de l'ivresse et de l'atteinte à l'ordre public, il y a apparemment eu deux cambriolages et trois attaques. La situation va empirer chaque jour. Je m'attends à ce que le soir d'Halloween soit très intéressant.

– Nous devons arrêter ça.

– J'aimerais y avoir pensé, répondit-il d'un air pince-sans-rire.

– Bryn !

– Eh bien, comment veux-tu que nous procédions ? Parce que mon pouvoir n'atteint pas les fées.

Je déglutis, loin d'être enchantée par la suggestion que j'allais formuler.

– Tu devras peut-être me lancer une malédiction pour que je sois de nouveau majoritairement fée. À ce moment, elles me parleront et me diront comment tout arrêter.

Il secoua la tête.

– Pourquoi pas ?

– On ne peut pas faire confiance aux fées.

– Je sais, mais nous devons essayer.

– Pas comme ça. Pas en te maudissant pour que tu deviennes l'une des leurs. Tu en sais trop et, sous cette forme, tu ne me laisseras jamais annuler le sortilège. Je ne courrai pas ce risque.

Je penchai la tête.

– Quel risque ?

– Celui de te perdre.

C'était gentil de sa part, mais je ne comprenais pas pourquoi il s'inquiétait à ce point.

— Mais si tu lances la malédiction, ne peux-tu pas simplement lancer un contre-sortilège ?

— Si je reçois ta permission pour le premier sort, alors j'en aurai également besoin pour le contre-sortilège.

— Alors, ne demande pas ma permission.

— Tu ne…

Un boulet tomba sur le pont de son bateau.

— Par terre ! cria Bryn en me projetant par terre avant de couvrir ma tête de ses bras.

L'explosion secoua la nuit et des débris tombèrent sur nous.

Quelques instants plus tard, nous nous assîmes et vîmes son joli petit bateau se renverser et couler.

— Je ne suis pas folle à l'idée de nettoyer cinq centimètres de boue de mes planchers pour une deuxième fois, mais je crois que nous n'avons pas vraiment le choix. C'est moi ou la ville.

— Écoute, le sortilège devrait être complexe et puissant, et comme les livres ne contiennent rien pour me guider, je devrais l'écrire moi-même, alors il serait non testé avant que je le lance. Ce type de sortilège pourrait facilement mal tourner, même si tu coopérais. Si je le lançais de force, tu lutterais, et les risques de désastre exploseraient.

— Je ne lutterais pas.

— Tamara, écoute-moi. Tu te *battrais*.

Je me crispai de peur à son ton.

— Pourquoi ? Est-ce que ça fait mal ?

Je me rappelai la douleur que j'avais ressentie en récupérant mes pouvoirs de sorcière. Elle avait été horrible, mais je pourrais encore la supporter. Bien entendu, Bryn avait demandé ma permission, alors ce serait peut-être pire cette fois-ci, ce qui était terrifiant.

– C'est plus que douloureux. N'en disons pas plus.

Je clignai des yeux.

– En plus, il n'est pas garanti que tu voudras tout annuler et ramener la ville à son état normal, quand ton côté fée sera présent. Tu as utilisé la poudre de façon imprudente et sans aucun remords, t'en souviens-tu ?

Il avait un peu raison sur ce point.

– Je vais trouver une stratégie pour m'occuper de cette situation. J'ai seulement besoin de temps pour continuer mes recherches, affirma-t-il.

– Du temps, hein ? Dis ça à ton bateau.

Nous nous levâmes et nous dirigeâmes vers la maison.

– Jordan pourrait aider. C'était son sortilège…

– Hors de question. Si Perth ou Maldaron venait à croire que tu es en partie fée et que tu peux accéder à ce genre de pouvoir tout en continuant de lancer des sortilèges dans le monde des sorciers, le Conclave te tuerait.

Je m'arrêtai.

– Tu en es sûr ?

– Oui.

– Est-ce que c'est une loi ?

Il opina.

– Le Conclave ne courrait jamais le risque que tu apprennes à utiliser des pouvoirs échappant à son contrôle.

– Mais tu courrais ce risque ? En gardant mon secret ?

Il opina.

– Parce que tu m'aimes bien ? Ou parce que tu sais que tu as déjà pu emprunter mes pouvoirs et que tu es prêt à prendre un risque pour pouvoir les utiliser à nouveau ?

– Je ne renierai pas le fait que j'aime la manière dont nos pouvoirs se mélangent, mais je n'ai pas besoin du tien,

Tamara. Je peux en obtenir beaucoup plus que nécessaire par d'autres moyens.

— Alors, tu me protèges du Conclave parce que c'est la chose à faire ?

— On peut dire ça comme ça.

— *J'ai* dit ça comme ça. Comment l'expliquerais-tu ?

Bryn sourit, mais ne répondit pas.

« Les avocats ! Impossible de vivre avec eux. Impossible de leur tirer les vers du nez ! »

Je claquai la langue et recommençai à marcher.

— Tu ne pourrais pas simplement dire que tu es quelqu'un de bien ? Simplement pour, tu sais, me rassurer. Parce que j'ai beaucoup de problèmes, en ce moment, sans ajouter tes arrière-pensées à la liste.

Je pris la tête pour me diriger vers ma voiture, qui était toujours garée en arrière de la maison.

— Où vas-tu ? demanda Bryn.

— Je connais quelqu'un qui pourrait convaincre une fée de lui parler.

— Je t'accompagne.

— Non. Les fées n'aiment pas les adultes ni les sorciers. Tu es les deux, alors tu restes ici. Continue à lire tes livres. Tu y trouveras peut-être quelque chose pour nous aider.

Un autre boulet atterrit dans l'eau.

— Et il faudrait peut-être demander à Robert E. Lee de se trouver une autre activité que de lancer des boulets de canon, dis-je.

20

Le défilé automnal de Duvall était en avance, dans mon quartier. Mes voisins, ivres de « poussière », avaient volé un char de Snoopy qui, grimpé sur sa niche, portait un chapeau de cow-boy et capturait un bœuf en papier mâché au lasso. Un Snoopy amateur de rodéos ? C'était du jamais vu pour moi, mais je suppose que, comme Barbie, il a essayé une foule de carrières au fil des ans.

Je devais parler à Abby. Je l'aperçus, assise comme une princesse à l'extrémité du camion, vêtue d'une robe rose à volants, arborant une énorme rose sur la tête.

— Vous feriez mieux de vous asseoir avant de tomber de ce truc ! criai-je aux six adultes debout sur les coins pendant que le conducteur filait dans la rue à une vitesse digne de Snoopy jouant au Baron rouge, qui excédait largement la norme pour un défilé.

S'ils tombaient de la remorque à plateau, ils risquaient de se fracasser le crâne. Jolene, ma voisine immédiate, portait toujours le même peignoir que ce matin, mais elle avait mis la ceinture comme une écharpe et elle me fit un signe de main comme si elle était une reine de bal démente.

Quand je m'approchai, elle souleva le peignoir jusqu'à ses gros genoux et regarda le taureau comme s'il allait lui servir de dîner. Elle leva ensuite une jambe pour monter sur l'animal.

— Je ne crois pas que ça va fonctionner, dis-je.

Comme de raison, alors qu'elle essayait de monter, le taureau tomba sur le côté. Jolene s'accrocha, entourant le cou qui se dégonflait de ses bras, pendant comme une énorme pochette cadeau.

Quand le chauffeur ralentit pour faire demi-tour, je filai vers le char et soulevai Abby. J'étais vraiment heureuse qu'elle soit la seule enfant à secourir.

— Mademoiselle Jolene, avez-vous besoin d'aide pour descendre ? demandai-je en posant Abby par terre.

— Yahou ! cria Jolene.

Je pris cette exclamation pour une réponse positive.

Je fonçai vers elle.

— Descendez, mademoiselle Jolene, avant de tomber, dis-je en lui agrippant le bras.

Elle tira sur la corde, arrachant Snoopy de sa maison et le tirant sur le taureau et elle. Ce dernier chancela pendant un instant avant de tomber du camion, atterrissant sur la rue et me renversant.

— Mademoiselle Jolene ? soufflai-je en rampant vers elle. Est-ce que ça va ?

— Bouge, fit-elle en me poussant pour se libérer.

Elle arracha ensuite la corde des pattes de Snoopy et ficela les pattes du taureau, qui avait maintenant la forme d'une crêpe. Elle fit des nœuds d'une main experte et tapa ensuite le sol.

— Réussi ! s'exclama-t-elle d'un ton triomphal, debout au-dessus de son taureau aplati, mais complètement ligoté.

— Eh bien, ça lui apprendra, marmonnai-je.

Abby éclata de rire, et les autres adultes sur le plateau applaudirent et félicitèrent Jolene.

Le chauffeur du camion appuya ensuite sur l'accélérateur et s'éloigna avec une maisonnette sans Snoopy, mais avec cinq personnes heureuses et plutôt folles.

– Comment vas-tu ? demandai-je à Abby.

– C'est amusant.

– Mmh mmh, dis-je en pensant que c'était aussi amusant que de nettoyer une cuisine quand quelqu'un avait oublié de mettre le couvercle du mélangeur avant de le mettre en marche. Voudrais-tu m'aider pour quelque chose ?

– Comme quoi ?

– Je dois essayer de trouver une fée malicieuse dans la forêt. J'ai vu ton dessin, et je me suis dit que tu saurais peut-être où chercher.

Elle sourit.

– Oui.

– Ah ! tant mieux.

– Laissez-moi aller chercher mes affaires. Il faut des appâts pour les attirer.

– Quel genre d'appât ? demandai-je quand Abby s'éloigna.

– J'utilise surtout des oursons en gelée, des bonbons à la gelée ou des cœurs en sucre. Laissez-moi aller prendre mon sac, dit-elle par-dessus son épaule avant de sautiller vers chez elle pendant que je l'attendais.

Quand Abby ressortit, elle portait un sac à dos impressionnant, comme si nous étions une troupe de guides sur le point d'entamer un entraînement de survie en nature. En la menant vers la voiture, je me rendis compte que les adultes étaient en train de se déshabiller sur une chanson de Merle

Haggard. D'une main, je couvris les yeux d'Abby et la poussai vers le siège du passager.

— Garde les yeux fermés, dis-je en entrant.

Je passai en trombe à côté du char, au moment où l'un des hommes lançait une chope à travers une fenêtre de chez Jolene. Celle-ci, naturellement contrariée, se jeta sur lui. Ce geste aurait peut-être mis un terme à la fête si d'autres personnes n'avaient pas décidé de plonger dans la mêlée. Je grimaçai et détachai les yeux du rétroviseur. J'avais envie de mettre un terme au chaos, mais je savais au fond de moi que cela ne servirait à rien.

Mal à l'aise, je vis Charlie Buckland sortir de chez un voisin en portant une télévision à écran plat dont les fils pendaient. J'appuyai brusquement sur le frein et ouvrit la fenêtre.

— Charlie, va remettre ça !

Il me sourit et traversa la pelouse en courant vers chez lui.

Sur le siège du passager, Abby rit.

— Il a laissé la porte ouverte. On pourrait voir les choses brillantes qu'ils ont. J'aime les boucles d'oreille qui pendent.

— Nous ne pouvons pas faire ça. Ce serait du vol.

— Prendre les plantes des autres n'était pas du vol, mademoiselle Tammy ? demanda-t-il en me regardant innocemment.

Je grimaçai et inspirai profondément.

— Oui, c'était le cas, et c'était mal. Je n'étais pas dans mon état normal, et maintenant, je vais devoir me racheter pour ce que j'ai fait, expliquai-je en jetant un coup d'œil dans le rétroviseur. Ces derniers temps, beaucoup de gens agissent étrangement.

— Non, ils sont beaucoup plus amusants qu'avant.

Je soupirai. Au moins, elle n'avait pas vu la bagarre dans laquelle s'était jetée sa mère.

— Allons au parc Magnolia, dis-je.

— Non, le meilleur endroit pour trouver des fées est la forêt à côté de Macon Hill.

— Les bois de Macon Hill ? Il n'y a aucun sentier, là-bas.

— Pas de sentier pour les humains. C'est ce que les fées aiment. C'est un de leurs endroits préférés.

— Mais que faisais-tu là-bas ? Tu aurais pu te perdre.

Abby sourit.

— Quelqu'un m'aurait trouvée. Duvall est une petite ville.

Je me dirigeai vers le côté ouest de la colline et me garai sur une petite route non marquée qu'Abby m'indiqua. Nous sortîmes à côté d'un groupe de conifères, et je vis un camion, quelques mètres plus loin. Le soleil était en train de se coucher, et je n'aimais pas l'idée de me promener dans la pénombre. L'une de nous risquait de trébucher et de se casser la jambe. Quand je m'approchai du camion, je m'arrêtai net. C'était le TrailBlazer.

Il semblait vide, et je voulais absolument noter le numéro de plaque pour que Zach puisse chercher le propriétaire.

— Reste ici, murmurai-je à Abby.

Mon cœur battait la chamade. Je m'approchai en douce, et alors que je passais à côté de la portière du passager, je jetai un coup d'œil par la fenêtre. J'aperçus une étiquette d'envoi sur une boîte posée sur le siège : Earl Stanton. Le salaud.

Je me retournai et fonçai vers ma voiture.

— Viens, dis-je. Ce n'est pas un bon moment.

— Par ici, dit Abby en filant entre deux arbres.

— Non ! criai-je au moment où elle disparut derrière eux.

« Que diable arrive-t-il ? »

Mon estomac se noua de peur. Je ne voulais pas m'aventurer dans les bois et rencontrer Earl, mais je ne pouvais pas la laisser.

— Abby ! Reviens ici tout de suite !

Elle ne sortit pas. Je serrai les poings, furieuse. Par moments, je regrettais de n'être jamais tombée enceinte pendant mon mariage avec Zach, mais d'autres fois, comme aujourd'hui, j'étais contente de ne pas avoir d'enfant.

J'entrai dans les bois et aperçus Abby.

— Abigaïl Farmer, reviens ici.

Elle m'ignora, et je dus me dépêcher de la suivre quand elle partit en courant en bordure de la forêt.

« Allez ! Reviens ! »

À ce moment, j'entendis des voix d'hommes, et je retins mon souffle. Je courus vers Abby et réussis à lui saisir le bras pour la retenir.

Ils nous entendirent probablement marcher sur les feuilles et les aiguilles, parce que l'un d'eux se retourna et j'aperçus son visage tuméfié. Earl. Il avait du sang séché sur ses lèvres, qui étaient deux fois plus grosses que d'habitude. Zach ne l'avait pas manqué.

— Merde ! murmurai-je. Nous devons repartir.

Earl commença à avancer lourdement vers nous.

— Cache-toi !

Je poussai Abby loin de moi avant de m'accroupir derrière un tronc d'arbre. Dans la pénombre, Earl ne pourrait pas me voir. Je devais simplement rester immobile. J'attendis, retenant mon souffle pendant qu'il se rapprochait.

Soudain, je vis un éclair de lumière et de flammes au-dessus de ma tête, et une branche prit feu.

« Incendio », pensai-je, remplie de peur.

Je ne l'avais pas vu parce que le corps d'Earl m'avait bloqué la vue, mais maintenant, je savais qu'il était là. Je baissai les yeux de la branche juste au moment où Earl tendait une grosse main pour m'attraper.

« Ah mon Dieu ! »

Je titubai vers l'arrière et il me poussa brutalement. Je devais m'enfuir.

— Toi ! cracha-t-il en me tirant le bras.

Il s'enfonça dans les bois en me traînant.

— Lâche-moi, criai-je. Lâche-moi immédiatement !

— Petite allumeuse, je vais t'apprendre.

Je reculai et frappai son visage tuméfié de toutes mes forces. Il grogna et me projeta au sol.

— Tu en as envie ? Maintenant ? dit-il avec mépris en s'agenouillant pour me maintenir par terre.

Mon cœur s'affola, et, en plus d'avoir peur pour moi-même, je détestais l'idée qu'Abby voie ce qu'Earl me réservait.

— Earl Stanton, arrête tout de suite !

Où diable se trouvait Incendio ? Allait-il le laisser faire ?

— Tu ne veux pas faire ça. Tu vaux mieux que ça, dis-je en espérant que la partie de lui-même qui avait été mon amie réapparaisse.

— Ah ! je vais le faire. Zach n'est pas là, maintenant, n'est-ce pas ? Monsieur le parfait Américain pense qu'il a tous les droits sur toi. Eh bien, je vais le faire, et il va le savoir. Et la prochaine fois qu'il viendra chez moi, je le ferai exploser avec mon fusil. Il mourra en sachant ce que je t'ai fait ici, par terre.

J'étais si choquée que je ne pouvais rien dire. C'était comme si toute la peur du monde était entrée dans mon corps et j'avais l'impression que ma peau était trop étroite. La bile menaçait de monter dans ma gorge, mais je la ravalai. J'enfonçai les ongles dans le sol, essayant de m'éloigner en rampant, mais Earl me tenait.

Quand il descendit une main vers la fermeture éclair de son jean, une partie de moi comprit que me battre attirerait encore plus de violence et de douleur. Il risquait de perdre le contrôle et de me battre à mort.

«Si tu n'arrives pas à t'enfuir, tais-toi et reste immobile pour que ça dure moins longtemps.»

Mais, que ce soit intelligent ou pas, j'étais incapable de rester là et de le laisser faire. Les bruits de la forêt semblèrent s'estomper, et je n'entendis plus que les battements de mon cœur.

Je pris alors une poignée de terre et la jetai dans les yeux d'Earl. Je détournai ensuite le visage quand je vis son poing descendre lourdement. Il me secoua par les épaules assez fort pour que j'aie mal aux dents et que les larmes me brûlent les yeux. Il clignait lui aussi des yeux, essayant d'enlever la terre. Je vis alors le petit visage d'Abby derrière lui. Elle se pencha, et je la sentis poser une roche dans ma main.

Quand Earl se pencha en avant, je lui donnai un coup sur la tempe. Ses yeux se révulsèrent, et il tomba sur moi. Je le poussai en donnant des coups de pieds furieux à son corps inerte.

Je me levai ensuite difficilement, tremblante, à la fois soulagée et furieuse. La roche se trouvait par terre, et je mourais d'envie de la ramasser pour l'utiliser sur le crâne d'Earl. J'entendis alors ma respiration irrégulière et sentis les larmes couler sur ma mâchoire, mais j'avais l'impression de ne pas être complètement dans mon corps... Comme si je pouvais utiliser la roche sans que ce soit ma main qui la tienne.

Je me rappelais ce qui m'avait plu dans le fait d'être une fée : l'absence totale de conscience.

Au loin, j'entendis le moteur d'une moto, et le son familier me ramena à la réalité. Je remarquai de nouveau les doux bruits de la forêt et sentis l'air frais. Je m'éloignai lentement de la roche.

J'observai le corps d'Earl en frissonnant. Du sang coulait depuis sa tempe jusqu'au sol dur. Je l'entendis respirer, consciente qu'il pouvait ne plus jamais se réveiller.

« Tant mieux. »

Mais il pouvait aussi se réveiller d'un moment à l'autre.

« Il ne faut pas que ça arrive. »

Je pris la main d'Abby en reniflant et l'éloignai en silence.

— Je suis désolée que tu aies vu ça, dis-je en essuyant mes larmes.

— Les fées sont par là, annonça-t-elle en sautillant devant moi.

Je pris une bouffée d'air et clignai mes yeux brûlants. Abby n'était pas contrariée, ce qui semblait étrange. Je compris alors qu'elle n'avait probablement pas compris ce qu'Earl avait été sur le point de faire. Tant mieux.

Une minute plus tard, quand nous arrivâmes sur le bord du ruisseau, mes jambes ne tremblaient plus, mais j'avais toujours envie de sortir de la forêt et de retourner dans ma voiture qui, en plus de posséder des verrous, était assez grosse pour écraser Earl au moins 17 fois s'il s'en approchait.

« Dans quelle direction se trouve la voiture ? »

Je ne le savais pas. J'avais suivi Abby parce qu'elle semblait connaître le chemin, mais rien ne m'était familier.

— Où sommes-nous ?

Elle s'agenouilla et ouvrit son sac, duquel elle sortit un paquet d'oursons en gelée.

— Mangez-en quelques-uns. Vous vous sentirez mieux.

J'en pris une poignée et les mis dans ma bouche. Abby laissa ensuite tomber quelques oursons dans l'eau et sur le sol, puis elle en avala d'autres.

— Pourquoi voulez-vous parler aux fées ?

— J'ai répandu un peu de leur poussière, répondis-je.

— Je sais. Je l'ai vue tourbillonner dans l'air.

— Ah oui ? Je croyais que quand elle aurait été emportée par le vent, les gens redeviendraient normaux, mais ce n'est pas le cas. Je dois savoir comment annuler les effets de la poudre.

— Ils disparaîtraient si la poussière ne soufflait plus en ville.

— Elle aurait dû retomber, maintenant.

— Ah non. Pas ici. Duvall a les quatre vents. La poussière voyage en décrivant des huit. Elle ne retombera jamais.

— Comment le sais-tu ? Est-ce que quelqu'un te l'a dit ?

— Je la vois voler dans le vent.

Abby se pencha de nouveau sur son sac. Je n'avais plus envie de manger de bonbons et je priai pour que ce qu'elle sorte attire les fées malicieuses, parce que les oursons en gelée ne semblaient pas fonctionner.

— Quelqu'un va devoir collecter la poussière. Plus tard, après la chute brutale, déclara-t-elle.

— La chute brutale ?

— La chute brutale de Duvall.

Elle rigola.

— Ça rime, ajouta-t-elle avant de se lever et de se retourner.

Elle tenait une arbalète, pointée sur moi.

— Que fais-tu ? bredouillai-je, mon cœur se serrant.

— C'est mieux comme ça. Quand les portes vont s'ouvrir, elle les enverra vous chercher. Elles feront pire que vous tuer. Elles joueront avec vous, siffla Abby.

Je la regardai, bouche bée.

— Vous êtes une traîtresse.

Il était étrange d'entendre la voix aiguë d'une enfant être à ce point remplie de malveillance. Mon cœur sembla faire des culbutes dans ma poitrine.

— Abby, j'ai donné des cadeaux à ta maman pour toi, lors d'une fête avant ta naissance.

Son rire ressemblait à des éclats de verre. Je reculai d'un pas.

— Je ne suis pas humaine, idiote. Je suis arrivée l'année dernière.

Quand elle sourit, j'aperçus des dents pointues. Son teint prit soudain une teinte verdâtre et il commença à scintiller, comme si elle était une lanterne brûlant de l'intérieur.

— Je ne comprends pas, dis-je en faisant un autre pas en arrière.

— Je suis un changelin. Je pensais que c'était aussi ton cas, mais non. Tu es seulement une bâtarde au sang mêlé. Quand même, nous t'aurions accueillie, puisque tu comprenais le langage des arbres, mais tu as abandonné la vie des fées. Tu as craché sur nous, grogna-t-elle en dévoilant ses dents acérées.

Je m'enfuis et j'entendis son rire aigu quand elle se lança à ma poursuite. Elle courait beaucoup trop vite pour quelqu'un de sa taille. Soudain, je sentis un pincement et je tombai vers l'avant.

Quand j'atterris, la douleur explosa et une lance brûlante me transperça le dos et l'épaule.

Je hurlai, attrapant mon bras en roulant sur le côté. Je sentis du sang couler dans mon dos et, à ce moment, j'aperçus les chaussures d'Abby.

— Une pointe empoisonnée pour la sorcière et une tige en fer pour la fée, dit-elle avant de rire. Tu as été fastoche, et je recevrai un prix spécial de la reine. Je vais m'attirer ses faveurs.

Elle pencha son petit visage au-dessus du mien.

— Tu peux pleurer, maintenant. J'aime entendre les gens pleurer. Je dis parfois des choses cruelles à la mère d'Abby pour la faire pleurer devant moi. Elle essaie de ne pas le faire…

J'inspirai brusquement en imaginant une créature vieille de plusieurs siècles en train de tourmenter une mortelle innocente et qui ne se méfie de rien.

— Tu es une petite chose diabolique, n'est-ce pas ?

— Les humains sont si facilement blessés. C'est amusant.

J'utilisai mon bon bras pour lui asséner un grand coup de poing en plein ventre. Le mouvement fit bouger mon épaule, me faisant grogner de douleur, mais il la renversa.

— Laisse-moi tranquille, dis-je.

Elle rit en se relevant.

– Tu ferais mieux de prier pour mourir avant que ton gros admirateur atroce se réveille. La poussière a fait ressortir sa vraie nature, et il l'utilisera sur toi s'il en a l'occasion. Il te trouve si belle.

Elle passa une main sur ma joue. Je rejetai la tête en arrière et essayai de m'agenouiller, mais je fus prise de vertige et je retombai au sol en tirant sur mon épaule. Je gémis, détestant la laisser voir ma douleur.

Elle tourna autour de moi en me raillant. Je fermai les yeux et fis semblant d'être évanouie. Elle tira plusieurs fois sur la flèche, me faisant crier jusqu'à ce que la douleur soit si vive que je voie une lumière blanche. À ce moment, je perdis réellement conscience.

21

Quand je me réveillai, il faisait sombre. Mon épaule me faisait mal, je ne pouvais pas sentir mes jambes, et mon côté était trempé. Je peinai à trouver mes repères. Des hanches jusqu'aux pieds, je me trouvais dans l'eau. Je me souvenais vaguement avoir trébuché et être tombée dans le ruisseau.

Au loin, j'entendis un hurlement ressemblant étrangement à Mercutio. J'essayai de crier, mais ma voix était douce, comme si ma tête était sous un oreiller. De toute manière, cela ne changerait rien s'il me retrouvait. Je sentais que j'étais en train de mourir, et j'avais simplement envie de fondre dans l'eau comme un cube de sucre. Aucune douleur. Aucune peur.

Avec le temps, la flèche enfoncée dans mon dos cessa de faire mal, l'engourdissement se répandant lentement en moi. Mes mains, mon ventre, le bout de mon nez… Bientôt, je serais un morceau de givre flottant sur l'eau, aussi joli que les flocons de neige sur les photos.

Quand je me réveillai de nouveau, j'entendis la douce voix de Bryn par-dessus le bruit du ruisseau.

– Que t'est-il arrivé ?

Il jura.

– Tu as été poignardée ? Qu'est-ce que… Est-ce une flèche ?

– M'ouais, marmonnai-je.

Ma langue semblait lourde, pâteuse.

– Qui t'a tiré dessus ?

– Abble. Pas fraiment…

On aurait dit que je parlais tout en mâchant un caramel.

– D'accord. Ne parle pas, Tamara.

Il me souleva et me transporta à travers les bois, jusqu'à la clairière où il s'était garé.

– Elle est froide comme de la glace, Mercutio. Reste près d'elle. Garde-la au chaud, dit Bryn.

Il mit ensuite le siège du passager en position allongée et m'y déposa. Mercutio grimpa à mes côtés et se coucha contre mon ventre.

– Cette satanée flèche, grogna Bryn en me repositionnant, me pliant vers l'avant pour pouvoir fermer la portière.

Quand je me réveillai, j'étais chez lui, allongée sur un lit, le corps positionné à un angle de quarante-cinq degrés pour que le matelas n'enfonce pas la flèche. Bryn avait découpé mon haut et il examinait la peau déchirée à l'endroit où la flèche m'avait presque transpercé la poitrine, juste au-dessus de la clavicule. Je repoussai sa main.

– Le bout est empoisonné. Ne te blesse pas, essayai-je de dire.

Je marmonnais tellement que je ne pouvais pas être sûre qu'il me comprenne.

– Tu ne vas pas mourir. Tu m'entends, Tamara ? dit-il intensément. Parle-moi. Reste éveillée.

Je sentis un élancement dans mon épaule quand il toucha à la tige de la flèche, mais ce n'était presque plus douloureux.

« Mon corps semble si étrange. »

— Je vais essayer de ne pas te faire plus mal que nécessaire, mais je dois sortir cette flèche. Le bout est probablement barbelé. Je vais devoir…

— Je me fiche de ce que tu fais.

Je fermai les yeux. Je voulais dormir. Je savais que, peu importe ce qu'il allait faire, c'était trop tard. Mais quelle importance ? Si cela l'aidait à se sentir mieux, je n'y voyais pas d'inconvénient. Le médaillon d'Edie était froid et lourd contre ma poitrine. J'espérais la voir bientôt.

Je me laissai dériver jusqu'à ce que je sente un pincement. Je grimaçai quand la pointe de la flèche perça la peau de ma poitrine.

— Est-ce que cela fonctionnera ? demanda monsieur Jenson.

— Oui, répondit Bryn.

À ce moment, je sentis quelqu'un serrer la tige métallique, puis j'entendis un craquement, et quelque chose atterrit lourdement par terre. J'ouvris brusquement les yeux quand Bryn saisit la flèche avec des pinces pour la retirer du haut de ma poitrine.

— La tige est intacte. Je l'ai complètement enlevée, annonça-t-il.

Je fermai les yeux. Je n'en avais rien à faire. Bryn me tourna sur le ventre et versa une substance chaude sur le haut de mon dos.

— Trempez le chiffon dans le liquide, Jenson, lui indiqua-t-il avant de poser un chiffon mouillé sur mon omoplate, recouvrant la plaie avant de me retourner sur le dos.

Mercutio me lécha le visage pendant que Bryn versait quelque chose sentant le thé aux herbes sur moi avant de mettre un autre chiffon mouillé sur la plaie avant.

Quand j'ouvris les yeux, je vis l'anxiété hantant les siens.

— Tout va bien. Ça ne fait pas mal, bredouillai-je.

— C'est ce qui m'inquiète, répondit-il en repoussant une mèche de mes cheveux. Je vous appellerai si j'ai besoin d'autre chose, Jenson. Fermez la porte.

Mes paupières se refermèrent au moment où Bryn enlevait sa chemise.

— Tamara, tu ne vas pas quitter ce monde. Tu m'entends ?

— Je dois partir.

Mon corps entier était engourdi, et il s'enfonçait dans le lit, comme si la pesanteur était trois fois plus forte que d'habitude. Ma poitrine semblait trop lourde à soulever pour respirer. Mes lèvres commencèrent à fourmiller et mes paupières se fermèrent complètement.

— Non. Reste avec moi.

Sa voix était douce dans mon oreille, puis elle s'estompa.

Je dérivai, flottant au-dessus du lit en regardant mon corps. Ma peau sombre devint bleue et Bryn me serra contre lui. Il amena le médaillon d'Edie par-dessus mon épaule saine, l'éloignant de lui avant de glisser une roche lisse entre nos poitrines. Les mots d'un sortilège brisèrent ensuite le silence.

Il m'embrassa et sa magie bouillonna, une boucle chaude de fumée entrant dans ma bouche gelée. Je frissonnai, voulant partir. L'endroit où mon esprit se dirigeait était calme, frais et accueillant.

Bryn força sa magie et son souffle dans mes poumons et, un instant plus tard, j'étais de retour dans mon corps, qui faisait extrêmement mal en se réchauffant. Des charbons ardents. Je me tortillai pour essayer d'échapper à cette sensation, mais Bryn me retint contre lui, telle une fournaise de chaleur magique.

De longues minutes s'écoulèrent avant qu'il ne s'éloigne. Ses lèvres et le bout de son nez étaient maintenant bleus, son souffle, froid contre ma joue. Il toussa à quelques reprises et se lécha les lèvres. Du givre recouvrait l'extrémité de ses cheveux noirs, comme si nous traversions un hiver arctique.

– Regarde-moi, dit-il.

Je levai la tête vers lui. Ses yeux bleus scintillaient sombrement et je pouvais y voir tout l'univers.

– Tamara.

– Je veux des yeux aussi beaux que les tiens, marmonnai-je.

Il soupira et esquissa un sourire en posant son front contre le mien.

– Tu n'as pas besoin de mes yeux. Même quand tu es bleue et aussi froide qu'une morte, tu es plus belle que minuit.

Maintenant que les sensations me revenaient, mon épaule élançait. Je poussai un sifflement de douleur.

– Ça fait mal, maintenant, dis-je en me mordant la lèvre pour ne pas pleurer.

Bryn frissonna.

– Je sais. Je suis désolé.

– Tu as froid.

Il versa un peu de thé bouillant dans une tasse et le but, puis il tira les couvertures sur nous en frissonnant.

– Pourquoi as-tu froid, Bryn?

– J'ai divisé le poison entre nous.

– Comment?

– En lançant un sortilège qui n'aurait jamais dû fonctionner.

– Mais il a fonctionné, et maintenant, tu es aussi empoisonné?

– On dirait bien, déclara-t-il en trouvant ma main et en entrelaçant nos doigts.

– Tu n'aurais pas dû faire ça.

Il me serra la main et je soupirai.

«Les hommes. Impossible de vivre avec eux. Impossible de mourir sans eux.»

22

Le lendemain matin, mon épaule faisait si mal que j'aurais préféré être morte. Nous étions le 30 octobre, deux jours avant le défi, même si je n'étais pas en état de participer à un pentathlon magique, ou peu importe ce que l'AMM avait planifié pour moi.

– Arrête ça, me plaignis-je quand Bryn se colla contre moi.

Son corps frais était agréable, mais quand il bougeait, le matelas bougeait sous mon corps, provoquant une douleur vive dans ma poitrine et mon dos.

– Tu es chaude, dit-il.

– Je suis fiévreuse. Hé ! arrête ça, dis-je en utilisant ma bonne main pour empêcher son corps nu de s'approcher trop près du mien.

Je le poussai.

– Tamara, je gèle. Et je me suis mis dans cet état en te sauvant la vie.

– Qui te l'a demandé ? Mon épaule était complètement engourdie, hier soir. Je me sentais beaucoup mieux.

– Chérie, s'il te plaît. Je promets de ne plus jamais te sauver la vie sans ta permission. Laisse-moi seulement…

– Non, ne bouge pas ! Je vais le faire.

Je glissai une jambe entre les siennes et m'appuyai contre sa poitrine.

– C'est mieux ?

Il soupira.

– Beaucoup mieux. Tu sais ce qui est aussi très froid ? Mes lèvres.

– Bryn, j'ai l'impression que quelqu'un enfonce un tisonnier brûlant dans mon épaule.

– J'en suis sûr. Pourquoi ne m'embrasses-tu pas, et je lancerai un sort pour voir si je peux diviser la douleur entre nous.

– Tu crois que ça fonctionnerait ?

– Ça ne devrait pas être le cas, mais probablement que oui.

– Il vaudrait mieux ne pas le faire. Tu es déjà assez malade.

Les commissures de ses lèvres bougèrent.

– Tamara, je sais que tu es impossible à acheter, mais si je pouvais te soudoyer pour que tu m'embrasses, combien cela me coûterait-il ? Dix mille dollars suffiraient-ils ?

Je ris malgré moi, et la douleur me fit grogner.

– Aïe. Ne me fais pas rire.

– Désolé.

Je soupirai.

– Non, ce n'est pas ta faute, dis-je avant de faire une pause. Promets-tu de ne pas bouger ?

Bryn haussa un sourcil et murmura.

– Comme si ma vie en dépendait.

J'approchai mes lèvres des siennes et l'embrassai. Le pouvoir sembla créer des étincelles entre nous, mais il n'était pas aussi fort que d'habitude. Je le sentis marmonner contre mes lèvres, et j'inspirai brusquement quand il poussa de la magie en moi.

Je commençai soudain à transpirer, puis la douleur s'intensifia avant de diminuer. Mon corps se mit à fourmiller.

— M'as-tu donné de la magie empoisonnée ?

— Juste un peu. Est-ce que ça a aidé ton épaule ?

J'essayai de bouger le bras. Il était endolori, mais la sensation était si atténuée que je pouvais le lever complètement.

— Ouah.

— C'est bien. Embrasse-moi encore un peu.

Quelqu'un cogna à la porte et Bryn fronça les sourcils.

— Un homme ne peut pas mourir en paix ? grommela-t-il.

Je vérifiai que j'étais entièrement couverte avant de parler.

— Entrez.

Je clignai des yeux quand j'aperçus les taches de Mercutio. Il venait de lever la tête, et je pouvais la voir par-dessus le corps de Bryn. Il avait apparemment passé la nuit sur le lit, avec nous.

La porte s'ouvrit derrière moi et je rougis en comprenant que monsieur Jenson était là. Il avait vu une bonne partie de mon corps, la veille.

— Qu'y a-t-il, Jenson ? demanda Bryn.

— La police.

— Pour quelle raison ?

— Les agents sont ici et ils ont insisté pour que je m'assure que mademoiselle Tamara n'était pas dans la maison. Je leur ai garanti que ce n'était pas le cas.

— Pourquoi la cherchent-ils ?

— Quelque chose à voir avec un corps.

— Un quoi ? soufflai-je.

— Chut, dit Bryn. Débarrassez-vous d'eux.

— Bien sûr. Devrais-je annuler la soirée ?

— Non. Cela éveillera les soupçons.

— Le corps de qui ? demandai-je.

— Un homme du nom d'Earl Stanton, répondit monsieur Jenson.

« Houlà. »

— Est-il mort d'un coup porté à la tête avec un objet ressemblant à une roche ?

— Cela n'a pas été mentionné et ce n'est d'aucune importance pour nous, puisque nous ne sommes absolument pas impliqués, insista monsieur Jenson.

J'étais heureuse qu'il veuille me protéger, mais inquiète en me demandant combien de mauvaises habitudes de Bryn avaient déteint sur lui. Bryn était assez doué pour ne jamais se faire piéger par la police, mais je ne voulais pas que monsieur Jenson soit pris en plein mensonge pour moi.

— Le petit-déjeuner sera prêt dans une demi-heure, annonça-t-il, puis il partit avant que je puisse protester.

— Je ne suis pas sûr qu'ils puissent dire ce qui l'a tué, puisque le corps était complètement calciné, déclara Bryn.

— Son corps a été brûlé ?

Il opina.

— Comment le sais-tu ?

Il me surprit en souriant avant de répondre.

— Le président de l'Association des propriétaires de Shoreside Oaks m'a téléphoné hier soir pendant que tu dormais. Il est furieux qu'un cadavre ait été trouvé dans les bois à proximité du quartier, puisque cela comptera dans nos statistiques criminelles.

J'ouvris la bouche pendant un moment, sous le choc.

— C'est ce qui le contrarie ? Savoir à combien de mètres du quartier le corps a été trouvé parce que la valeur des maisons risque de diminuer ? dis-je sèchement. Les gens riches sont fous !

Je fis une pause.

— Sans vouloir t'offenser.

— Je ne le suis pas.

Je soupirai lourdement, puis je recommençai à penser à ce qui importait vraiment.

— Je me demande pourquoi Incendio l'a tué.

— Peux-tu remonter ta cuisse de deux centimètres ?

Je lui donnai un coup dans les côtes.

— Non. J'ai vraiment besoin que tu sois un avocat génial, en ce moment.

— Alors, bouge ta cuisse. Je suis sûr que je saurai mieux me concentrer quand des parties sensibles de mon corps ne sembleront plus entourées de glace.

— Tais-toi, dis-je en montant la jambe. Non, ne te tais pas. Dis-moi ce que tu penses d'Incendio.

— Je pense que j'aimerais posséder ses pouvoirs. Je mettrais le feu à cette pièce pour me réchauffer.

— Je vais me lever et voir ce que je peux découvrir.

— Non, dit Bryn en m'attrapant. Ne fais pas ça.

— Alors, aide-moi à comprendre. Pourquoi Incendio irait-il rejoindre Earl au beau milieu de la nuit ? Et pourquoi reviendrait-il le tuer après être parti ? Peut-être que je les ai interrompus et qu'ils avaient du travail inachevé ? Peut-être qu'Incendio est revenu, qu'ils se sont querellés et qu'il a tué Earl ?

J'aimais ce scénario. La mort d'Earl ne me dérangeait pas, mais je préférais ne pas être une meurtrière.

– Je crois qu'Incendio et Earl étaient ensemble avant-hier soir aussi. Incendio a brûlé des arbres dans mon quartier et Earl a vandalisé ma voiture. Je crois qu'ils se sont rencontrés pour la première fois au Whiskey Barrel. Et Earl a été assez vulgaire avec Incendio en se montrant cruel et raciste. Incendio ne semble pas être du genre à pardonner ce type de choses… ni quoi que ce soit d'autre, en fait. Alors, comment auraient-ils pu devenir amis ?

– Je ne sais pas.

Je m'éloignai de Bryn.

– Pour l'amour de Saint-Patrick, comment devrais-je le savoir ? s'exclama-t-il.

– Aucune raison, mais l'un de nous ne devrait-il pas essayer de découvrir ce qui se passe ? Et tenter de sauver la ville ?

Je pensai au commentaire de la fausse Abby sur la « chute brutale de Duvall » et frissonnai.

– Halloween est demain. As-tu déjà lancé le sortilège pour renforcer les portes entre ce monde et celui des fées ?

– Oui, je l'ai fait hier.

– J'espère qu'il va résister, dis-je, consciente que la poussière de fée qui flottait dans l'air diminuait nos chances.

Les grosses villes pensent que le smog est le plus grand problème de pollution atmosphérique. Elles n'ont pas la moindre idée !

– Donc, je devrais y aller. Mercutio peut rester ici et te garder au chaud.

– C'est toi que je veux, Tamara. Pas ton chat. Sans vouloir t'offenser, Mercutio.

Merc se lécha une patte, indifférent.

– En plus, tu ne peux pas sortir, ajouta Bryn. La police te cherche.

– Je sais. J'ai un plan.

– Lequel ?

– Je vais les éviter.

– Génial. À partir de maintenant, tu es responsable de la stratégie.

– Si tu as une meilleure idée, je suis prête. Je ne peux pas rester éternellement dans ce lit.

– Pourquoi pas ?

Je ris. Il m'attirait toujours, et ce côté espiègle était encore plus irrésistible que d'habitude.

Le sommeil avait aplati ses cheveux lustrés contre sa tête, et j'y passai les doigts pour les remettre en place.

– J'ai bien peur que le givre ait atteint ton cerveau.

– Tu as peut-être raison. Pourquoi ne m'embrasses-tu pas ? Ça semble me réchauffer mieux que tout le reste.

23

Il me fallut encore une demi-heure pour me détacher de Bryn. Je pris ensuite une douche et appliquai en vitesse quelques gazes sur mes plaies, qui palpitaient.

Monsieur Jenson avait préparé quelques vêtements pour moi. Ils devaient avoir appartenu à l'une des anciennes conquêtes de Bryn. Le chemisier en tricot était un peu trop grand et d'un jaune vert étrange qui risquait de jurer avec certains teints, soit tous les teints naturels. Le pantalon était écru, une couleur que je ne croyais pas pouvoir garder propre longtemps à cause de ma vie chaotique actuelle. Il était aussi trop long pour moi, mais j'utilisai quelques épingles pour faire un ourlet. J'étais maintenant prête à affronter le monde. En quelque sorte.

J'avais pensé partir, mais je fus distraite par une livraison pour laquelle Steve signa à la grille avant de l'amener dans le hall. Il y avait deux grosses boîtes qui semblaient avoir été envoyées la veille par FedEx du Bouillon de Sorcière.

— Dites au patron que ses livres sont arrivés d'Austin, dit Steve à monsieur Jenson.

— Laissez-moi les voir, dis-je en tendant une main.

Ces recueils contenaient peut-être les réponses dont j'avais besoin.

Il les mit hors de ma portée.

— Vous devrez demander à monsieur Lyons, déclara Steve en apportant les boîtes dans le couloir.

Je montai à la chambre de Bryn et cognai. Il m'invita à entrer. À l'intérieur, de la vapeur sortait de la salle de bain, où il venait de prendre une douche. Je le regardai des pieds à la tête. Il était vêtu comme si nous étions en pleine tempête de neige : gros gilet, jean, chaussettes en laine, gants noirs, foulard rayé bleu et blanc enroulé deux fois autour de son cou et recouvrant en partie sa mâchoire couverte d'une barbe de trois jours.

Je lui souris.

— C'est un style intéressant. Je pense que *GQ* t'enlèverait peut-être de sa…

— Te moquer de mes vêtements est-il vraiment ce que tu as de mieux à faire de ton temps ?

Je ricanai.

— Désolée. C'est seulement qu'en général, je ne peux te taquiner sur aucun sujet. C'est peut-être mon unique chance.

— La manière dont tu m'as taquiné la semaine dernière ne m'a pas déplu. Tu peux le refaire quand tu veux.

« Purée. »

Penser à la nuit où nous étions allés trop loin me faisait frissonner, mais cela me rappelait également les conséquences, à quel point j'avais eu la gueule de bois, à quel point j'avais blessé Zach. La culpabilité me fit rougir. J'étais encore plus tiraillée entre Zach et Bryn que la semaine dernière.

— Tu as reçu des livres d'Austin, dis-je, impatiente de ne plus penser à ma vie privée.

— Tant mieux. Je n'avais pas grand-chose dans ma bibliothèque au sujet des fées. J'ai acheté tous les livres de référence qui se trouvaient en stock au Bouillon.

— Est-ce que je peux les regarder avec toi ?

Il opina en tirant son luxueux édredon en plumes du lit, le traînant derrière lui hors de la pièce.

Nous descendîmes et il s'allongea sur le canapé sous le nuage de la couverture, pendant que j'ouvrais les boîtes et admirais la collection de livres hors de prix.

— Pourquoi ne viens-tu pas t'allonger à côté de moi pour les regarder ?

Je m'assis sur la table basse en face de lui et secouai la tête.

— Repose-toi.

— Je me reposerai mieux si tu t'approches, insista-t-il en soulevant le bord de l'édredon.

— Bryn, tu sais que Zach et moi nous fréquentons toujours. Je ne…

Je replaçai mes cheveux derrière mes oreilles.

— Je ne veux blesser personne d'autre.

Il laissa retomber la couverture.

— Il a déjà été démontré que ta relation avec Sutton est un échec. Il est temps que tu passes à autre chose.

Je clignai des yeux, sentant ses propos me frapper en plein cœur. Je n'aimais pas que Bryn soit aussi confiant en affirmant que ma relation avec Zach ne fonctionnerait jamais, même si j'en doutais également, en particulier en ce moment.

— Nous étions trop jeunes quand nous avons commencé à nous fréquenter, c'est tout.

— Le premier amour laisse sa marque, mais ça ne signifie pas qu'il doit durer pour l'éternité, affirma-t-il d'une voix calme et débordant d'assurance sans être dure. Sutton a besoin de quelqu'un qui reste dans son ombre. Tu n'es plus cette femme, Tamara. Ton potentiel ne devrait pas être gaspillé.

Je me raclai la gorge, mes émotions complètement désordonnées. J'aimais qu'il pense que j'avais du potentiel, mais je n'étais pas prête à faire face au reste.

— Voyons ce que ces livres contiennent sur la poussière de fée.

— Lis. Je vais me reposer les yeux, dit Bryn en les fermant.

Je lus à voix haute jusqu'à ce qu'il s'endorme, puis je consultai silencieusement les livres. Malheureusement, je ne trouvai rien sur la manière de récolter la poussière de fée. Je commençai ensuite à feuilleter les livres sur la sorcellerie, cherchant un sortilège me permettant d'entrer chez Jenna sans me faire prendre.

Assis à côté de moi, Mercutio se léchait les pattes.

— Écoute ça, Merc. Il est écrit ici que certains sorciers possèdent ce qui s'appelle de la synergie magique. Le pouvoir de chacun nourrit celui des autres en l'amplifiant. Un plus un égal donc trois. Il est apparemment très rare que cela arrive. Il y a eu seulement 12 cas signalés au cours des 4 derniers siècles.

Je jetai un coup d'œil à Bryn, qui était profondément endormi, puis je retournai mon attention vers Merc.

— Tu sais, j'ai réfléchi. Quand mon pouvoir est-il apparu ? Quand je suis entrée en contact avec celui-qui-ne-doit-pas-être-embrassé, là-bas, dis-je en faisant un signe de tête vers le canapé. Oui, et mon pouvoir fonctionne mieux quand je viens de le voir, quand tu es dans les parages, et quand je suis pieds nus. Si je compte remettre la ville en ordre et survivre au Défi, je parie que c'est la clé.

J'opinai.

— Et tu sais qui connaît la manière de récupérer la poussière ? Cette petite usurpatrice d'Abby. Je pourrais la piéger dans un cercle et l'obliger à me le dire.

Je m'approchai de Bryn, dont les lèvres étaient légèrement bleues malgré le fait qu'il était bien couvert. Je m'assis sur le bord du canapé et le poussai doucement. Il fallut quelques coups pour que ses paupières s'ouvrent.

— Hé ! dis-je.

— J'ai froid. Allonge-toi à côté de moi, dit-il, ses mots étant plus lents et moins précis que d'habitude.

Mes muscles se crispèrent nerveusement.

— Pourquoi ne t'assieds-tu pas ? Tu as assez dormi pour le moment.

— J'ai froid, marmonna-t-il en refermant les yeux.

Mon cœur se mit à tambouriner dans ma poitrine. Je n'aimais pas du tout la situation. Je le poussai de nouveau.

— Bryn, réveille-toi.

Il ne réagit pas. Je bondis et filai dans le couloir en appelant monsieur Jenson.

— Que se passe-t-il ? demanda-t-il quand je le trouvai dans la cuisine.

— Son état a empiré. Pouvez-vous refaire le thé qu'il vous a demandé d'infuser hier soir ? Nous devons le garder éveillé et lui faire boire des trucs chauds. Nous pourrions aussi mettre le thermostat au maximum.

— Oui, bien sûr.

Je me mâchouillai la lèvre.

— Je croyais qu'il irait mieux, maintenant.

— Il a dit que ses frissons n'étaient pas aussi graves quand vous étiez à proximité, dit monsieur Jenson en me regardant intensément pendant quelques secondes. Et vous savez qu'hier soir, quand vous étiez malade, il a insisté pour rester avec vous.

— Oui, je sais qu'il m'a sauvée, dis-je en me retournant pour foncer dans le corridor.

Une fois dans le bureau, je me glissai sous les couvertures et m'allongeai sur Bryn. Même à travers mes vêtements, je pouvais sentir son corps me voler de la chaleur. Je levai donc en partie mon chemisier, ainsi que son gilet, pour que nos ventres se touchent, puis je l'embrassai. Ses lèvres étaient froides, presque caoutchouteuses sous les miennes. La magie entre nous était si faible que je pouvais à peine la sentir, et mon inquiétude se transforma rapidement en panique.

Je bougeai, glissant ma peau sur la sienne pour créer de la friction.

— Bryn, réveille-toi, grommelai-je contre ses lèvres.

Il expira doucement et j'inspirai son souffle glacial, le réchauffant avant de le lui redonner.

Il ouvrit soudain les yeux et ses lèvres froides s'adoucirent sous les miennes.

— Redonne-moi un peu de ce poison, dis-je.

Il ne répondit pas.

— Tu m'entends ? Mon épaule fait horriblement mal, mentis-je. Redonne-moi un peu de ce truc pour l'engourdir. Lance ton sortilège.

— Je suis fatigué, marmonna Bryn.

Je lui donnai un coup dans les côtes et l'embrassai encore, le pouvoir s'intensifiant légèrement. Je sentis alors ses bras glisser autour de ma taille.

— C'est ça. Donne-moi un peu de magie empoisonnée.

Il marmonna contre mes lèvres tout en m'embrassant, et je sentis un frisson dans ma colonne vertébrale. Je frissonnai, mais je fus heureuse de voir ses pupilles se contracter et son regard s'aiguiser.

L'engourdissement gagna mon corps, me donnant mal aux mains.

— Reste éveillé. Monsieur Jenson va t'amener du thé chaud et tu vas tout boire.

J'attendis qu'il réponde, mais il se contenta de me regarder.

— Tu m'as entendue, pour le thé ?

— Je t'ai entendue. Si tu m'embrasses encore, je ferai tout ce que tu veux.

Je vis la drague comme une bonne chose et me penchai vers lui, embrassant le côté de son visage doucement tout en murmurant.

— S'il te plaît, ne laisse pas le poison gagner. Si tu meurs, je ne crois pas que monsieur Jenson restera mon ami.

Je m'extirpai de la couverture et me levai, puis je le bordai, malgré ses protestations.

— Reste, dit-il.

J'étais déchirée. Il semblait avoir besoin de moi, mais nous coller n'allait pas empêcher la ville de s'effondrer le soir d'Halloween, et cela ne m'aiderait pas à éviter le Défi ou à récupérer les boucles d'oreille de tante Mel. Je ne pouvais pas travailler là-dessus en restant sur le canapé de Bryn. Et son système immunitaire combattrait peut-être le poison si je le laissais se reposer. À ce moment, j'eus un éclair de génie.

— Bryn, penses-tu que la source que nous avons utilisée la semaine dernière pour guérir les morsures de loups-garous de Lennox et Zach pourrait te guérir d'un poison elfique ?

– Peut-être.

Il ferma les yeux en frissonnant.

– Assieds-toi, dis-je en le tirant au moment où monsieur Jenson arrivait avec le thé. Monsieur Jenson, j'ai une idée qui pourrait fonctionner. Pourriez-vous m'aider à l'installer dans la voiture ?

– Je n'ai pas besoin d'aide pour entrer dans la voiture, affirma Bryn entre deux claquements de dents. Donnez-lui simplement les clés de la Mercedes.

24

À quelques kilomètres en dehors de la ville, Mercutio sembla vouloir que je tourne à gauche sur un chemin de terre.

– Ce n'est pas le chemin, Merc. Nous devons nous occuper de Bryn.

Merc se leva, les pattes avant sur le tableau de bord, regardant la route défiler.

Je continuai pendant un peu plus d'un kilomètre avant d'apercevoir la décapotable rouge de location de Jordan derrière nous.

« Zut ! »

– Que fait-il derrière nous ?

Bryn se lécha les lèvres et resserra la couverture autour de lui.

– Qui ?

– Jordan Perth.

Bryn regarda dans le rétroviseur.

– Soit il pense que tu es dans la voiture, soit il veut me parler.

– Les vitres sont fumées, alors il ne peut pas savoir que je suis ici. Je vais l'ignorer.

— Si nous allons à la source de Léon, il va te voir quand nous sortirons. Pourquoi ne me ramènes-tu pas à la maison ? Je demanderai à Steve de me conduire.

— Non, je ne veux pas perdre une seconde de plus. Je veux que tu retrouves ton état normal le plus rapidement possible pour pouvoir faire des recherches et établir des stratégies, et, surtout, pour que tu sois prêt si nous devons encore partager notre pouvoir afin de lancer des sortilèges pour sauver la ville.

Il esquissa un sourire en coin.

— Tu veux donc braver le Conclave et me sauver simplement pour que je te serve de source de pouvoir ? Je croyais que tu étais du bon côté.

Je ris doucement en reconnaissant mon propre reproche.

— Eh bien, maintenant, tu es plus avisé.

Je me garai à proximité du sentier menant à la fontaine.

— Reste dans la voiture un moment, dis-je en pensant que Bryn semblait exténué et qu'il valait mieux qu'il reste au chaud sous la couverture.

— Non. Laisse-moi lui parler seul. Il ne te cherche peut-être pas, et je pourrais réussir à me débarrasser de lui.

— Mais…

Bryn leva une main pour que je me taise.

— Quand la situation se calmera, je t'apprendrai à jouer aux échecs.

— Hein ?

— Ce jeu enseigne au cerveau à avoir plusieurs coups d'avance. La planification stratégique est la clé de la vie.

— Mmh. Et qui a pensé à venir à la fontaine pour te guérir ?

Il sourit.

— Tu marques un point.

Il tendit ensuite une main vers moi et tira ma tête vers lui pour un baiser. Il fut bref, mais je fus heureuse de sentir le pouvoir exploser entre nous.

— Tu te débarrasses très rapidement de petites doses de poison, remarqua Bryn. Je ne sens même plus celle que je t'ai donnée à la maison.

Il poussa ensuite sa portière et sortit en la laissant entrouverte.

— Comment puis-je vous être utile ? demanda-t-il à Jordan, qui était sorti de sa voiture et s'approchait de nous.

Bryn leva une main.

— Vous êtes assez près, affirma-t-il. Que voulez-vous ?

— Que faites-vous par ici, Lyons ?

— Je suis venu récupérer quelque chose que j'ai oublié là l'autre soir. Et vous ?

— Qui est votre chauffeur ?

Je vis Jordan sortir discrètement sa baguette. Bryn, qui se trouvait de l'autre côté de la voiture, ne l'aperçut sans doute pas. Jordan comptait-il l'attaquer ? Cette éventualité semblait très improbable, mais devais-je lui laisser l'occasion de le faire ? Bryn *avait* parlé de l'importance de la planification.

Il ne fallut que quelques pas à Jordan pour arriver à côté de la voiture. J'ouvris brusquement la portière, le faisant tomber au sol. Sa baguette fut propulsée à 30 centimètres de sa main et je me précipitai pour l'attraper avant lui.

— Que faites-vous, au juste ? demanda Jordan, son ton me faisant frissonner.

— On est au Texas, et quand quelqu'un brandit une arme, c'est généralement parce qu'il compte l'utiliser.

Il se leva et tendit la main.

— Je vous suggère de me rendre ma baguette. Vous avez déjà assez de problèmes, dit-il en faisant un signe de tête vers Bryn.

— Eh bien, comme je suis déjà dans le pétrin, je vais la garder jusqu'à ce que nous ayons terminé ici.

Je contournai ensuite la voiture pour rejoindre Bryn, qui était appuyé contre la carrosserie et secouait la tête.

— Elle n'est pas habituée à tout ça, affirma-t-il à Jordan.

— *Elle*, oui. Quelle est votre excuse ?

Bryn me regarda un moment avant de retourner son attention vers Jordan.

— Je réserve ma réponse pour le tribunal.

— Bryn, viens, dis-je en le tirant par le bras.

Jordan nous suivit, restant environ trois mètres derrière nous. Je continuai à serrer sa baguette. Quand nous arrivâmes à la source de Léon, l'eau avait disparu. Le trou était vide et craquelé, comme si nous étions en plein cœur du désert et qu'il s'était asséché des siècles plus tôt.

— Qu'est-il arrivé ? bredouillai-je.

Bryn soupira, ses lèvres bleutées à cause du poison glacé qui le consumait de nouveau.

— C'est… décevant.

Jordan s'approcha.

— Un problème ? demanda-t-il d'un ton beaucoup trop joyeux à mon goût.

Je me redressai et me tournai vers lui, une extrémité de la baguette dans chaque main.

— Je ne suis peut-être pas une très bonne sorcière, mais je peux briser cette baguette en plusieurs morceaux sans aucun problème. Si vous voulez la récupérer en bon état, retournez à votre voiture.

– Mon chou, franchement. Vous allez signer votre arrêt de mort. Rendez-moi la baguette, et éloignez-vous immédiatement de lui.

Quand je ne réagis pas, il regarda Bryn.

– Lyons, je vais récupérer ma baguette. Si je lance un sortilège, interviendrez-vous ?

Mon cœur se mit à battre la chamade. Bryn ne répondit pas, mais Jordan n'attendit pas longtemps. Il leva une main vers moi.

Bryn l'imita et secoua la tête en le regardant.

– Elle vous rendra la baguette en un seul morceau, sauf si vous nous attaquez.

Jordan plissa les yeux en grimaçant.

– Vous enfreignez la loi. Tous les deux !

Bryn haussa les épaules.

– Je répondrai de mes actes le moment venu. Maintenant, retournez à votre voiture.

Bryn se tenait parfaitement droit, mais je le vis frissonner involontairement.

Jordan le remarqua aussi. Il écarquilla momentanément les yeux quand il comprit que Bryn était plus faible que d'habitude.

– Bryn…

Avant que je puisse le prévenir, Jordan lança un sortilège. Je tendis un bras pour pousser Bryn hors du chemin, mais à ce moment, il cria quelque chose en gaélique et leva une main vers Jordan.

Ils tombèrent tous deux en arrière quand leurs pouvoirs respectifs entrèrent en collision. Ma peau brûlait et, quand je baissai les yeux, je vis une entaille sur mon avant-bras, là où la magie fragmentée m'avait touchée.

Je fonçai vers Bryn et fus soulagée quand il lécha ses lèvres gercées.

— Est-ce que ça va ? demandai-je.

Il claqua des dents.

— Non. Je ne crois pas que ce soit le mot approprié.

— Je veux dire, sans compter le poison.

— Ah, alors oui, je vais super bien, affirma-t-il en frissonnant.

Bryn se tourna ensuite pour s'agenouiller, prenant un long moment pour se lever pendant que j'essayais de l'inciter à accélérer. J'arpentai nerveusement les environs, observant le corps inerte de Jordan, quelques mètres plus loin.

— Dépêchons-nous, dis-je en saisissant le bras de Bryn.

Il jeta un coup d'œil à Jordan quand nous passâmes à côté de lui.

— Pour une négociation, celle-ci a eu un dénouement sous-optimal. Essayons de ne plus affronter de représentants du Conclave.

— C'est lui qui a commencé.

Bryn sourit et s'arrêta pour s'appuyer un moment sur moi.

— Les règles en vigueur sur un terrain de jeu ne sont pas toujours acceptées devant un tribunal. L'identité de l'instigateur risque d'être hors sujet.

— Si tu veux mon avis, les règlements de ce Conclave sont plutôt stupides, déclarai-je avant d'ouvrir la portière côté passager.

— Gardons aussi cette opinion pour nous.

Bryn se laissa tomber sur le siège du passager et je le recouvris de la couverture, la serrant autour de ses épaules.

— Où est Merc ? demandai-je en me rendant compte qu'il ne nous avait pas accompagnés au trou, anciennement connu sous le nom de fontaine.

Je l'aperçus à une centaine de mètres, sur le chemin que nous avions emprunté. Bel endroit pour lui.

— Mercutio, criai-je.

Il ne vint pas. J'entrai alors dans la voiture et démarrai, puis je fis demi-tour pour retourner sur la route et lançai la baguette de Jordan par la fenêtre en m'éloignant.

25

– Je crois que tu vas devoir me redonner tout ce poison, dis-je.

Les yeux fermés, Bryn ne prit même pas la peine de me répondre. La douleur lancinante dans mon épaule n'était rien à côté de l'inquiétude que je ressentais à l'idée qu'il s'endorme en plein milieu de notre escapade. Il s'avère que j'aime bien que mes complices restent éveillés.

Je filai sur la route, gardant un œil sur le rétroviseur. Devant moi, Mercutio fit demi-tour et s'éloigna sur le chemin qu'il avait voulu que je prenne un peu plus tôt.

– Quoi ? Est-ce une sorte de remède pour Bryn ? grommelai-je.

Je tournai le volant, faisant voler le gravier, et dérapant, je réussis le virage. La tête de Bryn rebondit contre la vitre et il grogna en ouvrant les yeux.

Il regarda autour de lui, les yeux à moitié fermés.

– Est-ce que je veux vraiment savoir ?

– Euh… Petit détour. Mercutio a insisté.

Bryn regarda dans le rétroviseur, frissonnant.

– Cette route est très étroite, Tamara.

– Et ?

— Si c'est un cul-de-sac et que Perth nous suit, nous serons pris au piège, expliqua-t-il en articulant mal.

Il se racla la gorge.

— Eh bien, dans ce cas-là, Mercutio devra le mordre, ou un truc du genre. Nous nous arrangerons.

— J'ai vu comment tu te charges des problèmes.

— Tu sais, si tu n'as rien d'utile à dire, tu peux rester silencieux. Merc et moi aimons rester positifs quand nous sommes poursuivis.

Ses paupières se refermèrent. Même si je lui avais dit de se taire, je ne voulais pas vraiment qu'il s'endorme. Le sommeil ressemblait trop au coma, pour moi.

— Pourquoi certains sorciers utilisent-ils des baguettes et d'autres, non ? demandai-je, essayant d'entamer une conversation.

— Beaucoup d'enfants apprennent en utilisant des baguettes parce qu'elles les aident à concentrer leur pouvoir. Au début, il est possible de lancer des sortilèges plus puissants grâce à elles.

— Mais tu n'en utilises pas.

— Non.

— Alors, quel est le désavantage ?

— L'utilisation d'une baguette après le deuxième niveau devient une habitude presque impossible à abandonner. À l'instar d'un livre de sortilèges, une baguette absorbe le pouvoir qui n'est pas utilisé. Ce type d'instrument possède des caractéristiques fabuleuses, mais en compagnie d'humains, il n'est pas très subtil de sortir une baguette pour lancer un sort.

Bryn se tut pendant un moment et sembla devoir se forcer pour ouvrir les yeux et me regarder.

– En plus, quand on utilise une baguette, on n'apprend jamais à concentrer son pouvoir en soi et à supporter la douleur qui accompagne cette capacité. Dans ce cas, si quelqu'un vole ta baguette, ton pouvoir est réduit. Quand on me l'a expliqué en ces mots, ma décision a été facile.

J'opinai.

– Où sommes-nous ? murmura Bryn en appuyant la tête contre la vitre et en observant le pavillon de plain-pied dont nous approchions à toute vitesse.

– Bon sang, je l'ignore, dis-je avant de comprendre qu'il semblait se parler à lui-même.

– Cet endroit me semble familier, ajouta-t-il en s'humectant les lèvres. Je suis déjà venu ici.

Je jetai un coup d'œil à l'herbe trop haute, aux mauvaises herbes et à la grille rouillée qui semblait prête à tomber de ses gonds. J'arrêtai la voiture et sortis pour aller ouvrir celle-ci avant d'entrer en regardant à plusieurs reprises dans le rétroviseur. Toujours aucun signe de Jordan.

– Je ne m'en souviens pas précisément, affirma Bryn. Probablement quand nous avons déménagé au Texas. L'endroit appartenait à une sorcière, mais elle est décédée.

Il opina.

– Lennox m'a amené à son enterrement, il y a environ 10 ans. Ta mère était là. Elle sentait le jasmin étoilé, ajouta-t-il avec nostalgie.

– Ma mère, ou la défunte ? demandai-je sèchement.

– Oublie ça.

Je plissai les yeux et inspectai les alentours avant d'arrêter la voiture derrière l'imposant pavillon en briques rouges. Ma mère est belle comme un cœur et sent toujours les fleurs.

— L'as-tu draguée ? demandai-je en fronçant les sourcils.

Bryn esquissa un sourire en coin.

— Sans grand succès.

— Eh bien, dommage, dis-je sans le penser.

— Pas vraiment, tout bien considéré.

— De quoi parles-tu ?

— L'inévitable… histoire d'amour entre nous.

— Ce n'est pas une histoire d'amour, déclarai-je en ouvrant brusquement la portière. C'était une histoire d'un soir, une erreur.

Bryn entrouvrit les yeux et fronça les sourcils en me regardant.

— Je ne dis pas que c'était une erreur désagréable. Du peu que je me rappelle, c'était très agréable.

Il leva les yeux au ciel avant de les fermer.

— Dis à ton chat de se dépêcher, peu importe ce qu'il fait. Je veux retourner dans mon lit.

— Je reviens dans une minute.

Je contournai la maison et traversai quelques grandes fleurs sauvages. Quand le vent se leva, je sentis une odeur nauséabonde, comme de la viande rance.

— Merc ? appelai-je.

Je me frayai un chemin entre l'herbe trop haute et les mauvaises herbes, me dirigeant vers une vieille grange rouge et blanche qui aurait eu besoin d'un bon coup de peinture. À ce moment, un bruit d'eau me parvint, et quand j'arrivai en trébuchant dans une clairière, j'aperçus ce qui devait être la rivière Amanos sur ma gauche.

Quand j'entendis Merc miauler doucement dans la grange, je m'y précipitai. J'ouvris grand la porte et fonçai à l'intérieur, mais l'odeur rance et la vue de Mercutio évitant les mains d'Incendio me forcèrent à m'arrêter net. Mon cœur se serra.

Incendio me regarda, la malveillance scintillant dans ses yeux sombres. Il jeta ensuite un coup d'œil à une masse dans le foin roussi.

— Que se passe-t-il? demandai-je, me dirigeant lentement vers le coin en longeant le mur.

Mercutio n'était pas venu chercher Incendio, alors, que voulait-il me montrer?

— Sors d'ici, Rouquine, grogna Incendio.

— Que faites-vous ici? demandai-je.

À ce moment, j'arrivai assez près pour comprendre ce qui se trouvait sous mes yeux.

« Oh non. »

C'était le cadavre brûlé et en décomposition d'un homme. Mon estomac me fit connaître son mécontentement pendant que je regardais la tonne d'insectes à l'œuvre sur le corps. J'eus un haut-le-cœur et commençai à transpirer. Soudain, je vis la partie encore intacte du visage de l'homme : Tom Brick, le sorcier manquant à l'appel.

— Tu ne pouvais pas te mêler de tes affaires, hein?

Je commençai à reculer quand Incendio leva les bras. J'étais sur le point de me transformer en tas de charbon. Je poussai un hurlement. À ce moment, Merc bondit et mordit la jambe d'Incendio. Le feu me manqua de peu, et Mercutio fit un vol plané avant d'atterrir, comme toujours, sur ses pattes.

Il sortit à toute allure de la grange et je le suivis aussi vite que possible, courant en zigzags pour éviter les boules de feu explosant autour de moi. Je plongeai ensuite dans les grandes fleurs, heureuse de pouvoir me camoufler. Je me relevai et recommençai à courir en restant penchée pour qu'Incendio ne me voie pas. Les fleurs s'enflammèrent lorsqu'il lança de nouvelles boules de feu, mais je restai devant le brasier, toussant quand la fumée m'enveloppa.

Je trébuchai et sortis de l'herbe en dérapant avant de foncer vers la voiture. Merc m'attendait devant la portière du conducteur. Je l'ouvris brusquement et nous entrâmes.

Un mur de feu s'éleva derrière nous quand je passai la première vitesse.

— Bryn ! criai-je en poussant son épaule.

Il murmura, mais ne se réveilla pas. J'appuyai à fond sur l'accélérateur, et au même moment, je vis les flammes effleurer l'arrière de la voiture avant de danser sur le coffre.

— Pitié, n'explose pas, implorai-je le véhicule.

Quand d'autres boules de feu se mirent à pleuvoir, je tournai le volant et fonçai vers la rivière.

— Accroche-toi, Merc ! criai-je.

J'appuyai ensuite sur le bouton pour ouvrir les fenêtres tout en éloignant la voiture de la rive. Quand nous heurtâmes la surface de l'eau, le choc fut brutal. Le courant nous entraîna ensuite, faisant tourner la voiture. Incendio continua de lancer des projectiles enflammés, mais nous étions déjà à moitié immergés et la voiture ne fit que grésiller.

L'eau commença à déferler dans l'habitacle, mais Bryn ne bougea pas un muscle.

26

Je le giflai dans l'espoir qu'il se réveille. Soudain, le poids de la voiture nous entraîna vers le fond et l'air qui restait sortit en un éclair par les fenêtres ouvertes.

Complètement sous l'eau, je luttai contre la panique. Ma vision sous-marine était floue et je clignai rapidement des yeux tout en me démenant pour extirper Bryn de son siège. J'essayai ensuite de nous faire sortir par la fenêtre, mais nous nous retrouvâmes coincés.

« Allez ! »

Mon cœur battait à tout rompre. Je me débattis, m'écorchant le dos et accrochant mon épaule blessée.

« Je n'y arrive pas ! Mon Dieu, aidez-moi ! »

Soudain, je sentis une douleur vive dans mon épaule saine et me rendis compte que c'était Mercutio qui me poussait avec ses griffes. Je sortis par la fenêtre en arquant le dos, donnai de grands coups de pieds et me cognai contre le cadre en me libérant.

Je gardai ma prise sur Bryn, priant pour qu'il ne soit pas déjà noyé. Quand j'arrivai à la surface en haletant, je tirai sa tête hors de l'eau et remarquai qu'il était terriblement blême.

— Non ! criai-je en le secouant pour le réveiller.

La tête de Merc flottait à la surface tandis que le courant nous entraînait à travers les roches et les branches. Je tournai la tête de Bryn et embrassai ses lèvres glacées, mais je ne sentis rien quand je lui donnai l'air contenu dans mes poumons.

— Aide-moi, Merc, dis-je en sanglotant pendant que nous nous faisions malmener par les rapides peu profonds. Là, criai-je en apercevant une grosse branche qui touchait presque à la surface de l'eau.

Les dents enfoncées dans le bras de Bryn, Mercutio m'aida à m'en approcher. Quand j'attrapai la branche, la force requise pour m'y agripper m'arracha presque le bras.

À ce moment, mon genou frappa le sol et je compris que l'eau était peu profonde, à proximité de la rive. Je me relevai donc en luttant contre le courant puissant, puis Merc m'aida à tirer Bryn sur le rivage. J'enfonçai ensuite mes orteils dans la boue et me jetai sur son corps froid.

— Réfléchis ! m'intimai-je en sifflant, mais la peur semblait avoir rendu mon esprit aussi mou que de la pâte fraîchement pétrie.

— D'accord, d'accord, d'accord ! grommelai-je en m'enfonçant les ongles dans les paumes.

Je me penchai vers Bryn en scandant :

Tu ne mourras pas avant de t'éveiller
Je te donne mon pouvoir, il est à ta portée
Laisse le poison et l'eau m'envahir
Rapides comme la rivière devant l'arbre

Je terminai la strophe en l'embrassant et je sentis le pouvoir s'enflammer entre nous. Je commençai alors à m'étouffer et à crachoter, et je tombai en arrière, le poison coulant dans mes veines, ma peau fourmillant.

J'entendis Bryn inspirer brusquement et sentis son corps trembler contre le mien.

« Gagné ! »

— Merci mon Dieu, murmurai-je. Mais pourquoi ma magie semble-t-elle fonctionner uniquement quand je suis complètement paniquée ? grommelai-je pendant que Mercutio léchait sa fourrure mouillée.

— Qu'est-il arrivé ? demanda Bryn d'une voix rauque.

— Tu es passé à un cheveu de te noyer, répondis-je en regardant le ciel.

— Jenson dirait que c'est impossible.

— Quoi ? dis-je en le regardant.

— Rien. Que s'est-il passé ?

Bryn fronça les sourcils, visiblement inquiet.

— Nous sommes vraiment dans le pétrin, bredouillai-je.

Merc traversa le gazon avant de poser une patte sur l'eau.

— Qu'y a-t-il, Mercutio ? demanda Bryn.

— Il est fou. Tu es fou, Merc ! dis-je avant de me concentrer sur Bryn. Ta maison doit se trouver à quelques kilomètres en aval. Il croit que nous devrions y retourner à la nage. N'est-ce pas, Merc ?

Il ronronna.

— Je crois qu'Incendio a tué Tom Brick. Je pense que Mercutio en a été témoin et qu'il s'est enfui par la rivière. Il a probablement sauté dans l'eau, puis il a nagé avant de trouver un radeau et d'atterrir chez toi.

— Incendio a tué Tom Brick ?

J'opinai.

– J'ai vu son corps, précisai-je en claquant des dents. Il était partiellement calciné, ce qui signifie, à mon avis, qu'Incendio l'a tué. Je ne sais pas ce qu'il faisait là aujourd'hui. Il voulait peut-être brûler l'endroit pour détruire les preuves ?

– Pourquoi Maldaron assassinerait-il Brick ? réfléchit Bryn à haute voix. C'était un sorcier de seconde ligue. Il avait seulement atteint le niveau trois, même s'il avait l'âge de Lennox. Il ne posait assurément aucun danger aux gens assez puissants pour appartenir au Conclave.

– Il a peut-être fait quelque chose qui leur a déplu ? Je veux dire, ils me poursuivent et je n'ai même pas encore atteint le niveau un.

– C'est si difficile de me concentrer, dit Bryn avant de me tirer vers lui. Pourquoi ta peau est-elle plus froide que la mienne ? Qu'as-tu fait ?

– J'ai repris le poison. J'ai essayé de tout récupérer, mais je ne pense pas avoir réussi. Tes lèvres sont encore bleutées.

Il fronça les sourcils.

– Tu ne devrais pas reprendre le poison. Il m'a fallu des efforts considérables pour le sortir de ton corps.

– Tu étais en train de mourir ! En plus, je crois que je développe une immunité. Quand j'ingère une partie du poison, mon corps refroidit et fourmille pendant un moment, puis il retrouve son état normal, expliquai-je en frissonnant. De toute façon, je suis responsable de toute cette histoire. Si l'un de nous doit mourir, autant que ce soit moi.

Bryn serra les dents.

– Aucun de nous ne va mourir. Je vais lancer un sortilège pour m'en assurer. Tant pis s'il m'enlève mon pouvoir pour des mois. Je me cacherai après coup s'il le faut. Aucune magie elfique ne va nous tuer.

Il me tira pour me relever. Quand je sentis ses bras trembler, je compris que le poison l'affaiblissait toujours.

– Lâche-moi. Tu dois conserver tes forces.

– Viens. Mercutio a raison : laissons le courant nous ramener à la maison, dit Bryn avant d'entrer dans l'eau.

– L'eau est froide, protestai-je, même si, à ce moment, le vent semblait tout aussi glacial sur ma peau mouillée.

– Tout va bien aller. Nous n'avons pas un long chemin à parcourir.

Nous nous enfonçâmes dans l'eau déferlante, qui nous entraîna. Mercutio n'entra pas, préférant courir sur le rivage, ralentissant parfois en même temps que nous, veillant sur nous comme un ange gardien félin.

– J'adore ce chat, dis-je.

– Je sais, répondit Bryn en jetant un coup d'œil à Merc. Angus devra peut-être vivre avec mon père.

– Où est Lennox ?

– Injoignable. Il essaie de négocier une trêve avec les meutes de loups les plus raisonnables de la région. Ils sont furieux à cause de la semaine dernière.

– Ah.

Je réfléchis à ses paroles, heureuse que quelqu'un d'autre soit chargé de rectifier la situation avec les métamorphes.

– Et quel est le lien entre Mercutio et ton chien ? Tu peux garder Angus attaché si nous venons te voir. Même si je ne crois pas venir souvent quand nous aurons réglé toute cette histoire.

– Non ? demanda Bryn d'un air sceptique.

Il resserra son étreinte autour de ma taille et me tira jusqu'à ce que nous soyons aussi collés que deux tranches de pain dans un sandwich au beurre de cacahuètes.

– Le passé laisse croire le contraire, dit-il. En plus, il y a ce truc, chez moi, que tu veux.

« Sa collection de livres ? »

– Quoi ?

– Moi.

Ma mâchoire se décrocha.

– Ben voyons, dis-je sèchement.

– Ne sois pas fâchée. Ça tombe bien, puisque je te désire aussi.

– Il y a des règles qui nous empêchent d'être ensemble.

– C'est ce que tu ne cesses de répéter. Pourquoi ne me donnes-tu pas les détails ? Tu sais que les avocats sont des experts pour trouver les vides juridiques.

– On ne peut pas toujours avoir ce qu'on veut, Bryn.

– Qui t'a dit ça ? demanda-t-il en souriant.

Étant donné le nombre de fois où nous nous étions mutuellement sauvé la vie ces derniers temps, il était vraiment arrogant. Je fronçai les sourcils en le poussant, essayant de créer de l'espace entre nous. Il relâcha sa prise et je m'éloignai de quelques centimètres. J'étais quand même contente de sentir la force dans ses bras et de voir que ses lèvres étaient légèrement rosées. J'avais peut-être enlevé suffisamment de poison de son corps pour qu'il se défasse du reste.

– Le courant a ralenti. Que dirais-tu de nager un peu ? demandai-je.

Bryn me tira rapidement vers lui et effleura mes lèvres des siennes avant que je puisse me libérer, puis il me lâcha et se retourna, ses bras fendant l'eau de manière gracieuse. Quelques secondes plus tard, il était à des mètres devant moi et il continuait de s'éloigner. Il regarda soudain derrière lui quand il se rendit compte qu'il m'avait laissée en plan, et il s'arrêta jusqu'à ce que je le rejoigne.

– Reste près de moi, Tamara.

« Comme si j'avais le choix », pensai-je avec mauvaise humeur.

27

Nous frappâmes quelques nœuds dans des rapides peu profonds, ce qui aurait été amusant si nous avions été en train de faire de la bouée lors d'une journée chaude, plutôt que de nous geler les fesses après une semaine exténuante.

Je me cognai contre les roches, crachotant et jurant, assez contrariée par le fait que Bryn réagissait aux chocs comme une bille de flipper. Nous finîmes par voir le parcours de golf, et je sus que nous avions atteint l'extrémité nord-est de la ville.

J'avais perdu Mercutio de vue, mais je me dis qu'il avait probablement décidé que nous pouvions descendre le courant sans son aide. Le courant avait repris de la force, et quand nous arrivâmes à Shoreside Oaks, je nageai vers le rivage et sortis de l'eau. Bryn me rejoignit. Avec ses cheveux mouillés et ses yeux bleus qui scintillaient, il était plus beau que jamais, et je me dis que ce n'était pas une bonne chose que je le remarque.

— Que fais-tu ? demanda-t-il.

— C'est ici que je pars, répondis-je en indiquant la direction où se trouvait ma voiture, en bordure du bois de Macon Hill.

— Incendio et Jordan vont probablement passer la ville au peigne fin pour te trouver. Ils ne peuvent pas mettre le pied sur ma propriété. Elle est fortifiée.

— Je m'en fiche. Je veux prendre une douche chaude et enfiler des vêtements propres et secs, à ma taille. J'ai une tonne de trucs à faire. Je dois me mettre au travail.

— Est-ce le meilleur plan ?

— Oui, parce que nous devons trouver des sortilèges pour nous sauver, ainsi que la ville, et tu n'as pas besoin que je sois là pour te distraire.

Je secouai la main quand il se mit à protester.

— Je passerai plus tard si je ne me fais pas tuer et si je ne tombe pas dans un coma causé par le poison féerique.

Bryn se hissa hors de l'eau et frissonna.

— Ma maison n'est pas loin. Tu peux te doucher, emprunter des vêtements, puis Steve te reconduira.

Mes pieds étaient contre l'idée de marcher plus loin que nécessaire.

— Je suis fatiguée de me laisser flotter sur la rivière. Mes doigts ressemblent à des pruneaux, me plaignis-je.

Le froid me faisait trembler, et je commençai à enlever des brindilles de mes cheveux. J'avais mal à des endroits qui n'étaient pas censés faire mal, mais je me dirigeai vers la route d'un pas décidé, en compagnie de Bryn.

Quand nous nous approchâmes de chez lui, j'entendis de la musique classique et le regardai en haussant les sourcils.

Il pencha la tête sur le côté.

— On dirait *Le lac des cygnes*.

— Tu vois, voilà la différence entre mon quartier et Shoreside. Nous ne faisons jamais jouer Beethoven, Chopin ou d'autres compositeurs du genre. C'est une différence fondamentale entre toi et moi.

– Je suppose que Sutton a les mêmes goûts musicaux que toi ?

– Oui.

– Et il aime le même genre de nourriture, et possède les mêmes opinions politiques ?

– Oui, et encore oui, dis-je, intéressée par la conversation.

– Et il te comprend, ainsi que ta famille ? Il ne ferait jamais une chose comme t'obliger à voir un psychiatre parce que tu lui as dévoilé ton plus grand secret ? Parce qu'il comprend tes origines et qu'il s'y identifie plus que moi ?

« Un satané piège. Tout comme Bryn ! Lui et ses jeux psychologiques. »

– Pourquoi penses-tu que j'ai vu un psychiatre ? demandai-je en choisissant de me concentrer sur la personne qui avait parlé de mes affaires, plutôt que sur le fond du sujet. Et c'était il y a longtemps. Il est beaucoup plus ouvert d'esprit, maintenant.

– Bien sûr, répondit Bryn avec un sourire condescendant.

– Mêle-toi de tes affaires.

– C'est ce que je fais.

– Houlà, dis-je en apercevant la source de la musique.

Des voisins de Bryn étaient assis en cercle, une femme dansant une chorégraphie de ballet au milieu. Elle portait une robe bleue ajustée et munie d'une jupe évasée, mais elle était pieds nus. À la voir, elle semblait exténuée, à une pirouette de s'étaler au sol. Derrière le cercle de spectateurs, je vis une grande femme dans une robe de bal, armée d'un énorme fusil.

— Allez, saute vraiment ! grogna-t-elle. Nous savons que tu peux faire mieux.

« Enfer et damnation ! »

Après le défilé de Snoopy au rodéo dans mon quartier, j'avais droit au *Lac des cygnes* à la pointe du fusil. Je devais vraiment trouver un moyen de récupérer cette satanée poussière.

— Bryn.

Il opina gravement avant de s'approcher du groupe.

— Cecily.

La femme au fusil se retourna et je sursautai. Il y avait de grandes mèches grises dans ses cheveux noirs emmêlés, et elle semblait s'être littéralement peint les joues. Quand elle grognait, ses rides profondes semblaient montrer le chemin vers un au-delà infernal. Je reculai d'un pas.

Son expression se détendit quand elle vit qui avait parlé.

— Bryn, il était temps que tu arrives. Joins-toi à nous. Pousse Charles en bas de sa chaise. Il dort depuis une demi-heure.

Bryn jeta un coup d'œil circulaire. Les gens assis sur les chaises arboraient diverses expressions. Certains paraissaient épuisés, alors que d'autres semblaient attentifs ou furieux que nous ayons interrompu le spectacle.

Cecily leva le fusil vers la ballerine.

— Miranda, est-ce que quelqu'un t'a dit que tu pouvais arrêter ?

— Bon sang de Cruella Duvall, soufflai-je.

Je reconnus Miranda Castel. C'était une ancienne danseuse, qui avait pris sa retraite quand j'avais environ 10 ans.

Aujourd'hui, elle enseignait la danse, et aidait mon ami et coiffeur Johnny Nguyen Ho lors des représentations théâtrales de la ville.

Quand elle entendit la voix coupante de Cecily et vit l'angle de son fusil, Miranda sanglota et recommença à danser, s'écorchant les pieds en tournoyant sur le bitume.

J'en avais assez vu. J'ouvris la bouche pour m'interposer, mais Bryn prit la parole en faisant preuve de son calme habituel. À mon avis, son attitude ne convenait pas à la grave injustice de la situation. Je me dis qu'il était intelligent de garder son calme, mais j'avais quand même envie de lui frapper le bras.

— Pourquoi n'allons-nous pas boire un café chez toi? suggéra Bryn à Cecily.

— Du décaféiné, ajoutai-je.

— Non. Je suis responsable de ce spectacle. Pour une fois, la distribution des rôles sera parfaite, contrairement aux fois où madame Castel s'en occupe.

Bon sang. Se vengeait-elle pour un affront relié au théâtre communautaire? Certaines personnes avaient franchement besoin de se trouver une occupation. Si elle voulait vraiment se plaindre de quelque chose, qu'elle se fasse donc blesser par une flèche elfique empoisonnée ou attaquer par des boules de feu au point de devoir laisser sa voiture au fond de la rivière Amanos. *Là*, elle aurait une bonne raison de se plaindre.

Cecily dirigea le fusil vers le ciel pour s'approcher de Bryn.

— Ton père est plus proche de mon âge, mais il est rarement dans le coin. Et tu lui ressembles tant, dit-elle en effleurant la mâchoire de Bryn.

J'avais envie de la frapper. Comme à son habitude, Bryn ne broncha pas.

– Rentrons boire un café, répéta-t-il.

– Non. Pas encore. Je veux d'abord voir ses pieds saigner.

C'en était trop ! Quand elle commença à se retourner, je fonçai. Bryn attrapa le fusil et lui arracha des mains au moment où je la plaquai. Elle recula en vacillant, et quelques personnes furieuses se levèrent en renversant leur chaise.

Je fis trébucher le premier homme qui fonça sur nous, et Bryn se retourna pour tirer sur la radio, qui explosa. Il tourna ensuite l'arme vers ses voisins surpris.

– Retournez tous chez vous. Immédiatement, ordonna-t-il.

Les protestations commencèrent doucement avant de devenir de plus en plus fortes.

– J'appelle mon avocat !

– Je ne supporterai pas une telle chose !

– Tu seras radié du barreau !

Les hommes et les femmes criaient tous en même temps, et je clignai des yeux devant leur véhémence et leur audace. À quelques reprises, j'aperçus Bryn frissonner à cause de la brise fraîche, mais le fusil ne trembla jamais.

– Ça suffit ! m'exclamai-je. Vous devriez tous avoir honte. Vous criez comme si vous participiez à une émission de téléréalité. Nous sommes à Shoreside Oaks, pas dans un parc à roulottes.

Comme je m'y étais attendue, l'offense à leur dignité les secoua assez pour qu'ils se taisent.

– Monsieur Lyons ne veut pas vous tirer dessus, mais il le fera s'il le faut, et un fusil laisse un assez gros trou.

Je commençai à pousser les gens pour les faire bouger.

– Partez, maintenant.

Il ne resta finalement que madame Castel, qui était assise sur le bitume et pleurait. Bryn et moi nous approchâmes pour l'aider à se relever sur ses pauvres pieds.

– Je sais ce que vous ressentez. Hier, je me suis vraiment écorché les pieds. Mais vous savez quoi ? Aujourd'hui, ils ne font même plus mal. Vous avez simplement besoin d'une bonne nuit de sommeil. Ensuite, vous vous sentirez mieux, dis-je doucement pendant que nous marchions vers chez elle. Et il y a de bonnes nouvelles. Vous rappelez-vous quand vous étiez une ballerine à temps plein ? Quand vous étiez à un sandwich de vous effondrer et que vous ne pouviez pas le manger de peur de gagner un gramme ? Eh bien, ce n'est plus le cas. Ce soir, vous pouvez vous tremper les pieds et manger du gâteau au chocolat si vous le voulez. Vous vous sentirez beaucoup mieux.

Elle renifla et essuya ses larmes.

– Cecily a toujours été jalouse. Elle ment en disant qu'elle ne tomberait pas assez bas pour danser en public, mais ce sont des déclarations de dépit. C'est une sorcière.

Je me mordis la langue pour ne pas affirmer que Cecily ne devait pas être associée aux sorcières, puisque la plupart de celles-ci sont vraiment charmantes.

– Alors, avez-vous du gâteau au chocolat dans la maison ?

– Non, mais j'ai un fusil. Un gros calibre, quelque part.

« Punaise. »

– Et de la crème glacée ?

Elle se pinça les lèvres d'un air pensif avant d'opiner.

– De la Häagen-Dazs à saveur de gâteau au fromage aux fraises.

– Miam.

– Je m'autorise un bol de temps en temps.

– Ce soir est l'occasion parfaite.

Une pensée me vint. Mon goût pour le sucre. Du miel au lieu de la sauce sur le pain brioché. Du sucre glace sur mon pain grillé. Des brisures de chocolat dans mes crêpes depuis mon enfance. Ma mère et tante Mel ne les avaient jamais mangées ainsi. Je buvais même de l'eau sucrée pour me remettre de mes gueules de bois. C'était parce que j'étais à moitié fée. Je souris intérieurement. J'avais l'impression d'être un casse-tête que je n'avais jamais réussi à terminer. Bryn avait lancé quelques pièces sur la table pour que je puisse remplir les trous et enfin découvrir qui j'étais. C'était plus excitant que la nouvelle saison de *Top Chef*.

Je jetai un coup d'œil à Bryn, résistant à l'envie d'embrasser ses magnifiques lèvres brillantes. Heureusement, il ne me vit pas le regarder, sinon qui sait de quoi madame Castel aurait été témoin.

Bryn ouvrit sa porte déverrouillée et je la poussai doucement à l'intérieur. Je fermai ensuite la porte derrière elle et le regardai.

– Devrions-nous entrer et confisquer son arme ? demandai-je.

– Si notre priorité devient le désarmement des quartiers, ça nous prendra toute la nuit. Nous sommes au Texas, après tout.

Malgré le triomphe du casse-tête, je me frottai les yeux et frissonnai. Il faisait froid et mes vêtements étaient sales, mouillés, et ils commençaient à se raidir sur mon corps.

– Nous devrions probablement confisquer les fusils, mais, si je ne prends pas une douche chaude, je risque moi-même de commencer à tirer sur les gens.

Bryn opina et nous continuâmes à pied jusqu'à la grille de sa propriété.

Il appuya sur l'interphone pour annoncer notre présence. Steve, qui travaillait toujours, Dieu soit loué, nous laissa entrer.

Bryn ralentit en regardant aux alentours. Soudain, je ne pus résister plus longtemps. Je lui saisis le bras pour l'arrêter, puis je le serrai rapidement et l'embrassai sur la joue.

– À quoi dois-je l'honneur ? demanda-t-il.

– Ça ne te regarde pas, répondis-je, le faisant rire.

Je recommençai à marcher vers la maison.

– Tu viens ? m'enquis-je aussi nonchalamment que possible.

Il continua de sourire en me regardant.

– Dans une minute. Je vais vérifier les protections autour du terrain. Vas-y sans moi.

J'opinai et me pressai d'arriver à la porte. À ce moment, monsieur Jenson l'ouvrit.

– Mademoiselle Tamara, est-il…

– Pas guéri, mais il va bien pour le moment. Il est devant la grille. Monsieur Jenson, comme toujours quand je me trouve devant votre porte, je suis dans un état lamentable. J'ai besoin d'une douche chaude et de nouveaux vêtements de rechange. J'ai complètement détruit ceux-ci.

Monsieur Jenson me fit entrer.

– Ne vous inquiétez pas pour des problèmes sans importance. Un bon bain chaud réglera tout.

J'opinai et entrai en traînant les pieds, laissant des empreintes boueuses derrière moi sur le carrelage habituellement étincelant.

– Avez-vous du chocolat chaud ?

– Bien entendu.

– Puis-je en avoir ?

– Bien sûr que oui.

Je baissai les épaules, soulagée.

– Monsieur Jenson, voulez-vous m'épouser ?

Il rit.

– Ce ne serait pas une bonne union, étant donné notre espérance de vie respective.

– Vous marquez un point. Au rythme où je vais, vous allez me survivre longtemps.

28

Après avoir pris une douche, j'empruntai une chemise blanche à Bryn, ainsi qu'un legging noir qu'une de ses amies avait oublié. Il n'y avait pas de chaussures à ma pointure, alors je pris simplement une paire de chaussettes. J'avais l'impression d'être un mélange entre une publicité de pyjama et un ninja de dessin animé.

Quand je demandai à monsieur Jenson où se trouvait Bryn, il répondit qu'il était déjà dans la bibliothèque. Quand j'y arrivai, je vis qu'il avait également pris une douche. Il portait un peignoir noir et discutait avec quelqu'un au téléphone. Je décidai que mes chaussettes étaient de travers et passai un moment devant la porte à les relever et à m'assurer qu'elles étaient droites.

– Aucune personne nouvellement initiée à l'art ne pourrait être prête pour ça après quelques jours d'entraînement, dit Bryn avant de faire une pause. Je m'en fiche. Je sais de quoi il retourne. Qu'il me défie directement.

Nouvelle pause.

– C'est un lâche et un connard qui se cache derrière le poste pour lequel il a menti et triché.

Il se tut pendant un certain temps.

– Oui, Andre, je sais exactement l'impression que ça donne, mais la tyrannie absolue inspire deux réactions : la peur et la rébellion. Contrairement à Barrett, je ne suis pas un lâche.

Il raccrocha brutalement le combiné, et j'approchai sans bruit de l'embrasure de la porte.

— Comment s'est passée l'écoute en douce ? demanda Bryn.

— Je redressais mes chaussettes, dis-je en me mâchouillant la lèvre. Mais j'ai entendu une partie de la conversation.

Il se croisa les bras sur la poitrine.

— Parlais-tu de moi ? De mon Défi ?

Bryn opina et contourna le bureau pour s'approcher de moi.

— Tu ne pourrais jamais t'en sortir. Tu aurais, au minimum, besoin d'habiletés de niveau trois. Tu possèdes le pouvoir, mais pas le contrôle nécessaire.

— Eh bien, dans ce cas, heureusement que je n'ai pas perdu beaucoup de temps à me préparer. Je vais régler le problème de poussière de la ville, puis je partirai dans un endroit inconnu. J'ai toujours rêvé de visiter Graceland. Je trouverai peut-être un emploi dans un restaurant de Memphis.

— Ils te pourchasseraient.

Je me tordis les mains comme pour les réchauffer, et non parce que j'étais nerveuse.

— Alors, que devrais-je faire, à ton avis ? demandai-je.

— Trouver un vide juridique dans la loi.

— Je ne sais déjà pas comment jouer franc jeu, alors tricher… répondis-je, même si je savais que Bryn parlait rarement de problèmes pour lesquels il n'avait pas déjà trouvé une solution.

J'attendis.

— Je ne vois qu'une possibilité. Toi et moi allons devoir nous lier par une cérémonie d'engagement.

Je me sentis rougir et imaginai de jolies images de bougies, de bouquets à longues tiges, ainsi que Bryn dans un smoking. Je mis un frein à mon imagination, me sentant coupable de la laisser m'entraîner aussi loin. Il n'était pas fait pour moi et j'en étais consciente, mais bon sang, je le désirais la majorité du temps.

— Que veux-tu dire, une cérémonie d'engagement ?

— C'est un partenariat dans lequel nous promettons de partager nos pouvoirs.

Sa proposition semblait vraiment sérieuse, mais les choses n'étaient jamais aussi simples, dans notre cas.

— Je ne deviendrai pas ton apprentie.

Il secoua la tête.

— Pour toi, l'entente est beaucoup plus avantageuse. Cela signifie que je pourrais légalement affronter le Défi à ta place.

— Et que reçois-tu ?

Bryn repoussa une mèche de cheveux humide de mon visage et me regarda droit dans les yeux.

— Tout ce que tu décides de me donner.

— Et si je décide de ne rien te donner ?

Il sourit.

— Alors, ce n'était pas une bonne entente pour moi.

Je fronçai le nez, aussi méfiante qu'une fille qui vient de se faire offrir un diamant pour un dollar.

— Tu sais ce que le frère aîné de Zach, l'homme d'affaires avéré, dit toujours ? Si une entente semble trop belle pour être vraie, c'est qu'elle l'est.

— Tamara, John Barrett veut te voir morte, vraisemblablement parce qu'il a peur de notre puissance si nous unissions nos pouvoirs. Même si tu n'as pas entièrement confiance en l'entente que je te propose, tu dois bien voir qu'elle est préférable à l'autre option.

Il se pencha vers moi, les lèvres à proximité de mon oreille, avant de murmurer.

— Le poison elfique coule toujours dans mes veines parce que j'ai refusé de te laisser mourir. Ça ne t'inspire pas confiance ?

Il fit une pause.

— Risquer ma vie ne constitue donc pas une preuve suffisante ? demanda-t-il.

Je frissonnai quand ses mots parcoururent mon échine. Il était si doué pour inspirer le désir, pour le meilleur et pour le pire, malgré tous les avertissements que j'avais reçus. J'aurais aimé pouvoir lui faire confiance et toujours l'avoir à mes côtés. Qui n'aurait pas espéré la même chose en voyant ses yeux bleus scintillants, ses muscles parfaits, ses années d'expérience avec la magie ? Mais il y avait la liste, et l'avertissement d'Edie. Comment pouvais-je ignorer ces éléments ?

Je reculai d'un pas, regardant ses yeux brillants.

— Je suis vraiment reconnaissante de ton aide, mais je ne peux pas. Pas pour le moment, dis-je avant de me mordre la lèvre. Probablement jamais.

Bryn fronça les sourcils, exaspéré.

— Alors, tu ferais aussi bien de reprendre tout le poison. Il ne sert à rien que nous mourrions tous les deux. Je serai plus utile à la ville si je possède mes pleins pouvoirs.

Je déglutis, essayant de prétendre que ses paroles ne venaient pas de me briser le cœur. Je savais qu'il disait simplement la vérité, mais sa suggestion me laissa quand même abasourdie. Zach n'aurait jamais dit une telle chose. Il avait des idées vieux jeu concernant les hommes et la protection des femmes. Mais je n'avais pas affaire à Zach. Bryn était plus réaliste que sentimental, et, en vérité, c'était précisément ce dont la ville avait besoin.

— D'accord, dis-je d'une voix tremblante.

Je fermai les yeux et attendis qu'il m'embrasse. Rien. Et un peu plus de rien. Je finis par ouvrir un œil.

— Qu'attends-tu ?

— De retrouver mon calme avant de le faire.

D'accord, il était peut-être un peu sentimental, après tout.

— Eh bien, dépêche-toi, dis-je en rassemblant tout mon courage avant de fermer les yeux et de me pincer les lèvres.

Je voulais en finir avant de perdre le dernier soupçon de courage qu'il me restait.

De longues secondes s'écoulèrent, mon cœur battant dans mes tympans. Je me rendis compte que je retenais mon souffle et j'inspirai profondément, luttant contre le tremblement qui s'emparait de mes mains.

« Allez ! »

Bryn devait se dépêcher de m'empoisonner pour que je puisse m'occuper de ce que j'avais à faire avant de mourir.

— Sors d'ici, murmura-t-il.

J'ouvris brusquement les yeux.

— Tu ne peux pas le faire ?

Il secoua la tête en esquissant un sourire qui semblait vouloir dire qu'il aurait aimé trouver la situation amusante, mais que ce n'était pas le cas. J'aurais pu l'embrasser.

Bryn se retourna et se dirigea vers la fenêtre. Pendant qu'il regardait dehors, j'observai son dos en me demandant à quoi il pensait. J'aurais voulu aller le rejoindre.

Au lieu de le faire, je me rappelai que la ville risquait de s'effondrer et que je devais agir. Je lui envoyai silencieusement un baiser avant de sortir du bureau, puis de la maison d'un pas lourd. Mercutio, qui m'attendait dans l'entrée, m'emboîta le pas.

– Nous sommes de nouveau seuls, Merc.

Il miaula.

– Oui, c'est mieux ainsi.

« Même si ce n'est pas mon impression. »

29

Steve me conduisit jusqu'à la route avoisinant les bois de Macon, où j'avais garé ma voiture. Je remarquai que le TrailBlazer d'Earl avait disparu. La police l'avait peut-être fait remorquer en tant que preuve ? Ils avaient probablement vu ma voiture en même temps. Je me demandai s'ils avaient trouvé la moindre trace d'Incendio.

Quand je passai devant chez Jenna, toutes les lumières étaient allumées et il y avait du mouvement à l'intérieur. Pas le meilleur moment pour entrer par effraction. Par contre, j'avais besoin des boucles d'oreille, et il me faudrait peut-être y aller pendant qu'ils étaient là, une fois qu'ils seraient couchés.

Où diable se trouvait Edie ? J'avais besoin de son aide, pour une idée aussi risquée, où les probabilités de se faire coincer étaient énormes. Je posai une main sur la chemise de Bryn et appuyai sur le médaillon. Il était toujours là. Alors, pourquoi Edie n'était-elle pas revenue ? J'allais visiblement devoir la chercher.

Je traversai la ville pour me rendre chez Johnny, mon coiffeur. Il m'avait grandement aidée, la semaine dernière, et il était le seul en ville, à part ma famille, capable de voir Edie.

Je cognai à la porte en priant pour qu'il ne soit pas en train de danser le disco ou un truc du genre à cause de la poussière de fée.

— Sois à la maison, murmurai-je juste avant que la porte ne s'ouvre.

Johnny Nguyen Ho mesure environ 1 mètre 50, alors que son copain, un vampire travesti, atteint 1 mètre 80. Ils forment un couple particulier.

— Bonjour, Tammy Jo, dit-il en souriant.

— Salut. Comment se porte ton rhume de la semaine dernière ?

— Oh ! il mieux, maintenant. Entre. Comment vas-tu ?

— Super. En fait, non, je ne devrais pas dire ça. Je ne vais pas super bien. J'ai besoin d'un grand service. Je suis vraiment désolée de devoir te le demander.

— Entre, répéta Johnny en me faisant un signe.

Il était toujours si gentil. Je détestais profiter de sa générosité. Mercutio fonça vers un rideau de billes tendu devant la porte du salon. C'était un élément du décor Maroc et années 60 de Johnny. Merc donna un coup de patte sur les billes, les emmêlant autour de lui.

— Merc, sifflai-je.

— Ça va. De quoi toi besoin, Tammy Jo ?

— J'ai besoin d'une séance pour faire venir Edie ici. Elle devait aller chercher des renseignements et revenir me voir, mais elle ne l'a pas fait. Je l'ai appelée, mais je suppose qu'elle ne m'a pas entendue. Comme tu l'as déjà amenée ici au cours de tes séances, je me suis dit que peut-être…

— J'aime beaucoup voir Edie. Je t'aide sans problème.

Je serrai Johnny dans mes bras.

– Je cherche bougies et prépare salle pour elle.

– Où est Rollie ?

Johnny leva les yeux au ciel.

– Il sortit se moquer gens. Il dit ville devenue folle et c'est amusant regarder.

Je grimaçai.

– Je vois ce que lui veut dire. Mes voisins nagent nus dans piscine quartier. Madame Penelope, 82 ans. Très surprenant, elle participe.

« La poussière. Encore. »

– C'est étonnant, grommelai-je avant de suivre Johnny pendant qu'il rassemblait les éléments nécessaires.

Un quart d'heure plus tard, la chambre d'amis était prête. Des draps en satin noir recouvraient les murs et les fenêtres, et un morceau de velours bleu nuit était posé sur la table, où cinq lampions entouraient une boule de cristal de la grosseur d'un pamplemousse. Quand Johnny ferma la porte, la pièce devint sombre. Je m'approchai prudemment de la table et m'assis sur une chaise recouverte de velours.

Johnny utilisa une télécommande pour allumer une chaîne stéréo camouflée. Le bruit étouffé de *Rhapsody in Blue* de George Gershwin, un des morceaux préférés d'Edie, emplit la pièce.

– Maintenant, nous mettons mains ici, dit Johnny en plaçant ses mains sur la table pour qu'elles forment un *U* autour du globe en verre.

– Un moment, dis-je en sortant le médaillon de sous ma chemise.

Je le laissai pendre au-dessus de la table et plaçai mes mains dans la même position que celles de Johnny. Nos doigts se touchèrent, fermant le cercle.

– Mademoiselle Edie, s'il vous plaît, venez nous voir, dit Johnny.

J'attendis, mais il n'ajouta rien. Je regardai autour de moi.

– En général, apparaît-elle immédiatement ?

– Non, parfois il faut quelques minutes. Sois calme. Livres disent que c'est meilleure énergie.

– Ok. D'accord, murmurai-je.

J'essayai de toutes mes forces de me détendre, mais il n'y avait rien à faire. Je tendis l'oreille quand j'entendis un son, puis je m'aperçus que c'était Johnny qui fredonnait la mélodie de Gershwin.

Quelques minutes s'écoulèrent, puis je sentis un vent froid prononcé. Les draps ondulèrent et je plissai les yeux, cherchant un globe ou un aperçu d'Edie.

La table se mit à trembler, et l'inquiétude me traversa, me glaçant le sang.

– Que se passe-t-il ? bredouillai-je.

Il y avait quelque chose dans la pièce, mais j'étais prête à parier que ce n'était pas Edie.

– Je pas savoir. Très inhabituel. Toujours plutôt paisible, quand elle vient.

La boule de cristal commença à trembler et à tournoyer comme une toupie. La fumée forma une tornade miniature et mon cœur sembla se figer.

Je vis un visage émacié me faire une grimace de mépris. Je hurlai et reculai brusquement les mains. La boule vola dans les airs, me frappa la tempe et provoqua une explosion de douleur avant de tomber quelque part derrière moi.

Trop étourdie pour rester assise, je chutai de ma chaise, atterrissant sur une pile de coussins.

– Tammy Jo !

30

Un instant plus tard, les lumières s'allumèrent et Johnny Nguyen se pencha sur moi.

— Bon sang. Toi saignes ! Laisse Johnny aider.

— As-tu vu ? Qu'est-ce que c'était ?

Johnny s'arrêta un moment pour hausser les épaules avant de foncer vers la porte et de l'ouvrir brusquement. Je posai le revers de ma main sur mon cuir chevelu, brûlant et humide. Je sentis une palpitation et diminuai la pression, faible et nauséeuse à l'idée que du sang coulait de ma tête.

Il fallut environ 10 minutes de soins prodigués par Johnny avant que je puisse regarder la plaie. Debout dans la salle de bain des invités aux murs lavande et sable, j'essayai de ne pas m'évanouir. J'enlevai ensuite la compresse humide et me regardai dans l'ancien miroir au cadre sépia et doré. La plaie était minuscule, mesurant environ un demi-centimètre.

— Ce n'est même pas profond, me réprimandai-je.

— Tu as aussi nœud là. Tu as reçu grand coup sur tête. Peut-être commotion cérébrale.

— Ce n'est rien, dis-je en me redressant.

Zach avait fait passer des entailles trois fois plus grandes en marchant avant même d'atteindre la puberté.

— Pourquoi n'est-elle pas venue ? criai-je en direction du plafond.

Ma tête palpitait, et je décidai de ne plus crier.

— Ça va, dit Johnny en essayant de m'apaiser.

J'inspirai profondément en me frottant la tête.

— J'aurais dû te laisser l'appeler seul. Ça aurait probablement mieux fonctionné.

— Moi essayer encore.

— Non ! Pas quand je suis là, et pas immédiatement. Ce qui se trouvait dans la pièce est peut-être encore dans le coin.

— Plus tard, alors. Maintenant, nous boire thé à la camomille avec lavande. Ça nous calmer.

Nous regardâmes tous deux à l'extérieur de la salle de bain en entendant la porte d'entrée s'ouvrir.

— Coucou ! lança Rollie. Tu aurais dû les voir, commença-t-il en riant.

Un arrêt brusque sembla se produire dans son coin.

— Je sens du sang.

Il apparut dans l'embrasure de la porte, occupant tout l'espace. Il portait une chemise mauve foncé et un jean noir avec un foulard or et moka. Il était assorti au décor et ressemblait à une vedette rock des années 70 : dégingandé, sombre et grand, avec des joues creusées et des yeux tracés.

— Qui saigne ? demanda Rollie.

Je priai pour que la soif de sang ne le transforme pas en super vampire. En général, il semblait bien se contrôler. Sauf la fois où il avait presque vidé mon amie Georgia. Mon pouls accéléra. En réalité, je ne connaissais pas très bien Rollie.

— Tammy Jo saigner, déclara Johnny.

— Qu'est-il arrivé ?

— Mésaventure magique, répondis-je.

— Ah, comme d'habitude, alors. Tu dois goûter beaucoup de tes créations pâtissières.

— Pourquoi dis-tu ça ?

— Ton sang a l'odeur du chocolat.

— Je compte réduire ma consommation. Quand les ennuis seront terminés, à quelques années près. Je veux dire, mois.

— Je peux lécher ? demanda Rollie avant de passer la langue sur ses crocs.

Son ton semblait parfaitement raisonnable, mais quand un vampire demande de goûter le sang de quelqu'un, c'est comme si un tigre disait « laisse-moi voir si ta tête rentre dans ma gueule ».

— Hors de question, répondis-je, même si je détestais être impolie.

— Si je cuisinais, je te laisserais goûter la pâte, affirma Rollie. C'est simplement de la curiosité professionnelle. Tu sais que tu n'es pas mon genre.

La peur me gagnait de plus en plus, mes muscles se crispant. Je savais que je n'étais pas son genre pour les câlins, mais il avait déjà prouvé, en mordant Georgia la semaine dernière, qu'il n'était pas très regardant pour ses rafraîchissements humains.

— Je ne savais pas que les vampires avaient un genre en ce qui a trait au sang.

— C'est le cas, mais nous n'avons pas toujours accès à ce que nous préférons, dit Rollie en dévoilant toutes ses dents. Je vais seulement prendre une petite gorgée de ton sang.

Il avança vers moi et je filai dans la douche, fermant la porte en verre givré derrière moi.

– J'ai dit non !

Je pouvais discerner des images floues de Johnny et Rollie qui dansaient presque en s'esquivant. Finalement, Johnny poussa un gémissement de protestation quand Rollie le souleva pour le déposer à l'extérieur de la salle de bain. Il ferma ensuite la porte et la verrouilla.

Johnny protesta en tambourinant sur la porte.

Je m'accrochai à la poignée de porte de la douche, consciente que cela ne m'apporterait pas grand-chose. Je me mordis la lèvre en me disant que je devais vraiment me trouver une meilleure arme. Je n'avais jamais un bon pieu en bois pointu sous la main, quand je rencontrais Rollie.

– Allez, Fraisinette, juste une petite dégustation. Tu ne sentiras rien.

Il tira doucement sur la poignée de la porte pendant que je m'y accrochais en y mettant tous mes 46 kilos. La plupart du temps, j'étais heureuse de ne jamais prendre de poids, mais ce n'était pas le cas actuellement.

– Ressaisis-toi, Rollie ! Nous sommes amis, criai-je.

– Précisément, et les amis partagent. Imagine que tu es du caramel couvert de chocolat, une truffe glacée au moka, une fraise trempée dans le chocolat…

Mon estomac gargouilla.

– Tais-toi !

– Pourrais-*tu* vraiment résister ? Je ne pense pas.

Il ouvrit brusquement la porte et je tombai contre lui. Au même moment, la porte de la salle de bain éclata et Johnny fonça sur nous. Nous atterrîmes tous dans la baignoire.

– Je crois que ma nuque est cassée, grommelai-je, à bout de souffle.

J'étais tordue sous la pile. Je n'arrivais pas à imaginer comment Zach avait passé autant d'années à jouer au football américain sans suffoquer.

– C'est bien, dit Johnny à Rollie, dont la bouche était soudée à son poignet. Je faire petite coupure, m'expliqua-t-il quand une goutte de sang apparut sur sa main.

Rollie sortit la langue pour la lécher.

– Thé vert, amandes douces et gingembre, marmonna-t-il avant de soupirer de plaisir.

– Enlevez-vous de moi ! dis-je sèchement.

Je me dis que boire du sang était le genre de truc que les gens devraient faire dans l'intimité, tout comme faire l'amour, regarder la programmation télévisée très tard le soir ou faire une permanente.

– Viens, Rollie, dit Johnny en tirant le vampire musclé par la bouche.

– Avec quoi as-tu frappé la porte ? demandai-je quand je passai devant les éclats.

– Coup de karaté, répondit Johnny.

– Ouah.

Je le regardai s'éloigner dans le couloir qui menait à sa chambre. Il a seulement ma taille.

– La prochaine fois que je viendrai, pourras-tu m'apprendre à donner des coups du même genre ?

– Oui. En attendant, travaille sur jambes. Pratique coups.

Je donnai un coup de pied de *Tae Bo* dans les airs.

– Ça bon, mais pour entraînement, j'aime jetés, comme déesses en bleu et blanc.

– Hein ?

– Meneuses de claque Cowboys Dallas. Uniforme en option.

« Purée. »

31

Le voisinage était toujours en fête. Il y avait une sorte de renouveau du rock des années 80 dans la rue principale, et des gens s'adonnaient à des courses de rue. Je grimaçai en entendant un crissement de pneus.

J'inspectai mon pâté de maisons à la recherche de sorciers de l'AMM que je ne voulais pas voir, et de la fausse Abby, que je voulais rencontrer. Quand je sortis de ma voiture, Jolene m'interpella depuis son jardin.

– Tammy Jo ! lança-t-elle lentement, ajoutant environ cinq syllabes à *Jo*.

Je m'arrêtai.

– Oui ?

– Un homme te cherchait. Un bel homme musclé sur une belle moto musclée.

« Houlà. »

Je scrutai attentivement les alentours à la recherche d'Incendio.

– Quand est-il passé ?

– Quand ? Bon sang, je ne sais pas. Il y a quelques heures, plus ou moins. De toute façon, qui est-il ? Et est-il marié, ou célibataire ?

– C'est un meurtrier fou, mademoiselle Jolene. Tenez-vous loin de lui.

– Alors, il est célibataire ?

Je soupirai profondément et marchai lourdement vers la maison, Mercutio sur les talons.

– Eh bien, je ne voulais pas le faire, mais nous n'avons plus le choix, Merc. Je vais devoir puiser dans le pouvoir de la terre pour lancer un sortilège. Ça ne fonctionnera peut-être pas. Ça amènera peut-être même de nouveaux problèmes. Mais l'univers ne nous laisse pas vraiment le choix, n'est-ce pas ?

Merc ronronna.

– Exactement. Aucun choix.

Je pensai à tout ce que je voulais arranger. J'avais envie de tout inclure dans un méga sortilège, mais incorporer une strophe pour m'aider à voler les boucles d'oreille d'émeraudes représenterait peut-être de la magie noire. Je ne voulais pas contaminer tout le sort, alors je décidai de procéder au cambriolage en utilisant la bonne vieille méthode.

Je devais me concentrer avant de lancer un sortilège, alors j'allumai des bougies à la réglisse et à la lavande pour me vider l'esprit. Je pris ensuite une grande inspiration. Je savais aussi que prier ne faisait pas de tort. Je ne m'étais pas vraiment attendue à devoir demander l'aide de Dieu aussi rapidement après l'épisode des loups-garous, mais j'avais d'énormes problèmes, alors le moment semblait mal choisi pour ne pas vouloir être une casse-pieds.

– Salut, Dieu, c'est encore moi. Tammy Jo. Je suppose que Vous avez déjà vu ce qui se passe à Duvall, mais au cas où Vous seriez trop occupé avec une autre partie du monde pour l'avoir remarqué, je dois avouer que j'ai en quelque sorte déclenché accidentellement une apocalypse.

Je fis une pause.

— Oui. Désolée.

Je me frottai le cuir chevelu jusqu'à ce qu'il fourmille.

— Peu importe. Je sais que Vous êtes très occupé, mais, comme toujours, si Vous pouviez me guider pour que je sache quoi faire, ce serait vraiment gentil. Oh ! et si Vous croyez que je ne suis pas assez forte pour tout faire seule et que Vous voulez m'aider, je Vous en serais très reconnaissante. D'accord. Merci. Amen.

J'allai dans la cuisine et sortis un bocal d'ail haché. J'en pris une cuillérée, puisque c'était censé renforcer les pouvoirs, puis je m'agenouillai pour fouiller dans l'armoire. J'avais lu dans mon livre de sortilèges que les roses trémières noires étaient bonnes pour les sortilèges de pouvoir, et je savais que tante Mel avait infusé de la poudre de passerose dans de l'huile, alors je la cherchai jusqu'à ce que je la trouve, au fond de l'armoire. Je m'en appliquai un peu et me concentrai pour rassembler mon énergie.

Je devais puiser dans le pouvoir de la terre, mais je ne voulais pas brûler mon jardin comme je l'avais fait une semaine plus tôt, alors je comptais être très précise. J'enfilai des sous-vêtements violets (oui, une couleur puissante) et sortis pieds nus. Le pouvoir aurait probablement été accru si j'avais été nue, mais le lancement de sort en tenue d'Ève m'avait amenée en prison, la semaine précédente.

Quand j'arrivai dans le jardin, je laissai la porte coulissante ouverte et Mercutio me suivit. Je marquai les quatre coins à l'aide d'un couteau d'office, puis je me piquai l'auriculaire et laissai couler du sang sur les symboles.

J'inspirai profondément. Je ne suis peut-être pas la pire poète au monde, mais je ne parierais pas là-dessus. Je voulais récolter de l'énergie magique grâce à un sortilège fantastique, mais je n'avais pas l'intention de refuser un quelconque pouvoir. Je comptais sur l'univers pour reconnaître ma sincérité et mon désespoir.

Je pris une autre grande inspiration et expirai avant de me racler la gorge. J'enfonçai ensuite mes orteils dans la terre, étirai les bras au-dessus du sol et commençai :

Magnifique terre, amplifie mon pouvoir
Aide-le à s'épanouir comme un tournesol
Et, ce faisant, laisse prospérer tes plantes
Et tous les êtres vivants, même les fourmis
Terre puissante que je vénère
Nettoie ton air, élimine la poussière
Utilise ton vent et guéris cette cité
Car toi seule peux me dérider
Tu sais que je n'aime pas m'immiscer
Mais cette poussière de fée doit retomber
Et tant que nous y sommes, le moment est venu
De sceller ces portes pour qu'elles ne puissent plus s'ouvrir
Personne n'a vraiment besoin de sortir ou entrer
Contents dans leur propre monde, j'en suis assurée
Aide-moi à guérir et à protéger les âmes innocentes
Et punis les coupables, qu'ils se repentent
Merci

Comme toujours, je ne sentis rien, alors j'ignorais si quoi que ce soit était arrivé, mais j'avais fait tout ce que je savais faire d'un point de vue magique. Je rentrai donc dans la maison et nettoyai la terre recouvrant mes pieds. Pendant ce temps, Merc vint manger son thon, ce qui me fit plaisir. Nous avions plus que jamais besoin de protéines. Je dévorai un sandwich au bacon et expliquai à Merc que nous devions empêcher Jenna d'envahir la Pologne, et qu'il fallait absolument récupérer les boucles d'oreille avant d'affronter Incendio et ses boules de feu.

Merc se lécha les pattes, ce que j'interprétai comme un signe indiquant qu'il était prêt pour la future bataille. Je fouillai donc l'armoire à la recherche de ce qu'il me fallait pour me préparer à mon tour.

— Tu sais ce que je suis prête à parier ? demandai-je à Merc en étendant de la graisse noire sur mon visage.

C'était un produit généralement appliqué sur les joues des joueurs de football américain pour enrayer la lumière aveuglante, mais je me dis qu'il pouvait avoir d'autres usages.

Merc miaula.

— Je parie que Jenna et sa famille sont sous l'influence de la poussière. Je parie que leur maison sera ouverte et que je pourrai entrer sans problème. Et même si l'alarme se déclenche, je crois que les policiers seront trop occupés ou affectés par la poussière pour se sentir concernés. Que dis-tu de ça, comme pensée positive ?

Merc me regarda comme si je délirais. Je balayai son jugement d'un revers de main tout en peignant à la bombe un bonnet de douche. Comme je ne possédais aucune cagoule et que les cheveux roux sont trop visibles, je devais prendre des précautions.

J'étais heureuse qu'il reste de la peinture du jour où j'avais créé des affiches au pochoir pour annoncer les offres spéciales de la boulangerie. Quand le bonnet fut sec (ou presque), je l'enfilai. Je me regardai ensuite dans le miroir et soupirai. Ma tête ressemblait à un champignon.

Mercutio donna un coup de patte dans les airs, comme si je n'étais pas consciente que ressembler à un champignon n'était pas mon meilleur moment.

J'inspirai profondément et m'inspectai de la tête aux pieds. En parlant d'être noirci… Entre le bonnet de douche graisseux et la graisse faciale, mon teint avait un certain lustre foncé. À part le fait que j'avais la forme d'une personne, je ressemblais à une chaussure en cuir verni. Il manquait seulement une boucle argentée sur ma grosse tête. Je soupirai et regardai Merc.

– Si nous nous faisons attraper, je ne crois pas que je me laisserai prendre vivante.

Il miaula.

– Comme Edie a mieux à faire que de m'aider à sauver ma peau et la ville, je m'attends à ce que tu prennes sa place de guetteur, dis-je avant de m'accroupir devant lui. Je compte sur toi. Comme toujours.

Merc miaula.

– Merci, murmurai-je.

Je fourrai ensuite des gants de vaisselle en caoutchouc jaune dans ma poche et me levai.

Mercutio fonça vers la porte, prêt. Je regardai à travers le judas et fus surprise de constater le calme régnant dans le quartier. Heureusement, je ne vis pas Incendio. Je me demandai de nouveau pourquoi il avait tué Tom Brick et Earl Stanton. Les meurtres avaient-ils été planifiés, ou s'était-il agi d'actes de violence spontanés ? Et s'ils avaient été prémédités, l'avaient-ils été avec l'aval du Conclave ?

J'ouvris la porte et regardai dehors. Aucun témoin à l'horizon. J'avançai doucement vers la voiture et nous partîmes, aussi furtifs que des voleurs.

Ma fenêtre était ouverte et, quand je tournai dans la rue de Jenna Reitgarten, le bruit d'un moteur de moto me noua l'estomac. J'appuyai sur le bouton contrôlant les phares de la voiture. Conduire dans une rue sombre sans phares était étrange, amplifiant mon impression que je n'étais vraiment pas faite pour être une criminelle.

Je continuai à serrer le volant de toutes mes forces en me garant. Jenna n'était pas aussi dangereuse qu'un enchanteur meurtrier ou une fée traîtresse, mais je savais que je ne pouvais pas sous-estimer sa capacité à détruire ma vie si elle me prenait sur le fait alors que je la cambriolais.

Le rugissement du moteur s'estompa dans la pénombre. Je n'avais pas vu Incendio, mais il n'y avait pas beaucoup de motos en ville. Je fermai le poing pour essayer de me calmer, puis je pris une inspiration et soufflai. Merc, qui ne semblait jamais devoir se calmer, sauta par la fenêtre ouverte et atterrit silencieusement dans la rue.

J'ouvris lentement ma portière, essayant d'être aussi silencieuse qu'un chat. Je me glissai ensuite hors de mon siège avant d'utiliser ma hanche pour fermer la voiture.

« Je peux le faire. Aucun problème. »

Je marchai rapidement dans la rue, me penchant pour rester sous les azalées et les buissons d'hibiscus commodément placés en rangées devant les jardins des voisins de Jenna.

J'observai sa maison géorgienne pendant un moment. Le stuc était de couleur sable et le pavillon central était blanc. J'étudiai ensuite les branches situées à proximité des fenêtres du deuxième étage, sur le côté droit de la maison.

Quelques lumières étaient allumées au rez-de-chaussée et la porte d'entrée était entrouverte. Leur berline Lexus se trouvait dans l'entrée au lieu du garage, comme s'ils comptaient sortir. Rien ne m'interdisait de rêver !

Je me demandai si je pouvais me faufiler par la porte d'entrée et me cacher dans un placard jusqu'à ce qu'ils partent ou s'endorment.

Je jetai un coup d'œil à Mercutio.

— Si tu causais une diversion, je pourrais entrer et monter sans qu'ils me voient. Ce serait risqué, surtout pour toi. Je ne sais pas si Boyd, le mari de Jenna, possède un pistolet, mais c'est probablement le cas.

Je traversai furtivement le gazon en direction de la porte d'entrée. J'étais à moins d'un mètre quand elle s'ouvrit davantage. Je m'accroupis, me collant contre le mur, priant pour que le buisson voisin soit assez grand pour nous cacher, Merc et moi.

J'entendis la voix de Jenna.

— Je me fiche de savoir ce qu'a dit son majordome. Je suis déjà habillée et j'y vais.

— La soirée a été annulée, affirma Boyd.

« Annulée ! »

Bryn devait donc avoir décidé qu'il était finalement trop épuisé pour jouer les hôtes. Je ne pouvais pas lui en vouloir, mais j'espérais que l'annulation de la soirée ne voulait pas dire qu'il était de nouveau malade.

— Nous y allons ! s'exclama Jenna.

Elle sortit de manière théâtrale dans une robe ample en taffetas rose avec un diadème en cristal qui aurait fait saliver tous les amateurs de costumes de princesses. Ses fins cheveux blonds étaient crêpés pour former une sorte de chou et ils étaient couverts de laque en quantité suffisante pour empoisonner l'air nocturne.

— Bryn Lyons ne peut pas simplement tout annuler à la dernière minute, dit-elle.

Je fronçai les sourcils en imaginant que Jenna se trouvait sur la liste d'invités de Bryn. Si la soirée n'avait pas été annulée, elle aurait mangé mes desserts. J'eus soudain l'impression de faire partie du personnel. J'imaginai monsieur Jenson et moi, exilés dans la cuisine, en train de préparer du café pendant que des gens comme Jenna et sa famille fortunée étaient servis sur des plateaux d'argent dans la salle à manger de Bryn. Je sentis une pointe de jalousie parce qu'il l'avait invitée. Je ne voulais pas d'elle dans sa maison.

Je me mâchouillai la lèvre, consciente que ma réaction était stupide. Je n'avais aucun droit sur la maison de Bryn et je ne pouvais décider qui il invitait. Mais il était mon ami (et en quelque sorte davantage), et Jenna était tout le contraire. Aussi loin que je me souvienne, elle m'avait toujours traitée comme une moins que rien. Je ne voulais pas qu'ils se retrouvent ensemble.

— Boyd, partons ! hurla Jenna.

Je clignai des yeux. Elle était généralement détestable, mais pas folle.

— Elle est sous l'influence de la poussière, murmurai-je à Mercutio.

« Ce qui pourrait nous aider. »

Je priai pour qu'ils oublient de verrouiller la porte. Je priai aussi pour trouver rapidement les bijoux de ma famille : si monsieur Jenson avait appelé tous les invités pour annuler la soirée, Jenna et son mari ne pourraient pas franchir la grille de chez Bryn. L'agent Steve s'en assurerait.

Boyd sortit, vêtu d'un costume sombre et d'une expression assortie à celui-ci. Si la poussière l'avait influencé, elle ne lui avait visiblement pas donné une humeur joyeuse. Il ferma la porte et la verrouilla. Je fronçai les sourcils. J'étais loin d'être aussi douée que Mercutio pour l'escalade, mais j'allais devoir faire de mon mieux.

Quand Jenna et Boyd s'éloignèrent à bord de leur Lexus, je fonçai vers l'arbre et me hissai sur le tronc. Je grimpai finalement sur une branche.

Je me laissai pendre sur place, utilisant mon pied pour m'accrocher au rebord de la fenêtre. La sueur perla sur mon front et me coula dans le dos. Heureusement, l'écorce était dure et striée. Je n'avais vraiment pas besoin de glisser, de tomber et de me casser la jambe avant d'être retrouvée dans les buissons, affublée de mes vêtements de voleuse dignes de Cary Grant dans *La main au collet* et de mon casque de champignon.

Je me balançai jusqu'à ce que je passe une jambe par la fenêtre ouverte, puis je me jetai en avant. J'atterris presque en grand écart sur le rebord et je n'avais pas fait les étirements nécessaires avant de partir ce soir (ni à aucun moment). Au moins quatre groupes musculaires me firent connaître leur mécontentement.

Je grognai et me hissai à l'intérieur. Je tombai par terre, essayant de laisser mon corps se remettre de l'insulte. Au diable le risque : quand j'aurais terminé, je sortirais par la porte principale.

Mercutio vola tel un danseur de ballet avant d'atterrir à côté de moi.

— Tu me rends furieuse, parfois, grommelai-je.

Il miaula doucement.

— C'est juste une constatation.

Je me levai péniblement et enfilai mes gros gants jaunes qui, en plus d'éliminer les empreintes digitales, protégeraient contre la graisse de bacon et tout autre contaminant que je rencontrerais. J'allumai ensuite ma petite lampe de poche et filai dans le couloir, passant la tête dans toutes les pièces. Alors que je sortais de l'une d'elles, je balayai la lampe de poche et découvris Mercutio assis devant la porte avoisinant l'escalier.

Connaissant son sixième sens, je fonçai vers lui et ouvris la porte. Comme de fait, il avait trouvé la chambre principale. Je m'y faufilai.

– Comment as-tu deviné ?

Il ne répondit pas. Il avait probablement raison : ce n'était pas le moment idéal pour parler. Je fouillai dans les tiroirs, mais ne trouvai pas mes bijoux. Le dessus des commodes était décoré de photos dans des cadres argentés, de vases soliflores et de bougeoirs votifs, mais il n'y avait aucun coffre à bijoux.

Je baissai les yeux quand Merc me frôla la jambe et je le suivis. Il contourna le lit et entra dans la penderie, où se trouvait un meuble étroit en acajou muni de pieds fins. J'ouvris le premier tiroir. « Bingo. »

Je trouvai une pochette en plastique qui renfermait mon alliance et le pendentif de ma mère. Par contre, il manquait les boucles d'oreille d'émeraudes de tante Mel, dont j'avais besoin pour me protéger contre les attaques d'Incendio.

« Ah ! franchement ! » pensai-je furieusement. Après toute la peine que je m'étais donnée pour cambrioler la maison, je méritais de les trouver.

Je repassai les tiroirs un à un.

– Elles ne sont pas ici, sifflai-je en mettant dans une poche le sac qui contenait le pendentif de ma mère et ma bague.

Je m'agenouillai pour inspecter la pièce. Elles étaient peut-être tombées par terre. Je savais que Jenna ne les portait pas. J'avais vu ses boucles d'oreille alors qu'elle se trouvait sous la lumière du perron : des boucles d'oreille pendantes tape-à-l'œil en cristal, assorties à son diadème.

Je fouillai la penderie, la chambre principale, ainsi que quelques chambres d'invités. À ce moment, je vis les gyrophares. J'éteignis la lampe de poche et rampai jusqu'à la fenêtre la plus proche. Je jetai ensuite un coup d'œil dehors, le nez collé au rebord.

Il y avait une voiture de patrouille dans l'entrée.

– Peux-tu croire la chance que j'ai ? Nulle, murmurai-je.

32

La sonnette retentit, telle l'annonce du jugement dernier, et je me tournai sur le dos. Mon cœur ne semblait pas se rappeler comment battre.

– Nous avons peut-être déclenché une alarme, murmurai-je. Si nous sommes silencieux, il va peut-être partir.

À ce moment, j'entendis d'autres portières et je me précipitai pour regarder par la fenêtre. Jenna et Boyd étaient de retour et ils parlaient à l'agent. Je ne pouvais pas voir de qui il s'agissait, mais la forme légèrement arrondie du ventre me permit de conclure que ce n'était pas Zach.

Je ne pouvais pas sortir par la fenêtre : ils se trouvaient juste en dessous.

– Viens. Nous allons nous enfuir, dis-je en filant hors de la pièce.

Je fonçai dans une foule d'objets en courant, consciente que j'allais être couverte d'ecchymoses.

Alors que je déboulais les dernières marches, je glissai sur le carrelage et m'étendis de tout mon long dans l'entrée. Au même moment, la porte commença à s'ouvrir. Je me relevai précipitamment et fonçai dans la salle à manger sombre, où je m'accroupis derrière des chaises.

« Zut ! »

Prise sur le fait lors de mon premier délit! L'idée d'affronter Jenna m'effrayait plus que la prison. Elle me regarderait de haut, suffisante. Si je voulais éviter la prison, je devrais probablement m'excuser au tribunal et dire à quel point j'étais stupide et repentante.

« Non! Hors de question. »

Quand je les entendis, dans l'embrasure de la porte, je sus que je ferais mieux de rester silencieuse, mais mon cœur semblait prêt à sortir de ma poitrine et je ne pouvais plus le supporter. Je devais sortir. Au moment où je contournais la table en me cognant contre une chaise, Mercutio sortit à toute vitesse de la salle à manger.

Le silence continua pendant un moment, puis vinrent les cris. J'aurais dû essayer de l'aider, mais je décidai de m'enfuir par la porte menant à la cuisine, avant d'ouvrir brutalement la porte arrière. Je la refermai et filai à toutes jambes, franchissant les clôtures jusqu'à ce que je sois sept maisons plus loin.

Je me dirigeai vers la rue, des crampes dans les cuisses et les poumons enflammés. Quand j'arrivai à la voiture, je me laissai tomber contre elle en haletant, puis je glissai le sac sous le véhicule avant d'essayer d'enlever le noir de mon visage à l'aide de ma manche. Je devais aller chercher Mercutio. Je dirais simplement qu'il avait grimpé à l'arbre en pourchassant un écureuil et qu'il avait sauté par la fenêtre ouverte. Ils ne pourraient pas prouver que j'étais entrée. Ils ne pourraient pas prouver que j'avais pris quoi que ce soit.

Mon cœur faillit s'arrêter quand Merc miaula.

— Tu t'es échappé! sifflai-je en lui serrant le cou.

Je m'accroupis et regardai Smitty illuminer les buissons devant la maison des Reitgarten à l'aide de sa lampe de poche. J'attrapai la pochette en plastique. J'ouvris ensuite ma portière et me faufilai dans la voiture, ne sentant même pas les griffes de Mercutio quand il courut sur mon dos pour entrer. Je fermai doucement la porte et regardai dans la lunette arrière. Smitty ne dirigea pas le faisceau vers nous. Je fus heureuse de m'être garée aussi loin.

J'attendis que Smitty rentre dans la maison avant de démarrer la voiture. Je sortis de mon emplacement et conduisis rapidement, mais pas trop, pour retourner chez moi. J'étais rentrée depuis un quart d'heure et je venais de me laver le visage quand la sonnette retentit. J'enfilai un jean, un t-shirt et des bottes avant de filer en bas.

Je regardai dehors et déglutis en apercevant Smitty devant ma porte. Nous avions été amis jusqu'à la semaine dernière, quand il m'avait arrêtée. Bryn m'avait sortie d'affaire, mais je n'avais toujours pas pardonné à Smitty. En plus, je savais pourquoi il était là, et il était hors de question que je rende les bijoux à Jenna. Ma bague et le pendentif de ma mère étaient en sécurité à l'étage, dans le tiroir à double fond, et ils allaient y rester, que je sois jetée en prison ou non.

Je plongeai mon téléphone cellulaire et mon portefeuille dans les poches de mon jean. Je pouvais sortir par la porte arrière et escalader la clôture, mais je ne pensais pas que Smitty ait eu le temps de se procurer un mandat de perquisition, alors il semblait prématuré de m'enfuir, surtout compte tenu de mes muscles, qui étaient prêts à se rebeller si je ne les laissais pas se reposer.

— Va te cacher, Merc, dis-je.

Il pencha la tête pendant un moment en regardant la porte, puis il fila en haut.

J'ouvris la porte, essayant de sembler innocente.

— Salut, dis-je de ma voix la plus douce et accueillante.

— Viens, dit Smitty en me saisissant le bras avant de me tirer dehors.

Il ferma ensuite la porte avant de me traîner en bas des marches.

— Que fais-tu ? m'exclamai-je.

— Tu m'accompagnes.

— As-tu un mandat ?

— Non.

— Eh bien, nous savons tous deux ce qui s'est passé la dernière fois que tu m'as arrêtée sans en avoir un.

Smitty ouvrit brusquement la portière arrière de la voiture de patrouille et me poussa à l'intérieur.

« Que diable se passe-t-il ? »

— Smitty, tu ferais mieux de me laisser partir, dis-je quand il se cala derrière le volant.

— Ferme-la ! cria-t-il. Je me fiche de savoir quels sont tes amis haut placés. *Mon* ami est en prison à cause de toi et nous allons le voir. Je ne pensais jamais que tu deviendrais une salope déloyale.

Je blêmis et m'appuyai contre le siège, m'éloignant de Smitty.

— De quoi parles-tu ?

— Tu sais, Heather a dit qu'elle avait deviné ce qui arriverait quand tu es partie travailler dans ce restaurant prétentieux de Dallas. Tu pensais être meilleure que nous tous. Tu attendais juste de pouvoir partir.

Le choc et l'incompréhension se transformèrent si rapidement en furie que je n'eus pas le temps de rester bouche bée.

— Smitty ! De quoi parles-tu ?

Je ne pouvais pas croire que sa femme, Heather, disait du mal de moi derrière mon dos. J'avais été une de ses demoiselles d'honneur. La poussière affectait peut-être leur esprit.

— Je parle de Zach, qui se trouve dans une cellule pour te protéger, pendant que tu t'installes avec Bryn Lyons.

Dans une cellule ? Comment et pourquoi ? J'ouvris la bouche pour poser des questions, mais Smitty m'interrompit.

— Ah oui. Nous surveillons la maison de Lyons. Nous t'avons vue aller et venir.

Ces salauds ! Alors que toute la ville perdait la tête, les policiers de Duvall surveillaient la maison de Bryn pour découvrir si nous entretenions une relation ?

Smitty continua à m'accuser de mille et une choses, mais je ne comprenais rien à ce qui était arrivé, alors je finis par lui crier de se taire.

À ce moment, mon téléphone cellulaire sonna et je le sortis de ma poche. Smitty me lança un regard noir dans le rétroviseur. Je suppose qu'il n'aimait pas se faire interrompre en plein sermon.

J'ouvris le téléphone.

— Allô ?

— Bonsoir. Ici Jenson. Nous avons besoin que vous reveniez à la maison.

— Est-ce que… quelqu'un est malade ? demandai-je.

Je ne voulais pas prononcer le nom de Bryn en présence de Smitty.

— Il a de nouveau des tremblements. Nous avons monté le thermostat à vingt-cinq degrés, mais cela ne semble pas avoir l'effet désiré. Qui plus est, il vous demande.

— Donc, il est quand même conscient. Tant mieux, dis-je. Eh bien, j'aimerais être là, mais je suis quelque peu occupée.

— Mademoiselle Tamara, j'aimerais vous dire quelque chose.

J'attendis.

— Il ne demande jamais qui que ce soit, dit monsieur Jenson avant de faire une pause. Jamais.

Je soupirai.

— Je comprends ce que vous dites et je serai là dès que possible. C'est promis.

— Pouvez-vous me donner une idée du délai ?

— Eh bien, je suis enfermée à l'arrière d'une voiture de police, mais j'espère pouvoir tout régler assez rapidement une fois au poste.

— Je suis désolé pour votre malchance et cet appel inopportun. Eh bien, dépêchez-vous, si possible.

Je fermai le téléphone.

— Qui était-ce ?

Je croisai les bras.

— Ça ne te regarde pas. Dépêche-toi de me conduire au poste pour que je découvre ce qui se passe avec Zach. Et s'il est dans une cellule, j'espère qu'il existe une excellente raison, parce que, comme tu l'as dit, j'ai des amis haut placés, maintenant.

Smitty renâcla.

— Comme si Lyons allait aider Zach. Il aimerait bien l'éliminer.

Il secoua la tête.

— Tu sais, je comprends ce que Lyons cherche. Et Zach est aussi facile à comprendre. Mais je ne te comprends pas. Tu dois savoir qu'une aventure avec Lyons n'ira jamais plus loin. Il est beaucoup trop bien pour toi.

Smitty me pointa dans le rétroviseur.

– Tu devrais faire preuve de bon sens. Tu vas détruire ce que Zach et toi aviez, pour rien. Quand Lyons passera à une débutante de Dallas, tu seras seule pour pleurer. Et n'espère pas que Heather vienne te réconforter. Tu la dégoûtes, et ce sera le cas de tous tes amis, quand ils découvriront ce qui se passe.

Mes joues étaient brûlantes, mais je serrai les dents pour ne rien dire. Je n'avais pas le choix : j'avais besoin de l'aide de Bryn. Mais je ne pouvais le dire à personne. De toute façon, cela ne les regardait pas.

En plus, je n'allais pas parler en mal de Zach à son ami, mais il avait été très difficile pendant notre mariage, sortant toute la nuit avec ses frères. Et il m'avait obligée à consulter un psychiatre. Même si j'avais été folle, ce salaud de Chulley n'aurait pas été le bon médecin pour moi. Alors, oui, je n'étais peut-être pas la meilleure ex-femme-devenue-copine, mais Zach n'était pas non plus le meilleur mari-devenu-ex.

Je croisai de nouveau les bras en signe de défi. De toute façon, pourquoi demanderais-je l'avis de Smitty sur une question de bon sens alors qu'il m'emmenait au poste sans mandat ? C'était de cette manière qu'il avait détruit son cas la première fois qu'il m'avait arrêtée.

– Tu as quelque chose à dire ? demanda-t-il.

– Oui. Mon chat serait un meilleur agent que toi.

33

J'entrai d'un pas décidé dans le poste de police et passai à côté des bureaux pour me diriger vers les cellules d'attente. Comme prévu, je trouvai Zach dans celle du fond. Il se trouvait au milieu de la cellule et faisait des pompes. En temps normal, regarder Zach s'entraîner est plus divertissant que de regarder la télévision, mais le reluquer était un passe-temps, et j'étais pressée.

— Hé ! dis-je.

Il s'arrêta à proximité du plancher et termina avant de se lever. La sueur dégoulinait des boucles blondes autour de son visage et de son cou. Il s'approcha ensuite du lavabo et mouilla un essuie-mains, qu'il passa sur son visage et ses cheveux avant de le laisser tomber.

Je l'attendis devant les barreaux, consciente que de nombreux agents avaient arrêté de travailler pour nous regarder. Je jetai un coup d'œil à Smitty par-dessus mon épaule.

— Ouvre la cellule. Je veux entrer lui parler.

— Elle n'est pas verrouillée, répondit Smitty.

J'écarquillai les yeux. Je poussai et la porte s'ouvrit. J'entrai et me plaçai à côté du lit.

— Que se passe-t-il ? Comment t'es-tu retrouvé ici ?

– J'ai plaidé le cinquième amendement à répétition, dit Zach.

– Ah. Pourquoi ?

– Quelqu'un prétend t'avoir vue tuer Earl Stanton, mais j'ai dit que tu n'étais pas présente lors de sa mort.

– Comment pourrais-tu le savoir ?

Zach sourit gravement.

– C'est ce qu'on m'a demandé. C'est à ce moment que j'ai exercé mes droits constitutionnels.

Il fit négligemment craquer ses jointures.

– Je suis en état d'arrestation depuis ce moment.

Je fronçai les sourcils. Selon le cinquième amendement, une personne n'était pas obligée de répondre aux questions des policiers si les réponses risquaient d'être compromettantes. Dans le cas présent, quand Zach avait affirmé savoir que je n'avais pas tué Earl avant de plaider le cinquième amendement, il avait presque laissé sous-entendre qu'il l'avait tué lui-même ou qu'il avait été présent.

– Nous lui avons dit que, s'il mentait, c'était vraiment stupide, étant donné que tu n'as absolument pas besoin de protection, puisque tu te mets en ménage avec un avocat rusé, dit Smitty.

Je grimaçai et attendis que Zach s'emporte contre moi, Smitty, ou nous deux. Au lieu de cela, il s'éloigna en enlevant son t-shirt. Il le rinça dans le lavabo et l'essora.

– J'aurais besoin de vêtements propres. Smitty, donne mes clés à Tammy Jo pour qu'elle puisse passer chez moi.

– Bon sang, Zach, nous ferions tout ça pour toi, dit Smitty.

– Non. Elle sait où se trouve tout. À moins que tu sois trop occupée ? demanda-t-il en me regardant intensément.

J'étais beaucoup trop occupée pour faire n'importe quelle commission ne concernant pas le sauvetage de Bryn, de la ville ou de ma personne, mais c'était Zach qui me le demandait, et il avait tout risqué pour moi… Encore. Je dansai d'un pied sur l'autre, mal à l'aise. Je voulais être là pour lui, mais je ne pouvais pas non plus abandonner Bryn.

— Je vais aller chercher ce qu'il te faut.

« Plus tard. »

— Mais d'abord, viens me voir. Nous devons parler, dis-je rapidement.

Je voulais faire avancer la conversation.

Zach m'observa pendant un moment avant de me rejoindre. Je me penchai vers lui et je sentis la sueur et, sous celle-ci, son odeur habituelle. Ce mélange me remémora les moments où je l'avais embrassé après ses parties de football américain, et mon corps se crispa. Je n'arrivais pas à y croire. Je suppose que je ne pouvais pas contrôler l'effet de Zach sur mes hormones, mais le moment était vraiment mal choisi.

— J'ai frappé Earl à la tête avec une pierre, lui murmurai-je à l'oreille. C'était de la légitime défense. J'ai entendu dire que quelqu'un avait brûlé son corps. Ce n'est pas moi, mais je crois savoir qui l'a fait.

Je reculai pour étudier sa réaction. J'avais l'impression d'être en pleine partie de poker. Zach aurait pu avoir des as, ou rien du tout.

Je me rapprochai et collai de nouveau la bouche à son oreille.

— Tu n'étais pas à proximité de la forêt, hier soir. Je veux que tu dises la vérité.

Zach posa une main derrière ma nuque et ma peau réagit comme toujours lorsqu'il me touche.

– Un témoin prétend que tu as attiré Earl dans la forêt et que tu l'as frappé quand il était distrait, avant de l'asperger d'essence pendant qu'il était évanoui et de le brûler vivant.

Je frissonnai.

– C'est faux ! Qui a dit ça ? murmurai-je, furieuse.

– Il t'a cherchée. Une foule de gens le savent, et certains t'ont entendue menacer de le tuer.

Je serrai les poings. Si j'avais accidentellement tué Earl, eh bien, c'était sa faute. Mais il était injuste que qui que ce soit prétende que j'avais prémédité son meurtre. Qui affirmerait une telle chose ? Jenna apparut dans mon esprit. Me détestait-elle à ce point ? Peut-être. Mais elle n'avait pas été présente.

– Eh bien, le shérif saura que c'est un mensonge parce qu'il n'y avait pas d'essence sur Earl, affirmai-je.

– Si, il y en avait.

Je clignai des yeux.

– Que veux-tu dire ?

– Ce que j'ai dit.

Je reculai pour regarder Zach, qui opina.

Earl avait été brûlé, alors je m'étais dit qu'Incendio était revenu et lui avait mis le feu à cause d'une dispute quelconque. Je pensai à monsieur Brick. Pas d'essence, dans ce cas. Incendio n'en avait pas besoin et je ne pouvais pas l'imaginer ralentir un meurtre pour en utiliser.

J'étudiai le visage de Zach. Et s'il *était* allé dans la forêt ? S'il était arrivé juste après que j'ai assommé Earl, l'aurait-il tué après mon départ ? Non, il m'aurait poursuivie pour voir si j'allais bien, et il se serait occupé d'Earl plus tard.

Mais si Zach avait découvert le corps d'Earl et avait vu des cheveux roux sur lui ? Aurait-il incendié le cadavre pour détruire les preuves qui auraient pu me lier à sa mort ? Sans aucun doute.

Sa main était toujours sur ma nuque. Tout, chez lui, semblait calme. Soit il n'avait pas brûlé Earl, soit il n'éprouvait aucun remords. Je me penchai vers lui.

— As-tu brûlé le corps ?

— Je dois plaider le cinquième amendement en réponse à cette question.

— Tu peux me le dire. Je ne le répéterai à personne si tu l'as fait.

— Je le sais, chérie.

Mais je risquais de dire qu'il ne l'avait pas fait s'il m'avouait son innocence. Zach le savait probablement. Bien entendu, peut-être qu'il l'avait fait et qu'il ne voulait pas que je me sente aussi coupable que lui.

— Qui a dit que je l'avais tué ? demandai-je.

De nombreuses têtes se tournèrent vers nous et Smitty s'approcha.

— Une petite fille. Abigaïl Farmer, m'annonça Zach à voix basse.

« Comme par hasard ! »

Je me frappai la cuisse, prête à lui donner tous les gros mots que je connaissais, et d'autres. Mais cracher des insultes contre un être que les agents voyaient comme une enfant était une mauvaise idée.

— C'est faux, dis-je sèchement.

— Je sais, répondit Zach.

— Elle était assez convaincante, affirma Smitty.

Je serrai les poings pour ne pas lui faire un signe que je pourrais regretter. Bon petit témoin ! Plutôt le loup camouflé en écolière. Pour autant que je sache, elle avait des siècles de plus que nous tous !

La tête me tournait à cause de toute ma furie et ma frustration, et je me laissai choir contre le mur en pensant à Abby. Avait-elle brûlé le corps d'Earl ? C'était possible. Que ce soit ou non le cas, elle savait que je ne l'avais pas fait. Alors, en plus d'être une ravisseuse d'enfant et presque une meurtrière, la fausse Abby était aussi une sale petite menteuse. Je commençais à comprendre pourquoi Bryn n'aimait pas particulièrement les fées.

34

De nombreux agents répondirent à des appels et quittèrent le poste, grommelant au sujet de cette satanée ville qui avait perdu la tête. Je remuai, anxieuse de partir à mon tour.

— Si tu n'as rien fait, je veux que tu dises la vérité. D'accord ? dis-je à voix basse.

— Si je leur dis que je n'étais pas là, devine qui ils vont arrêter ?

— La personne dénoncée par Abby ? proposai-je.

Zach opina.

— Eh bien, peux-tu leur dire la vérité après-demain ? J'ai besoin d'un jour pour tout régler.

« Et si je n'y parviens pas d'ici là, je serai morte à cause d'un défi magique, alors un mandat d'arrestation ne changera rien. »

Il croisa les bras.

— Une seule journée, hein ? Je suppose que remettre de l'ordre dans ta vie n'inclut pas de régler les problèmes entre nous.

Tout lui expliquer demanderait des heures et, de toute façon, je savais qu'il ne me croirait pas. En plus, Zach n'avait jamais été un grand parleur. Je tendis un bras pour lui serrer la main. Il n'entrecroisa pas nos doigts et ne se pencha pas vers moi, alors je compris que son attitude calme était une façade. Sous les apparences, il était furieux. Cette découverte ne me fit pas plaisir, et alors que mon cœur m'enjoignait à tout lui avouer maintenant, ma tête me dit que je n'avais pas le temps. En plus, je commençais à croire que Zach et moi n'avions pas de futur ensemble s'il refusait de croire que toutes les choses surnaturelles existaient. C'était étrange. Dans le passé, j'avais simplement accepté son refus, mais c'était devenu impossible. D'une certaine manière, je savais que c'était à cause de Bryn.

Je le lâchai et lissai mon jean.

— Nous pourrons parler demain.

Zach enfila son t-shirt mouillé.

— Smitty, vous avez besoin d'aide dehors. C'est inutile de me garder dans une cellule. Tu sais que je ne vais pas quitter la ville. Je me présenterai devant le juge quand le temps sera venu.

— Pourquoi ne changes-tu pas ta déposition ? demanda Smitty en nous lançant à tous les deux un regard noir.

— Non, mais nous allons finir par tout régler, répondit Zach.

Smitty me fusilla du regard et le téléphone sonna de nouveau. Il jeta un coup d'œil à Zach.

— Ton aide *serait* appréciée, dit-il en opinant lentement.

Il répondit ensuite au téléphone, tournant intentionnellement le dos.

Zach ouvrit grand la porte et sortit de la cellule. Il attrapa son chapeau de cow-boy sur le crochet à côté de son bureau et le posa sur sa tête.

– Je me demandais combien de temps il te faudrait pour venir me voir, dit-il quand nous arrivâmes dehors. Comme Smitty t'a traînée ici, je suppose que je ne saurai jamais si tu serais venue seule.

– Je l'aurais fait. J'étais occupée.

Il me regarda des pieds à la tête.

– C'est ce que j'ai entendu dire.

La culpabilité me submergea et mon souffle fut coupé, me brûlant la gorge. Zach ouvrit brusquement la portière de sa camionnette et monta à bord.

– Je serais venue, répétai-je doucement.

Je n'étais pas sûre que Zach m'ait entendue, puisqu'il démarra le moteur au même moment. Je ne me répétai pas. Je comprenais pourquoi il ne m'avait pas appelée. C'était un test. Il croyait que les actions des gens parlaient pour eux, raison pour laquelle il avait plaidé le cinquième amendement pour empêcher les autres agents de m'arrêter. Et il n'avait pas modifié son histoire, même s'il savait que je m'étais trouvée chez Bryn. Zach n'avait pas besoin de parler pour me faire savoir qu'il m'aimait toujours et qu'il garderait sa promesse de me protéger, peu importe les circonstances. C'était moi qui changeais. À une époque, si je n'avais pas su où se trouvait Zach, j'aurais retourné la ville à sa recherche. Le fait que je n'avais pas découvert qu'il était en prison était important, et nous le savions tous deux.

J'avalai la boule que j'avais dans la gorge et serrai les poings en le regardant partir. Le blesser me faisait mal. Nous avions été amoureux si longtemps que le perdre serait comme perdre une partie de moi-même. Quand la poussière retomba, je mâchouillai ma lèvre pendant un moment. Il fallait éclaircir notre relation, mais ce qui allait arriver entre Zach et moi devrait attendre. Je n'avais pas le choix.

Comme les autres agents étaient partis, Smitty ne pouvait pas quitter le poste, et de toute façon, il n'aurait pas accepté de me conduire où que ce soit, alors je filai à pied vers la maison de Bryn.

La moitié des boutiques de la rue principale étaient fermées, et nombre d'entre elles comptaient des fenêtres brisées, comme si les gens avaient fait du pillage. Quand j'arrivai au parc Magnolia, j'aperçus des agents qui semblaient affectés par la poussière. Assis à une table de pique-nique, ils jouaient aux dames pendant que des gens enfreignaient une foule de règlements, comme celui selon lequel on ne pouvait pas tirer sur des cibles avec de vraies armes.

Je m'approchai du parc en gardant la tête baissée et en restant dans l'ombre. À ce moment, une lumière orange-or faillit m'aveugler. C'était comme si un rayon de soleil sortait du sol pour aller percer le ciel nocturne.

Je penchai la tête en regardant le phénomène. Le bout d'une lance fut poussé vers moi, sortant de la lumière. Je sautai pour l'éviter, ce qui me fit tomber. La lance passa à un cheveu de ma peau. Je bondis en arrière comme un crabe et, à ce moment, je vis une autre lance, aussi grosse qu'un harpon, sortir et se tordre de tous les côtés. La lumière s'élargit, m'offrant un aperçu d'une créature monstrueuse au long visage pointu et aux cheveux hirsutes d'un gris laiteux. Sa bouche formait une grimace et il claqua ses dents acérées en me regardant.

— Seelie ! Je me nettoierai les dents avec les os de tes doigts, dit-il.

J'inspirai brusquement.

— Ouvrez-la. Gardez-la ouverte ! cria-t-il.

À ce moment, j'aperçus de vieilles biques couvertes de terre derrière lui. Elles avaient de fins cheveux gris et des nez crochus, et leurs longs doigts couverts de verrues poussaient des couteaux et des lances dans l'ouverture. Elles secouaient ensuite les lames dans tous les sens. Je compris alors qu'elles essayaient de défaire la barrière séparant nos mondes.

« Mon Dieu, non ! »

Mon corps se crispa momentanément, puis je me levai, consciente que je ne pouvais pas les laisser passer cette frontière. Je me précipitai vers l'un des hommes qui pratiquaient le tir et je saisis son pistolet.

— Hé ! que fais-tu ? demanda-t-il, mais je filai vers l'ouverture et dirigeai l'arme vers les fées.

— Reculez, dis-je.

Une lame siffla par l'ouverture et déchira mon jean, me piquant la cuisse. J'ignorai la douleur vive, reculai et tirai à plusieurs reprises. Les balles traversèrent la fente, touchant leur cible, mais les fées ne tombèrent pas. Et elles ne saignèrent pas.

« Nos armes ne les blessent pas ? »

Je laissai tomber le pistolet et attrapai une lance avant de tirer. La main d'une vieille bique sortit en même temps que l'arme, mais la barrière se referma sur son poignet. Elle hurla et lâcha la lance. Je la retournai et la lançai par l'ouverture. Elle se cogna au plastron du chef et glissa avant de frapper un grand gobelin qui brandissait une lame en fer cranté. La pointe de ma lance s'enfonça dans sa poitrine, et il tomba lourdement en faisant soulever l'arme, ce qui me fit quitter le sol. Mes paumes moites glissèrent sur le métal, et je tombai vers la fente… Vers les armes sortant de celle-ci.

Ne voulant pas être empalée, je lâchai la lance et tombai par terre. Le chef des fées sortit mon arme du corps du gobelin, et du sang vert-or en coula.

— Demain, les portes s'ouvriront ! déclara le meneur.

Les autres créatures l'acclamèrent, et il me lança un regard noir.

— Et nous ferons bouillir la sorcière Seelie dans de l'huile avant de dévorer sa chair, cria-t-il.

Je frissonnai et reculai d'un pas.

— Restez de votre côté ! bredouillai-je.

Le chef rit, et alors que le groupe s'éloignait de la barrière, elle redevint un simple faisceau lumineux.

— Vous vous faites des amis ?

Mon cœur se serra douloureusement et je me retournai pour découvrir Jordan Perth derrière moi.

« Houlà. »

Mon corps se raidit. Je ne savais pas s'il était furieux contre moi et allait agir en conséquence, mais je décidai de faire comme si nous ne nous étions jamais affrontés à l'extérieur de la ville.

— Nous devons renforcer les portes entre les mondes, sinon les fées vont passer, dis-je. J'ai essayé de le faire, mais mon sortilège n'a visiblement pas fonctionné.

— Pas étonnant. C'est une habileté de niveau élevé et vos talents sont, pour le moment, inexistants.

Je me hérissai, mais je savais qu'il avait raison.

– C'est exactement pour cette raison que j'ai besoin d'aide magique.

– Nous devons d'abord régler quelque chose.

Il ne semblait pas furieux pour le moment, alors je me dis qu'il valait probablement mieux ne pas lui demander comment se portait sa baguette après que je l'eus lancée par la fenêtre de la voiture.

Jordan regarda les gens affectés par la poussière autour de nous.

– Venez avec moi, dit-il.

– Je n'ai pas le temps, répondis-je.

Je devais aller voir Bryn, mais je ne pouvais pas admettre une telle chose devant Jordan.

– Alors, dépêchez-vous, dit-il avant de traverser le bois qui séparait le parc Magnolia de la colline.

J'avais besoin de toute l'aide magique que je pouvais trouver, alors je le suivis sur quelques mètres dans la forêt.

– C'est assez loin. De quoi voulez-vous parler ? demandai-je.

– Vous devez faire un choix. Ce soir. Maintenant.

– Lequel ?

– Bryn Lyons a enfreint la loi et il devra répondre de ses actes. Par contre, vous avez encore une chance. Je peux convaincre le Conclave de repousser le Défi si vous prouvez que vous comptez devenir une sorcière respectueuse de la loi, une sorcière fidèle à l'ordre sacré de la magie.

J'inspectai son visage. Il semblait complètement sincère.

– Écoutez, vous devez me croire, continua Jordan. Lyons n'est pas votre ami. Il veut vous utiliser pour ses propres fins, et ce qu'il compte faire…

Il secoua violemment la tête.

— Il compte voler le pouvoir des meneurs choisis, et vous serez un pion dans son jeu. Il contrôle une faction, un réseau clandestin de terroristes qui sont pourchassés et éliminés pour leurs crimes. Vous devez rompre toute coopération avec lui. Cela vous sauvera la vie et vous donnera le soutien de l'Association mondiale de la magie. En échange, je vous aiderai à sauver votre ville.

— Est-ce vraiment pour ça que vous êtes ici ? Pour m'empêcher d'entretenir une relation avec Bryn ? Le Défi allait-il être trop difficile pour moi seule pour qu'il soit obligé d'intervenir ou de me laisser mourir ?

— Je suis venu vous former. Rien de plus. Mais je ne peux ignorer ce que j'ai vu. Lyons a scellé son destin par ses propres actions. Sa traîtrise n'est pas surprenante. Nous le soupçonnons depuis un certain temps. Nous ne pouvions simplement pas le prouver jusqu'à maintenant.

— Il m'a aidée quand j'en avais besoin. *Parce que* j'en avais besoin.

— Seulement pour gagner votre confiance. Pour pouvoir vous utiliser plus tard.

— Vous ne pouvez pas en être sûr, affirmai-je.

Je ne pouvais pas connaître les motivations de Bryn, mais je doutais qu'il soit prêt à risquer sa vie pour avoir la chance d'utiliser mon pouvoir dans le futur. Le pari semblait trop grand.

— Vous devez jurer fidélité à John Barrett par mon entremise, dit Jordan.

Je clignai des yeux.

— Je ne connais même pas John Barrett.

— C'est le chef légitime des sorciers. Nous prêter serment revient à prêter serment à l'ordre du monde magique, murmura intensément Jordan.

Ses joues étaient colorées et je compris qu'il croyait tout ce qu'il disait.

– N'importe quelle réaction autre que la loyauté totale revient à soutenir l'anarchie. C'est de la haute trahison. Vous ne devez pas vous y prêter.

Il me saisit la main et me tira vers lui.

– C'est un serment de sang, dit-il à bout de souffle. Il faut seulement quelques mots et quelques gouttes de sang. Ça ne prendra qu'un instant.

Il sortit un étui de sa poche et en extirpa une aiguille en argent.

– Non, dis-je en reprenant ma main, sous le choc.

– Vous devez choisir votre camp, et vous devez choisir le bon pour survivre !

– Peut-être, mais je ne promets rien aux hommes que je n'ai jamais rencontrés. Si ça fait de moi une rebelle, alors c'est ce que je suis.

– Vous m'avez rencontré, *moi*. Vous devriez me faire confiance. J'essaie de vous aider depuis le début.

– Incendio est votre partenaire et il tue des gens.

– Maldaron est un danger public, mais ne laissez pas cela vous influencer. Il a été un exécuteur efficace pendant des années, mais il ne peut renier sa nature, il ne peut surmonter ses tendances violentes. Ce qu'il a fait ici… Le Conclave se chargera de lui une fois pour toutes.

– Alors, j'attendrai de voir ce qu'ils font à son sujet.

– Vous n'avez pas le temps. Vous devez choisir maintenant.

– Je ne peux pas, affirmai-je.

Avant qu'il puisse réagir, je me retournai et sortis précipitamment du bois.

Je ne sais pas si les bruits que j'entendis étaient des sortilèges lancés par Jordan ou des coups de feu provenant du parc, mais je ne me retournai pas. Je courus à toutes jambes et passai derrière tous les gros arbres sur mon chemin.

Chaque pas supplémentaire confirmait le choix que j'avais effectué. J'espérais simplement que c'était le bon.

Quand j'arrivai devant la grille de Bryn, je tenais à peine debout. Mes muscles étaient crispés et la sueur coulait dans mon cou. J'appuyai de toutes mes forces sur le bouton de l'interphone.

– Oui ?

– Steve, c'est moi, dis-je à bout de souffle.

La grille s'ouvrit et je traînai les pieds vers la porte. Pendant que j'attendais qu'elle s'ouvre, je luttai contre l'envie de tomber à genoux. J'étais morte de fatigue.

Je frissonnai quand le vent me frappa les joues, et je regardai dans le jardin. Il semblait s'en dégager une lueur étrange, mais je ne pouvais pas dire précisément ce qui clochait. Les projecteurs parfaitement placés étaient tous allumés et éclairaient les buissons taillés et les arbres. Des feuilles volèrent sur le sentier dans un bruit d'insectes. Soudain, j'eus la chair de poule. Tout semblait normal, mais je savais que quelque chose clochait.

Je tombai presque dans la maison quand monsieur Jenson ouvrit la porte.

– Qu'est-il arrivé ? demandai-je.

Je m'appuyai contre le mur, me sentant lourde, apathique et exténuée.

– Monsieur Lyons est…

Je relevai soudain la tête pour regarder le visage de monsieur Jenson. J'avais entendu un terrible tremblement dans sa voix. De la tristesse, assez lourde pour étouffer l'air dans mes poumons.

— Quoi ? dis-je en lui serrant le bras.

— S'il vous plaît, asseyez-vous, dit monsieur Jenson en indiquant le sofa dans l'alcôve.

— Où est-il ? demandai-je en regardant aux alentours. Son état s'est-il détérioré ?

Le regard de monsieur Jenson se dirigea vers l'escalier.

— Reposez-vous un moment.

L'absence totale d'urgence me glaça le sang.

« Suis-je… Suis-je arrivée trop tard ? Non ! »

Monsieur Jenson tendit une main vers mon bras, mais je filai à côté de lui au moment où Steve s'approchait rapidement. Je grimpai l'escalier en courant.

— Attendez ! cria Steve en montant lourdement derrière moi.

Je n'entendis pas le reste de ses propos. Je courus vers la chambre de Bryn et ouvris brusquement la porte, puis je me précipitai à l'intérieur. J'aurais foncé dans le lit si je n'avais pas été tirée en arrière par Steve.

Bryn y était étendu, pâle, bleu, et assurément mort.

35

— Non !

Je devins folle, criant à m'en faire mal aux oreilles.

Je frappai les bras qui me retenaient, essayant de me libérer. Essayant d'atteindre le lit où se trouvait Bryn.

— Lâchez-moi, criai-je.

— Ne le franchissez pas ! rétorqua Steve avant de me tirer hors de la pièce.

Il claqua la porte derrière nous et me lâcha. Je tombai par terre et me mis à sangloter.

— Il n'est pas mort, affirma Steve.

— Ne mentez pas ! Je l'ai vu.

— C'est un sortilège. Il a dit qu'il allait traverser et que vous pourriez le ramener.

Je bondis, les larmes coulant sur mes joues, et j'essayai de contourner Steve, mais il me repoussa.

— Laissez-moi essayer, dans ce cas. Enlevez-vous de mon chemin !

— Attendez ! s'exclama-t-il.

— Quoi ? bredouillai-je en ravalant mes sanglots.

— C'est un cercle. Il a dit que vous ne deviez pas le franchir avant d'être prête. Selon lui, il ne tiendra pas longtemps quand vous le ramènerez, alors vous devez d'abord trouver un remède, sinon il mourra pour de bon.

— Quel remède ?

— Je ne sais pas.

Steve inspira profondément et commença à s'éloigner de la porte avant de s'arrêter.

— Quoi ?

— Vous n'allez pas entrer, n'est-ce pas ?

J'étais engourdie et ma voix me sembla vide quand je répondis.

— Pas s'il a dit de ne pas le faire.

Je m'appuyai contre le mur, tremblant comme une feuille.

— Mademoiselle Tamara, descendez. Je vous ai préparé une tasse de thé, dit monsieur Jenson.

Je descendis mécaniquement l'escalier et entrai dans la cuisine.

— Je ne savais pas. Je ne savais pas qu'il allait aussi mal, dis-je, les larmes recommençant à couler.

Monsieur Jenson ne répondit pas. Je m'assis à la table et le regardai ajouter deux doigts de whisky au thé. J'en pris une gorgée.

— J'aurais dû reprendre le poison. J'aurais dû le faire quand l'occasion s'est présentée. J'avais peur, et j'ai été égoïste et stupide, dis-je avant de terminer le thé. C'est entièrement ma faute…

— Mademoiselle Tamara, dit fermement monsieur Jenson. S'il vous plaît, calmez-vous.

Les larmes redoublèrent quand je posai la tasse.

— Désolée, monsieur Jenson, je suis simplement…

Je secouai la tête, mon cœur se serrant d'une manière que j'avais crue réservée à Zach.

— Monsieur Lyons a remarqué que le poison vous affectait d'une manière différente. Il a dit qu'il avait lancé un sortilège pour se débarrasser du poison elfique, mais qu'il ne s'était pas rétabli et qu'il soupçonnait donc qu'un deuxième poison devait contaminer le premier, un poison qui l'affectait plus que vous.

Je serrai les poings dans mes cheveux. S'il y avait un deuxième poison, comment allais-je le découvrir ?

Steve entra et déposa un sac en toile et une enveloppe scellée sur la table.

— Pour vous.

J'ouvris le sac et regardai le pistolet et l'arbalète. Il y avait environ 36 flèches et 2 boîtes de munitions. J'ouvris l'une des boîtes et vis 2 balles étrangement sophistiquées. J'en pris une pour l'étudier.

— Du fer, dis-je. Elles sont en fer.

Je posai la balle dans la boîte et la refermai, puis je soulevai l'enveloppe et l'ouvris en la déchirant. Elle contenait une chemise remplie de papiers. De nombreuses feuilles comportaient des listes d'herbes, de métaux, de pierres, de cristaux et de symboles, ainsi que leurs équivalents. Une autre page était une copie du sortilège qu'il avait lancé pour se suspendre. Finalement, il y avait un mot qui m'était adressé. En haut, dans une écriture élégante, était écrit « Bureau de Bryn Lyons ».

— Sa calligraphie est généralement beaucoup plus belle, mais il tremblait et souffrait de léthargie au moment de rédiger ce mot, indiqua monsieur Jenson.

Je clignai des yeux en le regardant et lui offris un regard sceptique qui laissait deviner que je me demandais s'il avait perdu la tête. Comme si mon opinion de Bryn risquait d'être affectée par le fait que sa cursive n'était pas élégante quand il était mourant.

Je levai le mot et le lit, mon cœur battant la chamade.

« *Tamara,*

Je voulais te parler en personne, mais je ne vais pas tenir assez longtemps. Je suis sûr qu'il y a un deuxième poison que je ne peux identifier. La fée qui a tiré sur toi doit en connaître les ingrédients, mais elle ne te les avouera pas facilement. Je te laisse le soin de la convaincre de révéler ses secrets.

Tu es la seule capable de me ramener du sortilège de la vallée des Morts. Malheureusement, le sort me suspend uniquement jusqu'au coucher du soleil, alors le temps, comme toujours, joue contre nous.

Ma vie est entre tes mains,

Bryn »

« Mon Dieu. »

J'étais morte de peur. Je glissai le bout de mon pouce dans ma bouche et le mâchouillai en regardant la page. Finalement, je la secouai.

— À quoi pensait-il ? Comment a-t-il pu faire une telle chose ? Il connaît une foule de sorciers intelligents. Comment a-t-il pu me confier quelque chose d'aussi important alors que je ne réussis jamais quoi que ce soit de magique ?

Je secouai violemment le papier, comme si j'allais lui faire entendre raison.

— C'est insensé, sifflai-je.

Au bout de quelques instants, je laissai tomber le mot, puis jetai un coup d'œil à monsieur Jenson.

— Il était si désespéré qu'il a dû me laisser maître de la situation. Que Dieu ait pitié de lui, murmurai-je. Il pensait peut-être qu'il n'avait pas le temps d'appeler quelqu'un, mais il aurait dû essayer. Je suis sûre que quelqu'un peut venir. Lennox ou…

— Il ne voulait personne d'autre, répondit monsieur Jenson.

Je le regardai.

— Il a choisi ce plan. Je lui ai demandé s'il était sûr. Je lui ai dit que la police vous avait arrêtée et que, même si vous étiez libérée, vous ne pourriez peut-être pas tout réussir, étant donné votre manque d'expérience.

— Vous avez raison ! Le poison l'a rendu fou, c'est pour ça qu'il a décidé de compter sur moi. Pourquoi ne l'avez-vous pas convaincu de ne pas le faire ?

— Je vous assure qu'il était lucide, quand je lui ai fait part de mes doutes. Savez-vous quelle a été sa réponse ?

Je secouai la tête.

Monsieur Jenson répondit d'une voix douce et sincère.

— Il a dit : « Je la connais, Jenson. Elle va trouver un moyen de réussir. J'ai confiance en elle. »

Si une seule phrase pouvait faire bondir un cœur tout en le brisant, c'était celle-ci. Je posai les mains sur mes yeux et recommençai à sangloter. Je ressentais trop d'émotions en même temps, j'étais bouleversée par l'idée que Bryn croyait en ma capacité à le sauver. En même temps, j'avais peur d'en être incapable. Beaucoup de gens m'avaient aimée, au cours de ma vie, mais personne n'avait cru en moi quand je ne le méritais pas, sauf Bryn. Il m'avait toujours prise au sérieux en tant que sorcière.

Je ne pouvais pas supporter l'idée qu'il quitte ce monde par ma faute… Parce qu'il avait absorbé du poison qui m'était destiné, et parce que je n'avais pas assez d'expérience pour le sauver. Une partie de moi savait que je ne serais plus jamais la même s'il mourait.

— J'ai besoin d'une autre tasse de thé, affirmai-je d'une voix tremblante.

Je me frottai les yeux.

— D'accord, d'accord, dis-je en opinant. Ce n'est pas le moment de s'effondrer.

Je me donnai un coup de poing dans la paume pendant que monsieur Jenson versait du thé brûlant dans ma tasse.

— Steve, je parie que vous êtes fatigué, après toutes ces heures supplémentaires, mais vous allez devoir être plus alerte que jamais. Bryn est parti, alors aucune magie ne protège la maison, et il y a quelques sorciers en ville qui en profiteront s'ils l'apprennent. Aussi, assurez-vous que le système d'arrosage fonctionne et que vous avez des extincteurs à portée de main. Et des armes. Monsieur Jenson, vous devez protéger son corps.

Ils opinèrent. Je bus rapidement mon thé, me brûlant gravement la langue, puis je me levai.

— Je dois aller chercher mon chat. Et je vais avoir besoin d'une voiture. La mienne est chez moi et je n'ai pas le temps d'y retourner à pied.

— D'après ce que monsieur Lyons m'a dit, la Mercedes est irrécupérable, indiqua monsieur Jenson.

Elle se trouvait au fond de la rivière Amanos, alors c'était vrai.

— Avez-vous déjà conduit une limousine ? demanda Steve.

— Bien sûr, c'est ma deuxième voiture. J'utilise la Focus dans la vie quotidienne, mais je prends ma limousine pour les occasions officielles et les livraisons de la boulangerie.

Nous nous regardâmes tous, puis Steve sourit. Monsieur Jenson l'imita, et je réussis finalement à le faire également. J'avais deux choix : sourire ou m'effondrer de nouveau.

Quelques minutes plus tard, je me nettoyai le visage et hissai le sac rempli d'armes sur mon épaule. J'inspirai ensuite profondément et expirai en suivant Steve vers l'entrée située sur le côté de la maison, où attendait la belle limousine noire.

Il me donna quelques conseils du genre « essayez de ne pas avoir d'accident », puis il me tendit les clés.

Je secouai la tête en jetant le sac dans le véhicule avant de m'asseoir derrière le volant. Ma tête tournait à cause de toutes les choses impossibles que je devais faire, alors je pouvais seulement me concentrer sur des détails inutiles. Je suppose que c'est ce qui me poussa à poser la question suivante.

— Combien coûte une telle limousine ?

— Probablement plus que vous pouvez gagner en 20 ans.

— C'est ce que je pensais. L'assurance est payée, n'est-ce pas ?

Steve sourit en esquissant un sourire.

— Je ne compte pas avoir d'accident, ajoutai-je.

« Mais on ne sait jamais. »

36

Une fois de retour dans mon quartier, je vis que la porte de la fausse Abby était grande ouverte, alors j'entrai. La maison, généralement bien rangée, semblait avoir été frappée par une tornade. Il y avait des emballages de friandises et de biscuits à la crème partout, ainsi que des cartons vides de lait au chocolat. Des vêtements, des magazines et des bijoux jonchaient également le sol.

J'agrippai mon arbalète chargée et montai l'escalier, enjambant des livres, des papiers, de la vaisselle, des miettes de biscuits et deux bouteilles à moitié vides de miel. Je fouillai à fond l'étage, le dessous des lits, les penderies et les baignoires. Je ne savais pas où Abby était, mais elle n'était visiblement pas chez elle. J'essayai de ne pas me laisser accabler par la frustration.

Je pensai à échanger la limousine de Bryn contre ma voiture après avoir passé mon quartier au peigne fin, mais je ne voulais pas la laisser seule, étant donné que les rues étaient remplies de personnes qui semblaient croire que Mardi Gras était en avance, cette année.

Une fois devant ma porte, je dus repousser des frondes de palmiers ayant besoin d'être taillées pour entrer. Mercutio m'attendait dans le hall d'entrée. Je lui expliquai que Bryn était presque mort et qu'il comptait sur moi pour le sauver.

Je mangeai ensuite quelques bouchées au chocolat et penchai la tête quand Merc posa une patte sur la porte arrière. Abby se cachait-elle dans mon jardin ? Comme une lettre volée surnaturelle ? Je jetai un coup d'œil dehors, mais il faisait trop sombre pour voir quoi que ce soit. J'attrapai donc l'arbalète et me préparai, puis j'ouvris la porte et fus immédiatement propulsée dans mon salon par une branche. J'atterris lourdement sur les fesses et me cognai la tête contre le canapé.

– Que diable se passe-t-il ? soufflai-je quand d'autres branches entrèrent, accompagnées d'environ six farfadets pendus à des plantes grimpantes.

Un gobelin de 15 centimètres me frappa sur la tête avec une rose à cent feuilles, envoyant des pétales roses partout.

Je me relevai et m'étirai pour allumer la lampe du jardin. J'inspirai brusquement. On aurait dit un jardin oublié par le temps, complètement embroussaillé et rempli de fleurs, de buissons, d'arbres, de feuilles et branches, de lutins, de gobelins et de quelques petites chauves-souris.

« Houlà. »

– Quand j'ai dit de laisser les plantes pousser, je parlais de les protéger ! De les garder en santé pour qu'elles grandissent normalement. Bon sang, Terre ! Tu sais ce que je voulais dire, me plaignis-je, soufflant en essayant de pousser les branches et les plantes grimpantes dehors afin de fermer la porte.

À ce moment, mon téléphone cellulaire sonna et j'abandonnai la bataille perdue d'avance. Comment allais-je sauver

Bryn, si je ne pouvais même pas maîtriser les plantes de mon jardin ?

Je laissai tomber le téléphone quand je vis que d'autres gobelins avaient entouré l'arbalète et l'avaient appuyée contre une branche pour la diriger vers moi.

Au moment où je sautai par-dessus le canapé, j'entendis le bruit de la flèche qui pénétrait dans un coussin.

— Hé ! criai-je. Je ne peux pas me payer un nouveau canapé.

Je m'approchai d'un pas décidé et leur arrachai l'arbalète, que je secouai. Les créatures tombèrent et sortirent leurs lances.

— Non, pas question !

Je filai dans la cuisine, l'arbalète sous le bras, et attrapai un balai, puis je chassai furieusement les farfadets par la porte ouverte.

— Et restez dehors !

Je me précipitai vers mon téléphone et l'ouvris tout en montant la garde, armée de mon balai.

— Allô ?

— Tammy Jo, c'est Johnny. Comment vas-tu ?

— Un peu occupée. Et toi ?

Une deuxième vague de farfadets m'attaqua et je dus jongler avec le téléphone pour les balayer.

Je récupérai l'appareil.

— Viens, Merc, nous devons sortir d'ici, dis-je en filant vers le hall d'entrée. Désolée, Johnny. J'ai lâché le téléphone. Que se passe-t-il ?

— Oh, beaucoup choses, Tammy Jo. D'abord, voisins ont grosse dispute. Ils saignent et Rollie mord un ou deux.

— Sont-ils vivants ?

— Oui.

— Eh bien, dans ce cas, ce n'est pas trop grave, dis-je.

En temps normal, j'ai une opinion bien arrêtée sur les morsures de vampire, mais le chaos engendrait de nouvelles règles.

— Essaie peut-être de l'enfermer dans l'appartement ou, encore mieux, il devrait peut-être quitter la ville jusqu'à ce que les choses se calment.

— Ça prochain problème. Nous essayer partir. Impossible.

— Pourquoi ?

— Je sais pas. Impossible sortir ville.

Je m'arrêtai devant la porte d'entrée.

— Que veux-tu dire ? Qu'est-il arrivé ?

— Voiture simplement arrêtée à frontière comté. Moteur en marche, mais pas avancer. Autres voitures et camions coincés aussi. Sortis de route dans fossés et sur gazon en essayant partir. Voitures ne peuvent pas…

« Pour l'amour de Hershey. »

— Rollie dit sorte de magie. Comme si quelqu'un fait grand cercle autour ville.

Je penchai la tête sur le côté. Qui aurait tracé un cercle autour de la ville ? Bryn était invalidé, alors Jordan et Incendio étaient les seuls capables de lancer des sortilèges puissants. Mais pourquoi le feraient-ils ? Ils enfermeraient peut-être Bryn, ou moi, dans un cercle autour de la ville, mais les habitants ordinaires et un vampire ?

— Je dis à Rollie que moi pas comprendre de quoi parle. Il dit c'est assurément magie sorcière, et que c'est comme si quelqu'un fermer porte invisible.

Mon estomac se noua et je tombai à genoux quand le sang sembla quitter ma tête.

– Mon Dieu.

« Personne n'a besoin d'entrer ou de sortir. Heureux dans leur propre monde, j'en suis assurée. »

Ma satanée magie. Encore. Je me serrai la tête, abasourdie.

– Alors, nous tous enfermés. C'est pourquoi j'appelle. Peux-tu venir nous chercher ?

Je secouai la tête en regardant Mercutio.

– Gros problème ! articulai-je silencieusement. Pourquoi ne prends-tu pas la voiture pour retourner chez toi ? demandai-je ensuite à Johnny.

– Eh bien, ça autre problème.

Je posai une main sur mon front moite.

– Quel autre problème ?

– Les plantes manger ma voiture.

– Quoi ?

– Buissons et plantes grimpantes encercler BMW. Nous voir seulement un pneu maintenant.

« Seigneur. »

Je glissai au sol.

– Tammy Jo ? dit Johnny.

– Mmh mmh.

– Toi venir nous chercher ?

Haletante, j'essayai de ne pas m'évanouir.

– Oui, répondis-je faiblement.

– D'accord, dépêche-toi. Vraie jungle, ici.

Le martèlement commença dès que je raccrochai. J'attrapai l'arbalète et la dirigeai vers la porte avant d'ouvrir.

Jenna Reitgarten me lança un regard noir avant de pousser mon arme, essayant de glisser son corps rachitique entre la porte et moi afin d'entrer. Je n'étais pas d'humeur à ce que ma maison soit davantage envahie, surtout avec des lances pointées vers mon dos par des farfadets qui avaient besoin de se faire balayer.

Je poussai Jenna et la suivis dehors.

– Ah, ah ! cria-t-elle en pointant du doigt Mercutio, qui vint nous rejoindre sur la première marche quand je fermai la porte. Je le savais ! Je savais que c'était ton chat. Il a servi de diversion pendant que tu me cambriolais. Je veux récupérer mes bijoux.

– Je ne sais pas de quoi tu parles.

– Si tu le sais ! Tu le sais très bien. Le rubis et la bague.

Je couvris ma bouche en feignant la surprise.

– Ils ont été volés ? Je suis vraiment désolée de l'apprendre. Et les boucles d'oreille ? Le voleur a-t-il aussi pris les boucles d'oreille de ma tante ?

Jenna leva le menton d'un air suffisant.

– Non, je les ai vendues trois fois leur valeur et l'acheteur m'a promis de ne pas les revendre à ta famille ou à toi. Il était très heureux d'accepter ces conditions.

– Quel acheteur ? Qui était-ce ?

– Tu aimerais le savoir, n'est-ce pas ?

« En effet. »

J'attendis un instant, pensant qu'elle se laisserait emporter par l'envie de se vanter davantage, mais elle ne laissa rien échapper.

Au lieu de cela, elle m'ignora et saisit la poignée de la porte avant d'essayer de la tourner. Comme elle était verrouillée, elle ne s'ouvrit pas. Jenna se retourna et me fusilla de ses petits yeux perçants.

— Earl s'est occupé de la vente. Maintenant que j'y pense, c'est probablement pour ça que tu l'as tué, dit-elle.

J'étais sur le point de réfuter ses allégations, mais un bout de soie vert pâle scintilla sous un lampadaire et attira mon regard. J'enjambai les plantes grimpantes qui se multipliaient sur les marches pour me diriger vers le trottoir en plissant les yeux.

L'écharpe en soie verte flottait derrière la fausse Abby, qui gambadait dans la rue.

— Merc, dis-je pour être sûre qu'il l'avait vue.

Quand je jetai un coup d'œil par-dessus mon épaule, je vis qu'il avait déjà filé dans l'herbe haute, qui m'arrivait presque à mi-mollet, et qu'il s'était lancé à sa poursuite. Quand Abby le vit, elle cria et s'enfuit.

Je poussai Jenna sur le côté et courut comme un enfant de 10 ans pourchassant un camion de crème glacée.

— Attrape-la ! criai-je.

Je la vis entrer chez Charlie Buckland et claquer la porte. Merc grimpa à un arbre, comptant probablement sauter par une fenêtre ouverte, mais il n'y en avait pas. Il était déjà redescendu quand j'arrivai.

J'essayai d'ouvrir la porte, mais la fausse Abby l'avait verrouillée. Je cognai pendant un moment, mais personne ne répondit, alors je regardai aux alentours pour voir si quelqu'un m'observait. Bien entendu, c'était le cas : Jenna m'avait suivie.

— Merc, distrais Jenna, murmurai-je.

Il la regarda avant de se retourner vers moi.

– Vas-y ! sifflai-je.

Il avança doucement vers elle et grogna. Elle cria après lui et après moi, mais quand il bondit dans sa direction, elle battit en retraite. Je profitai de ce moment pour briser une fenêtre à l'aide de mon arbalète. C'est vraiment une arme pratique.

J'enlevai suffisamment de verre pour passer à travers la fenêtre et j'entrai dans la pièce sombre. Une odeur de renfermé me fit froncer le nez pendant que je regardais autour de moi. L'ombre camouflait tout. Mon pouls accéléra et je me dis que la lumière aurait été une bonne chose, car la fausse Abby était très dangereuse, malgré sa petite taille.

– Je sais que tu es ici. Sors. Je veux juste te parler.

Elle ne répondit pas et mes cheveux se dressèrent sur ma nuque, essayant de me convaincre de ressortir par la fenêtre cassée.

« Question de vie ou de mort. Bryn. La ville. Tu ne peux pas la laisser s'échapper. »

J'avançai l'arbalète devant moi tout en longeant le mur, espérant frôler un interrupteur. Ma hanche heurta un meuble et je le contournai. J'approchais de la porte d'entrée. Il devait y avoir un interrupteur à cet endroit, et je pourrais aussi ouvrir la porte à Merc.

Juste un peu plus loin.

J'entendis un craquement juste avant de sentir la douleur dans ma tête.

37

Quand je me réveillai, j'étais à plat ventre sur la moquette et Mercutio me léchait la joue. Ma tête palpitait et je plissai les yeux quand un visage apparut à côté du mien, ses grands yeux clignant.

J'essayai de reculer, mais je semblais collée au sol, et tenter de bouger me donna mal à la tête et au côté. Je compris que le visage était celui de Charlie Buckland. Il portait généralement un costume et une cravate, pour son travail de comptable, mais pour le moment, il était vêtu d'un t-shirt aux couleurs de l'arc-en-ciel.

— Hé ! que t'est-il arrivé ? demanda-t-il.

— Est-ce que c'est une cigarette de marijuana ? grommelai-je en le voyant porter l'objet à ses lèvres.

Il en prit une bouffée avant de me la tendre.

— Tu en veux ? Vas-y. Nous dirons que c'est pour une raison médicale.

— C'est super gentil, mais non merci. Pourquoi parles-tu ainsi ?

— J'essaie de retrouver mes racines. La Californie. Le Haight. C'était le bon temps.

— Qu'est-ce que c'est que tout ça ? demandai-je en donnant une chiquenaude aux flocons colorés sur mes mains.

— Du pot-pourri.

Il passa une main dans ses cheveux hérissés et inégaux, visiblement le résultat d'une coupe maison. Johnny ne l'aurait pas appréciée du tout.

— On dirait que ton chat ou toi avez fait tomber le plat en étain et en avez renversé partout, dit-il.

Des coups soudains à la porte nous firent sursauter. J'essayai de me relever, mais j'en fus incapable et je ressentis une douleur vive dans le côté.

Charlie fila vers la porte.

— Merde, c'est ton ex, le flic ! Je ne veux pas avoir affaire à lui.

— Quoi ? demandai-je alors qu'il quittait précipitamment la pièce.

J'entendis alors la voix de Zach devant la fenêtre cassée.

— J'entre. Tout le monde se rhabille, dit-il.

« À qui parle-t-il ? Jenna ? Elle portait des vêtements », pensai-je vaguement. Quelques instants plus tard, je vis ses bottes.

— Que diable se passe-t-il ? dit Zach.

Je le sentis soulever mon t-shirt pour regarder mon dos, puis je sentis quelque chose de pointu frôler ma peau.

Je fus soudain capable de bouger et je me tournai sur mon « bon » côté. Zach tenait une des flèches en fer dans sa main. Le bout était couvert de mon sang, alors je me pliai pour inspecter l'endroit qui brûlait sur mon flanc. Un sillon ensanglanté avait formé une croûte à l'endroit où la flèche m'avait effleurée avant d'épingler mon t-shirt au sol.

Je ramassai le bol en étain et vis du sang sur le rebord.

— Elle m'a frappée avec ça, dis-je à Mercutio. Mais je suppose que, tout bien considéré, je suis chanceuse. Elle aurait pu me blesser beaucoup plus gravement avec cette flèche. Heureusement qu'il faisait sombre.

— Qui a tiré sur toi, Tammy Jo ? demanda Zach.

Je regardai aux alentours.

— Et elle a volé mon arbalète ! Sale petite voleuse.

Ma tête tourna et je chancelai. Je me pris la tête et essayai de retrouver mon équilibre.

— Houlà. Je crois qu'une commotion cérébrale sera ma limite, à partir de maintenant.

Je crus que j'allais vomir, alors je m'étendis.

Zach me toucha le visage.

— Qu'est-il arrivé ?

— J'ai besoin que tu m'aides. Es-tu d'accord ?

Il opina.

— Abby Farmer. Je dois la trouver. Je sais qu'elle semble très mignonne et gentille, mais c'est une mauvaise graine. Je te le jure. Je dois mettre la main sur elle. Des vies en dépendent.

— La vie de qui ?

— La mienne, pour commencer.

J'évitai de mentionner Bryn, parce que je me dis que ce ne serait pas une bonne source de motivation pour Zach.

— Si tu ne veux pas m'aider à la trouver, il y a d'autres choses qui doivent être faites. Par exemple, Johnny Nguyen Ho et son ami ont besoin que quelqu'un aille les chercher.

Je luttai pour m'asseoir, me frottant les tempes.

— Je me demande si Charlie a de l'aspirine.

Je chancelai et Zach me saisit les bras pour me stabiliser.

— Tu sais quoi ? Ma maison n'est pas loin et j'ai de l'aspirine, dis-je.

« Et mon pistolet avec les balles en fer. »

— Peux-tu m'aider à me lever ?

Zach était vraiment silencieux. Trop silencieux, si on pensait que j'avais été frappée à la tête, atteinte par une flèche, et que j'affirmais qu'une enfant était responsable de tout. Ne pas m'interroger était contraire à sa nature de policier, mais je n'allais pas m'en plaindre.

Il se leva et me souleva.

— Tu n'as pas besoin de me porter. J'ai juste besoin d'un bras sur lequel m'appuyer.

Il ignora ma remarque et se dirigea vers la porte, me déplaçant pour l'ouvrir avant de sortir. Il jeta ensuite un coup d'œil par-dessus son épaule.

— Tu viens, Taches ? demanda-t-il à Mercutio.

Merc nous suivit. Je posai ensuite la tête sur l'épaule de Zach et fermai les yeux en essayant de rassembler mon énergie.

— Hé ! dit-il en me secouant doucement. Ne t'endors pas.

J'entendis l'inquiétude dans sa voix et compris que je devais le rassurer. J'étais amochée, mais je ne comptais pas perdre de temps en tombant dans le coma.

J'ouvris les yeux et lui souris faiblement.

— Je vais bien. Je suis seulement très fatiguée.

— Ça ne me surprend pas. Il est 4 h 30, le jour d'Halloween, et tu n'es pas allée te coucher. On dirait que la nuit a été dure… Hé ! s'exclama-t-il en baissant les yeux vers sa jambe.

Merc lui donna des coups de patte avant de le pousser avec sa tête.

— Mercutio veut que nous quittions la route, dis-je.

Merc miaula.

– Maintenant !

Zach avança brusquement, et le monde tourbillonna comme un manège. Je grognai et me pris la tête quand une voiture à moins d'un mètre de nous prit feu. Pendant une fraction de seconde, j'aperçus Incendio derrière les flammes.

Si j'avais été seule, je me serais figée, mais Zach possède des réflexes de rêve. Il me jeta par-dessus son épaule avant de traverser la rue en courant. Je nous sentis voler au-dessus d'une rangée de buissons, et, quelques secondes plus tard, j'étais allongée sur le gazon derrière une haie. Zach était agenouillé à côté de moi, en direction de la rue, son pistolet à la main.

– C'est le motard ? Maldaron ? demanda-t-il.

– Oui. Comment connais-tu son nom ?

– Nous ne pouvons pas atteindre ma camionnette, dit Zach avant de regarder ma maison un peu plus loin. C'est la limousine de Lyons, là-bas. As-tu les clés ?

– Sur la commode dans l'entrée.

Je roulai sur le côté et vomis. J'eus soudain l'impression que ma tête était une fusée du 4 juillet.

Je haletai et vomis deux fois de plus. J'avais encore mal à la tête, mais je me sentais mieux. Je m'assis.

– Si tu t'occupes de lui, je peux atteindre la maison.

– Attends, dit Zach en se levant pour regarder les environs.

– Attention ! criai-je quand une boule de feu traversa un hibiscus.

Zach tomba à la renverse et heurta un arbre. Je le rejoignis en titubant et éteignis les flammes, qui laissèrent derrière elles de gros trous calcinés sur son t-shirt et son jean.

Il toussa quand je lui pris le pistolet des mains. Je me retournai ensuite et bondis sur mes pieds. C'était un réflexe. Je pouvais voir les yeux d'Incendio scintiller dans la pénombre. Je baissai légèrement le canon et appuyai sur la détente.

Je vis sa jambe tressaillir et il s'effondra en hurlant. Je m'accroupis alors et rampai jusqu'à Zach. Il enleva son t-shirt en sifflant de douleur.

— L'as-tu atteint ?

— J'ai tiré un coup de semonce.

— Tu l'as volontairement raté ?

Zach fronça les sourcils avant de se relever et de prendre son arme.

— Non. J'ai tiré un coup de semonce dans sa cuisse. La prochaine fois, ce sera dans sa tête ! criai-je en espérant qu'Incendio comprenne le message et parte à un endroit qui n'était pas Duvall.

— À quelle distance se trouvait-il ? demanda Zach en me tirant par le bras vers chez moi.

— Environ 12 mètres.

— Tu as toujours été une excellente tireuse.

Une énorme boule de feu passa par-dessus nos têtes avant d'atterrir sur le trottoir devant chez moi.

— Hé ! me plaignis-je. Redonne-moi ce pistolet.

— Viens, dit Zach.

Nous traversâmes le gazon de Jolene en courant pour rejoindre ma porte. Je l'ouvris, et nous tombâmes à l'intérieur. Je refermai la porte juste avant qu'une autre boule de feu nous atteigne.

Une vague de farfadets guerriers fonça vers nous dans le couloir.

— Non, hors de question, hurlai-je.

J'attrapai le balai et le secouai en tous sens, les faisant voler dans les airs.

— Qu'est-ce que… ? demanda Zach juste avant que les fenêtres avant n'explosent.

— Ma maison ! m'exclamai-je alors que le feu léchait les murs.

La fumée se mit à tourbillonner autour de nous. Je saisis un extincteur et arrosai tout aussi vite que possible.

— Prends les clés. Sortons d'ici ! cria Zach.

Je les attrapai, puis il ouvrit la porte. Il y avait d'autres flammes à l'extérieur.

— Une seconde, dis-je en toussant avant de foncer dans le salon.

Je pris le jeté sur le canapé et le plaçai autour de nos épaules. Zach, qui avait pris l'extincteur, le dirigea devant nous. Nous fonçâmes dehors, arrosant tout en avançant. Quand nous atteignîmes la limousine, Zach jeta la couverture et je grimpai à l'intérieur. Il me poussa vers le siège du passager. Mercutio sauta à bord et atterrit sur moi.

Quand Zach démarra la limousine, je vis Incendio à 15 mètres de nous. Il était appuyé contre un arbre. Il tendit alors les mains et les flammes se répandirent jusqu'à la voiture. Zach tourna le volant à temps et le feu ne toucha que le pare-chocs.

Nous filâmes dans la rue, passant devant Incendio et une foule de voitures, d'arbres et de buissons qui flambaient. S'il n'arrêtait pas, mon quartier serait foutu, mais je savais qu'après mon départ, il partirait probablement lui aussi.

J'espérais que les gens ne soient pas endormis dans leur maison. Je tendis donc un bras et appuyai sur le klaxon. Je vis quelques lumières s'allumer au bout du pâté de maisons. Une limousine représente une alarme d'incendie assez luxueuse, mais efficace.

Ma main glissa du klaxon et atterrit sur la poitrine de Zach, sur laquelle je sentis des ampoules. Incendio lui avait infligé des brûlures au deuxième degré. La fureur monta en moi et je regrettai d'avoir seulement tiré dans la jambe d'Incendio. La prochaine fois, j'agirai autrement.

Zach repoussa ma main de sa poitrine.

– Ne les touche pas.

– Ça fait très mal ?

– Assez. Ça va ?

– Comme sur des roulettes, grommelai-je en me disant qu'il devait rester environ cinq centimètres de mon corps qui n'étaient pas douloureux.

Je n'avais pas beaucoup d'espoir qu'ils demeurent dans cet état, tout bien considéré.

Je frottai la tête de Mercutio, qui me lécha le visage.

– Nous devons trouver les boucles d'oreille d'émeraudes de tante Mel. C'est mon seul moyen de survivre à la magie pyromane d'Incendio, lui dis-je.

Je ne voulais plus protéger Zach de la vérité. S'il pensait qu'il imaginait tout, c'était son problème. À ma grande surprise, il ne cria pas que la ville avait été empoisonnée au LSD, et il n'essaya pas de prétendre que la magie n'existait pas.

– Les boucles d'oreille que tu as mises au clou ? dit-il plutôt.

– Oui. Jenna Reitgarten les a achetées, mais elle les a ensuite revendues à Earl. Et celui-ci comptait les vendre à quelqu'un d'autre, ou il l'a fait.

Je me rappelai le soir où Earl m'avait agressée, dans la forêt. Incendio se trouvait là. Était-ce lui, l'acheteur ? Bon sang, ce serait le comble de la malchance.

— Tourne ici, dis-je en indiquant une route. Je veux aller chercher Johnny et Rollie.

Zach se dirigea vers le sud, sur Hickory, comme je lui avais demandé. Son obéissance silencieuse me sembla vraiment étrange. Il avait vu Rollie habillé en femme, et sa nature d'homme du Sud avait été profondément choquée. Malgré ses deux ans passés à Austin, Zach n'était pas exactement cosmopolite.

— Que se passe-t-il ? demandai-je.

Il me jeta un coup d'œil.

— Que veux-tu dire ?

— Je veux dire, tu prends cette journée « étranger lançant des flammes, ville perdant la tête et Zach en prison » comme si c'était une partie de football américain au parc Magnolia. Pourquoi ?

— Que devrais-je faire, chérie ? Piquer une crise ?

— Non, mais je pensais que tu essaierais un peu plus fort de comprendre les événements et que tu ferais beaucoup plus d'efforts pour les contrôler.

— Eh bien, les derniers jours ont été longs et la fin du monde semble approcher, malgré tout le travail des agents. Comme l'Halloween dure encore 19 heures, je me suis dit que je ferais mieux de préserver mes forces, répondit-il avant de secouer légèrement la tête. Surtout si on pense que ce qui cloche avec la ville m'affecte aussi maintenant.

— Tu es témoin de choses que tu ne peux pas expliquer, et cette fois-ci tu ne crois pas avoir été drogué ?

Zach haussa les épaules en fronçant les sourcils.

— Honnêtement, je ne sais plus.

Un frisson me parcourut. Il commençait à me croire! Cela pourrait tout changer pour nous.

— Écoute, nous pouvons parler de…

Je m'arrêtai quand les phares de la limousine éclairèrent une scène peu commune. Je penchai la tête sur le côté.

— Comment s'appelait la plante carnivore dans *La petite boutique des horreurs*? demanda Zach, une seconde plus tard.

38

— Ce n'est *tellement* pas ce que j'imaginais, grommelai-je en sortant de la voiture.

Les buissons, les plantes grimpantes et les arbres avaient englouti la route et les véhicules abandonnés. Le feuillage était enchevêtré et les racines formaient des nœuds impossibles. La gigantesque masse verte semblait atteindre la grandeur d'une maison de deux étages.

Johnny Nguyen Ho se trouvait au-dessus, la tête en bas. Sa tête et ses bras étaient emprisonnés dans un buisson d'azalées qui était sorti de la branche d'un chêne, et ses jambes étaient entourées par des rosiers grimpants. Des centaines de fleurs comblaient tout l'espace, donnant l'impression que des fleurs sortaient de Johnny.

— Johnny ! criai-je.

— Tammy Jo, à l'aide, dit-il quand la plante grimpante s'enroula autour de sa tête.

— As-tu un couteau ? demandai-je à Zach.

Il sortit un énorme couteau de chasse cranté de sa ceinture. Je le regardai fixement.

— Sh... Quelqu'un m'a dit que j'aurais peut-être besoin d'un gros couteau. Nous en parlerons plus tard.

— Donne-le-moi.

– Tammy Jo, vite ! Je pas bien respirer.

Quand je levai les yeux, je vis Johnny lutter contre les plantes grimpantes qui s'enroulaient autour de sa gorge.

– Comment vais-je l'atteindre ? marmonna Zach en s'approchant d'énormes sagoutiers dont les feuilles fouettaient d'un côté à l'autre comme les brosses rotatives d'un lave-auto, sauf que les feuilles étaient assez acérées pour couper la chair.

– Je vais foncer pour rapprocher la voiture, puis je sortirai par le toit ouvrant avec le couteau, dit Zach avant de remettre l'arme dans sa ceinture.

– Non. Donne-moi le couteau. C'est mon problème et je vais le régler.

– Je ne pense pas.

Quand il se rassit derrière le volant, j'attrapai le couteau et le sortis. Je plongeai ensuite vers le sol et rampai sous les feuilles. Il y avait une ouverture derrière elles. Si je pouvais m'y faufiler, je pourrais grimper jusqu'à Johnny.

– Tammy Jo, cria Zach.

Je l'ignorai, essayant de penser à un sortilège pour m'aider. Il tournerait probablement mal, mais en pleine explosion végétale, un holocauste nucléaire ne pouvait qu'améliorer la situation.

Faites que je vise bien
Et aidez-moi à me frayer un chemin
Laissez-moi sauver mon ami
Que ce cauchemar prenne fin

Mon pouls accéléra quand un enchevêtrement de plantes grimpantes et de racines s'enroula autour de moi. Du chèvrefeuille me serrait la jambe droite et du liseron, la gauche.

Zach cria de nouveau mon nom.

— Oui, je vais bien, mentis-je.

Je coupai les plantes en marmonnant.

— Je vous ordonne de me lâcher ! Immédiatement.

Elles m'ignorèrent, mais le couteau de Zach avait la taille du Texas et je me défendais bien. J'atteignis un laurier-rose et serrai le tronc pour me relever.

— Ton chat passe au-dessus ! cria Zach.

— Tant mieux pour lui. C'est son territoire. Dis-moi s'il parvient à libérer Johnny.

— Sors de là avant de te blesser.

À ce moment, je sentis quelque chose m'attraper le genou. J'étais sur le point d'utiliser le couteau quand je remarquai l'étrange couleur blanche.

« Des doigts fins ! Rollie ! »

— Lâche-moi, Rollie. Je vais te libérer.

Ses doigts s'ouvrirent et je grimpai sur une branche. Des plantes grimpantes s'enroulèrent autour de ma taille et de mon torse comme un corset organique. J'avais un peu de difficulté à respirer, mais la végétation m'ancrait, me permettant de couper l'épaisse voûte recouvrant Rollie. Elle était si dense que c'était comme couper un ananas, mais je finis par découper un petit carré.

Rollie saisit ma branche à deux mains et se hissa. Il déchira la voûte et je vis soudain sa tête, entourée de feuilles vertes, telle une momie. J'entendis ensuite des mottes de terre tomber quand il se déracina.

Je coupai le lierre qui m'avait collée à la branche, et Rollie arracha les plantes grimpantes lui recouvrant la bouche et les yeux.

– Tu sais, l'aménagement paysager est un véritable enfer, dit-il sèchement. C'est exactement pour cette raison que je vis dans un appartement !

– Nous devons aller chercher Johnny, dis-je en indiquant le sommet de la masse verte.

– Allons-y, dit Rollie en se hissant sur ma branche. Tiens le couteau au-dessus de ta tête.

Soudain, il siffla et ouvrit les lèvres, dévoilant ses crocs. Il coupa les plantes grimpantes autour de nous en crachant des morceaux en même temps. Il créa ainsi un petit espace pour que nous puissions bouger, puis il m'attrapa et me souleva au-dessus de lui, me propulsant dans le cirque. Je coupai les plantes et grimpai jusqu'au sommet.

La voûte était aussi épaisse qu'un hamac, et je me couchai sur le ventre pour rejoindre Johnny et Mercutio. Ce dernier avait déchiré les plantes grimpantes autour du cou de Johnny pour l'aider à respirer, mais il avait laissé des égratignures qui saignaient.

– Arrête, chaton. Arrête, maintenant, grommela Johnny.

Je coupai prudemment le reste des plantes entourant son visage et sa poitrine. Je fus heureuse de l'entendre prendre une grande inspiration.

– Rollie prisonnier en dessous, dit Johnny.

– Je sais, mais il ne peut pas suffoquer, alors occupons-nous d'abord de toi.

Je suivis le petit corps de Johnny jusqu'à ses jambes. Les roses sentaient aussi bon que du parfum, mais je les coupai quand même en pièces. Quand je le libérai, Johnny tomba et nous culbutâmes. Nous tombâmes de la voûte et atterrîmes lourdement sur le toit de la limousine, que Zach était en train de conduire dans l'énorme enchevêtrement vert.

Le moteur rugit, mais la voiture n'avança pas.

– Recule ! lui criai-je à travers le pare-brise.

Je ne voulais pas que les plantes nous emprisonnent avec la voiture.

Johnny et moi attrapâmes le capot à l'endroit où il rejoignait le pare-brise, et nous nous accrochâmes pendant que Zach reculait rapidement.

Je glissai sur le capot lustré, mais je réussis à ne pas tomber quand Zach s'arrêta brusquement. Je repris mon souffle et roulai au sol en crachant des morceaux de lupin texan. Je frottai ensuite mes muscles endoloris tout en regardant Merc bondir de la voûte et descendre le tronc d'un arbre, agile comme un… eh bien, comme un chat. Déterminée, je me levai et reculai les épaules en pointant le couteau devant moi, prête à foncer de nouveau pour aller sauver Rollie.

Je fis seulement deux pas avant qu'un bras ne m'encercle la taille pour m'arrêter. Zach avait contourné la voiture à la vitesse de l'éclair.

– Lâche-moi. Rollie est encore prisonnier.

– Tu m'as presque causé une crise cardiaque, dit Zach en m'enlevant le couteau. Je vais m'en occuper.

– Mais j'ai pris les choses en main, affirmai-je.

Il m'ignora et avança vers la masse grouillante de végétation. Alors qu'il s'approchait d'un érable, un bruit sec nous fit savoir que Rollie s'était échappé. Il fonça dans le paysage dément tel l'Incroyable Hulk déchirant son t-shirt et son pantalon.

Rollie baissa les yeux et s'essuya, puis il sautilla vers la limousine.

– Est-ce que ça va ? demanda-t-il à Johnny.

Celui-ci opina et Rollie le serra dans ses bras.

– Je t'ai dit que c'était dangereux ! Si Dieu avait voulu que nous vivions dans la jungle, Il n'aurait pas inventé le béton.

– Je sais, mais j'ai pensé voir cercle lumineux vert Edie, et Tammy Jo et moi la cherchons. C'est mon devoir vérifier.

– Ce fantôme manque encore à l'appel, dit Rollie en levant les yeux au ciel avant de regarder la voiture. Chouette limousine. Ou du moins, elle l'était.

Il y avait les deux bosses correspondant à la forme de Johnny et la mienne, sur le capot, ainsi qu'une foule de rayures sur les côtés, là où les feuilles avaient fait de leur mieux.

– Rollie, est-ce vrai que les vampires ne peuvent pas sortir, quand il y a du soleil ? Parce que c'est presque l'aube, dis-je.

– Je n'aurai aucun problème derrière ces vitres teintées, répondit Rollie en grimpant à l'arrière de la limousine. Viens, chéri, ajouta-t-il à l'intention de Johnny.

Quand celui-ci fut à l'intérieur, je fermai la portière avant de me tourner vers Zach.

– Merci d'être venu me chercher ce soir et d'avoir apporté un couteau, dis-je. Je n'aurais pas pu sauver Johnny sans cette arme.

Il opina.

– Oui, c'était impressionnant. Si tu avais eu ton propre couteau, tu n'aurais visiblement pas eu besoin de mon aide, en fin de compte.

J'entendis son ton légèrement tranchant, mais j'avais encore trop de monstres à affronter pour dépenser mon énergie à me battre avec un humain, même si j'aimais bien me battre contre Zach. Je soufflai mes cheveux hors de mon visage.

— J'ai besoin d'aide, mais ce n'est probablement pas le genre d'aide dont j'ai eu besoin dans le passé.

— Tu veux dire que ce n'est pas moi qui vais te la donner ?

« Exactement. »

— Ce n'est pas ce que j'ai dit.

Mes nerfs étaient en train de s'effiler comme un gilet avec un accroc.

— N'essaie pas de parler à ma place, dis-je en ouvrant la portière du côté passager pour que Merc monte à bord.

Je ne pouvais pas laisser Zach me distraire. Je devais encore trouver un changelin grossier pour sauver la vie de Bryn. Et mon sac en toile rempli de munitions en fer se trouvait chez moi.

— Peux-tu me ramener à la maison ?

Zach plongea les mains dans ses poches.

— Je dois te parler de quelque chose, dit-il.

— Je parie qu'il n'y a pas seulement une chose.

Je rejoignis Merc dans la limousine.

— Pouvons-nous parler en roulant ? Je suis sûre qu'Incendio doit avoir quitté mon quartier, mais Abby Farmer sera probablement encore dans le coin. C'est très important que je la trouve.

Il soupira.

— Allons-nous simplement lui parler, ou comptes-tu ajouter un enlèvement à la liste de délits desquels je peux être accusé ?

Un frisson d'anticipation me traversa. Il allait m'aider à la trouver ? Mais peut-être qu'il plaisantait ? Je priai pour que ce ne soit pas le cas. C'était injuste de se moquer de moi quand mes heures étaient peut-être comptées.

– Eh bien, je ne sais pas trop, en ce moment, Zach. Ces jours-ci, j'improvise beaucoup.

– C'est ce que j'ai remarqué.

– Personne ne t'oblige à m'accompagner, remarquai-je.

– D'accord, mais je ne voudrais pas rater toutes les festivités, répondit ironiquement Zach.

Il me lança un regard de côté avant de continuer plus doucement.

– Tu connais mes sentiments. Si tu veux te débarrasser de moi, tu vas devoir me dire de partir.

Je me penchai vers lui et l'embrassai sur la joue.

– Je ne veux pas que tu partes.

39

Je baissai la cloison pour vérifier comment se portaient Rollie et Johnny. Le premier dormait comme un bébé de 1 mètre 80, recroquevillé sur la banquette rembourrée. Le deuxième était assis sur le siège, dos à Zach et moi. Johnny nous regarda par-dessus son épaule.

— Bonjour, Tammy Jo. Quoi toi et député Sutton voulez boire ?

— Qu'avons-nous ?

— Nous avons bourbon, whisky, coca, jus d'orange, eau pétillante, eau plate et vodka.

— Du coca, s'il te plaît. Zach ?

Il secoua la tête.

— Faim ? De clair à foncé, nous avons noix Macadamia, biscuits salés, noix cajou, olives, caviar.

— Non, merci, dis-je en prenant mon coca.

— Il y a du caviar dans la voiture ? demanda Zach en secouant la tête.

— Eh bien, c'est limousine, répondit Johnny en agitant une main. Mais malheureusement, pas lait pour chaton.

— Désolée, Merc, dis-je en prenant une gorgée de coca. Une fois à la maison, si nous avons toujours un réfrigérateur, je te trouverai quelque chose.

— Qu'est-ce que c'est ? Un goûter ? grommela Zach.

— Les héros doivent manger, affirmai-je, imperturbable.

Le soleil se leva au moment où Zach tournait dans ma rue, nous permettant de voir tous les résultats de la fête de quartier d'Incendio. Cinq voitures brûlées. Un perron partiellement calciné. De nombreux arbres carbonisés, pour lesquels les farfadets me rendraient sûrement responsable.

Quand nous arrivâmes chez moi, il n'y avait aucun signe d'Incendio. Nous sortîmes tous de la voiture, sauf Rollie. Zach garda son pistolet à portée de main pendant que nous inspections les alentours. L'avant de la maison était brûlé, la porte et les fenêtres n'existaient plus, et l'odeur de suie était assez prononcée pour étouffer un fumeur.

— Je dois aller voir l'étendue des dommages, dis-je en avalant la boule qui s'était formée dans ma gorge.

Je commençais seulement à assimiler ce qui s'était passé. Incendio avait détruit ma maison, le lieu où j'avais grandi.

L'entrée et le salon étaient démolis, tout comme une partie de la cuisine. J'aperçus le sac en toile, mais j'étais trop secouée pour aller le chercher. Mon regard se fixa sur les photos noircies et déformées sur les murs, ainsi que les cendres qui avaient été des souvenirs et des bibelots.

Mes yeux se remplirent de larmes.

— Ça va, Tammy Jo, dit Johnny en passant un bras autour de mes épaules. Je t'aide refaire décoration. Tout va bien aller.

— Merci, Johnny, dis-je en reniflant.

Je jetai un coup d'œil à Zach et il me tendit une main. Je m'approchai de lui et le laissai me prendre dans ses bras.

— Allez, chérie. Ne pleure pas. Johnny a raison. Nous allons tout reconstruire et tu pourras transformer la maison en Marrakech ou Bangladesh, ou tout ce dont tu as envie.

Il embrassa ma tête.

– Ne sois pas ridicule, dit Edie.

« Edie ! Enfin ! »

Je tournai brusquement la tête et la vis, debout dans l'entrée en train de regarder les murs brûlés.

– Certaines choses sont irremplaçables. Les anciens clichés en noir et blanc du pont de Brooklyn, ceux de l'appartement de Park Avenue de mes parents… Ils étaient uniques.

– Tu es là ! m'exclamai-je en essuyant mes larmes. Je m'inquiétais. Où étais-tu ?

– Ah, je t'ai manqué ? demanda-t-elle d'un ton aussi léger que de la meringue, mais aussi acide, comme un fourrage au citron.

Je suppose qu'elle était contrariée parce que j'avais laissé brûler la maison, mais peut-être que, si elle avait été là pour m'aider, ce ne serait pas arrivé.

Je redressai les épaules.

– Eh bien, j'ai eu beaucoup de problèmes. J'aurais aimé que tu viennes me voir. Tu avais promis de revenir avec de l'information, dis-je d'un ton accusateur.

Je jetai un coup d'œil à Zach et m'arrêtai net. Il regardait Edie.

« Il la regarde directement. »

– Que se… Que se passe-t-il ? demandai-je.

Edie avança en flottant et s'arrêta devant moi.

– J'ai *essayé* de venir te voir ! Au moins 100 fois par jour. Je ne pouvais pas te rejoindre. Quelqu'un a lancé un sortilège pour m'empêcher de le faire.

Je clignai des yeux.

— Pourquoi feraient-ils une telle chose ?

— Ils ? répéta-t-elle.

— Jordan et Incendio.

Edie secoua la tête.

— *Ils* n'en feraient rien. Incendio n'a qu'une corde à son arc : le feu. C'est à ça que se limite son répertoire de sortilèges puissants. Et Jordan Perth ? Il ne pourrait pas maîtriser une brise estivale, encore moins un esprit de ma puissance.

Elle jeta un coup d'œil à ses ongles, comme si l'état de sa manucure l'intéressait.

— Voyons voir...

Elle frotta ses ongles contre sa robe.

— Qui d'autre connaissons-nous en ville qui peut lancer des sorts complexes ? Quelqu'un de puissant, qui veut toujours parvenir à ses fins ?

— Il n'aurait pas fait ça.

Edie posa ses magnifiques yeux en amande sur moi et haussa un fin sourcil noir.

— Il le ferait et il l'a fait. La seule raison pour laquelle je peux être devant toi aujourd'hui est que son sortilège a échoué. Je ne sais pas pourquoi. Je suppose qu'il a dû lancer quelque chose de complexe qui nécessitait toute sa concentration, alors il ne pouvait plus dépenser l'énergie qui me bloquait.

« Il ne l'aurait pas fait », pensai-je désespérément.

Mais le sortilège empêchant Edie de venir me voir s'était estompé au moment où la magie de Bryn avait cessé d'exister parce qu'il avait plongé dans le coma. Grosse coïncidence. Trop grosse.

Le fond de ma gorge brûlait et je me mordis violemment la lèvre pour ne pas recommencer à pleurer. Comment Bryn avait-il pu faire une telle chose ? Edie faisait partie de ma famille. J'inspirai profondément à plusieurs reprises en serrant les poings, essayant de me concentrer sur n'importe quoi, sauf mon cœur brisé.

Je ressentais la même chose que lorsqu'il m'avait enfermée dans un cercle magique. J'avais l'impression d'être une idiote. Mes muscles se crispèrent jusqu'à faire mal. Pensait-il que je ne le découvrirais jamais ? Que cela ne détruirait pas notre amitié ? Si c'était le cas, il avait eu tort. Sur toute la ligne.

Et sa vie était entre mes mains. Je pouvais décider de l'aider… ou non.

Johnny s'éloigna pour redresser les meubles. Son rangement ne servait à rien, mais je ne le mentionnai pas. Quand je réussis à reprendre la maîtrise de mes émotions, je me tournai vers Zach.

– Depuis quand peux-tu voir Edie ? demandai-je.

Il dansa d'un pied sur l'autre, visiblement mal à l'aise.

– J'ai cru la voir le soir où je suis presque mort.

– Tu es au courant depuis tout ce temps ! Et tu comptais m'envoyer voir Chulley ?

– Non !

Zach leva les mains, comme s'il comptait les utiliser pour bloquer ma fureur.

– Je pensais que je l'avais imaginée, ce soir-là. Ensuite, elle est apparue de nouveau et elle m'a parlé… C'était bien après que nous avons annulé le dîner chez T.J. Elle est apparue seulement après ma sortie de prison. Je pensais que mon esprit coupable me jouait des tours.

– Je pensais bien qu'il m'avait vue, le soir de la bataille contre les loups-garous, affirma Edie. Quand un humain voit un fantôme une fois, il existe une connexion entre eux. Lorsque j'ai vu que je ne pouvais pas vaincre l'infernal sortilège de Lyons, je m'en suis souvenu, alors je me suis rendue chez Zach et je m'y suis attardée, lui parlant sans cesse. Il a fini par me dire de partir.

— Ce qu'elle n'a jamais fait, ajouta-t-il d'un air grave.

— Heureusement pour vous deux, déclara Edie. Mes amis esprits me donnent des renseignements, sinon Zach n'aurait jamais su qu'il devait te chercher chez Charlie Buckland. Tu serais sortie dans la rue, et Incendio t'aurait tuée.

Elle flotta vers Zach.

— Avoue-le. Je t'ai aidé.

Il opina tout en me regardant.

— Elle savait des choses que je n'aurais jamais pu découvrir. J'ai fini par comprendre que je ne l'avais pas imaginée.

Zach détourna les yeux en secouant la tête.

— Je suis vraiment désolé de ne pas t'avoir crue, chérie, murmura-t-il.

Je vis sa mâchoire se serrer, et quand il me regarda de nouveau, ses yeux brillaient. J'avais vu Zach pleurer une seule fois, lors de l'enterrement de sa mère, alors je fus estomaquée de le voir avec la gorge nouée à l'idée de m'avoir blessée.

Je déglutis de nouveau pour me libérer la gorge.

— Je ne le mérite pas, mais j'aimerais vraiment que tu me pardonnes, ajouta-t-il.

Je fonçai pour le prendre dans mes bras. Il me serra, et je me sentis immédiatement soulagée. Je pourrais maintenant lui parler du monde surnaturel et nous aurions peut-être une chance de sauver notre couple.

Il me fallut quelques minutes pour me rappeler qu'il se passait d'autres choses importantes en dehors de ma vie personnelle. Je reculai.

– Nous pourrons parler de tout ça en détail plus tard, dis-je en souriant faiblement.

– Ce serait bien, dit Zach.

– Edie, lançai-je pour attirer son attention. Abby Farmer est un changelin, et je dois la trouver si je veux sauver la ville.

– Un changelin ? Ici ? Les portes sont fermées si hermétiquement que seules les plus petites fées peuvent les franchir en rampant : les nymphes, les farfadets, les lutins. Depuis quand un changelin, ou n'importe quelle autre créature de taille humaine, peut-il passer ?

Je haussai les épaules.

– Mais tu en es sûre ?

– Plutôt. Elle m'a tiré deux fois dessus avec des flèches en fer et elle m'a avoué qu'elle en était une.

Edie fronça le nez.

– Des flèches ? C'est complètement moyenâgeux. Ce sont des monstres qui s'appellent des chevaliers, des reines et des courtisans. Ils utilisent des javelots et des arcs. On dirait une fête médiévale gérée par Tim Burton.

« Elle a dit que c'étaient des monstres », pensai-je, fière.

Les créatures que j'avais vues dans la déchirure m'avaient semblé monstrueuses, mais quand même.

– Je dois te poser une question, Edie, dis-je, incapable de me retenir.

Je m'éloignai de Zach et lui fis signe pour que nous parlions seule à seule. J'expliquerais tout à Zach, mais pas immédiatement.

Edie flotta vers moi.

— Qui était mon père ? demandai-je doucement.

— Tu veux en parler maintenant ?

« Oui, j'ai besoin de savoir ! »

— Je suis à moitié fée, n'est-ce pas ? Alors, qui était-il ?

— Qui t'a dit ça ? Lyons ?

— Ne perds pas de temps ! Dis-moi simplement la vérité, maintenant !

Edie soupira.

— Je n'étais pas avec elle, commença-t-elle. Marlee est partie visiter des cousins en Écosse pendant l'été, pendant que Melanie et le pendentif restaient ici. Quand Marlee est revenue, elle était enceinte. Elle nous a dit que c'était une passade d'été avec un garçon de son âge. Nous l'avons crue. Nous n'avions aucune raison de ne pas le faire.

— Mais ?

— Mais la reine de la cour Seelie a envoyé des assassins pour la tuer. Marlee a été empoisonnée, et la magie que Melanie a dû utiliser pour la sauver…

Edie secoua la tête.

— Une magie tellement risquée… Ensuite, un chevalier fétaud, magnifique et dangereux, est venu la protéger. C'était son idée de s'installer à Duvall. De puissantes canalisations augmenteraient ainsi les pouvoirs de Marlee. Et le territoire des fées appartient aux Unseelie, alors aucun membre de la cour Seelie ne pouvait venir ici sans déclencher une guerre.

— Alors, vous avez déménagé ici pour vous cacher ?

— Marlee n'a jamais avoué que le chevalier était son amant, mais tu as ses yeux noisette et son teint doré, ce qui est extrêmement rare pour une rousse. Quand tu avais six ans, les garçons du quartier jouaient aux cow-boys et aux

Indiens. Tu as pris un arc et tu as atteint la cible à tous les coups, sans avoir reçu la moindre leçon. Puis, il y a ta magie déformée, dit Edie avant de se pincer les lèvres de fantôme. Leur union anormale n'aurait jamais dû arriver. Elle a ruiné ta magie.

— Comment s'appelait-il ? murmurai-je.

— Elle l'appelait Cædrin, mais je ne sais pas si c'était son véritable nom. Les fées le cachent, généralement.

Je serrai les poings.

— Pourquoi ne m'en as-tu jamais parlé ? Pourquoi ne l'ont-elles jamais fait ?

— Nous ne voulions pas te faire de mal.

— Me faire du mal ?

Edie opina.

— Nous avons toujours espéré t'aider lorsque tu découvrirais tes pouvoirs. Le monde de la sorcellerie t'aurait condamnée à cause de ton état de métis. Nous l'avons caché pour t'épargner cette honte.

Je clignai des yeux, surprise.

— Tu veux dire que vous aviez honte de moi ? Toutes les trois ?

— Non. Comment peux-tu dire ça ? *Nous* n'avions pas honte, au contraire.

Ma tête avait recommencé à palpiter. Elles m'avaient menti depuis ma naissance. C'était la deuxième fois en moins d'une heure que je me sentais trahie. Étourdie et nauséeuse, je me pris la tête. Tout ce qu'il manquait, pour bien terminer la journée, était que Zach me dise que nous n'avions jamais vraiment été mariés, que le révérend avait été un acteur et que tous les habitants de la ville connaissaient la vérité, sauf moi. Je me frottai les tempes.

— Nous l'avons seulement fait pour te protéger, affirma Edie. Nous t'adorons, et ça a toujours été le cas.

— Bien sûr, dis-je mécaniquement. Eh bien, tu sembles les connaître. Les fées, je veux dire. Alors, aide-moi. Il y a eu un grand déversement de poussière de fée. Comment puis-je la récupérer ?

— Je l'ignore.

Je me dirigeai vers le sac couvert de suie et rempli d'armes et de munitions en fer, et je le hissai sur mon épaule.

— Je dois trouver Abby Farmer.

— Je vais t'aider.

Mon amour-propre blessé voulait refuser l'aide d'Edie, mais je me contentai d'opiner.

— Je vais parler à mes amis pour découvrir ce qu'ils savent sur le changelin. Je vais revenir très rapidement, m'assura-t-elle avant de disparaître.

Quand je me retournai, je suppose que mon visage devait trahir mes émotions parce que Zach se précipita vers moi.

— Quoi ? Qu'est-ce qui cloche, chérie ?

— Rien. Je dois y aller.

— Johnny, viens. Nous partons, dit Zach.

Johnny écarquilla les yeux. J'étais aussi surprise que lui, mais j'étais également heureuse que Zach semble prêt à accepter mes amis en même temps que mes secrets.

Il siffla en direction de Merc et fit un signe de tête vers la porte. Johnny nous emboîta le pas.

— Où nous allons, agent Zach ? demanda-t-il.

— Trouver Farmer.

— Vous voulez que je venir avec vous ?

– C'est aussi ta ville, répondit Zach.

Johnny sourit.

– Oui, ma ville aussi. Heureux aider. Pourquoi nous devoir trouver un fermier ?

40

Le maire avait annulé les journées du festival automnal de Duvall, mais les gens l'écoutaient autant que leur bon sens. Les fêtards étaient alignés dans les aires de stationnement et le long de la rue principale. À 7 heures, ils étaient ivres et tapageurs. À midi, nous devions nous arrêter toutes les demi-heures pour que Zach puisse mettre fin à une bagarre ou aider les autres agents et les pompiers bénévoles. Il les aida à contrôler la foule pendant qu'ils éteignaient des petits feux et sauvaient les gens qui pensaient que les toits étaient les endroits parfaits où danser et d'où plonger. Jusqu'à maintenant, il y avait eu une dizaine de jambes cassées et autant de bras, en plus de trois mâchoires brisées, d'après mon décompte.

Bien entendu, ce qui m'importait le plus était de trouver le changelin Abby, et j'inspectai constamment la foule. À mon grand désarroi, je ne l'aperçus pas de la matinée.

Rien ne parvint à réveiller Rollie. Merc faisait régulièrement des siestes aussi et ce n'était pas la première fois que je remarquais que les vampires et les chats avaient beaucoup de points communs. J'étais si fatiguée que, si j'avais connu un sortilège, je me serais transformée en chat tigré avant de m'endormir sur le rebord d'une fenêtre. En vérité, je soupçonnais Zach de m'avoir laissée somnoler à quelques reprises, parce que le temps sembla passer à la vitesse de l'éclair.

En cet instant, j'attendais que Zach finisse son travail de gardien de la paix. Je regardai de nouveau la carte au crayon que la fausse Abby avait dessinée chez moi. Nous avions inspecté tous les parcs et boisés à sa recherche, jusqu'à ce qu'ils deviennent si broussailleux que nous n'étions plus en sécurité.

Au fur et à mesure que les territoires à fouiller diminuaient, je me sentais de plus en plus désespérée. Elle était peut-être partie se cacher jusqu'à ce que l'armée féerique entre, à la tombée de la nuit, quand les portes seraient ouvertes. Bryn serait peut-être mort depuis des heures, au moment où je la trouverais.

Je m'assurai que la cloison était montée pour protéger Rollie du soleil avant d'ouvrir la fenêtre de la limousine.

– Descendez de la voiture, s'il vous plaît, dis-je aux cinq adolescents qui avaient grimpé sur le capot.

Dégingandés et les cheveux ébouriffés, ils semblaient avoir environ 14 ans.

– Non, répondit un garçon boutonneux.

– Nous allons partir dans une minute et, si vous êtes encore assis là, vous risquez de glisser et de vous blesser, alors maintenant, descendez de la voiture. S'il vous plaît.

– Non.

– Écoutez…

– La voilà ! s'exclama quelqu'un.

Quand je tournai la tête, je vis Jenna Reitgarten foncer vers moi en compagnie de plusieurs hommes et femmes.

– C'est elle qui a causé tout ceci. C'est une sorcière ! Je l'ai vue.

« Purée. »

J'aurais aimé lancer un sortilège de protection, mais cela dépassait bien sûr mes capacités, alors je pris le deuxième meilleur choix : je fermai la fenêtre.

– Oui, ça va les arrêter, grommelai-je sarcastiquement.

Mon attitude positive avait décidé de faire la sieste avec Merc.

Je verrouillai les portières et démarrai le moteur, puis je tapai sur le pare-brise pour rappeler aux garçons que le capot de la limousine était une zone où il était interdit de stationner. Ils ignorèrent mon avertissement en s'étendant sur le ventre avant de coller leur visage contre le pare-brise pour effectuer des gestes obscènes avec leur langue.

– Petits idiots têtus, marmonnai-je. Je vais vous montrer.

J'actionnai l'essuie-glace et appuyai sur le bouton du lave-glace. Je les arrosai comme s'ils étaient des chiens sauvages que je voulais chasser de mon terrain.

Leur réaction fut semblable à celle de chiens. Ils furent d'abord surpris par le liquide, puis ils me lancèrent des regards noirs en grimaçant, le lave-glace coulant de leur visage.

Jenna et son groupe se mirent à frapper sur le côté de la limousine. Je regardai dans le rétroviseur : deux cyclomoteurs s'étaient garés trop près et nous avaient bloqués. Je cherchai ensuite Zach, mais il avait disparu dans la foule.

Jenna appuya tout son poids de 40 kilos sur la limousine. J'eus envie de rester simplement assise en la regardant jusqu'à ce qu'elle se fatigue et parte, mais ses amis étaient plus lourds, et quand l'un d'eux brandit un pistolet, je m'excusai silencieusement auprès des cyclomoteurs avant de mettre la voiture en marche arrière.

Je fonçai dans les cyclomoteurs et roulai sur eux en tournant le volant, puis je passai en marche avant et commençai à donner de petits coups aux gens en allant à moins d'un kilomètre à l'heure.

– Vous feriez mieux de vous enlever du chemin, grommelai-je.

– Tu m'as frappé ! cria l'un des membres du groupe de Jenna.

– Juste un petit coup. C'est pour ça que ça s'appelle un pare-chocs.

Malgré les obscénités et les protestations, le rassemblement fonctionnait. J'avais presque créé un passage vers la rue quand l'homme au pistolet perdit son calme. Quand je vis le canon, j'eus le souffle coupé et je me penchai. J'entendis la détonation, mais pas ce que j'attendais ensuite. J'ouvris un œil. Pas de verre brisé. Pas de pistolet dépassant dans la voiture pour me tuer sur place.

Je me rassis et regardai la bosse dans le pare-brise. Merc miaula.

– Ah ! tu es réveillé, maintenant ? Il était temps, dis-je en avançant lentement. Regarde ça, Merc.

Je tapai la vitre du côté du conducteur.

– La voiture de Bryn a des vitres pare-balles. Tu dois avouer qu'il maîtrise l'art de la planification.

Le tireur cria sur moi. Je lui avais roulé sur le pied par accident, mais je n'avais pas vraiment de remords.

Il tira de nouveau sur la vitre. La balle rebondit et son ami vêtu d'un t-shirt «Que le Diable aille en enfer» s'écroula.

J'enfonçai la pédale de frein.

– Ah non! Il est blessé.

Merc sauta sur mes genoux et appuya son nez contre la vitre pour regarder dehors.

L'homme au sol criait, tenant sa jambe ensanglantée à l'endroit où la balle l'avait atteint.

Je retins mon souffle.

– Il va bien… Mis à part le fait qu'il a reçu une balle. Mais il est vivant, et c'est ce qui compte, un jour comme aujourd'hui.

Je recommençai à avancer.

– Allez. Nous devons éloigner nos vitres pare-balles des munitions de cet homme! Nous allons devoir laisser Zach ici.

Quelqu'un avait garé un char à moitié terminé de Buffy la chasseuse de vampire sur notre chemin. La majorité des chars n'étaient pas complets. Sous l'influence de la poussière, les gens ne possédaient pas la détermination voulue. Buffy ressemblait au personnage de *La Momie,* avant qu'il soit complètement régénéré, mais la moitié de son visage qui était complétée était très belle. Elle tenait aussi un énorme pieu dans une main. J'étais heureuse que Rollie soit endormi, même si j'ignorais ce qui effrayait vraiment les vampires. Ils sont un peu comme les chats de la jungle. J'aurais aimé pouvoir dire la même chose.

Je mis la voiture au point mort et fis rugir le moteur tout en faisant un signe de tête aux garçons sur le capot. Ils semblèrent sentir ma détermination à rouler à plus de trois kilomètres-heure parce qu'ils bondirent de la limousine.

Dès que le chemin devant moi fut libre, je passai la première vitesse et fonçai. Je frappai l'arrière du plateau sur lequel se trouvait le char, et il bougea assez pour que je puisse passer.

À ce moment, j'entendis un bruit sourd et levai les yeux. Buffy n'étant malencontreusement pas attachée, elle tomba sur nous. Heureusement, comme dans la série télévisée, elle était légère comme une plume. Je dus tourner le volant dans tous les sens pour la faire tomber du toit, puis, pédale au plancher, je filai sur la rue principale, tournant pour éviter les piétons, avant de renverser des chariots pour atteindre la rue Elm qui, par chance, était déserte.

Par habitude, je ralentis pour respecter la limite de vitesse et regardai Merc.

— Que devrions-nous faire ? Essayer de retrouver la fausse Abby à pied ?

Il pencha la tête sur le côté.

— Ou devons-nous supposer qu'elle est retournée chez les fées et essayer de nous faufiler dans leur monde ?

Je frissonnai en imaginant cette possibilité. Comment pourrais-je le faire ? Et si j'entrais, comment pourrais-je les empêcher de me tuer pendant que je la cherchais ? Je secouai la tête. Les probabilités étaient très mauvaises.

Merc donna un coup de patte dans les airs.

— Je sais que ce n'est pas une excellente idée, mais que suggères-tu ? Le soleil va se coucher dans quelques heures et je dois sauver la vie de Bryn. Il faut le faire, même si c'est un traître et un bloqueur de fantômes.

J'inspirai profondément.

– En plus, s'il meurt, je ne pourrai pas lui dire le fond de ma pensée. Et je compte bien le faire.

Comme si elle savait que je parlais de la venger, Edie apparut sur le siège du passager.

– L'as-tu trouvée ? demandai-je.

– Mieux, répondit-elle en souriant.

Je fronçai les sourcils. Edie flatta Mercutio avec un doigt fantomatique.

– Eh bien ?

– Dis-moi que tu me pardonnes.

Ses lèvres en bouton de rose formèrent une moue parfaite.

– Avons-nous le temps pour ça ? dis-je, exaspérée. Non ! ajoutai-je, au cas où elle n'aurait pas compris que c'était une question rhétorique.

– Dis-le.

Si elle avait été vivante, je l'aurais tuée. Merc siffla en me regardant pour que je me dépêche. Je soupirai.

– Oui, d'accord. Je te pardonne.

– Tu ne semblais pas particulièrement sincère.

– Edie !

– D'accord ! s'exclama-t-elle avant de sourire. J'ai découvert son nom. Son *véritable* nom.

Je clignai des yeux et fixai Merc, qui me dévisagea à son tour d'un regard vide. Je tournai donc la tête vers Edie.

– Et à quoi cela sert-il ?

– Ah ! pas grand-chose, dit-elle en inspectant nonchalamment ses ongles.

Elle leva ensuite les yeux pour me regarder.

– Ça te permet seulement de la faire venir à toi et de l'obliger à t'obéir.

Je freinai brusquement, et Merc et moi fûmes propulsés vers l'avant. À en juger par le bruit sourd à l'arrière, Johnny ou Rollie tomba par terre. Bien sûr, Edie resta parfaitement assise sur son siège, occupée à se polir les ongles contre sa robe en satin bordeaux.

— C'est vrai ?

— Absolument. Un fantôme qui me doit un service m'a donné son nom. La porte au pied de Macon Hill était partiellement ouverte, et le Premier ambassadeur de la reine des Unseelie a fait venir le changelin à lui pour lui donner des ordres. Mon ami a tout entendu.

Je tapai le volant.

— Enfin de la chance ! Quel est son nom et que dois-je faire pour l'utiliser ?

— Tout est pardonné ?

Je soufflai bruyamment.

— Oui.

— Nixella Pipken Rose.

— D'accord, dis-je en ouvrant la portière.

— Encore une chose. Tu dois te rappeler qu'elle va faire exactement ce que tu dis, alors choisis bien tes mots.

Mes muscles se crispèrent. Pourquoi est-ce que tout devait être aussi compliqué ? Je sortis de la limousine et regardai aux alentours, assez hésitante sur la réussite de l'entreprise.

— Nixella Pipken Rose, je t'ordonne de venir immédiatement.

J'entendis un son semblable à une pièce de 25 cents tombant dans un verre d'eau, et elle apparut.

— Comme oses-tu ?

— Tais-toi, dis-je.

– Comment as-tu découvert mon nom ? Comment ? Comment ? Comment ? cria-t-elle.

– Ne parle plus.

Sa voix disparut, comme si j'avais éteint une lumière.

« Ouah. »

– Accroche-toi, dis-je, et elle prit mon bras. Euh, non. Lâche-moi. Je veux dire, attends ici.

Elle leva les yeux au ciel en me regardant, et je lui offris une grimace avant de tendre un bras dans la voiture pour prendre le sac en toile.

– J'ai une liste. Je veux que tu coches tous les ingrédients qui se trouvaient sur la flèche empoisonnée que tu as utilisée sur moi.

Je trouvai la liste et lui donnai un stylo. Nixella me regarda d'un air maussade.

– Fais-le maintenant.

Elle prit les feuilles et commença à cocher.

– Du poison ? me demanda Edie, visiblement inquiète.

– Je vais bien. Je dois simplement concocter un antidote.

« Pour l'ennemi juré de la famille. »

Nixella termina et me tendit brusquement les feuilles. Je n'avançai pas la main.

– Au verso de la première page, écris tous les autres éléments qui ne sont pas sur la liste et qui se trouvaient dans le poison, sur la flèche ou dans la flèche.

Elle grimaça et se mit à écrire. Au bout de cinq minutes environ, je lui pris la liste et regardai ce qu'elle avait inscrit.

Du fer, espèce de sorcière stoupide.
De l'eau, myzéra-ble vache.
De la boue du marais Cameron, garce poury.

Il y avait ensuite une foule d'autres insultes mal orthographiées. Je suppose que les dictées n'existaient pas, dans le monde des fées.

— Du fer, de l'eau et de la boue ? Rien d'autre ? Opine pour oui, si c'est vrai.

Elle opina.

— La boue du marais. Est-elle venimeuse ? Je t'ordonne de me répondre sans jurer et sans crier.

Nixella serra les poings et sauta sur place jusqu'à ce que son visage soit aussi rouge qu'un panneau d'arrêt.

— Pas pour toi. Pas pour les sorcières.

— Mais elle peut être du poison ?

— Oui, pour les selkies.

— Les selkies ?

— Des créatures magiques. Des métamorphes. La plupart du temps, elles ont la forme de phoques, mais elles peuvent se transformer en humains. Contrairement à ton horrible race, elles ont un cœur pur.

Eh bien, cela éliminait Bryn.

— Quel est l'antidote ?

— Qu'en as-tu à faire ? cracha Nixella.

— Je t'ordonne de répondre.

— De l'huile de requin.

— Est-ce que les herbes et métaux indiqués comme étant des antidotes pour les ingrédients du poison sont corrects ?

Elle m'arracha la liste avant de la déchirer en plein milieu.

— Arrête !

Elle s'arrêta.

— Je t'ordonne de regarder la liste et de me dire si ces ingrédients sont ceux qu'il faut pour concocter un antidote.

Et je t'ordonne de ne pas bouger, sauf pour regarder la liste et me parler.

— Ce sont les bons ! Ils sont corrects. Maintenant, laisse-moi partir !

— Donne-moi la liste.

Elle me la tendit brutalement.

— Tu m'as dit que la poussière continuerait de circuler dans Duvall à cause du vent qu'il y a ici. Comment peut-elle être ramassée ?

— Étends du miel, du sirop ou de la mélasse chaude sur les troncs d'arbres aux quatre coins de la ville et en son centre. La poussière sera attirée par la douceur et elle resta prisonnière.

— Si les portes du monde des fées sont fermées jusqu'au soir d'Halloween, comment fais-tu pour entrer et sortir ?

— Une fée peut retourner dans le Néant quand elle le veut, mais sortir une fée plus importante par une porte scellée est plus compliqué que pousser un gros humain dans un trou de serrure. Dans mon cas, c'est fastoche, parce que je suis particulièrement douée pour ça. C'est un de mes nombreux talents, dit Nixella d'un air suffisant. Contrairement à certaines demi-fées maladroites qui, la plupart du temps, ne peuvent même pas voir les créatures du Néant, ou les portes pour entrer et sortir.

Je venais de découvrir que j'étais une fée, alors dire que je n'étais pas douée n'était pas vraiment blessant. Par contre, j'avais mal au côté où la flèche m'avait atteinte et j'avais envie de soulever Nixella et de la laisser tomber sur sa jolie tête suffisante. Peut-être quand nous aurions un peu plus de temps.

– Nixella Pipken Rose, je t'ordonne d'étendre le miel et le sirop sur les arbres afin de récupérer la poussière de fée aussi vite que possible. Et je t'ordonne de te faufiler dans le monde des fées pour aller chercher Abigaïl Farmer. Tu la rendras à ses parents sans qu'ils découvrent qu'elle avait disparu, et pendant que tu exécutes mes ordres, tu ne diras à personne ce que tu fais ou pourquoi tu le fais. Tu ne causeras aucun problème et tu ne mettras aucun humain en danger. Quand tu auras terminé, tu trouveras un endroit où te cacher jusqu'à ce que je te rappelle. Maintenant, pars.

Elle disparut. Quand je me tournai vers Edie, elle me sourit.

– Tu es la meilleure, dit-elle.

– Peux-tu me rendre un service ?

– Bien sûr, ma chérie. Lequel ?

– J'ai besoin des boucles d'oreille de tante Mel pour pouvoir affronter Incendio. Selon ce que j'en sais, Earl les avait, mais il comptait les vendre à quelqu'un. Je ne sais pas trop qui. Peux-tu découvrir ce qu'elles sont devenues ?

– Absolument. Fais-moi confiance.

41

Pendant que je m'occupais de Nixella, Mercutio était sorti de la voiture. Je l'appelai plusieurs fois et cherchai aux alentours, sans le trouver. Je jetai un coup d'œil au soleil, qui était bas à l'horizon. Le temps était presque écoulé. Je devais partir. Heureusement, Merc pouvait s'occuper de lui-même.

— Merc, je dois essayer de sauver Bryn. Rejoins-moi là-bas ! criai-je.

Le chemin pour aller chez Bryn fut intéressant. Les gens circulaient comme si les voitures n'avaient jamais été inventées. Ils flânaient dans la rue, marchant ou jouant au flag-football ou au hockey sur patins à roulettes. Ils agissaient comme s'il n'existait aucune règle concernant l'utilisation de la rue, alors je dus les imiter. Je les contournai, montai sur le trottoir, traversai des pelouses, roulai sur des pierres et entre les arbres. Les inventeurs de la limousine ne l'avaient probablement pas conçue en tant que véhicule tout terrain, mais elle s'en sortit très bien.

Steve m'ouvrit la grille pendant que monsieur Jenson m'attendait devant la porte ouverte.

J'entrai rapidement, agrippant les feuilles.

— Je dois faire une potion.

– Par ici, dit-il en m'amenant dans un couloir conduisant à une porte verrouillée.

Il l'ouvrit avec une clé et alluma. La pièce, qui n'avait aucune fenêtre, sentait les épices. Les murs étaient couverts d'étagères remplies de bouteilles et de pots. Sur un établi en granit, il y avait des bougies à moitié utilisées, un mortier et un pilon, un mince objet ressemblant à un pic à glace, et six bouteilles et pots. Je jetai un coup d'œil aux étiquettes et les fis correspondre aux éléments inscrits sur la liste. J'enlevai une bouteille de clous de girofle et la plaçai sur le côté, puis je regardai les étagères.

– Les contenants sont-ils dans un ordre précis ? demandai-je à monsieur Jenson en m'approchant des étagères.

Il y avait des milliers de bouteilles.

– J'ai encore besoin d'extrait de racines de pissenlit et d'huile de requin.

J'inspectai rapidement les étiquettes : *extrait de citron, grémil rudéral, marne.*

– Je ne suis pas sûr, mais si je connais monsieur Lyons, c'est rangé…

– Par ordre alphabétique, terminai-je en filant vers la section des « P ».

Je pris des bouteilles jusqu'à ce que je trouve celle dont j'avais besoin. Je la posai ensuite sur le comptoir avant d'aller dans la section des « R ». Je ne pouvais pas croire que quelqu'un possède de l'huile de requin, mais je la trouvai entre « réglisse des bois » et « roseau aromatique ».

J'attrapai le mortier et ajoutai deux pincées des ingrédients secs, ainsi que quatre gouttes des liquides. Je broyai le tout et mélangeai jusqu'à ce que j'obtienne une bonne consistance.

– J'ai besoin d'une cuillère, dis-je.

– N'avez-vous pas besoin de ceci, mademoiselle Tamara ? demanda monsieur Jenson en levant le pieu en argent.

– Pour quoi faire ?

– Monsieur Lyons l'a utilisé pour… eh bien, il s'est en quelque sorte tatoué, je suppose. Il a un lien puissant avec les étoiles et il a introduit le dernier antidote sous sa peau dans un dessin précis, celui des constellations des Poissons et du Taureau, selon ses dires. Il voulait que vous fassiez la même chose.

Un lien avec les étoiles ? La magie de Bryn était-elle principalement céleste ? Et mon sortilège fonctionnerait-il sur lui, si ma magie n'était pas de la même catégorie ? J'inspirai profondément. Cela fonctionnerait. Il le fallait. Bryn avait peut-être un lien avec les étoiles, mais nous étions également magiquement liés. Je l'avais senti chaque fois que nous nous étions touchés.

Je pensai aux instructions qu'il avait laissées pour le contre-sortilège et au mot qui m'avait été inconnu : *sous-cutané*. En cherchant, j'avais trouvé sa définition : « sous la peau ». Sur le moment, je n'avais pas compris et je m'étais dit que j'avais mal lu le mot parce que l'écriture était tremblante. Soudain, je compris que j'avais bien lu, après tout. Sous-cutané… Beurk.

– Il veut que je le pique avec ça ? demandai-je en grimaçant.

Monsieur Jenson opina.

– Si nécessaire, précisa-t-il.

Il sembla ensuite hésiter, fronçant les sourcils.

– Je peux vous aider, pour ce détail.

À voir son expression, on aurait dit qu'il aimerait mieux recevoir un coup de marteau sur la tête.

– Non, je peux le faire. Où se trouve le schéma que Bryn a utilisé ?

– Il l'a fait de mémoire.

– Bien sûr. Son cerveau contient probablement mille cartes du ciel, mais comme je ne conduis généralement pas la navette spatiale, il me faut un livre.

– Oui, je suis sûr qu'il y a pensé et qu'il vous en a laissé un, mais il était faible et pressé. Je vais voir ce que je peux trouver.

Je lui pris le bras.

– Je suis vraiment désolée. Je n'aurais pas dû vous parler sèchement. Je suis simplement nerveuse.

– Je comprends. Pas besoin de vous excuser. Donnez-moi un moment pour trouver un volume convenable.

Dix minutes plus tard, monsieur Jenson me donna un livre contenant de magnifiques images des constellations. Je le pris avec moi quand je traversai le cercle dans la chambre de Bryn. Monsieur Jenson et Steve attendirent au rez-de-chaussée, ne voulant soi-disant pas déranger. Apparemment, ramener les morts à la vie nécessitait de l'intimité.

Je me dis que le dos de Bryn ferait le meilleur canevas, alors je le tournai sur le côté et soulevai son t-shirt. Heureusement pour lui, je suis experte en décoration de gâteaux, alors copier des dessins fait partie de mes talents. C'était quand même très étrange de tremper le pieu pointu dans la potion avant de l'enfoncer dans sa peau cireuse et bleutée. C'était encore plus troublant qu'il ne saigne pas.

Si je ne récupérais pas mon travail de pâtissière, je connaissais au moins deux emplois dont je ne voudrais pas : croque-mort et tatoueuse. Je frissonnai et continuai.

Je consultai le livre pour m'assurer que toutes les étoiles étaient bien placées, puis je roulai Bryn sur le dos et déposai quelques gouttes de la potion au fond de sa gorge avec mon doigt, espérant qu'elle descende dans son système.

Il ne m'avait laissé aucune strophe à prononcer, aucun contre-sortilège. Il n'en avait probablement pas eu le temps. Je décidai de rester dans la simplicité.

Quand tu n'es pas là, je m'ennuie de ton esprit
Avec ce baiser, reviens ici

Je posai mes lèvres contre les siennes et ne sentis rien.

« Pitié ! »

Je grimpai sur lui et l'embrassai plus fort, tenant son visage à deux mains tout en marmonnant de nouveau les mots, lui transférant mon souffle.

Comme une flamme sur une allumette qui vient d'être grattée, le pouvoir s'embrasa et grandit.

Le corps de Bryn était toujours froid et raide, mais je continuai de l'embrasser et de murmurer la strophe jusqu'à ce que je sente son cœur commencer à battre dans sa poitrine. Il prit soudain une grande inspiration et avala.

Je me rassis et pris une de ses mains. Je regardai ensuite sa peau bleue, qui devint blanche, presque brillante, avant de reprendre sa couleur habituelle. C'était un miracle.

Je souris devant mon triomphe.

« Je ne suis plus une menace magique, n'est-ce pas ? »

La paume de Bryn devint chaude contre la mienne et il ouvrit les yeux. Ils étaient plus pâles que d'habitude et il sembla lui falloir beaucoup de temps pour se concentrer.

« Je suis la meilleure », pensai-je, regrettant que Merc ne soit pas présent pour me voir réussir quelque chose.

– Hé, murmurai-je en serrant la main de Bryn. Nous n'aimons peut-être pas les fées en ce moment, mais le truc de *La belle au bois dormant* a fonctionné. J'ai utilisé un baiser pour te réveiller.

Ses paupières se fermèrent mais il parla, sa voix rauque et douce.

– Tu m'as sauvé la vie, hein ? Je savais que tu pouvais le faire.

42

Au début, j'étais si soulagée qu'il soit vivant que je me contentai de le regarder respirer, mais à mesure que le temps passait, je devins de plus en plus nerveuse. Je le secouai et lui pinçai les bras quand il ne se réveilla pas immédiatement.

Il bougea, et quand il ouvrit les yeux, je vis qu'ils avaient retrouvé leur bleu clair habituel.

— Pourquoi ne m'as-tu pas embrassé pour me réveiller, cette fois-ci ?

— Parce que tu n'étais pas mort.

Il esquissa un sourire.

— Pour référence future, je préfère quand même cette méthode.

— Peux-tu te lever ?

— Peut-être, mais je vais avoir besoin d'aide pour me déshabiller.

« Hein ? Oh ! »

Je rougis et lui frappai le bras.

— Pas de drague. Nous avons du pain sur la planche.

J'ouvris la bouche pour l'accuser d'avoir bloqué Edie, mais je la refermai aussitôt. Je ne parlerais pas de ce sortilège alors que nous avions encore une tonne de choses à faire.

— J'ai besoin d'un peu plus de temps pour me remettre. Apporte-moi un peu de thé noir, et dis à Jenson d'y ajouter du gingembre et de la pierre de lune.

— Je reviens tout de suite.

Je me levai d'un bond et filai en bas. Quand je revins avec la tasse, Bryn était assis, quelques oreillers derrière lui. Il semblait normal, les yeux clairs et vifs.

Je lui tendis le thé et il le but d'une traite avant de s'étirer, grimaçant quand il tourna le torse.

— Si tu as mal au dos, c'est parce que je t'ai piqué une ou deux fois.

« Ou vingt-huit. »

— Monsieur Jenson a dit que je devais le faire.

Bryn s'extirpa du lit et s'approcha de moi.

— Je vais bien, chérie. Tu as fait un travail fabuleux.

Il effleura mes lèvres des siennes, les faisant fourmiller. Mon corps traître réagit comme s'il ne m'avait pas trahie.

« Arrête ça », me dis-je avant de faire un pas en arrière.

— D'accord, laisse-moi te donner une liste de tout ce que tu dois m'aider à arranger, dis-je. D'abord, nous devons solidifier les portes avant que les fées ne viennent tuer la moitié de la ville. Ensuite, nous devons souffler le vent vers les quatre coins de la ville pour que la poussière de fée colle aux pièges. Troisièmement, nous devons annuler le sortilège qui affecte les arbres et les plantes pour les empêcher de grandir l'équivalent de cinq ans en une heure. Enfin, nous devons libérer la ville pour que les gens puissent entrer et sortir de Duvall. Ai-je oublié quelque chose ? Non, je crois que c'est tout.

Il esquissa un sourire en coin, à la fois amusé et séduisant.

– Tu n'as pas chômé.

Je fronçai les sourcils. Il n'agissait pas aussi vite que je l'aurais voulu et ne semblait pas me prendre au sérieux.

– Crois-tu que nous avons une chance de tout régler ? demandai-je.

– Tout est possible.

Il s'arrêta dans l'embrasure de la porte de la salle de bain pour se stabiliser.

– Tu te sens faible ?

– Je me sens à moitié mort, répondit-il avant de sourire. Ce qui est incontestablement mieux que complètement mort.

Il me fit un clin d'œil avant d'entrer dans la salle de bain. Il ne prit pas la peine de fermer la porte et j'étais sur le point de me retourner quand je le vis ouvrir l'armoire à pharmacie. Je me demandai quel objet magique il pouvait bien y cacher. Une amulette ou un sachet d'élixir fortifiant qu'il gardait sous la main en cas d'urgence ?

J'attendis et restai bouche bée quand je le vis sortir de la crème à raser. Je gagnai la porte d'un pas décidé au moment où il faisait gicler un peu de mousse blanche dans sa paume.

– Dis-moi que c'est pour un rituel particulier.

– C'est un rituel quotidien, avoua-t-il avant d'appliquer la crème sur son visage.

– Tu prends du temps dans notre horaire chargé pour te raser ? Maintenant ?

– La barbe pique. Ça me distrait.

Je soulevai mon t-shirt et me tournai pour que Bryn voie la plaie que j'avais sur le côté.

– C'est la deuxième fois que je suis blessée par une flèche en fer. Tu crois que ça ne fait pas mal ? Tu crois que les palpitations ne me distraient pas ? Mais je ne dis pas que je vais prendre un antalgique et dormir jusqu'à ce que je me sente mieux, n'est-ce pas ?

Bryn m'inspecta de la tête aux pieds avant de se regarder dans le miroir. Il fit glisser le rasoir sur sa mâchoire, complètement détendu, ignorant mon objection.

La colère coula dans mes veines comme une locomotive.

— Eh bien ? Qu'as-tu à dire ?

— Ton nombril est superbe.

Étonnamment, ma tête n'explosa pas.

— Tu plaisantes ! criai-je.

Il arrêta de se raser pour s'appuyer contre le lavabo, le serrant de toutes ses forces.

— Tamara, tu veux que je lance un sortilège. Je peux à peine me tenir debout. Il me faudra toute la concentration dont je dispose, ce qui veut dire que je dois éliminer toutes les distractions, même les plus infimes.

« Ah. »

La furie s'envola, me laissant un peu moins ébranlée.

— D'accord.

J'entrai dans la salle de bain et lui touchai le bras.

— Assieds-toi. Je vais t'aider.

Bryn me donna le rasoir avant de s'asseoir et de renverser la tête en arrière. Il ferma ensuite les yeux et sa respiration se calma. Je fis glisser le rasoir sur sa peau, m'arrêtant à quelques reprises pour le rincer dans l'eau coulant du robinet.

C'était étrangement intime. Je restai aussi loin que possible, mais je pouvais quand même sentir la mousse à l'odeur épicée, je pouvais sentir la forme de sa mâchoire parfaite quand je la suivais avec le rasoir. J'essayai de me concentrer sur tous les problèmes que nous devions régler, mais je pouvais seulement penser à la beauté de son visage… Et au fait qu'en général, se trouver dans une salle de bain pendant qu'un homme se rasait voulait dire qu'on avait passé la nuit avec lui.

« Ressaisis-toi ! »

— Doucement, dit-il.

Je grimaçai quand une goutte de sang apparut là où je l'avais coupé.

— Désolée.

Je terminai aussi rapidement et minutieusement que possible.

— Fini ! annonçai-je en lançant le rasoir dans le lavabo avant de prendre une serviette et de la mouiller.

Bryn ouvrit les yeux et m'observa. Je reculai en lui envoyant la serviette. Elle atterrit sur sa cuisse, mais il ne baissa pas ses yeux bleus, qui scintillèrent en me regardant, comme si Dieu lui avait donné des saphirs hors de prix au lieu d'yeux normaux.

Il leva la serviette et s'essuya le visage tout en continuant à me fixer du regard.

— Euh, je vais t'attendre dehors, dis-je en retournant rapidement dans sa chambre, où je fus désolée de voir que son grand lit occupait toujours la majeure partie d'un mur.

Je serrai et desserrai les poings.

« L'attirance physique ne veut rien dire. N'oublie pas que tu ne peux pas lui faire confiance. Il t'a empêchée de voir Edie, ce qui explique probablement sa présence sur la liste familiale. Et à en croire Jordan Perth, Bryn est le chef d'une sorte de groupe terroriste anarchiste. En plus, c'est un avocat ! »

— Tamara…

Je fis volte-face et le pointai du doigt.

— Je suis furieuse contre toi.

Il jeta un coup d'œil par-dessus son épaule en direction de la salle de bain avant de me regarder et de hausser les sourcils.

— Tu sais, tes changements d'humeur pourraient donner un traumatisme cervical à un homme.

— Je ne comptais pas aborder le sujet avant que nous ayons sauvé la ville, mais j'ai décidé que je ne pouvais plus attendre.

Il s'approcha de la chaise rembourrée dans le coin et s'y laissa tomber, posant ses pieds sur le repose-pieds assorti.

— Parle-moi.

— Tu as lancé un sortilège pour empêcher Edie de venir me voir et…

J'attendis qu'il nie ce fait. Le salaud ne prit même pas la peine de me mentir.

— Et je ne te le pardonnerai jamais.

Il appuya sa tête contre le dossier et regarda la fenêtre de toit.

— Tu sais, jamais dure très longtemps. Plus que, disons… une semaine ou deux.

Espèce de Monsieur-je-sais-tout. J'étais contente de l'avoir ramené à la vie. Il est trop difficile de se venger d'un mort.

— Je sais ce que « jamais » veut dire ! criai-je.

Je pris quelques inspirations et baissai le ton.

— Je commençais à te faire confiance. Comment as-tu pu me faire une telle chose ? murmurai-je.

Bryn leva la tête pour me regarder.

— Elle représentait une menace pour nous.

— Tu n'avais pas le droit ! Elle m'aide et me protège.

— En te gardant loin de moi ? Le but premier de sa vie de fantôme ?

— Et si c'est le cas ? Nous ne sommes pas censés être ensemble. Je veux dire, regarde ce que tu as fait. Empêcher un membre de ma famille de me voir... On ne peut pas trouver pire.

— Les esprits marginalisés sont dangereux. Il ne faut pas leur faire confiance.

— Tu ne la connais pas. Pour ton information, je n'aurais pas pu te sauver sans son aide.

— Eh bien, c'est ironique, dit-il. Mais sa place n'est toujours pas dans notre monde. Si tu la laissais partir, elle pourrait passer à autre chose.

— Ou peut-être qu'elle serait toujours coincée et qu'en plus, elle serait seule. Quand tu fais un truc comme ce sortilège, tu ne fais que renforcer ses croyances selon lesquelles je dois rester loin de toi.

Il esquissa un sourire ironique.

— Assurément. Un homme qui risque sa vie, qui devient volontairement un sorcier à assassiner, pour une femme... Oui, c'est un homme dont elle doit se méfier.

Je jetai les bras dans les airs.

— J'apprécie tout ça, mais je ne sais pas trop pourquoi tu l'as fait. Tu pourrais avoir — et tu as sans doute — une arrière-pensée. Tout le monde affirme que tu veux me piéger. Je ne sais plus que croire.

— Ça doit être difficile pour toi.

J'entendis la tension dans sa voix. Il était furieux et frustré que je ne le laisse pas me convaincre, mais Edie avait été bloquée. Je croisai les bras sur ma poitrine et reculai les épaules. En voyant ma posture, il serra les dents.

— Il y a une chose que tu peux croire, Tamara, dit-il, la tension grandissant dans sa voix. Si tu veux sauver la ville, tu as besoin de mon aide.

Il me tendit une main.

Je ne pouvais pas partager une chaise avec lui quand nous étions en pleine dispute. Les secondes s'écoulèrent, sa main restant tendue.

— Nous sommes ici et c'est tranquille, mais je pense que tu sais que ce n'est pas le cas dehors, dit-il finalement. Si l'armée des fées entre en masse, des gens vont mourir. Allons-nous laisser cela arriver, ou allons-nous essayer d'y remédier ?

Juste une fois, j'aurais voulu laisser le sauvetage de Duvall à quelqu'un d'autre.

— Mes pouvoirs fonctionnent mieux quand mes pieds nus touchent la terre. Je crois que nous devrions aller dehors, dis-je.

Bryn laissa tomber sa main.

— Bien pensé.

Il se leva et me fit signe de sortir avant lui, puis nous descendîmes l'escalier en silence.

Monsieur Jenson nous vit et sourit. Il était visiblement soulagé de voir que Bryn était debout.

— Bien joué, mademoiselle Tamara.

Je me forçai à sourire. Ce n'était pas un sourire sincère, mais je priai pour qu'il ne le voie pas.

43

Bryn et moi sortîmes par la porte arrière, qui menait à la cour munie d'un bassin. Je jetai un coup d'œil à la fontaine.

— J'aurais aimé que Mercutio soit là. Il aide aussi à augmenter mon pouvoir.

— Où est-il ?

— Je ne sais pas. Mais peu importe ce qu'il fait, je suis sûre que c'est important, sinon il serait là. Je peux toujours compter sur lui.

Bryn ne me contredit pas, mais son silence était glacial.

Je m'arrêtai dès que je touchai le gazon, mais il continua à marcher. Il observa le ciel et s'arrêta à environ 10 mètres de moi.

— C'est mieux ici.

Sa voix était de nouveau calme et douce. Il était donc plus facile de l'approcher, mais je fis un pas en arrière quand il enleva son t-shirt.

— Un contact peau à peau est idéal. Tu le sais, dit-il en observant l'horizon.

Je le savais effectivement, mais j'aurais préféré que ce ne soit pas le cas.

— Il fait glacial, me plaignis-je.

– Je ne crois pas que ce sera un problème très longtemps.

Je commençai par enlever mes bottes et mes chaussettes, puis j'enfonçai mes orteils dans le gazon jusqu'à ce que je sente la terre froide. Mes doigts tremblaient quand je passai mon t-shirt par-dessus ma tête, la chair de poule me couvrant la peau.

– Je ne me déshabille pas plus que ça, déclarai-je en baissant les yeux vers mon soutien-gorge violet en dentelle.

Bryn passa les doigts dans la ceinture de mon jean et me tira vers lui. Le pouvoir s'enflamma. Je posai les mains sur sa poitrine pour essayer de garder une certaine distance entre nous, et il me lâcha si rapidement que je dus reculer pour ne pas tomber.

– Quoi ?

– Elle est toujours en travers du chemin, dit-il.

Je regardai aux alentours.

– Elle n'est pas ici.

– Je ne veux pas dire physiquement. Je veux dire qu'elle te pousse à me résister.

– Ce n'est pas la faute d'Edie. C'est la tienne ! Tu as fait quelque chose d'horrible et je ne veux pas trop m'approcher de toi. Tu me rends furieuse et… tu m'effraies.

Bryn ouvrit la bouche pour protester, mais je l'interrompis.

– Dans mon cœur, je ne crois pas que tu me ferais du mal, peu importe ce que les gens disent. Mais tu peux faire certaines choses, lancer des sortilèges qui dépassent mon entendement. Et les gens comme toi atteignent leurs buts en étant impitoyables. Edie se trouvait sur ton chemin, alors tu as lancé un sortilège pour te débarrasser d'elle. Ça me fait peur. Si je pouvais te faire des choses sur lesquelles tu n'as aucun contrôle, tu n'aurais pas peur ?

— Tu me fais des choses que je ne peux pas contrôler, Tamara. La différence est que, quand tu es impitoyable, je ne demande jamais d'excuses.

Je haussai les sourcils.

— Je ne suis pas impitoyable.

— Es-tu ici pour ma compagnie ? Ou es-tu ici pour m'utiliser ?

Je tapai du pied.

— C'est injuste ! Je t'ai sauvé la vie.

— Tu l'aurais fait pour n'importe qui, répliqua Bryn.

— Arrête de tout déformer. Tu es un vrai... Un vrai avocat !

Il sourit.

— Est-ce ta pire insulte ?

— Admets que tu as eu tort de bloquer Edie ! lançai-je.

Son sourire s'estompa et il opina.

— Oui, c'était une erreur. Une erreur ironique.

Il s'arrêta et tapota sur sa cuisse à l'aide de son pouce, comme s'il choisissait soigneusement ses prochains mots.

— Ta sécurité et ton bonheur sont importants pour moi. C'est pour ça que je prends des risques pour toi, des risques que je ne prendrais pour personne d'autre. Alors, le fait que je t'ai blessée n'était pas simplement accidentel. C'était tout le contraire de ce que je voulais faire.

Il secoua la tête avant de continuer doucement.

— Tu mets mon monde sens dessus dessous.

Mon souffle me quitta et je le regardai. Ses yeux ressemblaient à des fenêtres donnant sur son âme, et je pouvais sentir la vérité y résidant. À ce moment, s'il avait tendu la main vers moi, je lui aurais appartenu. Il était irrésistible à ce point.

Je me léchai les lèvres.

— Euh, d'accord, dis-je en gigotant. Je... D'accord, je te pardonne.

Je plongeai les mains dans mes cheveux.

— Prêt à revenir au sauvetage de Duvall ?

Il esquissa un sourire satisfait et opina.

— Je crois que nous avons établi que, quand tu veux quelque chose de ma part, tu n'as qu'à demander.

Je m'approchai de Bryn et enfonçai les orteils dans le sol.

— Et maintenant ?

Il approcha sa bouche de la mienne.

— Tu sais.

Quand je l'embrassai, il glissa une main derrière ma tête et l'autre dans mon dos. Notre baiser était presque douloureux. Certaines parties de moi savaient que ce n'était pas une bonne idée, mais d'autres trouvaient que c'était plus que parfait. Bryn m'écrasa contre lui pendant que mes pieds restaient fermement plantés dans le sol.

Le vent souffla, la terre trembla et le pouvoir brûlait comme une flamme vive partout où nous nous touchions. La pénombre s'ouvrit, et une lumière aveuglante entra dans mes paupières fermées.

Toutes mes pensées firent place aux sensations. La peau de Bryn, chaude et douce. Ses muscles, fermes et tendus. Son souffle, irrégulier et entrant en moi chaque fois que j'inspirais. Je le laissai pénétrer dans mes poumons comme la fumée d'une bougie au bois de santal. Ma langue toucha la sienne, la caressant, essayant de prendre son pouvoir.

Nous nous battîmes pour celui-ci, mes ongles s'enfonçant dans son dos, mes hanches se collant contre lui comme si je voulais entrer dans son corps et atteindre son âme.

Je me penchai en arrière sans savoir pourquoi, jusqu'à ce que l'angle fût si prononcé que nous perdîmes l'équilibre et tombâmes par terre. Je sentis le pouvoir du monde me traverser pour toucher le ciel.

Je pouvais prendre une partie de ce pouvoir pur si je le voulais assez fort, ce qui était le cas. Le corps de Bryn glissa sur le mien, me faisant frissonner. Cet endroit en moi qui n'avait pas de nom savait qu'il m'appartenait et en voulait la preuve. Je glissai une main entre nous et me débattis avec ses vêtements. Il semblait penser que nous pouvions faire l'amour en gardant nos vêtements parce qu'il ne m'aida pas. En fin de compte, je n'avais pas besoin de son aide.

Nous nous agrippâmes l'un à l'autre et j'avalai les mots qu'il prononça contre mes lèvres. Quand j'ouvris les yeux, je vis les étoiles scintiller au-dessus de ma tête, leur lumière ressemblait à des aiguilles tatouant le dos de Bryn et mes mains.

Il tira le pouvoir vers lui, mais ce n'était pas important. Je voulais simplement me sentir bien, plonger dans ce lieu intense qui me faisait frémir. À ce moment, je franchis le pas, tombant dans une extase plus intense que toutes celles que j'avais connues auparavant.

Bryn me rejoignit et ce fut splendide… Jusqu'à ce qu'il me donne plus que ce que son corps avait à offrir.

Le pouvoir me traversa comme s'il allait me déchirer la peau pour ressortir. Je hurlai et essayai d'attraper Bryn quand il glissa loin de moi.

— Reprends-le.

Je pouvais à peine sentir ses doigts sur mon visage. Je ne pouvais pas le voir à travers la lumière blanche qui brûlait devant mes yeux. J'avais l'impression de regarder une photo surexposée.

— Concentre-toi, Tamara.

Sa voix semblait être un écho lointain dans mon esprit.

Je me débattais, essayant de l'obliger à reprendre le pouvoir.

— Vois les portes. Les vois-tu dans ton esprit ? Brûle-les pour les refermer.

Je sentis une de ses mains me serrer le bras, un geste à la fois douloureux et réconfortant.

— Vois-les pour moi.

Il continua de parler, murmurant contre ma peau, un sortilège après l'autre, jusqu'à ce que ses mots m'entourent comme un poing. Je vis alors une armée de monstres déferler dans le monde. Je tirai les sortilèges de Bryn autour de moi et les repoussai. Je vis alors les bêtes s'éparpiller et les portes dorées se fermer. La chaleur les déforma, fondant sur les bords. Ces portes étaient trop molles, trop malléables. Les monstres les traverseraient tels des guerriers dorés.

Je pensai à refroidir les portes, et le nouveau sortilège de Bryn me glaça la peau. Je m'appropriai le vent, qui fouetta de l'eau glaciale. Certains visages et mains gelèrent dans les portes qui durcissaient.

Il restait encore du pouvoir. J'essayai de me concentrer, mais je ne pouvais pas me rappeler les autres choses que je devais faire.

— Je veux régler le reste, grommelai-je.

Mes pensées étaient enchevêtrées.

Bryn me parla dans l'oreille, ses paroles résonnant dans ma tête. Je vis les fleurs et les arbres. Je vis la poussière flotter dans l'air. Je vis les frontières de Duvall en volant au-dessus d'elles. J'étais une tempête. Je tourbillonnai comme une ballerine dans une pirouette sans fin, et juste avant de perdre l'équilibre, j'ouvris les bras et propulsai le pouvoir.

Quand je redevins humaine, je détournai la tête de la pluie qui tombait sur moi. Je m'essuyai ensuite les yeux et les ouvris. Bryn était couché à côté de moi, un côté de son visage sous le mien. Il avait soufflé les sortilèges à côté de mon cou, contre mon oreille.

— Nous avons fermé les portes, dis-je dans un souffle. Vive nous.

Je fis une pause.

— Je ne pensais pas que ça ferait aussi mal, dis-je en levant une main pour empêcher la pluie de nous frapper en plein visage. Es-tu vivant ?

— Difficile à dire, grommela-t-il.

— Je suis surprise que tu m'aies donné le pouvoir.

— Je n'avais pas le choix. Il était trop tôt pour que j'en absorbe une telle quantité. Je n'aurais pas pu le contenir tout en lançant des sortilèges.

— Il était trop tôt après avoir été presque mort et empoisonné ? demandai-je.

Aucune réponse.

— Bryn ?

— Mmh ?

— Quelques fées sont passées. Quelqu'un va devoir s'en occuper.

— Quelqu'un d'autre que nous.

Il s'endormit et sa respiration se stabilisa.

Je m'assis et ajustai mes vêtements, puis les siens. Quand nos corps furent bien recouverts, je lui embrassai la tempe et me levai.

Je me dirigeai vers la maison, le sang coulant de la plaie rouverte sur mon côté. Elle faisait mal, mais je fis de mon mieux pour l'ignorer. Je pourrais bientôt me reposer, moi aussi. Mais pas encore.

« Pas encore. »

— Steve ! appelai-je.

Il apparut quelques secondes plus tard.

— Allez chercher votre patron. Il dort sur le gazon, derrière.

Steve haussa les sourcils, et ses lèvres esquissèrent un sourire en coin.

Je le regardai sévèrement.

— Vous savez, ce serait vraiment bien que vous ne me cherchiez pas pour le moment, dis-je avant de me racler la gorge et d'essayer d'adopter un air digne.

Bon, où diable se trouvent mon pistolet et les balles en fer ?

44

Quand j'arrivai au parc Magnolia, Rollie se réveilla et s'étira de tout son long à l'arrière de la limousine.

— Comment a été ton sommeil réparateur ? demandai-je.

Il bougea pour pouvoir mieux s'observer dans le rétroviseur.

— Apparemment très bien, puisque, comme toujours, j'ai l'air fabuleux.

Je me garai et grimaçai en voyant le désordre. Plus de fées que je le pensais étaient entrées.

— Il y a une foule de fées en liberté. Veux-tu m'aider à m'occuper d'elles ?

— Je vais risquer mes ongles, mais c'est pour ça que Dieu a inventé l'acrylique. Allons-y, dit-il.

Il se pencha pour embrasser Johnny sur la joue.

— Reste ici.

Johnny protesta, mais je pris le parti de Rollie et lui demandai de rester dans la voiture. Il est extrêmement doué avec un sèche-cheveux et une brosse, mais il est loin de s'appeler Calamity John.

Je glissai le pistolet à l'avant de mon jean et hissai le sac en toile sur mon épaule. Celui-ci contenait un autre arc, que j'avais pris chez Bryn. Quand j'avais fait le plein de munitions, j'avais demandé à Steve quelle était la taille de l'arsenal de Bryn. Il avait souri avant de répondre : « Assez grande, sauf si l'armée des États-Unis attaque. » J'espérais avoir emprunté tout ce dont j'aurais besoin.

Quand j'ouvris la portière de la voiture, je dus contourner Rollie, qui était appuyé contre la limousine et observait le champ rempli de fées sauvages.

– Combien ? demandai-je.

– Tu t'attends aussi à ce que je les compte ? dit-il en agitant la main d'une manière méprisante. Elles courent trop. Il sera plus facile de les compter quand elles auront cessé de bouger. Qu'as-tu pour moi qui soit en fer et élégant ?

– Veux-tu un pistolet ou un arc ?

– Aucun des deux. Tu n'as pas de jolies dagues ? Ou une petite lance ?

– Je ne comptais pas m'approcher à ce point. Et ces flèches ? demandai-je en lui en donnant une poignée.

Rollie admira les minuscules symboles magiques gravés dans les munitions.

– Très élégant. Je les prends, dit-il.

Sur ce, il retroussa les lèvres, dévoilant ses crocs blancs acérés, puis il partit en sautillant vers le cœur de l'action.

J'étais beaucoup moins indestructible que lui, alors je gardai la tête baissée et m'abritai. La police et quelques citoyens concernés (ou énervés) tiraient, mais les fées ne s'écroulaient pas.

Il y avait quelques personnes à terre, mais pas autant que j'aurais cru. Quelques femmes et enfants se cachaient sous des tables de pique-nique. Les fées monstrueuses, de taille humaine, dansaient, raillaient les gens et leur offraient des grimaces malicieuses et effrayantes. Oui. Avant de les massacrer, elles les narguaient.

Au nom de Duvall, j'étais plus furieuse qu'un bourdon. La bataille était déjà injuste. Je comptai rapidement 19 fées presque immortelles et armées. À ce moment, j'aperçus Zach de l'autre côté du feu de camp. Il était occupé à recharger et sa jambe saignait.

Je rampai sur le gazon, restant hors de vue en demeurant sous le niveau des glacières jetables. Rollie constituait une bonne diversion. Cinq fées imposantes l'avaient encerclé et le piquaient à l'aide de leurs lances. Deux d'entre elles enlevèrent la pointe pour dévoiler le bois des armes. Des pieux géants.

J'aurais été étonnée d'apprendre que l'éclair était plus rapide que les fées et les vampires, parce que l'action était complètement floue. Je me mis à genoux, visai et envoyai deux coups. Boum. Boum. Je m'étendis de nouveau et regardai par-dessus une glacière, le menton posé sur une cannette vide de bière Miller.

J'avais touché deux fées à côté de la dernière table de pique-nique. Elles s'étaient écroulées. Je rampai vers Zach à la façon d'un commando.

— Que fais-tu ici ? murmura-t-il.

« Je sauve tes jolies fesses. »

— Ce pistolet contient des balles qui vont les tuer, affirmai-je en lui tendant l'arme.

Je regardai ensuite l'entaille sur sa cuisse. Elle ne saignait pas beaucoup parce que la peau autour de la plaie était brûlée.

— La créature a plongé sa lance dans le feu avant de me frapper, expliqua Zach.

– Eh bien, voici ta chance de te venger. Ce pistolet n'est pas brûlant, mais les balles vont bien les brûler en pénétrant dans leur peau.

Je plaçai mes flèches pour pouvoir recharger rapidement. Rollie se débrouillait bien, au centre de l'action. Deux fées étaient au sol, des flèches sortant de leur poitrine, mais il avait aussi une lance dans le ventre. Elle était trop basse pour le tuer, mais elle devait tout de même faire mal.

Je me levai et tirai sur une fée au teint anthracite et aux dents noires acérées qui dansait près de nous. Je m'accroupis ensuite et rechargeai. Quand je me relevai, je vis un visage sauvage aux yeux huileux devant moi.

J'inspirai brusquement et reculai en chancelant. Le fétaud bondit sur moi. J'aimerais prétendre que sa mort était planifiée, mais la flèche glissa simplement dans son corps quand mon coude frappa le sol et me secoua le bras. Il tomba à côté de moi, du sang vert brillant coulant au sol avant de disparaître dans la terre.

Je rechargeai, suant et haletant. Les fées étaient rapides, mais je pouvais toujours sentir le fredonnement du pouvoir de Bryn sous ma peau. Il me donnait l'impression d'être assez rapide pour lutter contre les créatures.

Quand je me levai, Zach était à côté de moi, un genou au sol. Je fis voler ma flèche, rechargeai et en envoyai une autre dans les airs pendant que Zach tirait deux coups.

Les fées nous aperçurent et leurs longs visages émaciés nous lancèrent des regards noirs.

« Houlà. »

La peur me parcourut.

J'envoyai rapidement trois autres flèches avant de prendre le pistolet à Zach. Je tirai plusieurs coups, puis je pris des balles dans ma poche et je rechargeai.

Elles nous avaient presque atteints, alors je bondis sur mes pieds et courus, les attirant loin de Zach. Je continuai à tirer par-dessus mon épaule. Comme on peut l'imaginer, cette méthode était moins précise que la précédente, mais je réussis quand même à atteindre environ la moitié de mes cibles.

Quand il ne resta plus que deux fées, je me retournai et tirai à bout portant alors qu'elles fonçaient vers moi.

Rollie arracha la lance de son ventre en grimaçant.

— Ce sang va ruiner mon pantalon, déclara-t-il.

Il baissa les yeux vers les cinq fées mortes à ses pieds avant de regarder celles que j'avais abattues.

— Eh bien, regardez cette petite fanfaronne, dit-il en m'acclamant, tapant dans sa main à l'aide de ses doigts.

Je fronçai les sourcils.

— Oui, j'ai utilisé un peu de magie que j'ai absorbée plus tôt, et je n'aurais pas pu y arriver sans ton aide.

Il rit.

— Ne t'ai-je rien appris ? Si tu es une fantastique petite machine à tuer, tu n'as pas besoin de t'excuser ou d'expliquer. Dis simplement « Rollie, quelle couleur de cape serait jolie pour une superbe sorcière rousse ? »

Je me tournai et aperçus Zach, agenouillé non loin de nous. Il me regardait comme si je venais de gagner la médaille d'or olympique dans un sport qu'il ne savait pas que je pratiquais.

— Hé ! chéri, dis-je en m'approchant de lui. Comment va ta jambe ?

— Pas trop mal, répondit-il avant de se lever en grimaçant.

— Veux-tu la bander ? Nous pouvons aller…

– Non, dit-il. Est-ce que c'est terminé ? Y a-t-il d'autres… créatures en liberté ?

– Je crois que nous les avons toutes eues, dis-je, sans compter Rollie, puisqu'il était de notre côté.

Zach opina.

– J'ai besoin d'aller au poste pour voir comment vont les choses. Nous avons beaucoup d'agents blessés.

Il m'inspecta des pieds à la tête.

– Je suis blessée aussi, dis-je avant de lever mon t-shirt pour lui montrer ma plaie, me rappelant trop tard qu'il l'avait déjà vue.

Il me regarda.

– Je pensais qu'elle était plus profonde.

Quand je baissai les yeux, je fus surprise de constater que la blessure était presque guérie. Comme sur mon épaule, la peau s'était refermée et l'ecchymose s'était estompée beaucoup plus rapidement que la normale.

– Elle va beaucoup mieux. Le Neosporin est vraiment une crème miraculeuse.

– Mmh mmh, répondit-il d'un ton sceptique. Pourquoi ne vas-tu pas te reposer chez Georgia ? Je te verrai plus tard.

– Je pourrais t'aider, proposai-je.

– Non, tu en as assez fait, affirma-t-il.

Je me mâchouillai la lèvre et serrai les poings pour ne pas tendre les bras vers lui quand il se retourna. Je le regardai plutôt boiter vers sa camionnette.

– Il ne m'a même pas réclamé un baiser, murmurai-je, prenant tristement conscience que tout n'allait pas comme sur des roulettes entre Zach et moi.

Il avait peut-être accepté l'existence des monstres, mais il ne s'y était pas encore fait, ni à mon besoin de les combattre.

Rollie passa un bras autour de mes épaules.

— Ah ! ma belle, c'est mieux ainsi. Tu ne peux pas avoir tous les hommes en ville, et, honnêtement, je crois que Bryn Lyons est le genre de mec qui prend deux mains à contrôler. Mais je suppose que tu le sais, puisque je peux sentir sa magie sur toi.

Je restai clouée sur place, regardant Zach s'éloigner.

— Bryn est super.

« Quand il ne lance pas de sortilège pour empêcher des membres de ma famille de me voir. »

— Mais Zach et moi, nous nous aimons depuis toute notre vie.

— Ah ! pitié. Toute votre vie ? Tu es en vie depuis cinq minutes. En plus, peut-être qu'il a seulement besoin de quelques jours pour s'habituer à la nouvelle toi.

Rollie me donna un petit coup de coude d'encouragement, et nous retournâmes vers la limousine. Au lieu d'entrer, il ouvrit la portière pour que Johnny sorte.

— Johnny et moi allons nous promener, dit-il. Rentre chez toi et fais-toi belle, et nous nous rejoindrons plus tard pour boire un verre de champagne afin de célébrer ta tuerie.

45

Je n'allais pas rentrer à la maison. J'allais aider à rassembler les blessés. Mais je devais d'abord aller voir où en était Nixella-la-neutralisée. Je l'appelai, et quand elle apparut, je ne la reconnus pas immédiatement. Son teint était de la couleur d'un avocat mûr. Je me dis qu'elle devait enfin montrer ses couleurs… Littéralement. Ses doigts, ses orteils et ses oreilles étaient deux fois plus longs que ceux d'un humain. Je l'observai avec circonspection.

— As-tu fait ce que je t'ai demandé ? Je veux dire, ordonner ?

— Oui, répondit-elle d'un air morose.

— Reste-t-il d'autres fées en liberté à Duvall qui n'auraient pas été là si les portes n'avaient pas été ouvertes ?

— Non.

— D'accord, je t'ordonne de rentrer chez toi et de ne plus jamais revenir à Duvall, à moins que je t'appelle.

— Attends, dit-elle.

J'attendis.

— Je veux conclure un marché. Si tu promets de ne jamais utiliser mon nom pour m'appeler et que tu promets de ne répéter mon nom à personne, je te dirai quelque chose que tu ignores, mais que tu voudrais savoir.

— Nixella Pipken Rose, je t'ordonne de me dire ce que j'ignore, mais que j'aimerais savoir.

— Ton amie Georgie Sue t'a acheté une robe noire de cocktail pour Noël. Elle pense que celle que tu as est trop usée. Elle ne sait pas pourquoi tu la portes encore alors que la couleur a pâli.

J'inspirai brusquement, posant une main sur ma bouche. Les fées sont cruelles. Et les meilleures amies aussi, apparemment.

— C'était l'information pour laquelle tu voulais conclure un marché ?

— Non.

— Alors, quel était le secret ?

— Il n'y en a pas.

Je savais qu'elle était une tricheuse, mais j'avais aussi l'étrange sentiment qu'il y avait quelque chose que je devais savoir et que j'ignorais.

— Dis-moi l'information qui demande que je promette de ne plus jamais t'appeler.

— Promets-tu de ne plus m'appeler ? Et de garder mon nom secret ?

— Nixella Pipken Rose, je t'ordonne de me dévoiler l'information importante immédiatement.

— Incendio Maldaron a ton chat. Si tu ne te rends pas immédiatement à l'auberge, il va le tuer.

Je me sentis blêmir.

— Rentre chez toi, criai-je.

Elle disparut immédiatement et je démarrai la voiture. J'enfonçai ensuite l'accélérateur, sans m'occuper des véhicules et bicyclettes que je risquais de frapper.

Je filai sur la route aussi vite que possible. J'ignore combien de temps il me fallut pour me rendre dans la vieille ville, mais comme je ne possède pas le don de téléportation, cela prit trop longtemps.

Je garai la voiture et entrai en trombe dans l'auberge Rose jaune. Au moment où je franchis le pas de la porte, j'entendis un bruit sec ressemblant étrangement au jour où Bryn m'avait emprisonnée dans un cercle.

– Que se passe-t-il ? Mercutio !

Je courus vers l'entrée, essayant d'entrer dans la salle à manger, mais je rebondis. Bien sûr. Prise au piège ! Je baissai les yeux vers les symboles dans l'embrasure de la porte, puis regardai ceux de la pièce suivante.

Mercutio était enfermé dans une cage à chat. Incendio était quant à lui allongé sur la moquette, évanoui, du sang coulant d'une plaie sur sa tête. Jordan Perth lisait un livre de sortilège.

– Que faites-vous ? demandai-je, mon estomac se nouant.

Jordan leva momentanément les yeux et sourit, puis il recommença à lire, tapant sa baguette au rythme des mots.

– Ce transfert je scelle avec le sang du cœur, dit-il avant de fermer le livre et de le laisser tomber par terre.

Je grimaçai quand il sortit un grand couteau de la poche de sa robe pourpre.

– Je tire son pouvoir des 10 feux de l'enfer, dit-il.

Il marcha ensuite autour d'Incendio en répétant sans cesse la même phrase.

– Je tire son pouvoir des 10 feux de l'enfer.

Mercutio cracha, mais Incendio ne bougea pas.

— Incendio, réveillez-vous ! criai-je. Incendio !

Je n'étais pas une grande admiratrice de son travail, mais tout le monde sait qu'il ne faut pas frapper quelqu'un qui est déjà à terre, encore moins le poignarder en plein cœur et lui voler ses pouvoirs.

Finalement, Jordan s'agenouilla à côté d'Incendio. Je posai les mains sur mes yeux. Je sentis alors une bourrasque de chaleur et m'éloignai de l'embrasure de la porte en titubant, entendant Mercutio miauler.

— Donnez-moi mon chat ! hurlai-je.

L'air refroidit rapidement, et quand j'ouvris les yeux, je le regrettai immédiatement. Jordan lécha du sang sur son couteau et j'eus un haut-le-cœur en posant une main sur ma bouche.

Il s'approcha ensuite de l'embrasure de la porte, souriant comme un psychopathe pourri et sale.

— Merci de m'avoir épargné la peine de vous trouver. Ça me sauve du temps, ce que j'apprécie. Et merci d'avoir tiré sur Incendio. Ça l'a rendu encore plus vulnérable à mon attaque, étant donné qu'il avait besoin d'aide pour entrer.

— Pourquoi l'avez-vous tué ? bredouillai-je.

Pour une petite ville, nous avions beaucoup de tueurs fous, ces derniers temps.

— Quelqu'un doit porter le blâme pour le meurtre de Tom Brick. Autant que ce soit le malfrat qui l'a tué. Et dans sa lancée, Incendio pourra aussi être accusé du meurtre d'Earl Stanton, qui est mon œuvre. Et du vôtre, ainsi que de celui de Bryn Lyons. Moi et encore moi.

« Mon meurtre ! Et celui de Bryn ? »

Mon cœur se mit à se débattre dans ma poitrine. Je devais sortir. Je me retournai et courus, essayant de briser le cercle en sortant par la porte principale, mais cela ne fonctionna pas.

– Prise au piège, dit Jordan en souriant.

– Hin hin. C'est ce que je vois.

« Plan B : gagner du temps ! »

Il semblait si fier de lui que j'étais prête à parier qu'il mourait d'envie de se vanter.

– Pourquoi diable avez-vous tué Earl ?

– Stanton m'a doublé. Il possédait des bijoux puissants. Incendio voulait les obtenir pour l'aider à contrôler l'énergie de la colline… Quelque chose à voir avec le droit que votre famille a sur celle-ci.

Quoi ? La colline ? Les seuls bijoux qu'Incendio aurait voulus et qu'Earl possédait étaient les boucles d'oreille, mais peut-être avait-il menti à Jordan sur la raison pour laquelle il voulait les obtenir. Il n'avait peut-être pas voulu qu'un sorcier apprenne qu'il avait une faiblesse.

– J'ai offert à Stanton deux fois leur montant, mais il a quand même donné les bijoux à Incendio, qui n'avait pas besoin d'accroître ses pouvoirs, siffla Jordan. Je ne pouvais pas le laisser les posséder. C'est moi qui suis né avec trop peu de pouvoirs. Mais plus maintenant. Je possède désormais la magie d'Incendio pour vous éliminer, vous et Lyons. Une fois que vous serez tous les deux morts, je revendiquerai la colline, et je deviendrai aussi puissant que tous les membres du Conclave.

Il sourit.

– Personne ne me traitera plus de sorcier sans importance.

– Pourquoi Incendio a-t-il tué Tom Brick ?

– Brick a refusé de coopérer, et Incendio s'est emporté. Nous avions besoin que Brick baisse les protections sur sa propriété afin d'avoir accès à la rivière Amanos. C'était le seul moyen d'entrer sur le domaine de Lyons pour l'épier. Ses protections du côté terrestre étaient trop puissantes.

— Vous avez été *envoyés* ici pour épier Bryn !

— Nous avons été envoyés pour trouver une excuse pour le tuer. J'ai été surpris de voir qu'il était si préoccupé et imprudent à cause de vous. Ce n'est pas le genre de Lyons de se laisser distraire. Et maintenant, j'entends qu'il a été affaibli. Empoisonné par de la magie elfique.

Jordan sourit et lécha de nouveau le couteau ensanglanté.

— J'espère que sa magie sera majoritairement intacte quand je lui arracherai le cœur.

Il se retourna et s'éloigna de la porte du petit salon.

— Attendez ! criai-je.

Il m'ignora et continua à marcher avant d'ouvrir une porte-fenêtre de l'autre côté de la salle à manger, par laquelle il sortit.

Quelques secondes plus tard, un souffle secoua la maison et des flammes entrèrent. Mercutio devint fou dans sa cage.

— Non ! criai-je. À l'aide ! Aidez-nous !

Je continuai de crier quand les flammes s'étendirent aux rideaux et aux murs. De la fumée noire se mit à remplir les pièces, m'étouffant pendant que la chaleur m'écrasait.

— Nixella Pipken Rose, viens me voir maintenant !

Elle apparut dans la pièce de Mercutio.

— Viens ici, dis-je.

Elle sautilla vers l'embrasure de la porte, mais s'arrêta net en riant.

— Tu es prise au piège, stupide sorcière, dit-elle.

— Je t'ordonne de traverser le cercle et de le briser.

Elle sourit.

— Tu ne peux pas me donner d'ordre à l'intérieur de ce cercle. Je n'étais pas obligée de venir, quand tu m'as appelée cette fois-ci. Je suis venue parce que je voulais te voir brûler.

Mon cœur se serra, et dans l'autre pièce, Merc miaula. Je jetai un coup d'œil vers la porte.

— Nixella, sors Mercutio.

— Non.

— Si tu le fais, je promets de ne plus jamais t'appeler et je promets de ne jamais dévoiler ton nom à qui que ce soit.

Elle rit.

— Tu ne le feras jamais de toute façon.

Elle regarda ensuite la fumée et les flammes.

— S'il te plaît ! S'il te plaît, sors-le. Il n'a pas demandé à être ici.

Nixella s'approcha de la cage et regarda Merc.

— J'aime bien les chats, dit-elle. Il a de beaux yeux. Presque aussi beaux que ceux d'une fée.

Je priai de toutes mes forces en serrant les mains.

— D'accord, mais il reste dans la cage jusqu'à ce que cette maison se soit envolée en fumée avec toi à l'intérieur.

Elle prit la cage et sortit en gambadant.

Je m'allongeai par terre, toussant en fouillant dans mes poches à la recherche de mon téléphone cellulaire. Aucun signal. Trop de magie dans les parages. Je me dirigeai dans un coin de la pièce et me roulai en boule.

Mon t-shirt était trempé par la sueur. Je me concentrai, appelant la pluie, le grésil, la neige, un seau d'eau. Il ne se passa rien. J'étais prisonnière et désemparée ! Je me sentais nauséeuse et terrifiée, la tête palpitante et l'estomac retourné.

J'avais toujours la magie de Bryn et la mienne, mais je semblais incapable de l'utiliser à l'intérieur du cercle. Je m'inquiétai soudain pour Bryn. Jordan le trouverait-il ? Bryn était faible. Steve et monsieur Jenson essaieraient de le protéger de Jordan, mais avec le pouvoir d'Incendio…

Je levai mon t-shirt devant mon visage et essayai de respirer à travers le tissu. Mes poumons semblaient brûler autant que le feu. Le plafond s'enflamma au-dessus de ma tête et je fermai les yeux, qui me faisaient mal à cause de la chaleur. Tout en m'étouffant à cause de la fumée, je me dis que tout serait bientôt terminé.

46

– Tammy Jo ! appela la voix d'Edie.

Je plissai mes yeux remplis d'eau, essayant de l'apercevoir au milieu de l'épaisse fumée.

– Ici ! répondis-je d'une voix rauque, mon cœur devenant plus léger à l'idée de ne pas être seule.

– Où es-tu ?

– Emprisonnée dans un cercle.

Je serrai le médaillon et finis par la voir, brillante malgré la pénombre.

– Par ici, chérie. Viens par ici.

Je rampai jusqu'à ce que j'arrive à la porte menant vers l'escalier.

– Viens avec moi.

– Je ne peux pas, dis-je, les larmes coulant sur mes joues.

– Bien sûr que tu le peux. Sois courageuse.

– Non, c'est le cercle.

Je poussai contre la barrière pour lui montrer, mais mes mains la traversèrent.

– J'ai brisé le cercle en entrant.

Vraiment ? C'était vrai ? L'espoir naquit en moi quand j'avançai lentement.

– Comment ?

– Mon âme est liée à ta magie, à celle de la famille. Quand j'ai traversé le cercle, un soupçon de ton pouvoir l'a également fait.

Je me retournai. Je ne pouvais pas voir la sortie, puisque les quatre murs brûlaient. Il était quand même trop tard.

– Par ici ! dit Edie.

Je n'eus pas le choix de monter l'escalier à quatre pattes, les murs de la cage d'escalier brûlant autour de moi. La chaleur était si horrible que ma peau semblait sur le point de faire fondre mes os.

– Dépêche-toi ! cria Edie.

Je suivis le cercle de lumière qui l'entourait.

« Je ne peux pas respirer. »

Je posai les mains sur ma bouche. Chaque inspiration me brûlait la gorge et la chaleur me faisait mal aux yeux, à tel point qu'il était difficile de voir à travers mes larmes. J'étais étourdie.

– Je suis ici ! dit-elle.

J'avançai en chancelant. Nous nous trouvions dans une chambre. Edie avait une main fantomatique posée sur le tiroir d'une table de chevet.

Je tirai sur la poignée, mais il ne s'ouvrit pas. Je n'hésitai pas à faire tomber la table sur le côté, avant de la frapper par terre jusqu'à ce qu'elle s'ouvre comme une noix.

– Quoi ?

– Les boucles d'oreille !

Je fouillai les décombres jusqu'à ce que je trouve une petite boîte blanche. Quand je l'ouvris, je les vis. Les émeraudes de tante Mel.

– Dépêche-toi.

J'avalai des bouffées de fumée.

«Je ne peux pas… Je ne peux pas respirer!»

J'insérai la première dans mon oreille et la fermai, puis je répétai l'opération avec la deuxième.

Une bourrasque entra par le plafond et m'entoura.

«Mon Dieu!»

Je me tins la tête, bouleversée de pouvoir de nouveau respirer.

— Je ne peux pas le croire, dis-je d'une voix rauque en tremblant de soulagement.

Edie rit et battit des mains.

— Oui, fantastique! Par ici. Tu dois sortir. Tu pourrais encore tomber ou te faire écraser.

Je la suivis vers une fenêtre du deuxième étage que je brisai à l'aide d'une lampe. Je descendis ensuite le long du tuyau d'écoulement, entourée de flammes qui ne me brûlèrent pas. J'atterris lourdement au sol, puis je me levai péniblement en toussant et en crachotant. Je contournai ensuite la maison en courant pour trouver Mercutio.

J'aurais voulu crier de joie, mais ma gorge me faisait trop mal.

— Tu vas bien, dis-je d'une voix rauque en ouvrant la cage.

Merc bondit dehors et je l'attrapai pour le serrer dans mes bras.

Il miaula.

— Oui, je vais bien aussi.

Nous courûmes vers la voiture et entrâmes. Edie apparut sur le siège du passager en compagnie de Mercutio.

— Merci, Edie.

Elle sourit et m'envoya un baiser.

– Incendio m'a oubliée. Il n'aurait pas dû le faire. Un fantôme a vu où il avait caché les boucles d'oreille. Un de nous voit toujours ce qui se passe, dit-elle en esquissant un sourire suffisant.

– Tu es fantastique !

– Je ne peux pas te contredire, dit-elle en penchant la tête sur le côté quand elle commença à s'estomper. Je dois me reposer, par contre. Créer de la lumière dans une telle pénombre est fatigant. Reste loin des ennuis.

Elle se transforma en globe flou avant de disparaître.

– Incendio n'a pas seulement sous-estimé les fantômes, hein, Merc ? Peux-tu croire que Jordan Perth l'a tué ?

Je secouai la tête.

– Ça m'a complètement surprise.

Ma voix donnait l'impression que je souffrais de toux chronique, et chaque fois que je parlais ou que j'avalais, je pensais que quelqu'un frottait l'intérieur de ma gorge avec du papier de verre.

– Je suppose que tu sais que nous devons arrêter Jordan.

Merc ronronna pour m'indiquer qu'il était au courant.

Chez Bryn, l'interphone avait été frit, littéralement, et la grille, ouverte par une bombe enflammée.

Je garai la limousine et filai vers la maison. Je criai, mais personne ne répondit. Je sortis alors par la porte menant à la cour, où je trouvai monsieur Jenson nageant sur place dans le bassin.

– Monsieur Lyons a insisté ! déclara-t-il.

– Où est-il ?

– Steve et lui sont partis à la rivière.

— Restez ici.

Je traversai la cour jusqu'à la pelouse.

— Mon Dieu, dis-je en regardant le cercle de feu.

Il atteignait une hauteur d'au moins quatre mètres et Jordan le contournait en traçant des symboles dans le sol. Je ne pouvais pas voir à travers les flammes, mais j'étais prête à parier que je savais qui se trouvait à l'intérieur.

Je fonçai vers Jordan, mais il me vit avant que je sois assez près de lui pour le renverser. Il évita mon placage. Je roulai quand des flammes sortirent de sa baguette.

Je plongeai dans le mur de feu pour entrer dans le cercle. Que Dieu bénisse les boucles d'oreille de tante Mel.

Bryn était agenouillé, transpirant et marmonnant ce qui semblait être un sortilège plutôt inefficace. Dommage que quelqu'un ait emprunté toute sa magie, sinon il aurait pu en lancer un meilleur.

— Hé ! dis-je en m'agenouillant à ses côtés. Veux-tu aller nager ?

Il ne me répondit pas.

— Bryn, chéri, m'entends-tu ?

Je le tirai et il tomba face contre terre, inconscient.

— Impossible, dis-je.

Je l'embrassai et fis de mon mieux pour lui transférer une partie de mon pouvoir.

Il ouvrit les paupières et cligna une fois des yeux.

Soudain, le mur de feu disparut. Quand je regardai aux alentours, je vis que Merc avait distrait Jordan, qui lançait des boules de feu de sa baguette pendant que mon chat courait en zigzag sur le gazon.

— Tu dois te lever, Bryn, dis-je.

Il me serra le bras.

— Il a dit que tu étais morte.

— Et il a l'air stupide, maintenant, n'est-ce pas ? Il ne devrait pas vendre la peau de l'ours avant de l'avoir tué. Tu dois te lever.

Mes paroles étaient éraillées, si faibles que je les entendis à peine.

— Vous ! cria Jordan.

Il fit jaillir des flammes de sa baguette et je me jetai devant Bryn.

— Vous allez brûler ! s'exclama-t-il.

Mais je ne brûlai pas. Vive moi et les boucles d'oreille magiques de ma famille.

Je tirai sur le bras de Bryn et le sentis bouger. Nous nous levâmes en même temps, et il entrelaça nos doigts quand nous reculâmes vers la rivière. Jordan essaya de passer derrière nous, mais je gardai Bryn dans mon dos et continuai de marcher. Finalement, Jordan essaya de lancer d'autres sortilèges. Il se mit à crier des mots aléatoires, et je vis une énergie blanche et vive sortir de sa baguette, mais Bryn tendit un bras pour la repousser. Même s'il était faible, ses pouvoirs défensifs étaient meilleurs que les capacités de base de Jordan.

Celui-ci se retourna et érigea un mur de feu devant l'eau.

— Éloignez-vous, maintenant ! Vous ne quitterez pas cette propriété.

Il pencha sa baguette et le mur de feu se mit à nous entourer, dirigeant Mercutio vers nous. Je lui criai de reculer et parlai à Bryn par-dessus mon épaule.

— Nous allons entrer dans l'eau. Reste aussi près que possible de moi jusqu'à ce que nous ayons franchi les flammes, et après, va sous le quai.

Il ne dit rien. Je ne savais même pas s'il pouvait entendre mes paroles à cause de ma voix de crapaud. Quand je tirai sur sa main et commençai à avancer, il m'accompagna. Je fermai les yeux et me dirigeai vers le bruit de l'eau déferlante. Nous fonçâmes dans quelque chose avant de tomber dans l'eau, dont la froideur fut un choc.

Quand Bryn et moi refîmes surface, je lui lâchai la main. Jordan était aussi dans la rivière. C'était lui que nous avions frappé.

Il postillonna et se mit à jurer quand l'eau alourdit ses robes. Je saisis l'occasion et plongeai sous l'eau avant de nager vers lui. Quand je sentis ses robes contre mon visage, je remontai rapidement et lui arrachai la baguette.

Il hurla de fureur. J'essayai de m'éloigner, mais le courant était trop fort, et Jordan m'attrapa les cheveux. Je cassai alors sa baguette en deux. Je suppose qu'il le sentit parce qu'il cria comme s'il s'était transformé en banshee. Je jetai les morceaux de la baguette : un atterrit sur le quai et l'autre, dans l'herbe haute.

Jordan essaya de toutes ses forces de me noyer, et il était en train de réussir. Je me débattis, arrachant une poignée de mes cheveux, mais quand je refis surface, nous nous retrouvâmes face à face. Je donnai alors un coup de poing sur son nez parfait.

Le sang gicla et Jordan parut stupéfait. Je le frappai de nouveau et il me lâcha pour se prendre le visage.

Je me tournai et essayai de nager à contre-courant vers l'endroit d'où Bryn m'appelait. Steve et lui formaient une chaîne humaine. Steve s'agrippait au quai à une main, pendant que l'autre tenait Bryn, qui me tendait la main gauche.

Je nageai de toutes mes forces, mais le courant continua de m'emporter. Mes jambes brûlaient à force de battre et mes bras semblaient peser une tonne. J'avais l'impression d'avoir utilisé toute mon adrénaline dans ma lutte contre Jordan, et que mon corps ne voulait plus lutter pour sa survie. Je me mordis la lèvre.

« Allez ! Il n'est pas si loin ! »

Bryn cria et j'essayai de le rejoindre, mais je n'y arrivai pas. J'entendis alors un éclaboussement, et Merc arriva près de moi, nageant tout en me tirant par le t-shirt.

Mais la rivière me voulait, m'entraînant loin du quai. Même nager sur place devenait difficile. Je plongeai sous l'eau et remontai en crachotant. Si je me noyais, je ne comptais pas emporter Merc avec moi.

Je l'éloignai.

— Tu ne peux pas me sauver. Rejoins la rive. Allez Merc, maintenant, rejoins la rive, dis-je en le poussant.

Il miaula.

— Lâchez-moi, dit Bryn à Steve.

— Non, Steve, ne le lâchez pas ! criai-je d'une voix rauque.

— Lâchez-moi, lâcha sèchement Bryn.

À ce moment, je sentis un élan de magie, et Steve lâcha sa main comme s'il avait été piqué.

Bryn nagea, me rejoignant en quelques secondes.

— Passe les bras autour de mon cou.

— Nous n'allons pas y arriver, dis-je en pleurant. Pourquoi as-tu lâché prise ?

— Passe les bras autour de mon cou, répéta Bryn en les levant lui-même.

Mon poids nous entraîna momentanément sous l'eau. Je remontai à la surface en haletant. Bryn se lécha les lèvres.

— Tout va bien, affirma-t-il.

— Lâche-moi ! Sauve-toi.

Il secoua la tête en me tenant. La rivière s'élargit et elle nous entraîna, nous tirant sous l'eau et nous éclaboussant d'eau glaciale quand nous remontions pour respirer. Le rugissement des chutes Cider me remplit les oreilles.

— Quand je t'embrasserai, tiens bon. Ne me lâche sous aucune circonstance.

— Es-tu assez fort pour lancer un sortilège afin de nous empêcher de tomber et de nous écraser sur les roches en bas de la chute ?

Je lus la réponse dans ses yeux, mais je la connaissais déjà. Je pouvais bien sentir qu'il ne lui restait plus aucune magie. Nous avions dépensé tout notre pouvoir.

— Promets-moi de ne pas me lâcher, dit Bryn.

— Personne ne tombe dans la chute et ne survit, dis-je en crachant de l'eau.

— Alors, je mourrai en t'embrassant. Promets-moi de ne pas me lâcher.

Mon corps se mit à brûler en réaction, et je sus qu'une partie de moi-même était déjà amoureuse de lui.

— Je… Oui, je le jure.

Pendant les derniers mètres, je n'entendis rien, à part le bruit de l'eau, mais je sentis la bouche de Bryn. Je m'accrochai de toutes mes forces, comme je l'avais promis, même quand la chute nous fit culbuter, nous martelant avant de nous faire tomber.

47

J'étais assurément en train de me noyer. Nous culbutâmes indéfiniment, puis je fus tirée vers le bas, encore et encore. Le monde commença à s'estomper. À ce moment, la rivière nous recracha. De longs moments s'écoulèrent, Bryn et moi nous accrochant l'un à l'autre tout en haletant.

Tout faisait mal, en particulier ma cheville, mais ma tête était au-dessus de l'eau et nous flottions, tout doucement.

– Comment se fait-il que nous ne soyons pas morts ? demandai-je, abasourdie.

– Il y a un trou profond à un endroit sous la chute. J'ai utilisé un peu de magie pour que nous y tombions. Malheureusement, il y a aussi un tourbillon incroyablement puissant. On aurait dit une tornade sous-marine, n'est-ce pas ?

– Comment avons-nous fait pour ne pas nous noyer ?

Bryn rit doucement.

– L'eau ne veut pas de moi.

– Hein ?

– C'est seulement une vieille histoire absurde que Jenson raconte. Je ne m'en souviens même pas. Quelque chose à voir avec un étang, répondit-il avant de faire une pause. Tes cheveux sentent la fumée. Ta bouche aussi.

– Oui, avant de passer à un cheveu de me noyer, je suis presque morte brûlée vive. Demain, je vais laisser quelqu'un me tirer d'un canon. Après, je prends ma retraite.

Steve vint nous chercher à environ un kilomètre et demi en aval de la chute. Lorsque nous arrivâmes à la maison, j'entrai en clopinant, appuyée sur Steve. Du thé et des biscuits nous attendaient, et nous pûmes nous allonger sur un lit moelleux.

Mercutio s'assit dans un coin pour manger du poulet cru. Ma priorité aurait dû être de dormir, mais ce ne fut pas le cas. Je suis aussi curieuse que Pandore, alors, les choses importantes d'abord : pendant que Bryn se douchait, je devais interroger monsieur Jenson, à propos de l'étang.

Il s'assit sur une chaise à côté du lit et se versa une tasse de thé, à laquelle il ajouta une généreuse quantité de whisky.

– Nous habitions l'ancienne maison, à l'époque. En Irlande. J'ai entendu ma femme l'appeler et je me suis demandé où il était passé. Sous des meubles, probablement. À ce moment, elle entra en courant, demandant où se trouvait le bébé. En même temps, Rory Cameron est arrivé de la cuisine en criant qu'il allait tuer les chiens à cause du vacarme qu'ils faisaient en jappant comme des déchaînés devant la mare aux canards. Ma femme est devenue aussi blanche que cette taie d'oreiller, raconta-t-il en faisant en signe de tête. Nous sommes tous sortis en courant aussi rapidement que possible. J'ai aperçu son corps. Ma femme aussi. Elle a poussé un cri de douleur assez fort pour rendre les anges sourds. Les chiens se sont immédiatement tus et nous avons continué de courir jusqu'à ce que l'eau nous arrive aux genoux. À ce moment, je me suis rendu compte qu'il n'avait pas la tête dans l'eau. Il faisait face au soleil, flottant sur le dos. Il s'est ensuite tourné sur le ventre et a nagé vers nous comme un chiot. Mais personne ne lui avait appris. Il avait seulement 13 mois. Nous pensions qu'il était trop jeune pour nager. Eh bien, ma femme l'a sorti de l'eau avant de retourner dans la maison en courant. Plus tard, nous nous sommes dit qu'il avait dû apprendre à nager en observant les chiens, mais son flottement était toujours étonnant. À notre insu, les gamins ont décidé de le tester dans un bain rempli d'eau. Ils l'ont trempé, mais il a flotté vers la surface, sans jamais pleurer. Cette histoire a rendu ma femme plus furieuse que je ne l'eusse jamais vue. Quand quelqu'un a mentionné l'étang, elle l'a interrompu et a annoncé à tous les gens présents qu'on ne parlerait plus jamais de cette journée. L'eau ne voulait pas de Bryn, point final. Nous n'en avons jamais reparlé, et elle n'a jamais aimé le voir dans l'eau, même si c'est un nageur hors pair. Vous voyez, elle était très superstitieuse et elle pensait que l'eau allait changer d'avis et nous l'arracher. Ce n'est pas arrivé. Quelque chose empêchait l'eau de s'emparer de Bryn. Une sorte de sortilège, je suppose.

— Eh bien, je suis très heureuse que l'eau ne l'ait pas emporté aujourd'hui. Ou moi. Je croyais vraiment que ça arriverait, quand nous sommes tombés dans la chute.

— Cette expérience a dû être effrayante.

— Oui, mon adrénaline a fait des heures supplémentaires, au cours des deux dernières semaines.

Quand Bryn revint, j'allai me doucher. Cette fois, monsieur Jenson me donna un pyjama bleu en soie qui était à ma taille. En fait, il était parfait pour moi.

— D'où vient-il ? demandai-je.

Bryn était allongé du côté gauche du lit, vêtu d'un pyjama noir qui semblait dessiné par Ralph Lauren, mais qui était muni d'une petite croix celtique là où aurait dû se trouver le logo de la marque. Il haussa les épaules.

— Je suppose que Jenson l'a trouvé dans un tiroir.

Mmh mmh. Comme lorsque Georgia Sue m'avait dit que des membres de la Ligue junior allaient passer chez moi et que j'avais préparé deux pichets de thé glacé et un plateau de sandwichs afin de prétendre que j'en avais toujours sous la main. Je repensai à monsieur Jenson me racontant des histoires de Bryn lorsqu'il était bébé. Et à la manière dont Steve et lui avaient commencé à agir, comme si j'étais chez moi dans la maison de Bryn. Je commençais à croire qu'il existait un plan pour me rendre à l'aise au point où je ne voudrais pas partir.

— Il y a une nouvelle brosse à dents dans l'armoire à pharmacie, dit Bryn.

— Monsieur Jenson me l'a dit. C'était très commode. Merci.

— Est-ce que quelque chose cloche ? demanda Bryn.

Je suppose qu'il avait entendu la méfiance dans ma voix.

— Non, dis-je en faisant semblant de bâiller. Eh bien, tu devrais probablement monter dans ta chambre, maintenant. Je vais dormir ici quelques heures, si c'est correct.

— Dors ici tant que tu veux.

Il me fit signe de m'allonger.

— Je vais monter dans une minute, ajouta-t-il quand je ne bougeai pas.

Je m'assis en tailleur sur le lit, face à lui.

— Ta gorge semble irritée. Jenson t'a laissé quelques pastilles contre la toux sur la table de chevet, indiqua Bryn en les pointant du doigt.

« C'est un complot. »

Je me tournai pour jeter un coup d'œil au sac. Une partie de moi voulait résister, mais c'était la partie qui n'était pas ma gorge. Je fis un essai en déglutissant. Oui, toujours tendre. Je pris une pastille au citron et au miel, la déballai et la plaçai dans ma bouche.

— Je ne connais pas le protocole pour une telle situation, mais j'aimerais te demander la main de ton majordome.

Bryn rit.

— Je crois que Jenson a quelqu'un d'autre en tête pour toi.

Hors de question de laisser la conversation prendre cette direction ! En plus, il y avait autre chose dont je voulais parler, une chose à laquelle j'avais pensé tout au long de ma douche.

Je plaçai mes cheveux derrière mes oreilles.

— En parlant de ce que pense monsieur Jenson, il croit qu'un sortilège te protège de la noyade.

— Il n'y a aucun sort. Si c'était le cas, même si c'était un sortilège de protection, je le saurais.

— La plupart des bébés qui tombent dans un étang se noient, dis-je.

Il haussa les épaules.

— J'ai dû apprendre à flotter avant ce jour-là. Peut-être dans la baignoire.

— Tu sais, quand tu pensais qu'il y avait…

Je m'arrêtai et pris une grande inspiration.

— Attends. Laisse-moi d'abord te poser une question.

Bryn opina.

— Si quelqu'un devait te dire quelque chose que tu risques de ne pas aimer, qui pourrait te gêner ou te faire honte, voudrais-tu le savoir ?

— Oui.

— Attends. Réfléchis-y bien. Ce ne serait peut-être pas le cas.

— Je voudrais connaître la vérité. Dis-moi ce que tu crois savoir.

J'hésitai.

— Eh bien, je ne suis pas sûre.

Je tapai mes doigts les uns contre les autres.

— Tu y as probablement déjà réfléchi, et tu as dû conclure que c'était faux.

Je restai assise en silence pour réfléchir. Je ne voulais pas sembler stupide. Quelles étaient les probabilités que j'aie pu penser à une chose qui n'était pas venue à l'idée de Bryn ?

— Tamara, par pitié, crache le morceau.

Je levai les yeux.

— D'accord. Premièrement, tu ne t'es pas noyé aujourd'hui, ni quand tu étais bébé, dis-je en levant l'index. Deuxièmement, tu as pu sentir ma magie lorsque j'étais une fée, alors que tu aurais dû en être incapable, même si tu as lancé des sortilèges pour bloquer la majorité de ma magie ne venant pas de sorciers, continuai-je en levant le majeur.

Je levai ensuite tous les autres doigts.

— Et troisièmement, il y avait un deuxième poison sur la pointe de la flèche par laquelle j'ai été atteinte. C'était de la boue provenant d'un marais spécial, mais elle n'aurait dû avoir aucun effet sur toi. Elle n'aurait pas dû fonctionner sur un humain ou un sorcier. Elle est uniquement censée affecter les selkies. Il manquait seulement deux ingrédients à l'antidote que tu avais préparé : des racines de pissenlit et de l'huile de requin, ce dernier ingrédient étant l'antidote pour la boue du marais.

Bryn passa une main dans ses cheveux noirs lustrés.

— Dans les légendes, les selkies ont toutes les cheveux foncés et le teint pâle. Elles sont aussi magnifiques que des nouvelles chaussures et tout aussi irrésistibles, dis-je avant de faire une pause. Tu ne parles jamais de ta mère. Que sais-tu sur elle ?

— Assez pour savoir qu'elle n'était pas une selkie.

Il regarda le plafond pendant un moment et je fus fière parce que, si son cerveau travaillait aussi fort, c'était parce que je lui avais donné de quoi penser.

Il finit par me regarder en se levant.

— Où vas-tu ? demandai-je.

— Au lit. Tu n'es pas fatiguée ?

Il tira les couvertures. Je montai sur le lit et le laissai me border.

— Est-ce que j'aurais dû garder ma théorie pour moi ?

— Non.

Bryn passa un doigt sur ma lèvre inférieure d'une manière qui me fit frissonner.

— J'aime toujours entendre ce que tu penses.

— Alors, est-ce que c'est une idée folle ? demandai-je, incapable de résister.

Il hésita pendant un moment.

— La mère de Lennox pouvait parcourir des distances incroyables dans de l'eau si froide que personne ne voudrait y plonger un orteil. Il est donc ironique qu'après une terrible dispute avec mon grand-père, elle soit partie dans l'eau pour ne jamais en ressortir. Il y avait une tempête, ce soir-là, qui a fait couler des bateaux. Bien entendu, même une nageuse hors pair aurait pu se noyer.

— Peut-être, murmurai-je avant de le regarder. Ou peut-être qu'elle ne s'est pas noyée… Tu as toujours été un excellent nageur, hein ? Personne ne t'a appris ?

— Apparemment.

Bryn fit une pause.

— Il y a aussi une histoire que Lennox et Jenson n'ont jamais entendue. Une fois, à l'université, alors que je jouais au hockey avec mes amis, je suis passé à travers la glace. Selon eux, je suis resté sous l'eau pendant 25 minutes, mais j'étais sûr qu'ils exagéraient, parce que quand ils m'ont sorti, mon cœur battait encore.

Je digérai cette information, l'excitation s'emparant de moi. Je serrai les mains sous les couvertures.

— Alors, tu es peut-être comme moi. En partie sorcier, et en partie autre chose… En partie créature magique.

Il opina.

Jusqu'à ce moment, je n'avais pas compris à quel point je ne voulais pas être le seul mélange magique en ville. La différence est fantastique dans le cas, par exemple, des meilleurs joueurs de basket-ball, ou un truc du genre, quelque chose qui paie des millions de dollars et qui attire l'admiration de tout le monde. Quand, en revanche, cela oblige toute notre famille à s'exiler et cacher ce qu'elle est, ce n'est pas aussi fantastique.

— Alors, c'est peut-être vrai. Comment comptes-tu le découvrir ?

Bryn se pencha et effleura mes lèvres des siennes, puis il s'éloigna. Quand il arriva à la porte, il jeta un coup d'œil par-dessus son épaule.

— Je le sais déjà.

48

Mercutio me réveilla en me donnant un léger coup de patte sur la joue.

— Je dors, dis-je.

— Griffe sa joue avec ces griffes. Ça devrait la réveiller, dit Edie.

J'ouvris un œil.

— *Il* ne ferait pas ça. Mercutio m'aime.

— Tu es réveillée. Merveilleux. Maintenant, lève-toi et habille-toi. Tu dois rejoindre le cow-boy dans le parc dans un quart d'heure.

« Cow-boy ? Qui, Zach ? »

— Quoi ? Je suis… Quelle heure est-il ?

— Ou je pourrais simplement y aller et lui dire qu'il peut te trouver ici, chez Lyons.

Je lui lançai un regard noir en m'asseyant.

— Sois au parc Magnolia dans 15 minutes, dit Edie avant de disparaître.

Je fronçai le nez, énervée, puis je regardai Mercutio en sortant maladroitement du lit.

— Mes clés de voiture sont-elles ici ?

Il miaula doucement.

— Et ma voiture ? marmonnai-je en bâillant.

« Non, elle n'est pas là. Je vais emprunter la limousine de Bryn une dernière fois. »

Je baissai les yeux vers mes pieds nus et mon pyjama en soie. Je n'avais pas de vêtements ordinaires à porter. Je sortis de la chambre d'amis en traînant les pieds et traversai la maison sombre. Selon une horloge, il était 6 h 45.

— Tu sais, Merc, ne pas avoir d'emploi ne ressemble pas du tout à ce que j'imaginais. Me faire tirer dessus, sauver la ville, me lever avant l'aube… C'est épuisant d'être au chômage.

Pour la première fois depuis des jours, la ville était tranquille. Je vis certains endroits où Nixella avait gratté la poussière des arbres, laissant derrière le mélange collant qu'elle avait utilisé pour l'emprisonner.

« Notre collection de bouchées de chênes au miel », pensai-je en souriant.

Merc resta dans la limousine quand je sortis pour me diriger vers la camionnette de Zach. Il n'était pas à l'intérieur, alors je regardai aux alentours, et je l'aperçus à une table de pique-nique.

Des pétales de fleurs recouvraient le sol et l'air était rempli de leur parfum. Je passai sous une voûte de plantes grimpantes en me disant que les jardins embroussaillés n'étaient pas si désagréables.

— Bonjour, dis-je.

— Est-ce un bon jour ?

— Nous ne sommes pas morts, indiquai-je.

— C'est ce que j'aime chez toi, chérie. Quand il faut voir le bon côté des choses, tu es une sommité.

Je souris et m'assis. Zach poussa son chapeau de cowboy marron clair en arrière.

— Alors, tu avais raison, dit-il.

— C'est souvent le cas, le taquinai-je. À quel propos ?

— Au sujet des sorciers, des monstres et tout ça.

— Oui, dommage que ce soit le cas.

Il s'arrêta et j'attendis qu'il me pose des questions, mais il n'en fit rien.

— Abby Farmer prétend qu'elle ne peut pas se rappeler le soir où Earl est mort, dit-il plutôt. J'ai fait une déclaration solennelle selon laquelle je ne l'ai pas tué. Ils vont probablement vouloir que tu fasses la même chose. C'est une simple formalité. Il y a tant de gens qui prétendent avoir halluciné, et après tout le chaos des derniers jours, je ne m'inquiéterais pas trop. La déclaration initiale va devoir être mise sur le compte de l'hystérie générale de la ville.

— C'est bien.

— Donc, dit Zach avant de faire une pause. Je vais quitter la ville pendant un moment.

Je levai brusquement la tête.

— Où vas-tu ?

— Je me suis dit que pendant que ta maison était en réparation, tu pourrais garder la mienne.

Il me glissa une clé.

Je la regardai, le cœur serré.

— Tu ne peux pas partir. Ton travail est ici, ta famille aussi.

Zach tendit une main et passa un pouce sur ma mâchoire.

— Chérie, la ville et toi avez eu besoin de moi et je n'ai pas pu vous aider, pas comme je l'aurais voulu.

— Tu as aidé…

Il leva une main pour que je me taise.

— Selon ta tante, il existe des endroits où les humains peuvent s'entraîner et découvrir la partie secrète du monde, un peu comme une équipe d'intervention spéciale pour combattre les monstres.

J'ouvris la bouche. J'ignorais tout de cela.

— Ma tante ? Tu veux dire Edie ?

Il opina et se leva. Je l'imitai quand il contourna la table.

— Alors, je vais aller m'informer.

— Tu n'as pas à faire ça.

— Bien sûr que si, répondit-il en souriant. Penses-tu que, quand les ennuis vont arriver, je compte me cacher derrière toi ?

Il se pencha et m'embrassa sur la bouche, me coupant le souffle.

— J'ai bien l'intention d'éclaircir notre relation à mon retour. Est-ce que ça te convient ?

J'opinai.

— Lyons n'abandonnera pas l'idée de te voler, dit-il.

« Ce n'est pas vraiment du vol. »

— Ce que je fais ne concerne pas Bryn, dis-je avant de faire une pause. Mais je ne peux pas promettre de ne jamais lui parler ou de ne pas le revoir. Il… Il m'a beaucoup aidée, au cours des dernières semaines.

— Tu préfères être avec lui qu'avec moi ?

— Je…

Je me frottai la paume à l'aide de mon pouce et regardai Zach, puis j'inspirai profondément avant de dire ce qui était nécessaire.

– En toute honnêteté, je dois avouer que je ne suis pas sûre de ce que je veux. Toi et moi, nous n'avons pas réussi à faire fonctionner notre couple, mais ça ne veut pas dire que je n'espère pas que nous y parvenions un jour. Mais j'ai aussi eu besoin de l'amitié de Bryn, et il me l'a donnée. Je ne peux pas lui claquer la porte au nez.

– M'aimes-tu encore ?

– Oui. Bien sûr, dis-je doucement.

Il opina.

– Eh bien, puis-je te demander une chose, dans ce cas ?

Je retins mon souffle.

– Ne décide rien pendant mon absence, dit Zach avant de me serrer le bras. Attends que je revienne, quand Lyons et moi aurons les mêmes chances.

Je soufflai doucement en regardant ses yeux bleu jean.

– Oui, je peux faire ça.

Il m'offrit un sourire de tombeur.

– Puis-je avoir un baiser, avant de partir ?

J'opinai, et Zach m'embrassa. Je fondis contre lui, ses bras forts me serrant. Je tenais encore tellement à lui.

Quand le baiser se termina, quelques moments plus tard, il détacha mes bras de son cou.

– D'accord, ça suffit, sinon je serai incapable de partir.

Il sourit une dernière fois avant de se tourner pour s'éloigner.

Sans rien dire, je le regardai se diriger vers sa camionnette, y monter et partir.

« Tout est en train de changer. »

Je me rassis à la table de pique-nique pour réfléchir. J'étais à moitié sorcière et à moitié fée. J'avais sauvé ma ville, mais j'avais aidé à causer la mort d'un membre de l'Association mondiale de la magie. En quoi cela affecterait-il ma vie ? Que voulais-je voir arriver ?

Je n'en étais pas sûre, mais je savais que je ne serais jamais plus une simple chef pâtissière. La magie coulait dans mes veines, venant de mes deux parents, alors j'étais peut-être destinée à autre chose. C'était assurément ce qu'Edie croyait. Et maintenant Bryn, qui avait si souvent raison.

Je souris doucement en regardant l'horizon. Le soleil se levait, doré et chaud, sur une nouvelle journée.

Ne manquez pas le prochain tome de la série

SORCIÈRE DU SUD